河出文庫

ベンヤミン メディア・芸術論集

ヴァルター・ベンヤミン
山口裕之 編訳

河出書房新社

ベンヤミン　メディア・芸術論集

凡例

一、原註、訳註は各文末にまとめそれぞれ1、2、3……、(1)、(2)、(3)……で表記した。

一、訳者による補足は〔 〕で括った。

一、原文のイタリック体の箇所には傍点を付した。ただし、《技術的複製可能性の時代の芸術作品》などでは、イタリック体の箇所をゴシック体で表記している。

夢のキッチュ
シュルレアリスムについての短評

もはや青い花の夢をそのまま見ることはない。今日、ハインリヒ・フォン・オフターディンゲンとして目覚めるものは、寝過ごしてしまったにちがいない[1]。夢の歴史は、これから書かれるべきものとしていまだに残ったままになっている。夢の歴史への洞察をひらくということは、自然にとらわれているという迷信を歴史的な悟り〔光で照らされること[2]〕によって決定的に打ち砕くことを意味することになるだろう。夢見るとは、歴史に参与しているということだ。夢の統計学であれば、小咄（こばなし）的な風景の愛らしさの彼方で、戦場の枯れ果てた荒野のうちに突き進んでゆくだろう。夢が戦争を命じてきたのであり、太古の昔の戦争が夢の正当性と不当性、さらには夢の範囲を定めてきたのである。

　夢はもはや青い遠方をうちひらくことはない。夢は灰色になってしまった。事物の上につもる灰色の埃（ほこり）の層は、夢の最上の部分である。いまではそれぞれの夢は凡庸さへの近道となっている。技術は、事物の外面的な像をおさえて手に入れるが、それは永遠の別れとなる。あたかも有効性を失うことになっている紙幣のように。いましも手が、夢

図1　ポール・エリュアール／マックス・エルンスト『反復』の表紙

のなかで外面の像をもう一度とらえ、別れにあたってなじみの輪郭を感じとる。手が対象をとらえるのは、その最も使い古された箇所だ。それは必ずしも最も適切な箇所とはかぎらない。たとえば、子どもはガラスのコップを外からつかむのではなく、中に手を突っ込む。それでは、事物は夢に対してどういった側面を向けるのだろうか。どれが最も使い古された箇所なのだろう。それは、慣れによってすり切れ、安っぽい格言で飾りつけられた側面である。事物が夢に向ける側面、それがキッチュである。

パラパラと音を立てながら、『夢』という折りたたみ絵本のいくつものページとなって、事物の幻想イメージが地面に落ちてゆく。どのページにも格言が書き込まれている。「私の一番の愛人は怠惰」や「最も大きな倦怠のための光沢のメダル」や「回廊に私を殺したいと思っている人がいる」といった言葉だ(3)。シュルレアリストたちがこのような詩句を書き、友人の芸術家たちがそれにもとづいて絵本を作った。ポール・エリュアー

図2 『反復』の口絵

ルはその一つを『反復』〔図1〕と名づけ、マックス・エルンストがその口絵に四人の男の子を描いている〔図2〕[4]。この子たちは読者や教師や教壇に背を向け、手すりの向こうを見ている。そこでは空に気球が浮かんでいる。窓下の壁には、巨大な鉛筆が先端を下にして立ち揺れている。子どもの経験を反復することには、考えさせられるものがある。われわれが小さかったころは、両親の世界に対しての息苦しくなるような反抗はまだなかった。その世界のただなかにいる子どもとして、われわれは優越したものとなって姿を現していた。われわれが凡庸なものをとらえるとき、その凡庸なものとともにわれわれは善をとらえるのだ。その善は、ほら、こんな近くにある。

　というのも、われわれの両親の感傷性は、なんども蒸留されて、われわれの感覚の最も客観的なイメージを提示するには、まさにぴったりのものとなっているからだ。彼らの話の冗長さは、胆汁のように苦く、しわくちゃになったなぞなぞの絵に収縮してゆく。会話の飾りは、最も奥底でのさまざまなからみ合いでいっぱいになっていった。そのなかにあるのが、心からの好意であり、愛であり、キッチュである。「シュルレアリスムは、その本質的な真理のなかで、対話を回復するのに向いている。対話のパートナーたちは、礼儀正しくなければならないという強制力から解き放たれている。話す者は、テーゼを演繹的に述べたりはしない。しかし返答は、原則からして、話をする者の自己愛を自分からだまし取ったりはしない。というのも、言葉とイメージは、聞く者の精神にとっては飛び板（スプリングボード）でしかないのだから。[5]」ブルトンのシュルレアリスム宣言にあるすばらしい認識である。こういった認識が、対話による誤解の公式、つまり、対話のうちにある生き生きとしたものの公式を作り出す。というのも、「誤解」というのは、唯一ほんとうの現実が会話のうちに入りこむときの律動のことだからである。人間がより現実的に話せるようになるほど、その人はそれだけうまく誤解してもらえることになる。

　ルイ・アラゴンは『夢の波』のなかで、夢想の病癖がパリで広がっていった様子を述べている。若い人たちは、詩の秘密を発見したと思ったのだ。実際には、彼らは詩作することをやめてしまった。この時代の最も能力ある者たちがみなそうであったように。サン゠ポル゠ルーは、朝早く眠りにつく前に、自分の扉に次のようなプレートをとりつけておく――「詩人は仕事中[6]」。これらはすべて、廃止された事物の核心へと突き進んでゆくためである。また、凡庸なものの輪郭を、隠し絵[7]として読み解くため、森のような内臓のなかからそこにひそむ「ウィリアム・テル」を驚かせて追いたてるため、あるいは「花嫁はどこだ」といういくつもの問いに答えられるためである。精神分析は、夢作業のさまざまな図式論としての隠し絵というものを、すでにかなり以前に明るみに出していた。[8] シュルレアリストたちはそのような確信をもって、心の痕跡をではなく、事物の痕跡をたどっている。彼らは原始時代〔根源史〕の茂みのなかで、さまざまな対象のトーテムポールを探し出す。このトーテムポールの最上部にある、一番最後の恐ろしい顔が、キッチュなのである。キッチュは、凡庸なものの最後の仮面である。われわれはその仮面を夢のなかや会話のなかでまとっている。死に絶えた事物の世界の力を自分たちのうちにとりこむために。

われわれが芸術と呼んでいたものは、身体から二メートル離れたところではじめて始まる。ところが、キッチュにおいては事物の世界は人間に近寄ってくる。事物の世界は人間の探し求める手に身をまかせ、ついには人間の内部で自分の形象たちをつくりあげる。新しい人間は、さまざまな古い形式の精髄をすべて自らのうちにもっており、夢のなかであれ、芸術家の言葉やイメージによってであれ、一九世紀後半の環境世界との対決のなかで形成されるものは、「家具付き人間」と呼ばれるにふさわしい存在なのである。

訳註

（1）ハインリヒ・フォン・オフターディンゲンとは、ドイツ初期ロマン派の作家ノヴァーリスの小説『青い花』の主人公の名前であり、かつドイツ語での小説の本来のタイトルそのものでもある。「青い花」は、この小説のなかで夢見られたある理想的なものを象徴的に表しており、より一般的に、ロマン派的な憧憬の対象としての理想的なもの全般の象徴として言及されている。

（2）「悟り」（Erleuchtung）とは、本来的には宗教的な体験であり、いままで見えなかったもの、認識できなかったものが、突然明かりに照らされるように、新たな見方でとらえられるようになる転換である。一九二九年のエッセイ《シュルレアリスム》では、この宗教的な領域ではない認識の転換が、「世俗的な悟り（profane Erleuchtung）」という言葉で語られている。

（3）本文の次の言葉にあるように、これらの「格言」は、いずれもシュルレアリストたちの実際の詩句だと思われる。二つ目の引用は、シュルレアリスムの詩人、ポール・エリュアールの詩「室内空間（Intérieur）」のなかの一節。

（4）ポール・エリュアールの詩集『反復』は、マックス・エルンストとの共著というかたちで一九二二年に出版されている。

（5）アンドレ・ブルトン『シュルレアリスム宣言』から（岩波文庫『シュルレアリスム宣言・溶ける魚』巌谷國士訳では六三頁）ベンヤミンが比較的自由にまとめてドイツ語に翻訳している。

（6）ブルトン『シュルレアリスム宣言』。

（7）「隠し絵（Vexierbild）」とは、見方によってまったく異なる意味をもつ別の絵がそこに浮かび上がってくるように描かれた絵のことである。ここでは「凡庸なものの輪郭」をたどるうちに、突然、その表面的なかたちや意味とはまったく別のものが認識されることを指している。

（8）一九〇〇年に発表された『夢判断』のなかで、フロイトは、無意識のうちに抑圧された欲動・願望が、顕在的な夢内容へと「検閲」によって作り変えられてゆくさまざまなプロセス（たとえば、圧縮や移動、象徴化）を「夢作業（Traumarbeit）」という言葉で呼んでいる。夢の特定の象徴的イメージ（顕在内容）が、それの意味するもの（潜在内容）と結びつけられて説明されるやり方は、「隠し絵」における表面的な画像と、隠された画像との関係にも対応している。

公認会計士
（『一方通行路』より）

時代は、まさにルネサンスに対する身体の調和的均衡（コントラポスト）をとっているかのように、印刷術が発明された状況とは正反対の位置にある。偶然であったかどうかはともかくとして、ドイツに印刷術が出現したのは、言葉のすぐれた意味における書物、すなわち書物のなかの書物がルターの聖書翻訳によって民衆の財産となった時代のことだったからだ。こういった伝統的な形態をもつ書物がその終焉に向かいつつあることを、いまやあらゆることが指し示している。マラルメは、彼のまちがいなく伝統主義的な著作の結晶構造のただなかに来たるべきものの真の像を見ていたのだが、『骰子一擲（とうしいってき）』[1]ではじめて、広告のもつグラフィックな緊張を文字像（Schriftbild）[2]へと仕立てあげた〔図1〕。その後、ダダイストたちが文字の実験で企てたことは、構成的なものを出発点としていたのではなく、文学者たちの精密に反応する神経を出発点としており、そのため、自分の文体の内部から生じてきたマラルメの実験よりも、はるかに短命に終わるものであった。しかし、まさにそれによって、ダダイストたちの試みは、マラルメがモナドのように完全に

LE MAÎTRE

surgi
inférant

de cette conflagration

que se

comme on menace

l'unique Nombre qui ne peut pas

hésite
cadavre par le bras
plutôt
que de jouer
en maniaque chenu
la partie
au nom des flots
un

naufrage cela

hors d'anciens calculs
où la manœuvre avec l'âge oubliée

jadis il empoignait la barre

à ses pieds
de l'horizon unanime

prépare
s'agite et mêle
au poing qui l'étreindrait
un destin et les vents

être un autre

Esprit
pour le jeter
dans la tempête
en reployer la division et passer fier

écarté du secret qu'il détient

envahit le chef
coule en barbe soumise

direct de l'homme

sans nef
n'importe
où vaine

図１　マラルメ『骰子一擲』(とうしいってき)

閉鎖された小部屋のなかで、経済や技術や公的生活における今日の決定的なできごとすべてとの予定調和のうちに見出したものの現在性（アクチュアリティ）を、はっきりと示している。文字は、印刷された書物のなかに避難所を見出し、そこで自律的な存在となっていたのだが、いまや広告によって容赦なく街路へと引き出されてかたちを変え、経済的なカオスの残忍な他律のもとにおかれている。これは、文字の新しい形式の厳格な教育課程である。文字は、何百年も前に身を横にしはじめて、直立の碑文から、斜面机にななめに置かれた写本となり、最終的には書物印刷において横たわることになったのだが、いまや文字は同じくらいゆっくりとふたたび地面から身を起こしはじめている。すでに新聞は、水平に読まれるよりも、むしろ垂直に置かれて読まれている。映画と広告は、文字を完全に独裁的な垂直状態へと駆りたてている。現代の同時代の人間が本を開こうとすると、その前にもう眼前に、次々と変転する色とりどりの抗争する文字たちがあまりにもびっしりと吹雪となって降っているので、書物の古代風の静謐（せいひつ）さのなかに入りこんでゆく機会はわずかなものとなってしまった。イナゴの大群のような文字の群は、今日すでに大都市の住民たちに対して、誤って精神と思われている太陽の光を覆っているが、その大群はこれから年を重ねるにつれ、一層その密度を増していくことだろう。職業生活のその他さまざまな必要なことがらが、この先さらに続いてゆく。カードファイルは、三次元的な文字の征服をもたらす。つまり、ルーネ文字や結縄（キープ）文字のような文字の起源において文字がもっていた三次元性に対する驚くべき対極をもたらすのだ。（今日すでに書物は、現時点の学問的生産方法が教えているように、二つの異なるカードファイル・システムのあいだの古びた媒介となっている。というのも、学問的なものはすべて本を執筆した研究者のカードボックスのなかにあるのだが、その本を研究する学者はそれを自分自身のカードファイルのうちに取り入れることになるからだ。）だが、文字の発展はこの先見通しがきかないほど、学問や経済におけるカオス的営為の権力要求につながれたままとなるのではない。むしろ量が質へと急転し、新しいエクセントリックな図像性をもつグラフィックな領域へとますます深く突き進んでいく文字が、自らに適した事実内容を一挙に手にする瞬間が訪れるということは、まったく疑う余地がない。そのとき、詩人とは、原始時代と同様にまず第一にそして何よりも文字に精通する人々であるということになるだろうが、この詩人たちがこういった図像文字の作業をともにおこなうことができるのは、彼らが（自らについて大げさに扱うことなく）この図像文字の構成がおこなわれる諸領域を切り開くときだけである。その領域とはすなわち統計的・技術的図表（ダイアグラム）の領域である。国際的な変転文字を創出することで、詩人たちは諸国民の生活における彼らの権威を新たにし、ある役割を見出すだろう。その役割と比べれば、修辞法を新たなものにしようとするあらゆる野心など、古フランク族の夢想のようなものであるということがわかるだろう。

訳註

（1）フランス象徴派の詩人ステファヌ・マラルメ（Stéphane Mallarmé, 1842–1898）の一八九七年に発刊された詩集。タイポグラフィーも含めた翻訳・リプリントとして、ステファヌ・マラルメ『骰子一擲』秋山澄夫訳、思潮社、一九九一年がある。ベンヤミンの友人で、のちのユダヤ主義の碩学となるゲルショム・ショーレムは回想記のなかで、ベルン時代の一九一九年に、彼の机の上にマラルメの『骰子一擲』の特別版が置かれていたと言及している（『わが友ベンヤミン』）。

（2）同じくショーレムの『わが友ベンヤミン』の回想によると、一九一九年のはじめに、ベルンで暮らしていたベンヤミンは、近くに住むフーゴー・バルやエミー・ヘニングスと知り合いになっている。一九一六年にチューリヒで始まったダダを、ベンヤミンはその中心人物を通じてもリアルタイムでよく知っていたということになる。「ダダイストたちが文字の実験で企てたこと」とは、とりわけ音響詩のことを指していると思われる。

ロシア映画芸術の状況について

ロシア映画産業の最もすぐれた成果を目にするには、モスクワよりもベルリンのほうが便利がよい。ベルリンにやってくるのはすでに選び抜かれたものであり、モスクワでは自分で選び出さなければならない。しかも、そのときに助言してもらうのは容易ではない。ロシア人は、自国の映画に対してかなり無批判な態度をとるからだ。（たとえば、《ポチョムキン》[1]の大成功がドイツで決定的なものとなったということはよく知られている。）このように判断に確信がもてない理由は、ヨーロッパ的な比較の基準が欠けているためだ。外国のすぐれた映画は、ロシアではめったに見られない。外国映画の購入に際してロシア政府は、競合する世界の映画会社にとってロシア市場は非常に重要なのだから、各社はいわば宣伝見本を割引価格でロシア市場に出品する必要がある、という立場をとっている。こういったわけで、高額の配給価格のすぐれた映画は、当然のことながら、いつまでも入ってこないままとなる。ロシアの芸術家のいく人かにとっては、その結果生じる観客の情報不足は好都合でもある。イリインスキー[2]は、かなり不正確なチャップリンのコピーで仕事をして、喜劇俳優とみなされているが、それはここではチャップリンが知られていないからだ。

もっと深刻に、もっと広範に平均的な映画を圧迫しているのは、ロシアの内部事情である。適切なシナリオを手に入れるのは簡単ではない。素材の選択は、厳しいチェックを受けるからである。ロシアで検閲からの自由が最も大きいのは文学である。演劇に対する監視ははるかに厳しく、映画の監視は最も厳しい。こういった段階は、それぞれの観客大衆の大きさに比例している。現在の政権のもとでは、いまのところ最大の成果はロシア革命のなかのエピソードに見られる。はるか過去にさかのぼる映画は、どうということのない平均的作品であり、喜劇については、ヨーロッパの基準からすると、まったく問題にならない。いま、ロシアの映画製作者たちが直面しているあらゆる困難の核心は、彼らの本来の領域である内戦[3]にもとづく政治的作品に、公衆がますますついてこなくなっていることにある。一年半ほど前に、死や恐怖のドラマがあふれかえり、ロシア映画の政治的・自然主義的時期はその頂点に達した。こういったテーマはその後、魅力を失ってしまった。いたるところで「国内講和」という標語がはばをきかせている。映画、ラジオ、演劇はあらゆるプロパガンダから離れていく。

平和な雰囲気の素材を手にしようとする試みは、ある風変わりな技術的トリックにたどりつくことになった。政治的・芸術的理由によって、偉大なロシアの小説の映画化はたいていの場合認められていないため、それらの小説からよく知られた個々の典型的人物を取り出し、自由に案出された現代の物語のうちに「組み込む〔モンタージュする〕」

ということがおこなわれた。プーシキン、ゴーゴリ、ゴンチャロフ、トルストイから、名前もしばしばそのままで、人物を借用してくるのである。こういった新しいロシア映画は、とくに好んで極東ロシアを求める。「われわれにとって、〈異国的魅力〉など存在しない」ということが、ここで言われようとしている。こういった概念は、植民地支配をおこなう国民の反革命的イデオロギーの構成要素とみなされているからだ。ロシアは、「遠いオリエント」といったロマンティックな概念を用いることができない。ロシアにとってオリエントは近いものであり、経済的にも結びついている。このことは同時に、われわれは、他の国々や自然を当てにしてなどいない、ということを意味する。なにしろロシアは世界の六分の一なのだから。この地上のものならば、われわれはなんでも自分の土地にもっているのだ。

いままさに、新しいロシアの映画叙事詩である《世界の六分の一》がお披露目されたところだ。とはいえ、新しい社会秩序によって作り変えられている途方もないロシアの全体像を特徴的な映像によって示すという中心課題を、監督のヴェルトフは解決していない(4)。映画によるロシアの開拓は失敗している。しかし、見事に成功しているのは、ヨーロッパに対する境界画定である。この映画はそこから始まる。数分の一秒で、仕事場(回転するピストン、収穫をおこなう苦力(クーリー)たち、輸送作業)や資本家の娯楽場(バー、ダンス酒場、クラブ)の映像が次々と続いてゆく。ここ数年の社会映画から取り出したいくつかの些細な部分(しばしば単に愛撫する手の細部や踊る足であったり、髪型の一部だったり、ネックレスをした首であったり）がとりだされて、それらが辛い仕事にたずさわるプロレタリアの映像のあいだにたえまなく入り込んでくるように組み込まれて〔モンタージュされて〕いる。残念ながらこの映画はこういった図式をすぐに放棄してしまい、ロシアのさまざまな民族や風景の描写にかかりきりになってしまうが、そこに描かれているものとその経済的な生産基盤とのあいだの連関は、あまりにも漠然と暗示されているにすぎない。まだどれほど自信なく手探りをしているかということは、クレーンやレバーやトランスミッションの映像に合わせて、楽団がタンホイザーやローエングリンの動機を演奏しているという事情一つをとっても示されている。それでも、撮影されたものは、舞台装置や演技上の装置を用いることなく映画を生そのものからなんとか取り出してこようとする努力を特徴的に表している。カメラ装置が覆われたまま撮影がおこなわれている。にせものの機械の前で未開人たちがなにかのポーズをとっているのだが、その少しあとに、もうすべて終了したと思ったところで、ほんとうの撮影がおこなわれるのだ。「マスクを取れ！」このすぐれた新しい標語が、ロシア映画ほど力を発揮しているところはほかにない。それゆえ、映画スターの意味がここほど小さいところもほかにはない。この人しかいないという俳優を探すのではなく、場合に応じて必要とされる人物類型を探すのだ。それだけでなく、さらにそれ以上のことがおこなわれる。《ポチョムキン》の監督であるエイゼンシュテインは、農民たちの生活をとりあげる映画を準備しているが、その映画では俳優はいっさいいないという。

ロシアの文化映画の最も興味深い対象の一つであるだけではなく、最も重要な観客となっているのが、農民である。映画を通じて農民たちに、歴史、政治、技術、衛生についての知識を身につけてもらうことが試みられている。しかしながら、このことが行き当たるさまざまな困難を前にして、いまだにどうしてよいかわからない状況に立たされている。農民たちのものごとのとらえ方は、都市の大衆のものごとのとらえ方とは根本的に異なる。たとえば、どのような映画にも何百回と含まれているものであるが、同時進行する二つの物語系列をとらえることは農村地域の観客にはできないということが明らかになっている。彼らはただ一つの映像系列を追うだけであり、その映像は、ちょうどモリタートの絵のように、[5]時系列にしたがって彼らの前で繰り広げられるものでなければならない。真面目なものとして考えられていた箇所が、彼らに対してはどうしても喜劇的なものと思われたり、反対に喜劇的な箇所が感動を与えるほど真面目な印象を与えたりするということを何度か経験したのち、とくに移動映画館向けの作品を制作し始めることになった。こういった移動映画館は、ときにはロシアのまったくの辺境の地、都市も近代的な交通手段もこれまで目にしたことがないような諸民族のところにまで進出してゆく。そのような集合体に映画やラジオの影響を及ぼすということは、ロシアという巨大実験室で現在おこなわれているきわめて壮大な民族心理学的実験の一つである。もちろん、農村地域の映画館では、あらゆる種類の啓蒙映画が中心的な役割を演じている。イナゴ災害の防御、トラクターの操作、アルコール依存の治療といった実際的なことが中心を占めている。そういった移動映画館のプログラムの多くは、それでも大多数の大衆にとっては理解できないものにとどまっていて、村の評議会（ソヴィエト）のメンバーや農民通信員などの上級者向けの教材として使われている。こういったつながりから、目下のところ、観客の反応を実験や理論によって研究することをめざす「観客研究所」の設立が考えられている。

　そのようなわけで、最近の大きなスローガンの一つである「村に顔を向けよう！」が、映画のなかで効果を発揮している。ここでは政治が、文筆の場合と同様に、指令によってきわめて強力な刺激を与えている。こういった指令を、党の中央委員会は報道機関に、報道機関はクラブに、クラブは演劇や映画にリレーのように毎月伝える。しかし、そのような標語から重大な障害が生じるということもありうる。「工業化」というスローガンは、逆説的な例の一つである。あらゆる技術的なものに対して人々がいだく情熱的な関心を考えると、ドタバタ喜劇映画は人気があるにちがいないと思われるだろう。しかし実際には、まさにこの情熱が、さしあたり、あらゆる技術的なものと喜劇的なものとを隔ててしまうのだ。アメリカからとり入れたエクセントリックなコメディーは、きわめて明白に「失敗」となってしまった。技術的なことがらにおいて皮肉で懐疑的な考え方をすることは、新しいロシア人には理解できない。ロシア映画からはさらに、ブルジョワ的生活に由来するあらゆる素材や問題が失われつつある。このことはとりわけ、映画のなかでの恋愛ドラマは許容できないということを意味する。恋愛に関することにドラマティックな、ましてや悲劇的なアクセントを置くことは、ロシアの生活全体で禁止されているのだ。欺かれた恋や不幸な恋愛による自殺は、いまでもなおあちらこちらで起こっているが、そういったものは共産党の公式見解によって、不届きな行為以外のなにものでもないとみなされている。

　議論の中心に置かれているすべての問題は、文学にとってとまったく同様に、映画にとって素材の圏域の問題である。城内停戦（ブルクフリーデン）[6]という新しい時代を通じて、これらの問題は難しい段階に入った。ボルシェビキ社会の（単に国家生活のではなく！）状態が、新たな「社会喜劇」、新たな性格役、典型的な状況をもたらすほど十分に安定したものとなるとき、そこではじめて、ロシア映画は確かな土台のうえに立つものとなりうるだろう。

訳註

（1）エイゼンシュテインの映画《戦艦ポチョムキン》がモスクワで公開されたのは一九二五年一二月で、一九二六年四月には、検閲のためのカットをほどこされた版がベルリンで一般公開されている。ただし、ベンヤミンはベルリンではこの映画を見ていないと思われる。

（2）イーゴリ・イリインスキー（Igor Ilyinsky, 1901–1987）は、ロシアの映画俳優・監督。ベンヤミンのこのエッセイが書かれた一九二七年より少し前の時点で、一九二四年から映画俳優（サイレント映画）としてのキャリアを開始し、一九二五年の《トルジョークの仕立屋》での主役以降、さまざまなコメディ映画で演じている。

（3）ロシア革命が勃発した一九一七年、あるいは翌一九一八年のドイツとのブレスト＝リトフスク条約から始まったロシア内戦を指す。共産党のボルシェビキと、保守派・民主派その他さまざまな反ボルシェビキ勢力とのあいだのロシア国内での内乱は、一九二〇年から一九二二年にかけてようやく終息する。

（4）ロシアの映画監督ジガ・ヴェルトフ（Dziga Vertov, 1896–1954）の映画のうちでは、一九二九年の《カメラをもつ男》がなんといっても有名だが、ここで言及されている映画《世界の六分の一》（一九二六年一二月公開）は、もちろんそれ以前の作品である。

（5）モリタートとは、一七世紀から一九世紀にかけて、大道芸人的な歌い手によって歳の市やマルクト広場、街角などで民衆向けに歌われていた、恐ろしい内容や劇的な展開を含む歌のこと。そこでは物語の展開が一枚の板に複数の場面構成で描かれていた。ブレヒト／クルト・ヴァイルの『三文オペラ』の冒頭近くに置かれた「モリタート」は有名。

（6）「城内停戦（Burgfrieden）」は、もともとは中世の要塞都市／城（Burg）においてその共同相続関係にある人にかかわり、内部での私闘を厳しく罰する力をもつものであったが、第一次世界大戦開始直後にドイツ帝国皇帝ヴィルヘルム二世がおこなった、国内の政治的分裂を停止し、ドイツ人として外敵に対して一体となることを求める演説を通じて、この概念がこのような比喩的な意味（ソヴィエト連邦内での内部対立を超えて外国勢力への対抗を訴える）で広く用いられることになった。

オスカル・A・H・シュミッツへの返答

ほとんど公衆に対する失礼なふるまいであるような返答というものが存在する。刃こぼれした概念でがたがた震える論議など、読者の見解に安心して任せてしまうのがよいのではないか。この場合、読者は《ポチョムキン》をあらかじめ見ている必要さえなかっただろう。なぜなら、シュミッツ自身がこの映画を見ている必要がなかったのとまったく同じように。なぜなら、彼が今日それについて知っているようなことくらいであれば、最初に手にするすぐれた新聞の短評がすでに彼に教えてくれていることだからである。しかし、そのことがまさに教養俗物の特徴を示している。ほかの者たちは報道を読んで、注意を与えられたと考える。それに対して、教養俗物は「自分自身の考え」を形成しなければならないということで、映画館に出かけて、自分の困惑状態を客観的認識として言い換える可能性をそれによって手にしたと信じこむ。まったくの思い違いだ！《ポチョムキン》について客観的に語ることは、政治の立場からも、映画の立場からも、同じようにできる。シュミッツはそのどちらもやっていない。彼は自分が直近で読んだものについて語っている。そんなことをしても何も出てこないというのは、驚くにあたらない。

厳密に原理的に形成した一つの階級運動の描写を市民の社会小説と比べようというのは、何も知らない無邪気さをあらわしているだけのことで、それでは何かいう気も失せてしまう。傾向芸術に対する攻撃については、少し事情が異なる。ここでは、シュミッツがいわばブルジョワ美学の武器庫から出してきた重砲を操作しているのだが、これについては、わかりやすくはっきりとした言い方をしたほうがむしろよいだろう。つまり、このように問うことだ。二千年もの芸術生産のうちに、昇華やらリビドー的な残存物やらコンプレックスやらをあれだけ追求しておきながら、政治による芸術の処女性剝奪をいまさら嘆くというのはいったいどういうことなのか。あらゆるいかがわしい小路に通じていながら、政治については決して夢想してはならぬ良家の子女に、芸術はいつまでとどまっていなければならないのだろうか。そんなことはなんの役にも立たない。芸術はつねにそれを夢想してきたのだ。どのような芸術作品にも、どのような芸術のエポックにも政治的傾向が備わっているということは――それらは意識の歴史的形成物なのだから――自明の真理である。しかし、岩石の深いところにある層が破断面でのみ現れてくるように、「傾向」という深層部の編成もまた、芸術史（および諸作品）の破断面においてのみ眼前に露出する。技術革命、これこそが芸術の展開の破断面であり、そこではさまざまな傾向がつねに、いわば露出して姿を現す。どのような新しい技術革命においても、傾向は、芸術のひそかに隠れた要素から、ひとりでにそのようになるかのように、顕在的な要素へと変わってゆく。ここでようやく映画の話にたどりつくことになる。

芸術のさまざまな編成の破断面のうちで、最も強大なものの一つが映画である。実際、映画とともに意識の新しい領域が生まれるのだ。映画は、一言でいえば、今日の人間にとって、その直接的な周囲の世界が、つまり今日の人間が生活し、仕事に携わり、楽しみにふける空間が、とらえやすく、意義深く、情熱を与えるものとなって分光してゆく唯一のプリズムなのである。それ自体としては、これらのオフィス、家具つき部屋、酒場（クナイペ）、大都市の街路、駅や工場は、醜く、とらえどころなく、絶望的なまでに悲しいものである。というよりも、それらは映画がやってくるまでは、そのようなものであり、そのように見えた。映画はこのとき、この牢獄の世界全体を十分の一秒のダイナマイトで爆破した。その結果、いまや飛び散った瓦礫のあいだで、われわれははるか彼方への冒険旅行をおこなうのだ。建物の周辺、あるいは部屋の周辺には、あまりにも驚異的な経過地点、奇異の念を禁じえない経過地点の名前が何ダースも含まれていることがありうる。映像がたえまなく移り変わってゆくことよりも、いまいる場所が突然転換することのほうが、他のいかなる解明でもとらえることのできない環境をうまく扱うことができ、そして、アルファ・ロメオを見て感嘆するのと同じ美しさを、小市民の住宅からも取り出してみせる。ここまではよい。厄介な問題が現れてくるのは、「プロット」がここにからんでくるときである。有意義な映画のプロットとは何かという問いが解決されることは、新しい技術から生まれる抽象的な形式の問題を克服することと同じように、これまでめったにないことだった。そしてこのことによって、とりわけある一つのことが証明される。それは、芸術の重要な進歩、根本的な進歩とは、新しい内容でも新しい形式でもないということだ。技術の革命が、その両方に先行するのである。しかし、技術の革命が、それに根本的に対応する形式も内容も映画のうちに見出すことがなかったということは、決して偶然ではない。つまり、ここに現れているのは、形式の無傾向な戯れ、物語の筋の無傾向な戯れによってでは、問題は場合に応じてしか解決することができないということである。

ロシアの革命映画のまさっているところは、アメリカのドタバタ喜劇映画のまさっているところとちょうど同じように、それぞれのやりかたでではあるが、両方とも基盤となるある傾向をとっており、両者とも変わることなく一貫してこの傾向に立ち返る、というまさにこの点にある。というのも、あまり明白なかたちではないにせよ、ドタバタ喜劇映画もまた傾向的だからである。その先端は技術に対して向けられている。とはいえ、この映画が滑稽であるのは、それが引き起こす笑いが恐怖の深淵の上を漂っているからである。《ポチョムキン》が容赦なく画面にとどめていた、演習中の艦隊のあの決定的な的確さは、滑稽さをともなって解き放たれた技術の裏面なのである。ところで、国際的な市民階級の映画は、一貫したイデオロギー的図式を見出すことができていない。そのことは、こういった映画が陥った危機の原因の一つである。というのも、技術がその最も本来的な主題となる環境と結託しているということは、市民を賛美することとは折り合いがつかないからだ。プロレタリアートこそが、映画館のなかで市民が心臓をドキドキさせながら冒険に身をささげる空間の主人公なのである。なぜなら、市民が享受する「美」は、それが市民階級の根絶について市民に対して語っているときでも、いやまさにそのようなときこそ、受け入れざるをえないからだ。だが、こういった空間が集団の空間であるように、プロレタリアートは集団である。そして、映画は、この人間の集団においてはじめて、映画が環境において開始したあのプリズム的な作業を完成できるのだ。《ポチョムキン》が画期的な影響力を与えるものとなったのは、こういったことがそれ以前にはこれほど明確に認識できるものとはなっていなかったからにほかならない。ここではじめて大衆運動が、完全に建築構造的な、それでいて記念碑的（ここではUFA的[1]）ではまったくない性格をもつものとなっている。こういった性格がはじめて、大衆運動を映画のうちに取り入れることが正当なものであることを証しているのだ。これ以外の手段では、このような動く集合体を再現することはできないだろう。いやむしろ、これ以外の手段では、あれほどの美しさを、恐怖にかられた動きに対しても、集合体のなかでのパニックに対しても、もたらすことはできないだろう。そのようなシーンは、《ポチョムキン》以降、ロシア映画芸術の失われることのない財産となっている。この映画でのオデッサの発砲とおなじように、より新しい映画《母》では、工場労働者に対する迫害が都市大衆の苦しみを、まるで動く文字表示を使っているかのように、街路の舗装のうちに描き出している[2]。《ポチョムキン》は、首尾一貫して、集団主義という考え方でつくられている。この反乱の指導者、海軍大尉シュミットは、革命期ロシアの伝説的人物の一人であるが、この映画には登場しない。そのことは、いってみれば、「歴史の歪曲」ではあるが、ここで成し遂げられていることとの評価とはなんの関係もない。それならば、さらにいえば、なぜ集合体のプロットは不自由であり、個々人のプロットは自由であるとされることになるのか。このような決定論のわけのわからない変種は、それ自体についても、またこの論争にとっての意味という点でも、あいかわらず不可解なものである。

暴動を起こす大衆の集団的性格には、当然ながら、敵方もまた適応していなければならない。区別された個々人を大衆に対置するのは、まったく無意味だということになるだろう。船医や艦長は、典型的人物類型でなければならない。ブルジョワの人物類型については、シュミッツは何も聞いていないのかもしれない。それならばこれを、悪しき危険な機構によって権力の頂点につくことになったサディストの類型と呼ぶことにしよう。それによってたしかに、またもや政治的な表現を前にすることになる。政治的表現は避けて通るわけにいかない。それが真実だからである。「個別事例」だという抗弁ほどどうしようもないものはない。個人は、個別事例かもしれない。しかし、個人による悪魔の所業が際限なく影響力を発揮することは、個別事例ではない。それは、帝国主義的国家の本質に、そしてまた、一定の範囲内では、国家全般の本質に根ざすものである。周知のように、一つだけを隔離する見方から解き放つときにはじめてその意味、そのレリーフを獲得するような、一連の事実的ことがらというものがある。統計がかかわるのはそのような事実である。X氏がまさに三月に自らの命を絶ったということは、この人物の個別の運命の線上ではかなり些細なことかもしれない。それに対して、この月に年間の自殺件数のカーブが最大値となると聞けば、かなり興味深いことになる。同じように、船医のサディズム的行為は、彼の人生においては、もしかすると単なる個別事例にすぎないのかもしれない。ひょっとすると、彼は睡眠をあまりたっぷりとっていなかったのかもしれず、あるいは朝食のテーブルで悪くなった卵に出くわしたのかもしれない。こういったことがらは、医師という職業身分にある者と国家権力との関係を考慮に入れるとき、はじめて興味深いものとなる。これについて、大戦の最後の数年間のうちにきわめて厳密な研究をおこなうことができたのは一人にとどまらない。そのような者が、このサディストの行為と彼が受けた当然の罰を、彼の仲間である何千人もの医者たちが数年前、身体障害者や病人たちに対して、総司令部に尽くしておこなった（しかも自ら罰せられることもなく）死刑執行人の仕事と比べるならば、《ポチョムキン》の貧弱なサディストなど気の毒に思える程度であろう。

《ポチョムキン》は、偉大な映画、稀に見る成功をかちとった映画である。まさにこの点について異議申し立てをおこなおうと思うならば、絶望的な勇気がそうとう必要になるだろう。質の悪い傾向芸術、そういったなかに質の悪い社会主義の傾向芸術は、ほかにいくらでもある。そういったたぐいのものは、効果という点からまずは方向づけされており、使い古された考察や、使用済みの紋切り型をあてにしている。しかしながら、この映画はイデオロギー的にしっかりとセメントで固められ、橋脚のアーチのように、あらゆる細部にいたるまで正確に計算されている。打ち下ろされる打撃の音が力強いものであるほど、それだけ美しくこの映画は鳴り響く。手袋をつけた指で揺り動かす者だけが、何も耳にすることなく、何も動かすことがないのだ。

訳註

（1）UFAは、一九一七年に設立されたドイツの巨大な映画会社。Universum Film AG の頭文字をとって「ウーファ」と呼ばれる。ベルリン郊外のポツダムのバーベスベルクを本拠地とした。一九三三年のヒトラーの政権掌握後、ナチズムのプロパガンダの目的で国営化されるが（一九四五年まで）、それまでの期間は、ワイマール時代のドイツ映画の黄金時代を牽引する映画会社であり続けた。

（2）エイゼンシュテインとともに、この時代のソヴィエト連邦の映画を代表する映画監督プドフキンの最もよく知られた作品がこの《母》である。一九〇五年の革命を題材としたゴーリキーの小説『母』（一九〇六年）を映画化したものである。《戦艦ポチョムキン》の翌年となる一九二六年に製作・公開されている。

シュルレアリスム
ヨーロッパ知識人層の最後のスナップショット

批評家がそこに発電所を作ることができるほどの激しい高低差に、精神的潮流が行きつくことがある。シュルレアリスムにとってそのような高低差を生み出しているのは、フランス－ドイツの水準面のちがいである。一九一九年のフランスで、何人かの作家グループ——アンドレ・ブルトン、ルイ・アラゴン、フィリップ・スーポー、ロベール・デスノス、ポール・エリュアールといった最も重要な名前をここでさっそくあげておこう——において生まれたものは、か細い小川だったかもしれない。それは、〔第一次〕大戦後のヨーロッパの湿った退屈やフランスのデカダンスの最後の細流から力を得たものだった。今日でもなお、この運動の「本当の源泉」という発想から先に進むことのできない者たち、そして今日でもなお、作家の一派が尊敬すべき世の中の人たちをまたもや煙に巻いているというしか能のない者たち、そういった知ったかぶりの連中は、川の流れが始まる源泉のところでたっぷりと時間をかけてあれこれ考えたあげく、こんなちっぽけな小川ではタービンを動かすことなどできないと確信するにいたる専門家会議にいくぶん似ていなくもない。

ドイツ人の観察者が立っているのは、流れの始まる源泉ではない。これはドイツ人にとってチャンスだ。ドイツ人が立っているのは谷である。彼ならこの運動のもつエネルギーを見積もることができる。ドイツ人として、すでに長い間、知識人の危機に、正確にいえば、ヒューマニズム的な自由概念の危機に慣れ親しんでいる者、果てしない議論の段階を抜け出てなんとしても決断にいたろうとする熱狂的な意志が、そのような危機のなかで目覚めていると知っている者、アナーキズム的な反政府的態度と革命の規律とのあいだで極度に危険にさらされた立場を、身をもって体験せざるをえなかった者、そのような者が、きわめて表面的な外見からこの運動を「芸術運動」、「文学運動」と考えるようなことがあったとすれば、そこに弁解の余地はない。はじめはたしかにそのような運動であったとしても、まさにそのはじめの時点ですでにブルトンはこう宣言している。人間が生きるかたちの文学的沈殿物を読者にさしだしながら、この生きるかたちそのものは渡さないままにしているような実践とは手を切りたい、と。しかし、このことをもっと簡潔に、そして弁証法的に言い表すとすれば、こういうことだ。ここでは、緊密に結びついた人たちのサークルが「文学的生活」を可能な限りぎりぎりの限界まで推し進めていくことによって、文学の領域が内側から爆破されたのだ。自分たちにとってランボーの『地獄の季節』はもはや何の秘密ももっていなかったと彼らが主張するとすれば、その言葉はそのまま信じてよい。この書物は実際、こういった運動の最初の記録史料である。（比較的最近の記録。もう少し前の時代の先駆的運動についてはあとで言及する。）ここで何が論点となっているのかについて、ランボーがこの著作の私家版のなかでおこなっていること以上に決定的で痛烈に提示することなどいったいできるだろうか。ランボーは、「いくつもの海と北極の花々のなす絹のうえで」という箇所について、あとから欄外に「そのようなものは存在しない」（Elles n'existent pas）と書いている(1)。

シュルレアリスムにおいて展開していった弁証法的な核が、どれほど目立たず周辺的な本質のうちにもともと組み込まれていたかということを、まだこの発展が見てとれるものではなかった一九二四年という時期に、アラゴンは『夢の波』のなかで示している。今日ではこの発展を見てとることができる。ヒロイックな段階――アラゴンはその英雄のカタログをその作品のなかで残してくれている――はもう終わったというのは、疑いをいれないことだからだ。そのような運動には、権力と支配をめぐる具体的、世俗的闘争のなかで秘密結社のもともとの緊張状態が必然的に爆発せざるをえない瞬間、あるいは、公の宣言となることで、そういった緊張状態が崩壊し変形せざるをえない瞬間というものが存在する。目下のところ、シュルレアリスムはこの変形の局面にある。しかし、シュルレアリスムがインスピレーションを与える夢の波というかたちをとって、創始者たちに押し寄せてきた当時、それは最も統合され、最も完結をもたらす性格をもち、最も絶対的なものと思われた。シュルレアリスムが触れたものはすべて統合されることになった。ちょうど大量のイメージが何度も満ちては押し寄せるときのように、目覚めと眠りのあいだにある敷居がそれぞれの人のなかで何度も踏まれてすり減ってしまっているところでのみ、人生は生きるに値するものと思われた。また、音とイメージ、イメージと音とが、自動的に作動するような正確さで、「意味」といった小銭には何の隙間も残っていないほどぴったりと絡み合うところでのみ、言葉は言葉そのものであると思われた。イメージと言葉が優先する。サン＝ポル＝ルーは、明け方近く眠りにつくとき、扉に次のようなプレートをとりつけておく——「詩人は仕事中」[2]。ブルトンは次のように書き記している。「お静かに。私は、誰もまだ通り抜けたことがないところを通り抜けようとしている。どうぞお静かに。——どうぞお先にお通りください、いとしい言葉よ。」[3] 言葉が優先するのだ。

　意味に優先するだけではない。自我にも優先する。世界という構造物のなかで、夢は個の存在を穴の空いた歯のようにゆるめてぐらつかせる。陶酔によって自我をこのようにぐらつかせることは、同時にまた、実り豊かで生き生きとした経験でもある。この経験は、シュルレアリストたちを陶酔の力が及ぶ圏域から出させてくれることになった。ここはシュルレアリスムの経験を完全に明確に描き出す場ではない。しかし、このグループの書く文章とは文学ではなく、それとは別のもの、つまりマニフェスト、スローガン、記録文書、はったり、さらにこういってよければ、偽造であって、ともかく文学ではないということを見通している者は、それとともに、ここで問題となっているのは、文字通り経験であって、理論ではないということ、ましてや妄想などではないということもわかっている。この経験は、決して夢に限られるものではなく、またハシシュ吸引や阿片による陶酔の時間に限られるものではない。「シュルレアリスム的経験」についてわれわれが知っているのは宗教的恍惚感や麻薬による恍惚感だけだと思うのは、大きな誤りである。レーニンは、宗教を民衆にとっての阿片と呼び、それによってこれら二つを近寄せることになったが、そこまで近づけるのはシュルレアリストにとってありがたいことではなかっただろう。ランボー、ロートレアモン、アポリネールがシュルレアリスムを生み出したとき、カトリックに対する仮借ない激情的な反乱をくりひろげていたが、それについてはあとで論じることになる。しかし、宗教的な悟りを真に創造的に克服するのは、決して麻薬によるのではない。その克服は、世俗的な悟りにある。それは唯物論的、人間学的なインスピレーションである。ハシシュ、阿片、その他の類は、その予備段階をなすこともある。(だが、危険な予備段階である。そしてさまざまな宗教という予備段階はさらに厳しい。) 世俗的な悟りがシュルレアリスムに備わったとき、それぞれが必ずしもその頂点にあったわけではなかった。世俗的な悟りを最も力強く告げているまさにその著作、つまりアラゴンの比類なき『パリの農夫』とブルトンの『ナジャ』からして、非常に気になる欠落症状を示している。例えば『ナジャ』には、「〈サッコ＝ヴァンゼッティ〉と呼ばれたパリの魅惑的な略奪の日々」[4]についての秀逸な箇所があり、またブルトンはそれに続けて、ボンヌ・ヌーベル大通りはこれらの日々に、その名前〔良く新しい（ボンヌ・ヌーベル）〕が以前から与えていた、反乱の戦略的な約束を果たしたのだと確言している。しかし、ここにはサッコ夫人も現れる。これはフラー[5]の犠牲となった男の妻ではなく、霊視者（ヴォヤント）である。この女はユジーヌ通り三番地に住んでおり、ポール・エリュアールに、ナジャとかかわるとろくなことにならないと告げる[6]。ところで、シュルレアリスムの命がけの道のりは、いくつもの屋根、避雷針、雨樋、ヴェランダ、風見鶏、化粧漆喰細工を抜けてゆくが――建物のファサードをよじ登る者にとって、装飾はどれもまちがいなくとても役に立つ――、この道はまた降霊術のおこなわれる湿っぽい奥の部屋にも達していることを、われわれは認めなければならない。だが、自分の将来がどうなるか尋ねるために、この道が注意深く窓ガラスをノックするのを耳にしたくはないものだ。これら革命の養子たち〔シュルレアリスト〕が、かつての修道会女性メンバーや退役少佐や国を離れてやってきた闇商人たちの秘密集会でおこなわれているすべてのことがらとは、きっぱりと手を切ってほしいと望まない者はいないだろう。

　それ以外の点では、ブルトンの著作はこの「世俗的な悟り」のいくつかの基本的特徴を説明するのにうってつけだ。彼は『ナジャ』を「パタンと開閉する自在扉の本」(livre à porte battante) と呼んでいる。(モスクワで私が滞在していたホテルでは、ほとんどすべての部屋にチベットのラマ僧が入っていた。彼らは全仏教寺院の大会のためにモスクワにやってきていた。そのときに気になったことは、建物のいくつもの通路のドアがどれほどの数かつねにきちんとしまっていない状態になっていたことだった。はじめは偶然かと思ったのだが、気味が悪くなってきた。聞いたところによると、そういった部屋にはある宗派に属する人たちが泊まっていて、彼らは閉ざされた空間に滞在することは決してないという誓いを立てている人たちだとのことだった。そのとき私が経験したショックを、『ナジャ』の読者は感じとるにちがいない。）ガラスの家に住むということは、ひときわ優れた革命の美徳である。それもまた陶酔であり、われわれがとても必要としている道徳的な露出主義である。自分自身の生活にかかわることがらを秘密にしておくことは、貴族の美徳としてはじまり、そののちますます成り上がりの小市民たちにかかわる事項になっていった。『ナジャ』は、芸術小説とモデル小説のあいだに真の創造的な綜合（ジンテーゼ）を見出すことになった。

ところで、愛を実行に移しさえすれば——これについても『ナジャ』が導き手となる——愛のうちにも「世俗的な悟り」を認めることができる。著者はこのように書いている。「私はちょうどその頃（ナジャとの交際があった時期）、〈愛の宮廷〉の時代だからということで、ルイ七世の時代についていろいろ調べていた。そして、当時、人々が人生をどのようにとらえていたかをかなり集中して思い描こうとしていた。」プロヴァンスの〔中世の〕愛（ミンネ）については、ある最近の著者の本からある程度詳しいことをいまではわれわれも知っているが、それは驚くほどシュルレアリスムの愛の考え方に近づいている。「清新体[7]の詩人たちはみな」——とエーリヒ・アウエルバッハの優れた著作『世俗詩人ダンテ』に書かれている——「神秘的な恋人をもっている。彼らみなが、ほぼ同じような、とても風変わりな愛(アモーレ)の冒険を経験する。彼らみなに対して愛(アモーレ)は贈り物を授けるか、あるいは授けないことになる。その贈り物は、官能的な楽しみというよりも、むしろ悟りに似たものである。彼らはみなある種の秘密の結びつきに属しており、それは彼らの内的生活のみならず、ひょっとすると彼らの外的生活をも規定している。」ここで陶酔の弁証法と並べられているさまはほんとうに独特のものだ。一方の世界の恍惚状態(エクスタシー)はいずれも、相補的な世界では人を恥じ入らせるほどの冷静さとなっているのではないだろうか。ミンネが目指しているのは――ブルトンをあの精神感応力(テレパシー)のある少女〔ナジャ〕に結びつけているのはミンネであって、恋愛(リーベ)ではない――、純潔とは忘我的恍惚のことでもある、ということ以上のなにものであろうか。それが入ってゆくのは、イエスの御心の墓所やマリア祭壇に境を接するだけではなく、戦いの前の朝あるいは勝利の後の朝に境を接するような世界の中なのである。

ご婦人(ダーメ)は、秘教的な愛においては最も非本質的なものである。そのことはブルトンの場合にも当てはまる。彼は、ナジャ自身に近いというよりも、むしろナジャが近い事物に近い。ナジャが近い事物とはどのようなものだろうか。そういった事物の規範集(カノン)は、シュルレアリスムの理解にこのうえなく有益である。どこから始めよう。シュルレアリスムは驚くべき発見を誇ることができるだろう。「時代遅れ」のもののうちに現れる革命的エネルギーに出会ったのは、シュルレアリスムが最初である。最初の鉄骨構成物、最初の工場建築物、最初期の写真、すたれはじめた物たち、サロンの両開き扉、五年前の衣服、流行に見放されはじめている上流階級の会合用料理店といったもののうちに、そのような革命的エネルギーがあるのだ。こういった事物が革命とどのような関係にあるか――これらの作家たち〔シュルレアリスト〕ほど、このことを正確にとらえていた者はいない。どのようにして貧困が、社会的貧困だけでなく、まったく同様に建築の貧困、室内空間の貧困が、隷属状態に置かれているとともに隷属状態をもたらす事物を、革命的ニヒリズムへと転化させるか、このことに気づいているのは、これら見者であり徴(しるし)を読み解く者たち以前には、誰もいなかった。アラゴンの「オペラ座のパサージュ」[8]はおいておくことにしよう。われわれがもの悲しい鉄道の旅の途中に〔鉄道は老化しはじめている〕経験したこと、大都市のプロレタリア地区でのわびしい日曜の午後、あるいは新しいアパートの雨に濡れた窓から外にはじめて目をやったときに経験したことのすべてを、ブルトンとナジャのカップルは、革命的行動とはいかないものの、革命的経験へと変えてしまう。彼らは、これらの事物のうちに隠されている、「雰囲気(ガッセンハウアー)」のもつ巨大な力を爆発させる。決定的な瞬間に、最近最も人気のある街の歌によって決められてしまう人生というのは、どのようなかたちをとることになるのか、読者のみなさんはどう思われるだろうか。

これらの物の世界を支配下におくトリック――ここでは方法という言葉よりもトリックという言葉のほうがふさわしい――は、過ぎ去ったものに向ける歴史的まなざしを、政治的なまなざしに取り替えてしまう、ということだ。「開け、墓たちよ、おまえたち、絵画館の死者たちよ、屛風の向こうにいる屍たち、宮殿や城館や修道院の屍たちよ、ここに立っているのはおとぎ話の鍵の番人だ。あらゆる時代の鍵の束を手にしており、どれほど巧みに作られた錠の開けかたも心得ている。おまえたちを今日の世界のただなかに招き入れる。金銭が気品をもたらしている荷物運搬人たち、機械工たちのあいだにおまえたちを紛れ込ませる。騎士の時代の甲冑のように美しい彼らの自動車におまえたちを心地よく座らせる。国際線の寝台車に席を取り、今日でもなお自分の特権を誇る人々すべてと密接につながるようおまえたちをしむける。しかし文明は、こういった人たちをあっさりと片付けてしまうだろう。」この言葉をアポリネールに語らせているのは、彼の友人のアンリ・エルツである。(9)この技術はアポリネールに始まる。彼はこの技術を短編小説集『異端教祖株式会社』のなかで、マキアヴェッリ主義的な計算をしながら用いている。カトリシズムを(心のなかでは執着しているものの)吹き飛ばすためである。

これらの物の世界の中心には、そういった世界の事物のうちでも最も夢見られるもの、つまりパリという都市そのものがある。しかし、反乱が起こってはじめて、そのシュルレアリスム的な相貌があますところなくさらされることになる。(人気のない街路、そこでは口笛や銃声が決断の指示を与える。)ある都市の真の相貌ほど、シュルレアリスム的な相貌はほかにない。キリコやマックス・エルンストの絵も、都市の内部に置かれた要塞の鋭い輪郭にはかなわない。これらの要塞はまず征服され占拠されなければならない。それは、都市の運命を支配するため、そしてまた都市の運命において、つまり都市の大衆の運命において、自らの運命を支配するためである。ナジャは、こういった大衆の、そして大衆に革命のインスピレーションを与えるものの代表者である。「生き生きとした、朗々と鳴り響く大いなる無意識状態よ、私がいつも証明したいと思っているようなかたちで、説得力のある行動だけを私に吹き込む大いなる無意識状態よ、私のすべてを永遠に自由に使ってほしい。[10]」まさにここにそういった要塞群の一覧が示されている。他のどの場所にもまして、汚さが象徴的な力のすべてを表していたモーベール広場に始まり、あの「現代劇場（テアトル・モデルヌ）」にまでいたる。この劇場を自分で目にすることができないというのはあまりにも残念なことだ。しかし、その二階にあったバーを描くブルトンの文章――「とても暗い。通り抜けていくことはできない、トンネルのような仕切り席。湖の底のサロンだ」――には、かつてのプリンツェス・カフェ[11]のあのどうにも理解できない空間を思い起こさせるものがある。それは二階の奥部屋で、青い光に照らされた二人連れが何組かいた。私たちはその部屋を「解剖学教室」と呼んでいた。そこは愛のための最後の店だった。ブルトンの著作ではそのような箇所で、とても奇妙なしかたで写真が介入してくる。写真は、街路や門や街のさまざまな広場を三文小説の挿絵のようにしてしまい、これらの何世紀も経た建築物からその平凡な自明さを注ぎだして、最も根源的な集中力で描写されているできごとにそれを振り向ける。ちょうど昔の小間使いが読む本のように、ページ数をつけた本文そのままの引用がそのできごとを指し示している。ここに浮かび上がってくるパリのさまざまな場所すべてが、これらの人間たちのあいだにあるものが回転扉のように動いている場となっている。

シュルレアリストたちのパリもまた、一つの「小さな世界」である。つまり、大きな世界である宇宙(コスモス)でも、見た目にかわりはないということだ。そちらにもまたいくつもの交差点があり、そこでは幽霊のような交通信号が光っている。さまざまなできごとが考えられないくらい似ていたり絡み合ったりしていることが日常茶飯事となっている。シュルレアリスムの抒情詩が報告をおこなっているのは、こういった空間である。「芸術のための芸術(ラール・プール・ラール)」につきものの誤解に対処するためだけであっても、このことは言っておく必要がある。というのも、芸術のための芸術(ラール・プール・ラール)というのはこれまでほとんど文字通りに受けとめられたことがなく、ほとんどいつも、まだ名前がないものだからそう表示することができない貨物を船で運ぶときに掲げる旗のようなものだった。われわれが証人となっている諸芸術の危機を、ほかの何ものにもまして明らかにしてくれるような仕事に着手する瞬間に、いままさにあるといってもよい。その仕事とは、秘教的な文学の歴史である。そのような歴史がまだないということもまた、決して偶然ではない。そのような歴史が書かれることを望んでいるように歴史を書くこと——といっても、個々の「専門家」がそれぞれ自分の専門領域で「最も知るに値することを寄稿する」といった論文集ではない。そうではなく、一人ひとりが内面のやむにやまれぬ欲求から、秘教文学の発展史というよりも、秘教文学が何度も新たに根源から息を吹き返すさまを描き出すような、しっかりとした書物である。そのように書かれたものであれば、その歴史は、それぞれの世紀ごとに見られるような、学問的信条を明確に記した書物の一つとなるであろう。その最後のページには、シュルレアリスムのレントゲン写真が見られるにちがいない。ブルトンは『現実僅少論序説』のなかで、中世の哲学における実在論がどのように詩的経験の土台となっているかということをほのめかしている。しかし、この実在論——事物の外部であれ、事物の内部であれ、諸概念が実際に特別な存在としてあるという信念——は、論理的な概念の領域から魔術的な言葉の領域へと、つねにきわめてすばやく移行していった。すでに一五年にわたって、未来派やダダイスムやシュルレアリスムといったどの名前であるにせよ、アヴァンギャルド文学の全体を通じて、音声や書かれた文字を変換する遊びが熱心におこなわれている。こういった変換の遊びは、魔術的な言葉の実験であって、曲芸的なお遊びなどではない。スローガンと呪文と概念がここでどれほど入り乱れて混じり合っているか、そのことをアポリネールの最後のマニフェスト《新しい精神と詩人たち》の次の言葉が示している。一九一八年、そこで彼はこう書いている。「たった一つの言葉で、群衆、民族、あるいは宇宙といった複合的な実在物を言い表すことにわれわれはみな慣れてしまっているのだが、そのような手早さや単純さに対応する現代的なものは、文学のうちにはない。しかし、今日の詩人たちは、こういった隙間を埋める。彼らの綜合的な文学はさまざまな新しい存在を創り出す。それらの柔軟にかたちを変える姿は、集合を表す言葉の姿と同じように複合的である。」そとはいえ、アポリネールとブルトンがこの方向にさらに力強く突き進み、「科学の獲得したものは、論理的思考にもとづくというよりも、むしろシュルレアリスム的思考にははるかに多くもとづいている」[12]という説明によってシュルレアリスムを周囲の世界に結びつけてしまうとき、いいかえれば、彼らが神秘化――ブルトンはその頂点は詩（ポエジー）にあるとみている（それは擁護できる）――を、科学と技術の発展の基礎でもあるとするとき、そのような統合は性急に過ぎる。このシュルレアリスムの運動を、理解もしていない機械の驚異とあわてて結びつけること――アポリネールによると、「昔のおとぎ話は大部分が現実のものとなってしまった。今度は、詩人が新しいおとぎ話を考え出す番だ。そうすると作り出した人がそれを実現することになる」――、こういった暑苦しいファンタジーを、[13]シェーアバルトのような人の風通しのよいユートピアと比較するのは、とてもためになる。

「人間の活動というものを考えると、どんなものであれ笑ってしまう。」アラゴンのこの言葉は、シュルレアリスムがその源泉から政治化にいたるまで、どのような道をたどることになったかを実にはっきりと示している。もともとこのグループに属していたピエール・ナヴィルは、彼の卓越した著作『革命と知識人』のなかで、この展開を正当にも弁証法的と呼んでいる。極端に観想的な態度から革命的な反対派へのこの転換に際しては、ラディカルな精神的自由のいかなる表明に対しても向けられるブルジョワジーの敵意が中心的な役割を演じている。この敵意がシュルレアリスムを左派に追いやったのである。さまざまな政治的できごと、とりわけモロッコ戦争が、この展開を加速した。

『ユマニテ』に掲載されたマニフェスト《知識人はモロッコ戦争に反対する》によって、例えばサン＝ポル＝ルーの祝宴での有名なスキャンダルが示しているのとは根本的に異なる出発点を彼らは手にしていた。当時、戦争直後のことだが、自分たちが尊敬するある詩人のお祝いがナショナリストの連中の同席によって貶められたと感じたシュルレアリストたちは、「ドイツ万歳！」という叫び声をあげた。彼らはそのときスキャンダルの境界内にとどまっていた。周知のようにブルジョワジーは、あらゆる政治行動に対して敏感であると同程度に、スキャンダルに対しては鈍感である。そういった政治状況の影響下にあって、アポリネールとアラゴンが詩人の将来について一致した見解であったというのは目を引く。アポリネールの『虐殺された詩人』の「迫害」と「殺害」の章は、詩人の大迫害（ポグロム）の有名な描写を含んでいる。出版社は襲撃を受け、詩集は火中に投じられ、詩人たちは殴り殺される。そしてこれと同じ情景が、同じ時に世界中でくりひろげられる。アラゴンにおいては、そのような残虐行為を予感して、「イマジネーション」が部下たちに対して、最後の十字軍遠征へと呼びかける。

このような予言を理解し、シュルレアリスムが到達したラインを戦略として測定するためには、いわゆる好意的な左派市民の知識人層のうちに、どのような考え方が広まっているかを見渡してみる必要がある。その考え方は、こういったサークルが現在、ロシア的な方向に向かっているということのうちにはっきりと示されている。もちろんここで話題にしているのは、ロシアについての嘘をばらまく道を切り拓いたベロー(14)のことでもないし、この切り拓かれた道を、市民のあらゆるルサンチマンという荷物を背負って、行儀のよいロバのようにのそのそとベローについて歩くファーブル＝リュス[15]のことでもない。しかし、デュアメルのあの典型的に仲裁者ふうの本でさえ、[16]どれほど問題を孕んだものであることか。この本の全体を貫く、プロテスタント神学者が無理をして正直に語り、無理をして勇敢にふるまい心を込めた言葉が、どれほど耐えがたいものであることか。物事になんらかの象徴的な光を当てようとする、対象への困惑と言語の知識不足に支配されるその方法が、どれほど使い古されたものであることか。「真のより深い革命、ある意味でスラブ的な魂そのものの実質を変容させるかもしれない革命は、まだ生じていない」という彼の総括の言葉は、どれほど裏切りに満ちたものであることか。このフランスの左派知識人層に典型的であるのは――ロシアの左派知識人層の場合にもまったく同様だが――、彼らの積極的（ポジティヴ）な働きが完全に、革命に対する義務感からではなく、伝統的な文化に対する義務感から生じているということである。彼らが集団として成し遂げる仕事は、それがポジティヴなものである限り、保存管理者の仕事に近いものとなる。とはいえ、政治的・経済的領域では、彼らには破壊的妨害行為（サボタージュ）の危険性があるということをつねに計算に入れておく必要があるだろう。

　この左派市民層の立場全体に特徴的であるのは、彼らが理想主義的道徳と政治的実践のあいだを救いようのないやり方でとりもとうとしていることである。「物の考え方」といった何もできない妥協的態度と対照させて考えるときにのみ、シュルレアリスムの核心部分、あるいはシュルレアリスム的伝統の核心部分がいくぶんか理解できるだろう。この理解のためにはまだ多くのことがなされているというわけではない。ランボーやロートレアモンのような悪魔主義を、芸術のための芸術（ラール・プール・ラール）と対をなすものとして、スノビズムの在庫目録のうちに含めて考えるという誘惑はあまりに大きい。しかし、こういったロマンティックな模造品の内部を開いてみる決心をすれば、そのなかには役に立つものも見つかる。そこに見られるのは、政治という――どれほどロマンティックだとしても――消毒殺菌と隔離の機構としての悪の崇拝である。この機構は、道徳的な説明をおこなおうとするいかなるディレッタンティズムにも逆らう。このことを確信していると、ブルトンの本のなかで子どもの性的虐待が中心に置かれたおぞましい作品の一場面にゆきあたったとき、二、三〇年ほど時間を遡ってみることになるかもしれない。一八六五年から一八七五年にかけて、何人かの偉大なアナーキストたちが、互いにそうとは知らず、時限爆弾の仕事に勤しんでいた。驚くべきことに、かれらはそれぞれ独自にその時計をちょうど同じ時間に設定しており、そして四〇年後、西ヨーロッパでドストエフスキーとランボーとロートレアモンの著作が同時に爆発したのだ。さらに正確に言えば、ドストエフスキーの全集のなかから、実際に一九一五年になってはじめて出版された一つの箇所を選び出すこともできるだろう。『悪霊』のなかの「スタヴローギンの告白」である。『マルドロールの歌』[17]の第三の歌ときわめて密接にふれあうこの章は、悪の正当化を含むものである。この悪の正当化は、今日シュルレアリスムの主唱者の誰よりも、シュルレアリスムの特定のモティーフを力強く示すものとなっている。スタヴローギンは、シュルレアリストという言葉以前のシュルレアリストなのである。善は、それをなす者のどれほど男らしい徳であるとしても、神によって霊を吹き込まれたものであるのに対して、悪のほうは、完全にわれわれの自発的なおこないとして生じているものであり、その点でわれわれは自立しており、完全に自分自身で立っている存在である、といった俗物的な人間の考え方が、どれほど何もわかっていない能天気なものであるかということを、スタヴローギンほど理解していた人間はほかにいない。彼ほど、最も下劣な行いのうちにさえ、いやまさに最も下劣なおこないのうちにこそ、吹き込まれた霊（インスピレーション）を見ていた者はいない。彼はさらに、卑劣なおこないとは、世の中の流れのなかに、さらにはわれわれ自身のうちにも、前成的に組み込まれているもの、われわれに課されたものではないにせよ、そうするように促されているものであるととらえていた。理想主義的なブルジョワが徳をそのように考えていたのと同じように。ドストエフスキーの神が創造したのは、天と地、人間と動物だけではなく、下劣さ、復讐、残酷さでもあった。これについても、神は悪魔に対して、自分の仕事に手出しをさせるようなことはしなかった。だから、スタヴローギンにおいてそれらはすべて完全に根源的なものであり、「すばらしい」ものではないにせよ、「初めの日と同じように」永遠に新しい。俗物が罪という言葉をきいて思い浮かべる型通りの言葉とは、天と地のようにかけ離れている。

先に言及した詩人たちに驚くべき遠隔作用の力を与えている緊張状態がどれほど大き

なものであるか、イジドール・デュカス[18]が一八六九年一〇月二三日に出版社に宛てて書いた手紙は、実に奇妙なやり方で裏付けている。それは自分の創作について納得してもらうためのものだった。彼はそのなかで、自分をミツキェヴィチ、ミルトン、サウジー、アルフレッド・ド・ミュッセ、ボードレールに並ぶ作家としたうえで[19]、次のように述べている。「もちろん私はいくぶん調子をふくらませて書きましたが、それはこういった文学のうちに新しいものをもちこむためです。それが絶望を歌っているのはただ、読者を重い気持ちにさせ、そうして自分を癒やしてくれる善を読者がそれだけ強く熱望するようにという理由のためにすぎません。そうなると、結局、歌うのはいつも善だけということになります。もちろん方法だけは、昔の流派と比べて、より哲学的で素朴さも少なくなりますが。この流派でまだ生きている人といえば、ヴィクトル・ユゴーやその他の何人かの作家だけです。」しかし、行方の定まらないロートレアモンの本がそもそも何かと関連しているとすれば、というよりむしろ、何かと関連づけられるとすれば、それは民衆蜂起という連関である。それゆえ、スーポーが一九二七年に全集版のなかで、イジドール・デュカスの政治的経歴を書こうとしたとき、それは非常に理解のできる、そしてそれ自体としては無思慮というわけではない試みであったということになる。残念ながらその記録は残っていない。また、スーポーがいくつか引き合いに出していることも、とりちがえにもとづくものだった。それに対して、ランボーについての同様の試みは幸いにもうまくいった。ランボーの真の像をクローデルとベリションによるカトリックへの簒奪から守ったのは[20]、マルセル・クーロン[21]の功績である。そのとおり、ランボーはカトリック教徒である。しかし、彼が自分について述べている言葉によれば、彼がカトリック教徒であるのは、その最も惨めな部分においてである。彼はそれを倦むことなく密告し、彼の憎しみとすべての人の憎しみに、彼の軽蔑といかなる人の軽蔑にもそれを引き渡す。この部分こそ、革命が理解できないという告白を彼に強いているものである。しかしこれは、自身について十分な働きができなかったコミューンのメンバーの告白であり、そしてまた、彼が文学に背を向けたときには、もうはるか昔に最も初期の文学創作において、宗教に訣別を告げていた者の告白である。「憎しみよ、おまえに私の宝を託したのだ」と彼は『地獄の季節』のなかで書いている[22]。シュルレアリスムの詩学は、この言葉にも蔦を絡めて伸びてゆくことができるかもしれない。この詩学は、アポリネールに由来する「驚き（シュルプリーズ）」の理論、驚きを受けた詩作の理論よりもさらに深く、その根をポオの思想の深みにまで沈めてゆくことさえあるかもしれない。

　バクーニン以降、ヨーロッパには自由のラディカルな概念はもはや存在しない。シュルレアリストたちにはそれがある。道徳主義・ヒューマニズムで硬化したリベラルな自由の理念に決着をつけるのは、彼らがはじめてである。彼らがそうするのは、次のことがはっきりとわかっているからである。「この地上で、数多くのきわめてつらい犠牲によってのみ贖うことのできる自由は、それが存続する限りにおいて、無制限にたっぷりと、そしてどのような実際的な計算も抜きにして、享受されるべきものである。」このことはシュルレアリストたちに次のことを証明する。「人類の解放闘争は、最も簡素な革命のかたちをとるとき（そのかたちは、やはり、そしてまさに、あらゆる観点からいって解放である）、仕えるに値する唯一のことがらなのである。[23]」しかし、彼らは、この自由の経験を、もう一つの革命的経験にうまく溶接してつなぎ合わせることができるだろうか。われわれはもう一つの革命的経験をかつて手にしていたのだから、その意義をやはり認める必要がある。つまり、もう一つの革命的経験とは、革命のもつ構成的なもの、独裁的なものである。要するに、反乱（リヴォルト）を革命（レヴォリューション）にうまく結びつけることができるか、ということだ。ボンヌ・ヌーヴェル通りにすっかり順応するような生活を、ル・コルビュジエやアウトの空間のうちにどうやって思い描くことができるのだろうか。[24]

陶酔のもつさまざまな力を革命のために獲得すること、あらゆる本や企てのなかで、そのことをめぐってシュルレアリスムは動いている。シュルレアリスムはそれを、自らに最も即した課題と呼んでもよいだろう。どのような革命的行為のうちにも、周知のように陶酔的な要素が息づいているが、この課題にとって、それで十分だということにはならない。陶酔的な要素はアナーキズム的な要素と同一である。しかし、後者だけにアクセントを置くと、練習と前祝いのあいだをふらついているような実践のほうが完全に優先されてしまい、方法と規律を備えた革命の準備があとまわしにされることになるのではないか。さらに、陶酔の本質についてのあまりに単純化された非弁証法的な見方がそれに加わる。「驚きの状態（エタ・ド・シュルプリーズ）にある」画家や詩人の美学、驚愕にとらわれた者の反応としての芸術という美学は、いくつかの非常に不吉でロマンティックな偏見にとらわれている。オカルト的、シュルレアリスム的、幻像（ファンタスマゴリー）的な才能や現象を真摯に究明するどのような行為も、弁証法的な交錯を前提とする。ロマンティックな考え方をする人は、こういった弁証法的交錯を身につけることは決してないだろう。謎めいたものにおける謎めいた側面を、情熱に任せたり熱狂にかられて強調するのでは、先に進むことはできないのだから。むしろ、われわれが秘密を見抜くのは、ひとえに秘密を日常的なもののうちに認めるその程度によっている。それは、日常的なものを見抜くことのできないものとして、また見抜くことのできないものを日常的なものとしてとらえる、ある弁証法的な光学の力によるものである。例えば、テレパシー的現象の最も情熱的な研究であっても、読むこと（これは顕著にテレパシー的なプロセスである）については、読むとは何かという世俗的な悟りがテレパシー的現象について教えてくれることの半分も教えてくれないだろう。あるいは、ハシシュによる陶酔の最も情熱的な研究であっても、考えること（これは顕著な麻酔薬である）については、考えるとは何かという世俗的な悟りがハシシュによる陶酔について教えてくれることの半分も教えてくれないだろう。読む人、考える人、待つ人、遊歩者は、阿片の使用者、夢を見る人、陶酔している人とおなじく、悟りを得た人たちなのである。そして、より世俗的な、悟りを得た人たちである。あの最も恐ろしい麻薬、われわれが孤独のなかで吸い込む「私たち自身」という麻薬についてては、いうまでもない。

「陶酔のもつさまざまな力を革命のために獲得すること。[25]」言い換えれば、文学的な政治ということだろうか。「もうたくさんだ。それだけはやめてくれ！」なるほど、そういうことであれば、少し横道にそれて文学の話をすると物事がどれほど明快になるか、そのことが読者のみなさんの興味を一層ひくことになるだろう。つまり、こういうことだ。市民の諸政党の綱領とはいったい何か。できの悪い春の詩である。比喩がはちきれんばかりに詰め込まれている。社会主義者が見ている「われわれの子孫のより美しい未来」は、すべての人たちが「天使であるかのように」行動し、誰もが「富んでいるかのように」多くのものをもち、誰もが「自由であるかのように」生活することのうちにあるという。天使や富や自由などどこにもない。すべてイメージにすぎない。これら社会民主党のおかかえ詩人たちのイメージの方向は何か。彼らの「グラドゥス・アド・パルナッスム[26]」は何か。オプティミズムである。そういったわけで、「ペシミズムの組織化」を急務の事案としているナヴィルの著作にはやはり別の空気を感じる。[27]ナヴィルは彼の文学上の友人たちの名において、最後通牒を突きつけている。そこでは、この良心のない、ディレッタント的なオプティミズムは、確実に自分の立場を明かさざるをえない。革命の前提となるものはどこにあるか、ものの考え方が変わることにか、あるいは外的状況が変わることにか。これは、政治とモラルの関係を規定するとともに、もみ消しを許さない根本問題である。シュルレアリスムはこの問題に対する共産主義の回答にますます近づいてきた。それはつまり、全面的なペシミズムである。そのとおり、完全にそうなのだ。文学の命運に対する不信、自由の命運に対する不信、ヨーロッパの人間の命運に対する不信、しかしとりわけ、階級間、民族間、個人間のあらゆる相互理解に対する不信、不信、不信。際限のない信頼が寄せられているのは、ＩＧファルベン[28]と空軍を平和な状態で完全に整備することだけである。だとすれば、いまどうするか、これからどうするか。

ここで、アラゴンの直近の著作である『文体論[29]』のなかで比喩とイメージの区別を要求している洞察を正当にとりあげる必要があるだろう。文体の問題に対しての適切な洞察であるが、これはさらに拡張して考えるべきものである。拡張──そう言い表すのは、比喩とイメージというこの両者が、政治の領域におけるほど、ドラスティックに和解しがたく出会う場はないからだ。ペシミズムを組織化するとはつまり、道徳的メタファーを政治から追い払い、政治的行動の空間のうちに一〇〇パーセントのイメージ空間を発見することにほかならない。しかしこのイメージ空間は、観想によって測定することはもはやまったくできない。ブルジョワジーの知的支配を打倒し、プロレタリア大衆との接触を獲得することが、革命的知識人層の二重の課題であるとすれば、彼らは課題の二つ目についてはほとんど完全に失敗している。二つ目は、観想的には克服することなどもはやできないからである。にもかかわらず、あたかもそうできるかのように革命的知識人たちに何度でも思わせてしまうという事態は、それによってほとんど変わることはなかった。そして彼らは、プロレタリアの詩人や思想家や芸術家を呼び求めることになった。それに対しては、すでにトロツキーが──『文学と革命』[30]のなかで──そういった人たちが現れるのは成功した革命のなかからだけなのだと指摘しなければならなかった。実際には、はるかに重要なのは、市民出身の芸術家を「プロレタリア芸術」の巨匠に仕立て上げることではなく、たとえ彼の芸術家としての仕事を犠牲にしたとしても、このイメージ空間のいくつかの重要な場所で活動についてもらうことなのである。そう、彼の「芸術家の経歴」を中断することはもしかすると、この活動の本質的な部分であるべきなのではないだろうか。

彼の語る小話は、それだけいっそうすぐれたものになる。そして、小話の語り方も、それだけいっそうすぐれたものになる。というのは、小話のうちにも、罵りの言葉のうちにも、誤解のうちにも、つまり、一つの行動そのものがイメージを自らのうちから際立たせるとともに自らイメージとなり、イメージを自らのうちに巻き込んでそれを喰らう場所、近さがその目つきから自らの姿を現している場所、そこではいたるところで、この探し求められているイメージ空間が開けるからだ。それは、あらゆる方面にわたる統合的な現在性（アクチュアリティ）の世界、「特別室」の欠けている世界、一言でいえばそれは、政治的唯物論と肉体をもつ生物とが、内的人間、魂、個人、あるいはその他われわれが批判の対象としたがるものを、引き裂かれていないものが何も残っていないほどに弁証法的な公正さにしたがって共有する空間である。しかしそれでも──いやまさにそのような弁証法的な破壊の後だからこそ──この空間とは、やはりイメージ空間、さらに具体的にいえば、身体空間なのだろう。というのも、どうにも仕方のないことだが、白状しないわけにはいかない。フォークトやブハーリン型の形而上的唯物論を、シュルレアリストたちの経験、あるいはもっと以前であれば、ヘーベル、ゲオルク・ビュヒナー、ニーチェ、ランボーといった人たちの経験によって裏付けられるような人間学的唯物論に断絶なく移行させることはできないのだ。残余物がそこには生じている。集団もまた身体的である。技術においてこの集団に対して組織される肉体は、その政治的で事実的な現実性の全体に即して、あのイメージ空間、世俗的な悟りによってわれわれがそこでなじみの存在となる、あのイメージ空間においてのみ生み出される。技術において身体とイメージ空間とが深く相互浸透し、その結果、革命のあらゆる緊張が身体的・集団的な神経刺激となり、集団のあらゆる身体的神経刺激が革命的な放電となるならば、そのときはじめて現実は、『共産党宣言』が要求しているのと同じ程度で、自らを乗り越えたことになる。目下のところ、共産党宣言が今日命じているものを理解したのは、シュルレアリストたちだけである。彼らは、それぞれが一人ずつ、自分たちの顔の表情の動きを、毎分六〇秒間ベルを鳴らす目覚まし時計の文字盤と引き換えているのだ。

訳註

（1）実際には、言及されている箇所は『地獄の季節』ではなく、『イリュミナシオン』のなかの「野蛮人」という散文詩。また「そのようなものは存在しない」という言葉も、ランボーがあとから欄外に書いたものではなく、詩の一部である。

（2）ブルトン『シュルレアリスム宣言』（一九二四年）。

（3）ブルトン『現実僅少論序説』（一九二七年）。のちに『黎明（Point du jour）』（一九三四年に単行本のかたちで出版、一九二四年から一九三二年にかけてのエッセイ集）に収録。

（4）ブルトン『ナジャ』（一九二八年）。「サッコ＝ヴァンゼッティ」とは、一九二〇年にアメリカ合衆国マサチューセッツ州で起こった強盗殺人事件の犯人として逮捕され死刑判決を受けた二人のイタリア人移民サッコとヴァンゼッティを指す。移民（かつアナーキスト）に対する偏見にもとづく裁判であるとの抗議のための大規模なデモが、合衆国だけでなく、イタリアをはじめとしてヨーロッパでおこなわれた。フランスでのデモの規模はイタリアとともに大きかった。一九二〇年代なかばには国際的な助命運動がヨーロッパ各地でも形成され、膨大な数の嘆願を受けて、一九二七年には州知事によって調査委員会が設置されるも、死刑判決の結論は変わらなかった。そして、一九二七年八月二三日に二人は処刑される。この事件は冤罪であったとのちに認められている。

（5）アルヴァン・T・フラー（Alvan T. Fuller）は、一九二五年から一九二九年までマサチューセッツ州知事をつとめ、国際的な嘆願運動を受けて、一九二七年にサッコ＝ヴァンゼッティ事件の調査委員会を設置しているが、この委員会は死刑判決を支持する。

（6）この言葉は、『ナジャ』ではエリュアールではなく、マックス・エルンストに対していわれている。

（7）清新体（Dolce Stil Novo）とは、一三世紀イタリアの文学運動。美しい女性の崇拝と、女性・愛と天国的なものとの結びつきを特徴とする。

（8）アラゴン『パリの農夫』（一九二六年）の第一章の標題。

（9）この引用箇所は、アポリネールではなく、エルンスト自身の言葉（『エスプリ・ヌーヴォー』第二六巻（一九二四年）所収のエルツの「単数複数」）である。

(10) ブルトン『ナジャ』。この箇所は、フランス語のまま引用されている。

(11) ベルリンのクアフュルステンダム一六番地にあった Prinzess-Café を指す。インターネット上の Deutsche Digitale Bibliothek で内装を描いた絵葉書が展示されている。

(12) ブルトンの言葉としてピエール・ナヴィル『革命と知識人』(一九二六年)のなかに見られる。

(13) ここで念頭に置いているのは、パウル・シェーアバルト(Paul Scheerbart, 1863–1915)の『レザベンディオ(Lesabéndio)』(邦題『小遊星物語』)のような作品だろう。《経験と貧困》等、他のいくつかのテクストでもシェーアバルトについて言及されている。

(14) アンリ・ベロー(Henri Béraud, 1885–1958)は、フランスの小説家・ジャーナリスト。一九二五年にソヴィエト連邦に滞在し、そこでの独裁的な政治のあり方に幻滅して、ソヴィエト連邦に対する批判的記事を書いていたのをベンヤミンは目にしていたのだと思われる。

(15) アルフレッド・ファーブル゠リュス(Alfred Fabre-Luce, 1899–1983)は、フランスのジャーナリスト・作家。一九二七年にロシア旅行を行い、『ロシア 一九二七年』という著作を刊行している。

(16) ジョルジュ・デュアメル(Georges Duhamel, 1884–1966)は、フランスの作家・詩人。一九二七年にソヴィエト連邦を旅行し、同年『モスクワ旅行』を刊行、本文中の言及はこの本のことを指していると思われる。ベンヤミンはデュアメルに対して、複製技術論のなかでも批判的に言及している。

(17) ロートレアモン(Lautréamont)の六つの歌からなる散文詩、一八六八年に完成。

(18) イジドール・リュシアン・デュカス(Isidore Lucien Ducasse, 1846–1870)は、ロートレアモンの本名。

(19) アダム・ベルナルト・ミツキェヴィチ(Adam Bernard Mickiewicz, 1798–1855)はポーランドを代表する国民的ロマン派詩人であり、政治活動家。ジョン・ミルトン(John Milton, 1608–1674)は、イングランドの詩人、『失楽園』で知られる。ロバート・サウジー(Robert Southey, 1774–1843)は、イギリスのロマン派詩人。アルフレッド・ルイ・シャルル・ド・ミュッセ(Alfred Louis Charles de Musset,

1810–1857）は、フランスのロマン主義の作家。

（20）ポール・クローデル（Paul Claudel, 1868–1955）は、フランスの劇作家・詩人・批評家。一八八六年、一八歳のときにランボーの詩集『イリュミナシオン』と出会い、また突然カトリックへの熱烈な信仰に目覚め、彼の著作活動の顕著な特徴となった。パテルヌ・ベリション（Paterne Berrichon, 1855–1922）は、フランスの詩人・画家・彫刻家。ランボーの熱心な崇拝者であり、アルチュール・ランボーの一番下の妹イザベルと文通、一八九七年に彼女と結婚する。イザベルは、アルチュール・ランボーが一八九一年に三七歳で死去したのち、彼の財産を引き継いでいた。一八九七年、一九一二年にランボーの伝記を出版しているが、彼の記述は伝統的な価値観・道徳観にもとづく傾向が強く、ランボーは死の床でカトリックの信仰を見出したのだと位置づけている。

（21）マルセル・クーロン（Marcel Coulon, 1873–1959）は、フランスの検察官であり、文芸批評家として著作も残している。プロテスタント。ランボーの愛読者であり、ベリションやポール・クローデルとは対立的な立場。

（22）ランボー『地獄の季節』冒頭、五つのアステリスクによって表示された無題の詩のなかの言葉。ベンヤミンは、ランボーのテクストをかなり自由にドイツ語に翻訳している。

（23）ブルトン『ナジャ』。この直前の引用も、『ナジャ』の同じ箇所。

（24）ル・コルビュジエ（Le Corbusier, 1887–1965）は、スイス生まれの建築家。機能主義的なモダニズム建築の代表的存在。J・J・P・アウト（Jacobus Johannes Pieter Oud, 1890–1963）は、オランダの建築家。テオ・ファン・ドースブルフとともに、一九一七年に雑誌『デ・ステイル』を創刊、この運動・グループの中心メンバーの一人となった。抽象絵画の最初期の一人、モンドリアンとの結びつきのもとに生まれた「デ・ステイル」のグループは、抽象主義絵画を志向し、バウハウスに接続してゆく構成主義を重要な特質としていた。

(25)このエッセイの前出の同じ言葉の自己引用。一九三四年に発表された「フランス人作家の現在の社会的立場について」のシュルレアリスムについて述べた箇所でも、この言葉がふたたび自己引用されている。

(26)文字通りには、芸術や学問の聖地としての「パルナッソス山への階梯」を意味する。そこから、とりわけ音楽の教則本・練習曲集のタイトルとしてこの言葉がしばしば用いられた。それによって芸術の高みにいたることができるということがそこでは意図されている。そのイメージと言葉が流布するにしたがって、芸術家の側から揶揄をこめたまなざしでこの言葉がとらえられることにもなった。

(27)先に言及されているピエール・ナヴィル『革命と知識人』(一九二六年)を指す。

(28)IGファルベンインドゥストリーは、一九二五年に成立した世界最大規模の化学工業コンツェルン。IGは「利益共同体(Interessengemeinschaft)」の略記であり、「ファルベン(Farben)」は、このコンツェルンの中心的産業の一つであった染料を表す。この中心母体となった企業(BASF、バイエル、アグファ)の同盟関係は一九〇四年にさかのぼる。ちなみに、このシュルレアリスム論(一九二九年)ののち、ナチスは権力掌握(一九三三年)の前からIGファルベンとの連携を進め始める。第二次世界大戦後、IGファルベンの役職者の戦争犯罪をめぐる裁判がおこなわれるとともに、ある程度の過程を経てコンツェルンとしては解体されることになる。

(29)『文体論(Traité du Style)』は、アラゴンの一九二八年の著作。

(30)ロシア語の初版は一九二三年、ドイツ語への翻訳は一九二四年。

チャップリン回顧

《サーカス》は、映画芸術の最初の「晩年の作品」である。チャーリーは彼の直近の映画以来、さらに歳をとったのだ。とはいえ、彼はそのように演技しているのでもある。この最新の映画において最も感動的なことは、チャップリンが自分の影響力の及ぶことがらの範囲をひとまず見渡して、それらによって、ひとえにそれらによってのみ、最後までやり遂げようと決心していると感じることだ。いたるところでチャップリンの偉大なモティーフがかたちを変えて、きわめて壮麗に花開いている。追跡は迷路のうちに場所を移し、突然の登場によって魔法使いはあっけにとられてしまう。無関心の仮面によって、魔法使いは、歳の市の見世物小屋のマリオネットとなる…

フィリップ・スーポーは、この偉大な作品から見てとれる教訓と警告から刺激を受けて、チャップリン像を歴史的現象として呼び起こそうというはじめての試みにとりくむことになった。卓越したパリの評論誌『ユーロープ』（リーデル、パリ）についてはのちほど詳細にとりあげることになるが、この一一月号には詩人スーポーのエッセイが掲載されている。スーポーがここで展開している一連の思考をめぐっては、いつの日かこの偉大な芸術家チャップリンの決定的な像が結晶してゆくこともありうるだろう。[1]

そこで何をおいてもとくに強調されていることは、映画とチャップリンの関係は根本的に、決して映画と俳優の関係ではないということ、ましてや映画とスターとの関係ではないということである。スーポーの考え方にしたがって、ずばりこのように言ってもよいだろう。チャップリンは、全体としてみたとき、演技者としてのウィリアム・シェイクスピアが俳優ではないのと同じように、俳優ではないのだ。スーポーはこのように言っている。そして、それは正当なことである。「チャップリンの映画が議論の余地なく他のものより優れているのは〔…〕、誰もが人生のなかで、それと知ることなく出会っているポエジーが、彼の映画のうちで支配しているということにもとづいている。」もちろん、チャップリンは彼の映画脚本の「詩人〔作家〕」であるという意味ではない。チャップリンは彼の映画の詩人、すなわち監督なのである。チャップリンがまず（ロシア人たちはこの点でチャップリンにしたがっている）映画を主題やヴァリエーションに、要するに構成にもとづかせていること、そしてそれらはすべて、緊張感あふれるプロットという従来の考え方とは正反対のものであるということを、スーポーは見てとっている。それゆえスーポーは、これまでおそらくだれもそうしたことがないほど決然と、チャップリンの創作（プロダクション）の頂点は《世論（L'opinion publique）》〔《巴里の女性》〕であると見ている。つまり、チャップリン自身はまったく出演しておらず、ドイツでは《ある美しい女性の夜々（Die Nächte einer schönen Frau）》というばかげたタイトルで上映されたあの映画である。[1]（「カメラ」[2]はこの映画を半年ごとにくりかえし上映すべきだろう。これは映画芸術の創立証明書というべきものである。）

三千メートル〔のフィルム〕のこの映画のために十二万五千メートルもの撮影がおこなわれたということを知れば、チャップリンの主要作品のうちに含まれている、とてつもない献身的な仕事がどれほどのものかわかるだろう。しかしまた、映画芸術の極地を目指して進む発見の旅の装備のために、この男が、少なくともナンセンやアムンゼンのような人たちと同じくらい必要としていた資本がどれほどのものであるか、ということもわかるだろう。チャップリンの二番目の妻による危険な金銭的要求が、[3]アメリカのトラストが彼に仕掛けている競争の戦いと連携して、この男の生産力を麻痺させてしまうのではないかというスーポーの懸念を、われわれとしても共有せざるをえない。チャップリンは、ナポレオン映画やキリスト映画を計画しているとのことである。そういったプロジェクトは、偉大な芸術家たちが自分の疲労感をその背後に隠す巨大な衝立となっているのではないかと心配しなくてよいものであろうか。

チャップリンの相貌のうちにはじめて年齢が刻み込まれる瞬間に、スーポーがチャップリンの芸術の青春時代や地域にかかわる起源について思い起こさせてくれているのは、よいことであり、また有益なことである。もちろん、ここでいう地域とは大都市ロンドンである。「黒や赤の建物が並ぶロンドンの街路をはてしなく歩きながら、チャップリンは観察することを学んだ。山高帽をかぶり、ちょこまかと刻むように歩き、短く刈り込んだ小さな口ひげをはやして、小さな竹のステッキを手にしている男という類型を世に送り出すというアイディアは、ストランドのしがないサラリーマンたちを目にしたときにはじめて生まれたということを、チャップリン自身が語っている。こういった人たちの物腰や服装から彼に語りかけてきたものは、いくばくかのプライドをもつ男のものの考え方であった。しかし、映画のなかで彼をとりまくその他の人物類型もまた、ロンドンの人間なのだ。若く、はにかみがちで感じのよい少女。いつもすぐに拳を振り回しながらも、相手が自分を恐れていないと見るや、たちまちずらかってしまう、がっしりした荒くれ者。シルクハットでそれとわかる、お高くとまったジェントルマン。」こういった自伝的な証言に続けて、スーポーはチャップリンとディケンズのあいだの類似的関係に言及しているが、これについてはご自分で調べて読んでいただき、さらに追求していただきたい。

チャップリンが彼の芸術によって立証しているのは、社会や国や地域についてきわめて密接に限定された表現世界のみが、民族から民族へと途切れることなく続く大きな反響、しかし個別の差異をきわめて明確にもつ反響を生み出す、という昔ながらの認識である。ロシアでは《偽牧師》を見て人々は涙を流し、ドイツではチャップリンの喜劇の理論的側面が関心をかきたて、イギリスでは彼のユーモアが愛されている。こういったちがいをチャップリン自身がいぶかしく思い、また彼自身がそれに魅了されているというのは不思議なことではない。彼の映画がどれほど巨大な意味をもつことになるかを、まごうことなくこの映画が認識させてくれるのは、観客よりも上位に置かれるような審級があるのだと誰も思いつかない、いや思いつきえないという事実によるのでなければ、ほかにはないのだから。チャップリンは彼の映画のなかで、最も国際的であり同時に最も革命的な大衆の情動、つまり笑いに訴えかけてきた。「そのとおり」とスーポーは言う、「チャップリンは人々を笑わせるだけだ。それがあらゆることのうち最も難しいものだということを度外視するとしても、笑わせるということは、社会的な意味においても、最も重要なことである。」

原註

1 フィリップ・スーポー「チャーリー・チャップリン」、『ユーロープ』第一八巻、パリ、一九二八年。

訳註

（1）《巴里の女性》の原題はA Woman of Parisであるが、ベンヤミンはここで、辛辣に批判しているドイツ語タイトルは当然のこととして、英語の原題でもなく、スーポーの批評のなかで用いられているフランス語のタイトルによって、この映画を言い表していることになる。ちなみに、《巴里の女性》ではチャップリンの名前は俳優としてはクレジットされていないが、実際には周辺的な役で一瞬出演している。

（2）ウンター・デン・リンデンの映画館「カメラ」を指す。（ベルリンのユダヤ博物館のオンライン・コレクションで、一九三四年に撮影されたこの映画館の外観を見ることができる。）

（3）一九二四年、一六歳の女優リタ・グレイがチャップリンの子どもを妊娠したことを公表し、未成年の女性との関係による法定強姦となることを避けるために、チャップリンは彼女と結婚することを余儀なくされる。これは《黄金狂時代》の撮影期間中のことだった。二度目の結婚相手となるリタ・グレイとの間には二人の子どもをもうけるが、不幸な結婚は一九二七年に離婚訴訟にいたる。チャップリンは、当時最高額となる六〇万ドルの和解金を払うことに同意した。この離婚訴訟は、《サーカス》の撮影時期にあたる。このエッセイの冒頭や終わりの箇所でチャップリンの年齢や老いについて言及されているのは、こういった訴訟の心労によって実際にチャップリンが一気に老けて見えるようになったという外的事実を引き合いに出しているのだろう。

叙事的演劇とは何か〔初稿〕
ブレヒトのための研究ノート

今日、演劇において論点となっていることは、戯曲と関連づけるよりも、舞台と関連づけて考えるほうが、より厳密にとらえることができる。論点は、オーケストラピットを埋め立てるということだ。死せる者を生ける者と分かつように、演じる者を観客から分かつ深淵、その沈黙は演劇においては崇高さを高め、その響きはオペラにおいては陶酔を高める深淵、舞台のあらゆる要素のうちでも神聖な起源の痕跡を最も拭い去りがたくとどめているこの深淵は、何の役目も果たさないものとなってしまった。舞台はいまでもなお一段高いところにあるが、はかりしれないほどの深みからそそりたっているというわけではもはやない。舞台は教壇（ポディウム）となったのだ。このような教壇で大切なことは、自分を適応させるということだ。これがいまの状況であると。しかし、多くの状況に対してそうであるように、この場合も、演劇のやっていることは、この状況を顧慮するのではなく、覆い隠そうとすることだった。あいもかわらず悲劇やオペラが書かれている。そういったものにはどうやら昔からの評価をもつ舞台装置が用意されているようだが、それらが実際にやっていることといえば、虚弱な装置を提供する以上のことではない。「自らの状況についてわかっていないという、音楽家、作家、批評家に支配的な状態は、とてつもない結果をもたらしている。ただし、そういった結果に注意が払われることはあまりにも少ない。というのも彼らは、実際には装置のほうが彼らを所有しているのに、自分たちが装置を所有していると考えて、彼らがもはやコントロールできない装置、彼らがまだそう思っているように、もはや生産者のための手段ではなく、生産者に敵対する手段となった装置を擁護しているからである。[1]」この言葉によってブレヒトは、今日の演劇は文学（ディヒトゥング）を基盤としているという幻影を取り去る。それは、市場でやりとりされる演劇にも、ブレヒトの演劇にも当てはまらない。どちらの場合にも、台本は役立つ。前者については、台本は演劇の営みを保持するのに役立ち、後者については演劇の営みを変革するのに役立つ。後者はどのようにして可能になるのか。舞台は教壇になったというのだから、教壇のための戯曲というのはあるのだろうか。あるいは、ブレヒトがいうように、「公表機関（Publikationsinstitute）のための」戯曲というものはあるのだろうか。またそのようなものがあるとして、それはどのような性格をもつだろうか。教壇に適合する唯一の可能性は、政治的テーゼを提示するかたちをとる「時事演劇」によって示されたようにも思えた。しかし、この政治的演劇がどのような機能を果たしたとしても、社会的にはそれは、劇場の機構が市民階級の大衆のために作り上げていたまさにそのポジションに、プロレタリア大衆が就くのを促進するだけのことだった。舞台と観客、台本と上演、演出家と俳優のあいだの機能の関係は、ほとんど変革されないままになっていた。これらを根本的に変える試みを、叙事的演劇は出発点としている。叙事的演劇の観客にとって、この舞台はもはや「世界を意味する舞台」（つまり呪縛空間）ではなく、好都合に設置された展示空間である。叙事的演劇の舞台にとって、その観客はもはや、催眠術をかけられた被験者という大衆を意味するのではなく、関心を抱いている人たちの集まりを意味している。舞台は彼らの要求を満たす必要がある。叙事的演劇の台本にとって、上演はもはや名人芸的な演技ではなく、厳格なコントロールを意味している。叙事的演劇の上演にとって、台本はもはや土台となるものではなく、上演の成果が、新たな表現のかたちをとってそこに書き込まれる経緯度線なのである。叙事的演劇の俳優にとって、演出家はもはや効果のための指示を与えるのではなく、どのような立場をとるかについてのテーゼを与える。叙事的演劇の演出家にとって、俳優はもはや役を自分のものにする必要のある役者なのではなく、役の在庫目録作成を務めとする役員なのである。

そのように変化した機能が、変化した要素にもとづくということは、明らかである。最近ベルリンでおこなわれたブレヒトの寓意劇『男は男だ』の上演は[2]、この変化した機能を試す最もすぐれた機会を与えることになった。劇場監督レガールの大胆で深い理解のある努力によって、この上演は、ここ数年ベルリンで見ることのできた最も適確な演出であったというだけでなく、同時にまた、叙事的演劇の模範、しかもこれまでのところ唯一の模範でもあったからだ。職業批評がこのように考えることを妨げている理由は、これから示されることになるだろう。上演初日の重苦しい雰囲気がいったん放出されてしまったあとは、職業批評がどんなことを書きたてようとも、観客は喜劇へと近づいていくことになった。というのも、叙事的演劇を認識しようとするときに直面する困難は、叙事的演劇が現実に密着するものであることの表現にほかならないからだ。それに対して、理論のほうは、バビロンへの追放の状態で、われわれの生活とは何の関係もない実践に苦しんでおり、美学の規則通りの言語でいえば、コロのオペレッタの価値のほうが[3]、ブレヒトの演劇の価値よりも表現するのは簡単だというありさまである。とりわけ、ブレヒトの演劇は、新しい舞台を作り出すことに打ちこむために、文学（デイヒトゥング）に対しては自由にふるまっているので、なおさらのことだ。

叙事的演劇は、身振り的である。そのようにいうとき、叙事的演劇が従来の意味でどれだけ文学的な性格をもつことになるかは、また別の問題だ。身振りは叙事的演劇の素材である。そして、この素材を目的に適うように使うことが、叙事的演劇の使命である。一方では、人々の発言や主張がまったくもって欺瞞的であるということに対して、他方では、人々の行動が多層的で見通しがきかないものであるということに対して、身振りには二つの利点がある。第一に、身振りは一定の程度しか偽ることができない。とくに、その身振りが目立つことなく習慣的なものであるほど、偽ることができる程度も少なくなる。第二に、人々の行動や企図していることとは異なり、身振りには確定することのできる始まりと確定することのできる終わりがある。態度というものは、全体としては生きた流れのうちにあるが、そのような態度の個々の要素のいずれもがこのように枠となって厳密に閉じた体系をなしているということは、身振りの弁証法的な根本現象の一つでさえある。このことから、一つの重要な結論がでてくる。それは、行為者をさえぎって中断させる頻度が高いほど、われわれはそれだけ多くの身振りを手に入れるということである。それゆえ、叙事的演劇にとって行為〔筋(ハンドルング)〕の中断は、際立った位置を占めるものとなっている。粗野で痛切なリフレインをもつブレヒトのソングがかたちのうえで成し遂げていることは、この行為〔筋〕の中断なのである。叙事的演劇における台本の機能について難しい研究をあらかじめ手がけておかなくとも、ソングの主要な機能は、ある場合には、行為〔筋〕を（それをわかりやすく示したり、さらにはっきりさせたりするということではまったくなく）中断することにあるのだ、と確認することができるだろう。しかも、相手役の行為を中断するだけではなく、自分自身の行為を中断する。身振り的演劇を叙事的演劇へと変えてゆくのは、この中断のもつ遅滞させてゆく性格、枠付の行為によるエピソード的性格なのである。

　叙事的演劇は、筋を展開させていくというよりも、状況を描き出すものである、と説明されてきた。叙事的演劇の演劇論(ドラマトゥルギー)のほとんどすべてのスローガンが注目されることもなく消え去っていったのに対して、この最後のスローガンはとりあえず叙事的演劇を誤解させることにはなった。このスローガンに続いてゆく理由は十分にあった。このスローガンでいわれている「状況」というのが、かつての理論家たちのいう「環境（ミリュー）」以外のものではありえないと思われたのだ。そのように理解するならば、この要請は、要約していえば、自然主義的な劇の再開になるというわけだ。しかし、結局のところ、そのような考え方をとるほど素朴な人は誰もいない。自然主義の舞台は、〔叙事的演劇の〕教壇とはまったく異なり、徹底的にイリュージョン的なものである。舞台自身がこれは演劇であると意識することは、舞台を実り豊かなものとすることができない。自然主義の舞台は、あらゆるダイナミックな舞台がそうであるように、現実的なものを模写するという目標に脇目もふらず専念できるように、そのような意識を抑圧する。それに対して叙事的演劇は、これは演劇だということについて、途絶えることなく生き生きとした生産的な意識を保ち続けている。この意識によって叙事的演劇は、試みのための指示に沿って現実的なものの諸要素を扱うことができるようになり、そしてこの試みの終わりには——はじめにではなく——状況が姿を現すことになる。つまり、状況は観客の近くにもたらされるのではなく、観客から遠ざけられる。観客はそれを、実際の状況として認識する。しかし、自然主義の演劇にみられるように尊大な顔つきでではなく、驚嘆しながらそのように認めるのだ。叙事的演劇は、この驚嘆をもちながら、厳しく純潔なしかたで、ソクラテス的実践に名誉を与えることになる。驚嘆する者のうちには関心が目覚める。驚嘆する者のうちにのみ、関心はその根源のところに存在する。ところで、ブレヒトの思考様式にとって、この根源的な関心を直接、専門家の関心とするという、叙事的演劇のなかで企てられている試みほど特徴的なものはほかにない。叙事的演劇は、「理由なくして思考することのない」、関心を抱く人たちに向けられている。しかし、それはまた、そのような関心を抱く人たちが完全に大衆と共有している態度である。この大衆に専門家として、しかし決して「教養」を通る道をたどることなく、演劇への関心を抱いてもらう努力のなかで、ブレヒトの弁証法的唯物論は、一点の曇りもなく実現してゆく。「すぐにでも、専門家でいっぱいのそのような劇場がでてくるだろう。ちょうど、専門家でいっぱいの室内競技場があるように。」(4)

叙事的演劇はつまり状況を再現するのではなく、むしろそれを発見する。状況の発見は、流れを中断することによって生み出される。最も単純な例として、家庭のひと騒ぎの情景をとりあげてみる。突然、知らない人が入ってくる、というものだ。母親はいままさに枕を丸めて、娘に向かって投げつけようとしている。父親はいままさに窓を開けて、保安警察を呼ぼうとしている。この瞬間、戸口に知らない男が現れる。一九〇〇年頃にそのように呼び習わしていたように、「タブロー」(5)である。ここで起こっていることはつまり、知らない男がいまその状況に遭遇しているということだ——しわくちゃになった寝具、開いた窓、荒れ果てた家具。しかし、市民の生活のもっとありふれた情景でも、先ほどの例とあまり変わらないように見てとるまなざしがある。もちろん、われわれの社会秩序の荒廃がますますその程度を高めてゆくほど(われわれ自身が、またこの荒廃についてわれわれになお説明してくれる能力が、ともに疲弊の度を増してゆくほど）、それだけいっそう、そういった他者たちの距離が際立ったものとなるはずであろう。ブレヒトの「試み〔実験〕」のなかには、そのような他者がいる。それは、シュヴァーベンの「ウティス」、つまりギリシア語で「誰でもない」オデュッセウス、洞窟のなかで一つ眼のポリュペーモスに会うオデュッセウスに相当する人物である。(6) そのようにコイナー氏は――それがこの「他者」の名前である――一つ眼の怪物である「階級国家」の洞窟のなかに入り込んでゆく。(7) 彼らは二人とも策略に長けており、同じように苦難に慣れ、多くの経験をつんでいる。二人とも賢明である。実際的な見地に立つ断念というのは、昔からあらゆるユートピア的な理想主義を避けて通るものであるが、そのような断念によってオデュッセウスは帰郷以外のことは何も目論むことはない。一方、コイナー氏のほうは、自分の敷居から出ることはまったくない。彼は、建物の裏手の五階にある自分の住居から外に出てきたとき、中庭に立っている木々のことがとても気に入る。「そんなに木が好きなのなら、どうして森に行かないんだい」と友人たちは尋ねる。コイナー氏は答える。「この中庭にある木が好きなのだといわなかったかな。」ブレヒトは、コイナー氏について、この人物は横になったままで舞台に運ばれないといけない（彼はそれくらい舞台に行く気持ちになれない）、と一度提案したことがあった。この考える人であるコイナー氏を、舞台の上での存在となるようにしむけてゆくこと、それこそがこの新しい演劇が努力して取り組んでいることなのである。この新しい演劇の歴史的起源がどれほどの高みにまで達するものであるか、驚きの念をもたずしてそのことを確かめるということはないだろう。というのも、古代のギリシア人以来、ヨーロッパの舞台では、非悲劇的主人公を求める動きはやむことがなかったからだ。あらゆるかたちでの古典古代の再生にも逆らって、偉大な劇作家たちは、悲劇性の真正の形態であるギリシア悲劇に対して最大限の距離を保ってきた。こういった道のりは、中世にはロスヴィータ、神秘劇に、のちにはグリューフィウス、レンツ、グラッベにはっきりと現れており、またゲーテは『ファウスト』第二部でこの道と交差している。こういったことを叙述するのはここではふさわしくない。しかし、この道程は最もドイツ的なものであったと表明する場ではあるだろう。それはつまり、ここでいわれているのがしっかりとした道でありうる場合のことであって、密輸やこっそりと抜けるための細い小道の場合ではない。そのような小道をたどって、中世やバロックの演劇の遺産は、古典主義の崇高ではあるが不毛な山塊を通り抜けてわれわれのもとにたどり着いてきたというわけである。このような細い山道が今日、どれほど草ぼうぼうで荒れ果てているとしても、ブレヒトの演劇のうちにその姿を現している。非悲劇的主人公は、こういったドイツの伝統の一部なのである。このような主人公の逆説的な舞台上の存在は、われわれの実際の存在からとりだすことができるものだということは、批評によってではまちがいなくないが、現代の最もすぐれた人たち、たとえばジョルジュ・ルカーチやフランツ・ローゼンツヴァイクといった思想家たちによって、早くから認識されていた。すでにプラトンは、最も高度な人間である賢者の非演劇的要素を認識していた、とルカーチは二〇年前に書いている。[8]それにもかかわらず、プラトンは対話篇のなかで賢者を、芝居の舞台の入口のところまで連れてきている。叙事的演劇を対話よりもより劇的である（つねにそうであるわけではない）とみなそうとする場合、だからといって叙事的演劇がそれだけ哲学的でない必要はない。

叙事的演劇のさまざまな形式は、新たな技術的形式である映画およびラジオ放送に対応している。叙事的演劇は、技術の高さと同じ位置にある。映画においてはすでに、いつでも「入っていける」ことが観客に可能でなければならない、面倒な前提条件は避ける必要がある、どの部分も全体に対してその箇所の価値をもつとともに、それ自体としてのエピソード的な価値をもっていなければならない、といった原則がますます実現されている。このことは、ラジオにおいて、スピーカーのスイッチをいつでもオンにもオフにもできる聴衆に対しては厳密な必然的事項となっている。叙事的演劇は、これと同じ成果を舞台にもたらす。叙事的演劇のうちには基本的に、遅すぎたものなどない。こういった特徴は同時に、叙事的演劇が夜毎の娯楽営業としての劇場に対して与えるダメージよりも、社会的な催しとしての劇場のうちにあけた突破口のほうがはるかに大きいということを明らかに示している。カバレットでは市民層の人たちにボヘミアンが混じっていて、ヴァリエテでは小市民層と大ブルジョワ層のあいだの隔たりが一晩をかけてなくなってゆくのに対して、幻灯機を使うブレヒトの煙草ありの三文劇場では、プロレタリアが常連客である。『三文オペラ』のなかで乞食が木製義足を選ぶのを、「とくにこのナンバーのために、それが演じられる時刻にもう一度劇場にやってこようと人々が思うように」[9]演じてほしいとブレヒトはある俳優に要求しているが、プロレタリアたちにとってそのことは、訝しく思われるものではないだろう。ネーアーの幻灯機による投影は、[10]ある場面の装飾というよりも、そのようなナンバーのためのポスターである。ポスターは、「文書化された劇場」の構成要素に完全に属するものである。「文書化（Literarisierung）とは、〈形成物〉に〈言葉による表現〉を混じり込ませることであり、精神的活動のための他の諸機関に結びついてゆく可能性を演劇に与えるものである。[11]」さまざまな機関に、それどころか最終的には書物そのものともなる。「劇文学にも、脚注や比較対象表を導入する必要がある。」しかし、ネーアーの画像は何をポスターで掲示するのか。ネーアーの画像は、マハゴニーのなかで「実際の大食漢が、描かれた大食漢の前にすわっているというように、舞台上でのできごとに対する立場をとる」[12]、とブレヒトは書いている。なるほど。しかし、演じられている大食漢のほうが描かれた大食漢よりも現実性についてまさっていると、誰が私に保証してくれるのか。演じられた人物を実際の人物の前にすわらせること、つまり背後の描かれた人物を演じられた人物よりも実際のもののように見せることをわれわれに阻むものは何もない。おそらくそのときはじめて、そのように演出された箇所の力強い独自の作用を解明する鍵が生み出されることになるのだろう。俳優たちのうち何人かの者は、背景にとどまったままのより強大な権力の全権者として登場する。そこから、プラトンのイデアが事物に対する模範型となるような働きが生じる。そのように、ネーアーの幻灯機による映像は、唯物論的なイデアであり、真の「状況」のイデアであるといってよいだろう。そのようなイデアができごとにどれほど近づけられるとしても、イデアが眼に見えるものとなるために、どれほどのはるかに親密な近さからわが身を引き離すことになったかを、そのイデアの輪郭のわななきがここでもなお伝えている。

言葉による表現、ポスター、標題というかたちでの演劇の文書化――それが中国の演劇実践と親近性をもつものであることはブレヒトにとって周知のことであり、そのうち別個にとりあげて研究する必要がある――は、「舞台から素材にかかわるセンセーショナルな要素を取り去る」ことになるだろうし、またそうしなければならない。ブレヒトは、叙事的演劇の俳優が演じるできごとは、すでによく知られているものでなければならないのではないか、という検討をおこなうことによって、同じ方向をさらに先へと進んでゆく。「そうであれば、歴史的なできごとがまずは最も適しているだろう。[13]」しかしここでも、重点を、期待の消失線上にある大きな決定事項に置くのではなく、約分できないもの、個別のものに置くような、流れのなかでのある種の自由裁量が、どうしても必要なものとなってくるだろう。「そうなることもありうるし、まったく別になることもありうる。」これが、叙事的演劇のために書く者の基本的態度である。彼と劇の筋との関係は、振付師（バレエマイスター）とその生徒との関係に等しい。彼がまず第一にしなければならないことは、その生徒〔また劇の筋〕の関節を限界までほぐすことである。彼は、ストリンドベリが自分の歴史劇においてそうであったように、歴史的および心理学的な紋切り型からは遠く離れているだろう。ストリンドベリは、意識した力をこめて、叙事的な、非悲劇的演劇を手掛けていたからだ。彼は、個人的な生活圏による作品ではまだキリスト教的な受難劇の図式に立ち戻っているのだが、歴史劇では、批判的思考の激しさ、仮面を剝ぐアイロニーの激しさによって、身振り的な演劇に道を切り拓いてきた。その意味で、ゴルゴタの道である『ダマスカスへ』とモリタートの『グスタフ・アドルフ』は、ストリンドベリの戯曲創作の両極をなすものとなっている。[14] ブレヒトがいわゆる「時事演劇」に対してとっている生産的対立関係、彼が「教育劇」で克服しようとしている生産的対立関係をみてとるためには、こういった方向を一瞥するだけでよい。教育劇は叙事的演劇を経由する迂回路であり、政治的テーゼを与える演劇はこの迂回路をどうしてもとることになる。それは、トラーやランペルの戯曲と対比されるような迂回路である。[15] 彼らの戯曲は、ドイツの似非古典主義とちょうど同じように、「理念に優位を与えながらも、観客がつねにある特定の目標を望む」ようにしむけ、「供給に合わせていわばますます大きな需要を」作り出す。[16] この二人のように外側からわれわれの状況を突き破るのではなく、ブレヒトは媒介されたかたちで弁証法的に、状況が自らを批判するようにさせ、状況の諸要素が論理的に対抗し合うようにしむけている。『男は男だ』の荷揚げ人夫ゲーリー・ゲイは、われわれの社会秩序のさまざまな矛盾が現れ出ている場にほかならない。ブレヒトの考え方からすれば、賢者をそのような矛盾の弁証法が完全に現れ出る場と定義することは、おそらく大胆すぎるということにはならないだろう。ともかく、ゲーリー・ゲイは賢者である。彼は自分のことを「酒も飲まないし、煙草もほんの少し吸うだけ、何かに入れあげるということもほとんどない」荷揚げ人夫であると自己紹介している。彼は未亡人の籠を運んであげて、彼女はその賃金を夜に支払おうとするのだが、彼はその申し出に納得がいかない。「はっきりいうと、おれは魚を一匹買いたいのだ。」それでも彼は「いやとはいえない男」として提示される。そのことも賢明である。それによって彼は、生きていくことのさまざまな矛盾を、それが最終的にはそこでのみ克服できるところ——つまり人間のなか——で認めることになるからだ。「同意した人」だけが、世界を変革するチャンスを手にしている。そういったわけで、賢明な独立独歩の粗野な男ゲーリー・ゲイは、自分自身の賢明さが撤廃されることと、イギリス植民地軍の凶暴な兵士のうちに加えられることに同意する。妻にいわれて魚を一匹買いに行くために、家の戸口をちょうど出てきたところで、彼は英領インド軍の射撃班にでくわす。彼らは、ある寺院を略奪したときに、この小隊に属する四人目の男を失っていた。残りの三人にとっては、できるだけ早くその代わりになる者を調達することが、ともかく彼らの関心事である。ゲーリー・ゲイはいやということのできない男だ。彼は、三人が自分のことをどうしようとしているのか知らないまま、彼らについてゆく。彼は、一人の男が戦争のなかで身につけていなければならないような考え方や態度や習慣を一つずつ身につけてゆく。彼は完全に組み立て直されて、彼をようやく見つけ出した妻のことも誰だかまったくわからなくなってしまう。そして最終的には、人から恐れられる戦士、かつチベットの山岳要塞シル・エル・ジョウルの征服者となる。男は男、荷揚げ人夫は傭兵だ。彼が傭兵の性質とどのようにかかわるかは、それ以前の荷揚げ人夫の気質とのかかわりかたとちがわないだろう。男は男――それは自分自身の本質に対する忠実さということではなく、新しいものを自分自身のうちに受け入れる心構えということだ。

自分の名前をそんなにはっきりと口にするものじゃない。いったい何のため？その名前でいつも別の人のことを呼んでいるというのに。それに、何のためにそんなに大きな声で自分の意見を言うの？　そんなもの忘れて。いったいどういう意見だったたっていうの。あることを思い出すのも、それが実際に続いているより長いあいだなんていらない。(17)

叙事的演劇は、演劇の娯楽的性格を疑問視する。叙事的演劇は、資本主義的秩序における演劇の機能を演劇から取り去ることによって、演劇の社会的威信を揺るがす。叙事的演劇は――これが第三のことである――さまざまな特権のうちにある批評を脅かす。これらの特権の根幹にあるのは、演出や演技についてさまざまな観察を行うことができる力を批評家にもたらしている専門知識である。こういった観察を行うときに用いられる判断基準が、批評家によって点検されることはきわめて稀である。批評家は、「演劇の美学」なるもの（その詳細については誰も正確に知ろうとしないのだが）を信頼しているために、そのような点検の手間を省いてもよいというわけだ。しかし、演劇の美学がもはや背後にとどまるのではなく、この美学の裁きの場は観客となり、この美学の基準は個々人への神経作用ではなく、聴衆という大衆の組織化となるのであれば、いまのような形態をとっている批評は、大衆よりもまさるものをもはや何ももっていないどころか、大衆のはるか後方にとどまっていることになる。大衆が議論を交わし、責任をともなう決断をおこない、根拠をもつ立場を試みるときに見解が分かれる瞬間、「公衆」という虚偽の隠蔽的な総体性が自己解体しはじめ、その総体性の内部で現実の状況に対応する複数の党派が生じうるようになる瞬間——この瞬間、批評は二重の災難に見舞われることになる。それは、批評のエージェント的な性格が露呈され、同時にそれが無効とされていることを目の当たりにするという災難である。批評は、きわめて単純に「公衆」に呼びかけることによって——この公衆なるものはかなり得体のしれないかたちでいまだに演劇では存在しているものの、映画にとっては特徴的なことにすでに存在しないものとなっている——、望むか望まないかにかかわらず、昔の人にとっては「テアトロクラティア」という名で呼ばれたものの代弁者となる。つまり、反射作用とセンセーションにもとづく大衆支配の代弁者である。この大衆支配は、責任をともなう集合体のとる立場と本来的に対立するものとなって現れる。公衆がこのように振る舞うことによって、「革新的なもの」が意味をもつようになる。この「革新的なもの」は、社会において実現可能な思考以外のあらゆる思考を排除し、それによってあらゆる「更新されたもの」に対置されるものとなる。というのも、ここで攻撃されるのは基盤であり、また、芸術は「表面的に触れる」ことしかできないという考え方であるからだ。それはまた、生の経験のすべての領域にかかわるのはキッチュにのみふさわしいことであり、さらにそのようなかかわりをもつのは下層階級にのみ当てはまることだという考え方でもある。だが、基盤に対する攻撃は、同時に自分自身の特権に対して異議申し立てをおこなうことである。このことを、批評は感じとっていたのだ。叙事的演劇をめぐって争っている場合、批評の言葉は、争っている一方の側の言葉としてのみ聞くべきであろう。

とはいえ、舞台の「自己点検」をするときには俳優たちのことを計算に入れて考えなくてはならない。彼らの観客についての考え方は、動物の調教師が檻に棲む猛獣たちについて考えているのとは根本的に異なる。俳優たちにとって、彼らの及ぼす力は目的ではなく、手段なのである。ロシアの演出家メイエルホリドは最近ベルリンで、あなたの考えでは、あなたの俳優と西ヨーロッパの俳優では何がちがうのかと質問されて、こう答えた。「二つのことでちがいます。一つは、わたしの俳優たちは考えることができるということです。二つ目は、彼らは唯物論的に考えるのであって、観念論的にではないということです。」劇場は道徳的な施設であると断言することが正当であるのは、認識を媒介するにとどまらず、認識を生み出す演劇についてのみいえることである。叙事的演劇においては、俳優の教育の本質的な点は、認識に向かうように俳優に指示を与えることにある。そして、俳優が認識するようになると、それが内容的な面だけではなく、テンポや間合いや強調によって自分の演技全体を規定する。しかし、そのことは様式という意味で理解してはならない。このことは『男は男だ』のパンフレットにむしろ次のように書かれている。「叙事的演劇では、俳優は複数の役割をもっている。そして、俳優がどの役割を演じるかによって、彼が演じる様式は別のものになる。」しかし、可能性がこのように多数存在していても、そのことは、あらゆる様式の要素が従わなければならない弁証法によって統御されている。「俳優はあることがらを提示しなければならない。そしてまた、自分自身を提示しなければならない。俳優はもちろん、自分自身を提示することによって、あることがらを提示する。そしてまた、あることがらを提示することによって、自分自身を提示する。このことは同時に生じるものではあるが、しかしこれら二つの課題のあいだの対立（差異）が消滅するほど同時に生じるものであってはならない。」「身振りを引用可能なものとすること」[18]は、俳優の最も重要な仕事である。植字工が言葉を隔字体で強調するように、俳優は自分の身振りを隔字体で演技できなければならない。「叙事的演劇は、合理的に観察する必要のある建物であり、この建物のなかでは事物の認識が必要となる。したがって、叙事的演劇の演技は、この観察に歩み寄るものでなければならない。」叙事的な演出の最上位の課題は、上演される筋（プロット）と上演においてそもそも与えられている筋（プロット）との関係を表現することである。マルクス主義的な教育プログラムの総体が、教える態度と学ぶ態度とのあいだに作用する弁証法によって規定されているとするならば、叙事的演劇においては、提示される舞台上のできごとと、提示する舞台上の態度とのあいだの不断の対決によって、それと類似的なものが表れ出ている。「提示する者」――それは俳優そのもののことである――が「提示される」ということが、この演劇の至上命令なのである。そのような表現をすることによって、ティークの昔ながらの反省の演劇論を思い起こす人もいるかもしれない。それがなぜ誤っているかを証明することは、螺旋階段を通ってブレヒトの理論の舞台天井までよじのぼってゆくのに等しいともいえる。ここではおそらく、一つだけ要点を指摘すればこと足りるだろう。それはつまり、ロマン主義の舞台は、あれほどまでに反省的な技法をもってしても、弁証法的な根源的関係、つまり理論と実践の関係に対処することが決してできなかった、ということだ。そのような関係をロマン主義の舞台は、ちょうど今日の時事演劇がそうであるように、自分なりのしかたで求めてきたのだが、それもかなわなかった。

昔の舞台の俳優が「茶番」を演じる者となって、ときおり牧師に近い存在となるとすれば、叙事的演劇において俳優は哲学者のかたわらにいる。身振りは、弁証法の社会的意味と適用可能性を実演してみせる。身振りは人間の状況に即して検証をおこなうのである。稽古の際に演出家に生じるさまざまな困難は、社会の身体を具体的に見てとることなくして解決できるものではない。しかし、叙事的演劇が目指してきた弁証法は、時間のなかでの場面の順序に依拠してはいない。この弁証法はむしろ、あらゆる時間的な順序の土台となっている身振り的な要素のうちにすでにはっきりと表れている。この身振り的な要素を「要素」と呼ぶことができるとしても、それは時間的な順序よりも簡単だからという理由であって、本来的な呼び方というわけではない。内在的に弁証法的な態度とは、状況のなかで――人間の身振り、行為、言葉を写しとったものとして――閃光がひらめくように明らかにされるものである。叙事的演劇が明るみに出す状況は静止状態にある弁証法である。というのも、ヘーゲルにおいて時間の流れとは決して弁証法を生む母などではなく、弁証法が表れる媒質でしかないように、叙事的演劇においては、そのさまざまな言葉や振る舞い方の矛盾に満ちた経緯ではなく、身振りそのものが弁証法の母親となる。ゲイリー・ゲイに対して壁のほうに行ってくれという同一の身振りが、着替えさせられるという目的のためともなるし、また射殺する目的のためともなる。同一の身振りが彼に魚をあきらめさせることにもなるし、また象をしかたなく受け取らせることにもなる。そのような発見は、叙事的演劇に出入りしている観客の関心を満たすことになるだろう。そのような発見で、観客は満足するだろう。より真面目な演劇として、この演劇を通常の娯楽演劇と分けることについて、作者のブレヒトは次のように説明しているが、それはもっともなことだ。「このわれわれに敵意を抱く演劇を単なる美食的なものにすぎないと罵ることによって、あたかもわれわれが自分たちの演劇でもあらゆる楽しみに反対しているかのような印象を与えてしまう、また、あたかもわれわれが、このように学んだり教えられたりすることを、いやでたまらないものと思い描くこともあるかのような印象を与えてしまうことになる。つまり、敵と戦うために、自分自身の立場を弱いものにしてしまうことがよくあり、またラディカルなもののもつさしあたりはより大きな戦いの効力のために、自分の肝心のものから広がりや有効な力をすべて取り去ってしまうということだ。そのように戦いの形式にしてしまえば、自分のものが勝利をおさめるということもあるかもしれない。だが、打ち負かしたものにとってかわることはできない。それでも、われわれが語ってきた認識のプロセスは、それ自体として心地よい感情に満たされたプロセスである。人間はある特定のしかたで認識されうるものであるということがすでに、勝利の感情を生み出す。そしてまた、人間は完全には、いまだ最終的には認識されえず、そのように簡単に汲み尽くせないものであり、多くの可能性をうちに含んでいるもの、隠しもっているものであるということ（人間の発展能力はこのことに由来する）は、心地よい感情に満たされた認識である。人間は自分の周りの世界によって変えられることがあるということ、そして自分で周りの世界を変えることができる、つまり周りの世界を扱うことで結果を生じさせることができるということ、これらすべてが心地よいという感情を生み出す。もちろん、人間が機械的なもの、一つ残らず組み込むことが可能なもの、無抵抗なものとみなされる場合には、そうではない。ある特定の社会状況のために、今日そういったことが生じているように。驚きは、ここでは、悲劇の作用についてのアリストテレスの定式のうちに組み入れる必要があるが、この驚きは完全に一つの能力として評価するべきものであり、また学ぶことができるものなのである。」

現実の生の流れが堰き止められること、つまりこの流れが停止する瞬間は、逆流と感じとられる。驚きとは、まさにこの逆流なのだ。静止状態にある弁証法がこの驚きの本来の対象である。驚きとは、事物の流れを見下ろすまなざしのおかれた岩場である。「いつでも人でいっぱいだけれど、誰もそこにはとどまらない」ジェフーの街の人たちは、その流れについての歌を知っている。「その歌は、こんなふうに始まる――

波にとらわれていてはだめ
おまえの足にあたって砕ける波に。足が
水のなかに立っているかぎり、そのうち
新しい波が次々と足にあたって砕けるのだから[19]」

しかし、事物の流れがこの驚きという岩場にあたって砕けるのであれば、人間の生と言葉とのあいだに区別は存在しない。両方とも、叙事的演劇においては、波頭でしかない。叙事的演劇は、人間の生活を、時代というベッドから高く飛び散らせ、さまざまな色をとりながらそれを一瞬空虚のなかにとどめる。そして、それを新たにベッドのなかに横たえるのだ。

訳註

（1）ブレヒト「オペラ『マハゴニー市の興亡』のための注解」、『試み』Ⅱ、一九三〇年。《生産者としての執筆者》（一九三四年）でもこの引用を使っている。

（2）『男は男だ（Mann ist Mann）』は、一九二六年に初演されたブレヒトの喜劇。「一九二五年キルコアの兵営における荷揚げ人夫ゲーリー・ゲイの変身」の副題をもつ。ここでベンヤミンが言及しているベルリンでの上演とは、一九三一年二月六日にプロイセン国立劇場（現在のコンツェルトハウス）での初日公演がおこなわれた一連の公演（ブレヒトの演出）を指す。

（3）おもにベルリンで活躍したオペレッタ等の作曲家ヴァルター・コロ（Walter Kollo, 1878–1940）を指す。一九一〇年代から一九三〇年代末頃までにかけて数多くのオペレッタを作曲している。

（4）『試み』Ⅲ、一九三一年。

（5）演劇において、とりわけ劇的な盛り上がりのある場面で、舞台上の複数の登場人物が印象的なポーズをそれぞれとりながら、一瞬静止して舞台上で群像の絵画のように見せる効果を指す。

（6）ホメロスの『オデュッセイアー』第九書に登場する一つ眼の巨人キュクロープスたちの住む島での冒険譚を引き合いに出している。キュクロープスのなかの一人、ポリュペーモスの洞窟にオデュッセウス一行は知らずに入り込み、そこに閉じ込められて一日に二人ずつ食べられていく。オデュッセウスはポリュペーモスにワインを飲ませ、機嫌をよくしたポリュペーモスに名前を尋ねられるが、そのときに「誰でもない（Utis/Outis）」という名前であると嘘をつく。そのあとオデュッセウスに眼を潰されたポリュペーモスは、誰がやったのかと駆けつけた仲間たちに尋ねられて「ウーティス」としか答えられなかったので、仲間は愛想をつかして去っていき、オデュッセウスたちは窮地を脱するという物語。ここでは次に言及される「コイナー氏」が、そういった「誰でもない」と答えたオデュッセウスに相当する人物であるといわれていることになる。

（7）ブレヒトの『コイナさん談義』の登場人物「コイナー氏（Herr Keuner）」を指す。ブレヒトはシュヴァーベン地方の小都市アウグスブルクの出身であるが、シュヴァーベン方言では「誰でもない」を指すドイツ語 keiner（カイナー）は、keuner（コイナー）と聞こえるということを踏まえているのだろう。

（8）ルカーチ『小説の理論』（一九一五年）。ドイツ語版は一九二〇年。

（9）『試み』Ⅲ。

（10）カスパー・ネーアー（Caspar Neher, 1897–1962）は、ブレヒトと同郷（アウグスブルク）の舞台美術家。長年にわたってブレヒトの演劇の舞台で協力関係にあった。

（11）『試み』Ⅲ。この一九三一年の小論のなかでブレヒトが使っている「文書化（Literarisierung）」という少し特殊な言葉を、ベンヤミンは「写真小史」（一九三一年九月）や「生産者としての執筆者」（一九三四年）といったエッセイのなかでも用いるようになる。「『三文オペラ』のための註」として書かれたブレヒトのこのテクスト全体は、日本語では岩波文庫『三文オペラ』の一六五ページ以下で読むことができる。

（12）『試み』Ⅱ。

（13）ブレヒト「『男は男だ』のための注解」。

（14）スウェーデンの世紀転換期の劇作家・小説家ストリンドベリ（Johan August Strindberg, 1849–1912）は、多彩な方向性・方法による戯曲、小説などを数多く創作している。そのうち自然主義的な悲劇と歴史劇についてベンヤミンは言及している。『ダマスカスへ』は一八九八年から一九〇四年にかけて完成された三部作の戯曲。邦訳としては『ストリンドベリ名作集』（白水社）で読むことができる。『グスタフ・アドルフ』（一九〇〇年）は、シェイクスピアの影響を受けてスウェーデン王を題材とした歴史劇。ここでは音楽とともに波瀾万丈の物語を語る大道芸人の歌（モリタート）のような性格をもつものとして、ベンヤミンはこの作品を特徴づけている。

(15) エルンスト・トラー（Ernst Toller, 1893–1939）およびペーター・マルティン・ランペル（Peter Martin Lampel, 1894–1965）はともにドイツの劇作家。トラーは第一次世界大戦後、革命を主題とする作品を発表するとともに、自ら社会主義者として革命に身を投じる。逮捕と禁錮の経験の後も、表現主義演劇の旗手として社会的主題を掲げる演劇を創作。ランペルは、第一次世界大戦では空軍将校となり、戦後もその経験から戯曲や小説を発表する。一九二二年にはナチスにも加わる。青少年問題への深い関心から作られた戯曲『感化院での反乱』（一九二八年）は映画化され（一九三〇年）、ともに大きな社会的反響を呼んだ。

(16)『試み』Ⅲ。

(17)『男は男だ』第九場その二。

(18)『試み』Ⅲ。

(19)『男は男だ』第九場。

写真小史

写真のはじまりの上方にたなびく霧は、活版印刷の開始の上にかかる霧ほど厚いというわけではない。発明の時期が到来していたということ、またそのことを一人ならず感じていたということは、活版印刷にとって以上にはっきりと見てとることができるかもしれない。カメラ・オブスクラのなかの画像——遅くともレオナルド・ダ・ヴィンチ以降知られていた——を定着させるという同じ目標を目指して、それぞれ独自に努力をしていた男たちのことである。およそ五年にわたる努力ののち、ニエプスとダゲールは同時にそれに成功したのだが[1]〔図1、2〕、発明者たちがゆきあたった特許権にかかわる問題にまぎれて、このとき国家はこの件を拾い上げて自分のものにし、彼らに補償をしたうえでこれを公開のものとした。それによって、長いあいだいかなる回顧もありえないほど、その後も加速し続けてゆく発展の条件が与えられることになった。そういった次第で、写真の興隆と没落によって喚起される歴史的な問い、あるいはこういってよければ、哲学的な問いが、何十年にもわたって顧(かえり)みられないままになっていた。今日、それらの問いが意識にのぼり始めているとすれば、そのことには明確な理由がある。直近

図1　ニエプス「ル・グラの窓からの眺め」(1826/27)

図2　ダゲール「タンプル大通り」(1838/39)

の文献は、写真が咲き誇っていたのは——ヒルやキャメロン〔図3〕、ユゴー〔図4〕やナダール〔図5、6〕の活動が力を発揮していたのは[2]——その最初の十年間にあたる、という人目を引く事実を引き継いで話を始めている。その十年間とはまた、写真の産業化の前の時期でもある。とはいえ、この初期にあってもすでに、声高に喧伝する商人たちやいかさま師たちが、一儲けしようと考えて、この新技術を自分のものにしようとしていなかったわけではない。むしろ、実際にそういうことをやっていた者たちは山ほどいた。しかし、それらは産業というよりも市（フェア）の演芸に近いものだった。そういった場所では、写真は今日にいたるまでおなじみのものとなっている。産業が覇権を握るのは、名刺版写真の登場をもって始まる。これを最初に作り出した人が億万長者になったのは特徴的なことである[3]。今日はじめてあの産業化以前の全盛期を振り返って注目するさまざまな写真の実践が、資本主義的産業の動揺と地下の部分でかかわっているとしても、あながち不思議なことではあるまい。だからといって、最近出版された、昔の写真のすばらしい出版物[1]に収録されているあれ

図4　シャルル・ユゴー「ヴィクトル・ユゴーの肖像」(1853)

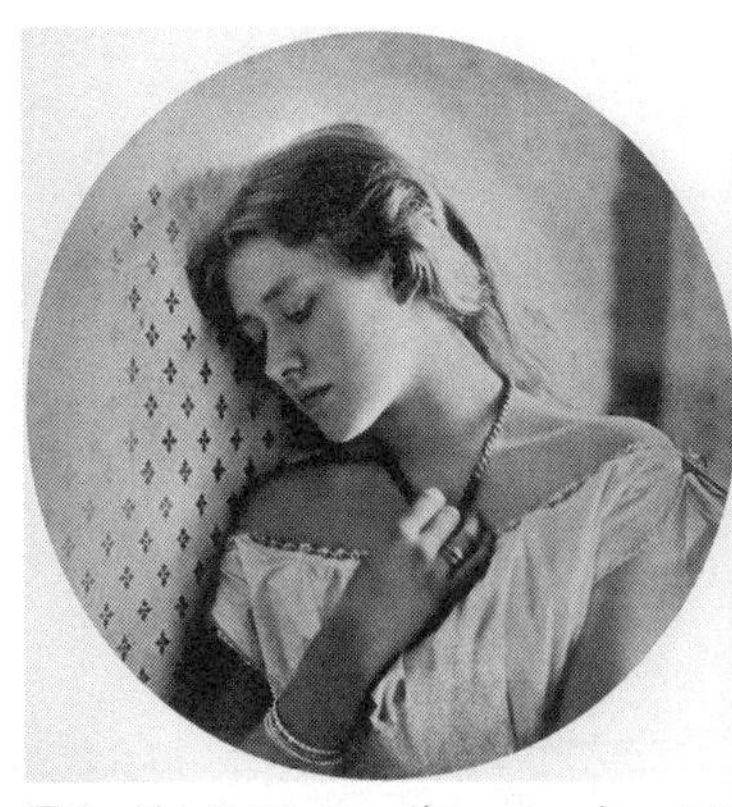

図3　ジュリア・マーガレット・キャメロン「エレン・テリー」(イギリスの女優)(1864)

図6　オノレ・ドーミエの諷刺画「写真を芸術の高みに浮上させようとするナダール」(1869)

図5　ナダール「セルフ・ポートレート」(1860年頃)

らの画像の魅力を、その本質の真の洞察のために役立てることが少しでも簡単になったというわけではない。この問題を理論的に手中におさめる試みは、まだきわめてわずかなものにとどまっている。写真については一九世紀に数多くの論争がおこなわれた。基本的にそれらの論争は、『ライプツィヒ新聞』のような国粋主義的新聞が、時機を逸することなくフランスの悪魔の技に立ち向かわなければならないと信じて主張する、あの滑稽な図式から逃れるものではなかった。そこには次のように書かれている。「つかの間映った像をとどめておこうとすることは、ドイツ人による徹底的な研究によって明らかになったように、ただ単に不可能なことであるというばかりではない。このことを欲するという願望自体がすでにして神への冒瀆なのである。人間は神の似姿として創造されたものである。そして、神の像はいかなる人間の機械によってもとどめおかれることはできない。ありうるとすれば、神のような芸術家が、天の霊感に満たされて、至高の瞬間に、自らの創造の精霊(ゲニウス)の高らかな命にしたがって、いかなる機械の助けも借りることなく、あえて神および人の容貌を再現することが許されるのみである。(4)」ここには芸術を解さない俗物の「芸術」についての観念が、その粗雑さを強調したかたちで現れている。こういった観念は、技術についての深い考察には何もかかわることなく、新しい技術の挑発的な出現によって自分の終わりが来たことを感じているのだ。それにもかかわらず、写真の理論家たちがほぼ百年にもわたってとりくんできたのは、まさにこの物神崇拝的(フェティシズム)な、根本的に反技術的な芸術の観念だったのである。もちろん、わずかばかりの成果もあげることはできなかった。というのも、これらの理論家たちのやってきたこととは、写真家がまさにひっくりかえしている裁判席の前で、当の写真家の身元保証をしようとすることにほかならないからだ。そこにまったく別の風が吹いてくる。物理学者アラゴがダゲールの発明の推薦者として、一八三九年七月三日に下院議会にたずさえていった報告書からである。この演説の美点は、人間の営みのあらゆる側面に話がつながっていることだ。この演説が描き出す眺望(パノラマ)は十分に壮大なものであり、絵画に対して写真の証を立てようとする疑わしいやり方はここにも現れているとはいえ、それも些細なことと思わせるばかりか、むしろこの発明が実際に影響を及ぼす範囲についての予感が広がりをみせるものとなっている。アラゴはこう述べる。「新しい道具の発明者たちがこの道具を自然観察に用いるとき、彼らがこの道具に期待していたものは、のちにこの道具がもとになって発見された数々のものに比べれば、つねにほんの小さなことなのです(5)。」大きな弧を描きながら、この演説は、天体物理学から文献学にいたるまでの新しい技術の領域をおおうものとなっている。そこでは、天体写真についての将来的展望とならんで、エジプトのヒエログリフの記録資料を写真に撮るというアイディアも述べられている。

ダゲールの写真は、ヨウ素処理をされ、カメラ・オブスクラのなかで感光される銀板であった。この銀板は、適切な光が当たって淡いグレーの像がそこに認められるようになるまで、あちこちと向きを変えてやる必要があった。ダゲールの写真は貴重品だった。

図7（オリジナル図版4）デイヴィッド・オクタヴィアス・ヒル「ロバート・ブライソンの肖像」（1843-48）（シュヴァルツ『デイヴィッド・オクタヴィアス・ヒル』所収）

一八三九年には、平均して一枚あたり二五フランが支払われた。宝飾品のようにケースに保管されることも稀ではなかった。しかし、一定数の画家の手のうちで、これらは技術的な補助手段に姿を変えていった。七〇年後にユトリロは、パリ周辺の家屋を描いた魅惑的な風景画を、自然ではなく絵葉書にもとづいて制作した。同じように、高く評価されていたイギリスの肖像画家デイヴィッド・オクタヴィアス・ヒル〔図7〕は、一八四三年のスコットランド教会第一回総会のフレスコ画〔図8〕のために、非常に多数の肖像写真を用いた。これらの写真は、ヒル自身が撮ったものだった。そして、これらの写真、つまり、とりたてていうこともない、内輪での使用のための一時的な間に合わせのおかげで、画家としてのヒルは忘れ去られてしまうものの、ヒルという名前に歴史的な位置が与えられることになる。もっとも、これら一連の肖像よりももっと深く、新し

図8　デイヴィッド・オクタヴィアス・ヒル「1843年スコットランド教会の分裂」(1866)

い技術のうちへと導き入れてくれるいくつかの習作がある。それらは名もなき人々の写真であって、肖像ではない。そういった人々を描いたものは、絵画では昔からあった。そのような絵が家族の所有物であるうちは、そこに描かれている人が誰であるかとときおり問うこともあるだろう。しかし、二、三世代の後にはこういった関心はなくなってしまう。絵画が残っているうちは、絵画は単にそれを描いた人の技巧を証するものとして残っているだけである。だが、写真の場合、われわれはある新しい奇妙なことに遭遇する。さりげない蠱惑的な恥じらいとともにうつむいている、あのニューヘイブンの魚売り女には、写真家ヒルの技を証するということでは得心のいかない何か、沈黙させることのできない何かが残っている〔図9〕。それは、そこで生きていた女、ここでもまだ現実のものであり、完全に「芸術」のうちに入り込んでいこうとは決してしない女の名前を荒々しく求めている。

そして私は問う　どれほどまでにこの髪の優美さ
このまなざしの優美さが昔の人たちを残さず虜にしてきたことか
どれほどまでにこの口がくちづけしてきたことか　欲望がその口に
炎のない煙となって意味もなく絡みつきたちのぼる(6)

あるいは、詩人ダウテンダイの父親、写真家ダウテンダイの写真をひらいてみる(7)。これは彼の妻となる女性との婚約の時期のものだ〔図10〕。彼はのちにある日、六番目の子どもの誕生のすぐあと、彼女がモスクワの彼の自宅の寝室で動脈を切断して横たわっ

図9（オリジナル図版2）
デイヴィッド・オクタヴィアス・ヒル「ニューヘイヴンの魚売り女」（1843–47）
（シュヴァルツ『デイヴィッド・オクタヴィアス・ヒル』所収）

図10（オリジナル図版1）
カール・ダウテンダイ「写真家カール・ダウテンダイ　婚約者とともに」(1857)
（ボッセルト／グットマン『写真の初期から』所収）

ているのを目にすることになる。ここで彼女は彼のとなりにいるのが見てとれる。彼は彼女を支えているように見える。だが、彼女のまなざしは彼のかたわらを通りすぎ、吸いつくように災いにみちた彼方をじっと見すえている。このような写真のうちに長いあいだ没頭していると、ここでもまたどれほど両極端が相通ずるものであるかということがわかる。きわめて精密な技術は、その産物に魔術的な価値を与えることもある。それは、われわれにとって絵画がこれからは決してもつことのないような価値である。写真家の技術はすぐれており、モデルの姿勢も写真家の意図どおりであるにもかかわらず、この写真を目にする人は逆らいようもなく、ほんのひとかけの偶然を、「いま、ここで」を、求めないではいられない強迫を感じとる。そのほんのひとかけの偶然によって、現実はこの画像の特性にいわば焦げ穴をつくったのだ。そして、はるか昔に過ぎ去ったあの一分間のありようのうちに、来たるべきものが今日でもなおきわめて雄弁に宿っているがゆえに、われわれはふりかえってそれを発見することができる、そのような人目につかない箇所を発見することになる。カメラに語りかける自然は、眼に語りかける自然とは別種のものだ。とりわけ、人間が意識を織り込んだ空間にかわって、無意識的に織り込んだ空間が立ち現れることで。たとえば、大雑把にではあれ、人々がどういう歩き方をするか説明できるというのはごくあたりまえのことだろう。しかし、「足を運ぶ」ときの何分の一秒かの姿勢については、何もわからなくなっているにちがいない。写真は、スローモーションや拡大といった補助手段を用いて、それを解明する。心理分析によって衝動における無意識を知るように、カメラによってこの視覚における無意識を知るのである。一般的には工学や医学が想定しているような構造的性質や細胞組織といったものはみな、情感豊かな風景や感情の込められた肖像以上に、もともとカメラと近い関係にある。しかし同時に、写真はこれらの物質的素材のうちに、顔の表情という視点、つまり最も小さなもののうちに住まうイメージの世界を開示する。それは、意味が感じとれるものであるとともに、白昼夢のうちにこっそりと姿を隠してしまうことがあるほど秘められている。ところがいまや、拡大され的確に言葉で説明できるものとなって、技術と魔術のあいだの差異は、完全に歴史的変数なのだということが見てとれるものとなっている。たとえばブロースフェルト[2]は、すばらしい植物写真によって、トクサのうちに古代の円柱の形態〔図11〕を、クサソテツのうちに司教の杖〔図12〕を、十倍に拡大されたマロニエとカエデの芽のうちにトーテムポール〔図13〕を、オニナベナのうちにゴシックのトレーサリー〔図14〕を出現させている。だから、おそらくヒルのような写真家のモデルたちもまた、彼らにとって「写真という現象」がまだ「偉大な秘密に満ちた体験」であったとすれば、真実から遠く離れてはいなかったのだ。たとえ彼らにとってこのことは、「自然そのもののように生き生きとほんものの印象を与える画像、目に見える周りの世界の画像を、ほんの短い時間のうちに生み出すことのできる器械の前に立つ」[8]という意識でしかなかったとしても。ヒルのカメラについては、慎重で遠慮がちな態度を保っているといわれていた。しかし、彼のモデルたちもそれにおとらず控えめである。彼らは器械に対してある種の物怖じをとどめている。後の全盛期の写真家の「カメラを見ないで！」[9]という原則は、こういったモデルたちのふるまいから導き出されたものなのかもしれない。だが、その言葉の意味しているのは、動物や人間、あるいは赤ちゃんが「あなたを見ているよ！」ということではなかった。これは買い手を汚いやり方で巻きこむものだ。これに対しては、父ダウテンダイがダゲレオタイプについて語るときの次のような言い回し以上にすぐれたものを引き合いに出すことはできない。「はじめ人々は、と父は語っていたのだが、自分の仕上げた最初の写真を長いあいだみつめる勇気がなかった。人間が克明に写っていることに怖気づき、画像に写っている人たちのちっぽけな顔が自分でこちらを見ることがあるかもしれないと思った。最初のダ

図11　カール・ブロスフェルト「トクサ」（1928）（ブロスフェルト『芸術の原型』所収）

図12　カール・ブロスフェルト「クサソテツ」（1928）（ブロスフェルト『芸術の原型』所収）

図13　カール・ブロスフェルト「カエデの芽」（1928）（ブロスフェルト『芸術の原型』所収）

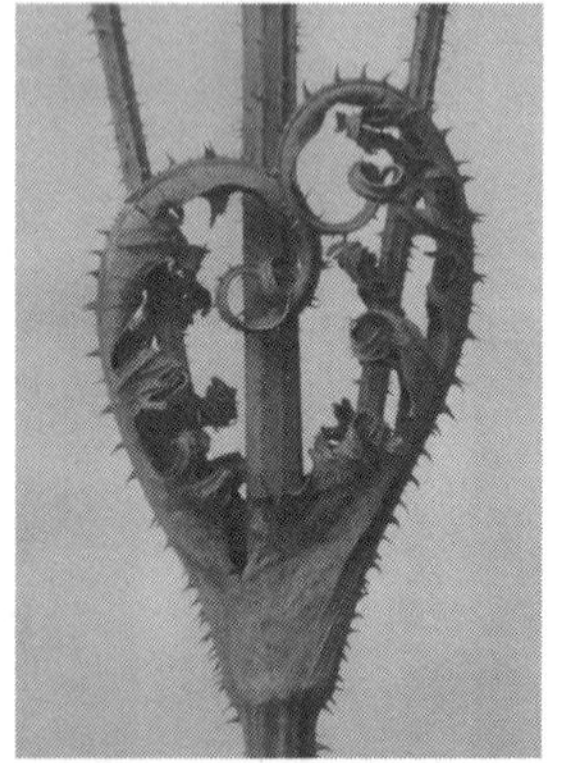

図14　カール・ブロスフェルト「オニナベナ」（1928）（ブロスフェルト『芸術の原型』所収）

ゲレオタイプの画像のふつうではない克明さやふつうではない自然そのままの再現は、誰に対してもそれほど唖然とさせる力をもつものだった。[10]」

これら複製された最初の人間たちは、写真の視空間のうちに、非の打ち所のないかたちで、あるいはよりふさわしい言葉でいえば、説明文なしで入りこんできた。新聞はまだ、購入して手に入れることは稀な、むしろカフェで目を通すような贅沢品だった。写真による作業はまだ、新聞の道具となっていなかった。自分の名前が印刷されているのを目にする人間は、まだきわめてわずかだった。人間の顔のまわりをとりまいていたのは沈黙だった。まなざしはその沈黙のうちで安らいでいた。要するに、こういった肖像芸術のもつあらゆる可能性は、現在の状況と写真との接触がまだ生じていないということにもとづいている。ヒルの数多くの人物写真は、エディンバラの墓地グレイフライアーズ・カークヤードで撮られたものだ。初期の写真をこれほど特徴づけているものは他にない。モデルたちがそこにいながら家でのようにくつろいでいる様子をのぞいてではあるが。そして実際のところ、ヒルの撮った一枚の写真によると、この墓地は室内空間のようでさえあり、ぽつんと離れた、柵で囲まれた空間のようでさえある。そこには、防火壁により掛かるように、草の地面から墓石が立ち現れている。〔図15〕それらは、暖炉のようにくりぬかれた内側に、炎の舌ではなく、文字の飾られた書体を見せている。しかし、この集いの場は、その場所の選択が技術的な理由をもつものでなかったとすれば、これほど大きな効果をあげることは決してなかっただろう。初期の感光板は感光性

図15　デイヴィッド・オクタヴィアス・ヒル「グレイフライアーズ・カークヤード」（シュヴァルツ『デイヴィッド・オクタヴィアス・ヒル』所収）

が低かったため、屋外での長い時間の露出が必要であった。このことからさらに、被写体をできるだけ隔離して、落ち着いた気持ちの集中のじゃまになるものが何もない場所におくことが望ましいと思われるようになっていった。初期の写真についてオルリクは次のように述べている。「モデルを長時間静止させることによって強いられる表情の綜合作用は、なぜこれらの写真が、たしかに素朴なものではあるにせよ、スケッチや彩色によるすぐれた肖像画にも似て、比較的最近の写真以上に、より心に訴えかけ、より長く持続する働きを、見るものに対して与えるのかということの主要な理由である。(11)」写真の作業そのものがきっかけとなって、モデルたちは、瞬間のなかから抜け出してくるのではなく、瞬間のなかへと入り込んで生きることになったのだ。この長い撮影時間のあいだに、彼らはいわば映像に身体がなじんでいったのである。そのようにして、彼らは瞬間写真〔露光時間のきわめて短い写真〕に写っている人たちとはきわめて明確なコントラストをなすことになった。あの変化してしまった周りの世界に対応する瞬間撮影では、クラカウアーが適切な言葉で述べているように、「グラフ雑誌の仕事で写真家たちに写真を撮ってもらえるほど、スポーツマンが有名になるかどうか[12]」は、その写真を撮るときの露光時間と同じ、一秒の何分の一かにかかっているのだ。これら初期の写真におけるすべてが、持続するという性質をもっていた。人々が集うあの比類のない群像だけではなく——この群像の消滅はまちがいなく、一九世紀後半に社会のうちで進行していったものを示すきわめて正確な兆候の一つであった——これらの写真に見られる衣装の皺さえもが、より長い時間、保持されていく。シェリングの上着を見てみるだけでよい〔図16〕。上着はまさに確信に満ちて、ともに不滅の世界のうちに移りゆくことができるものとなっている。着ている人にあわせて上着がとっている形状には、この人物の顔の皺に応じるだけの価値がしっかりとある。要するに、ベルナルト・フォン・ブレンターノが口にした次のような推測の言葉が正しいことを、あらゆることが——このときはじめて、そして、長いあいだこれが最後となって——示している。「一八五〇年の写真家は、自分の道具と同じ高さに立っていた[13]。」

ちなみに、ダゲレオタイプが発明された時代にそれがどれほど巨大な影響を及ぼしたかということを思い浮かべてみるためには、戸外制作（プレネール）の絵画が、当時、画家たちのうちで最も進歩的な人にとってもまったく新しい展望をひらくものとなりはじめていたということを考える必要がある。まさにこのことについては、写真は絵画から継承して伝え

ていかなければならないという意識のもとに、アラゴもまた、ジョヴァンニ・バッティスタ・ポルタ[14]の初期の試みを歴史的に回顧しながら、はっきりと次のように述べている。「大気の透明性が不完全であることに左右される効果（また、〈空気遠近法〉という本来的ではない表現によって言い表されている効果）についていえば、熟達した画家でさえ、カメラ・オブスクラが」――つまり、カメラ・オブスクラのうちに現れた画像を写す（コピー）ことが――「自分たちにとって、その効果を正確にもたらす役に立つと、期待して

図16（オリジナル図版3）
ヘルマン・ビオウ「フリードリヒ・ヴィルヘルム・シェリング」（ボッセルト／グットマン『写真の初期から』所収）

はいない。[15]」ダゲールがカメラ・オブスクラの画像を定着させることに成功した瞬間、画家たちは、この点については技術者から別れの挨拶を告げられたことになる。しかし、写真のほんとうの犠牲者となったのは風景画ではなく、細密肖像画（ミニアチュール）だった。事態は急速に進み、すでに一八四〇年頃には、無数の細密肖像画家たちの大半が職業写真家となった。はじめは片手間であったが、やがて専業となる。その際、もともとの生業での経験が彼らの役に立つことになった。そこで写真家としての彼らの業績が高い水準にあったのは、芸術家としての素養のためではなく、職人的な素養のためであった。この過渡期の世代は、かなりゆっくりと次第に消滅していった。ほんとうに、聖書の祝福のようなものがこの最初の写真家たちには与えられていたのではないかと思われるほどで、ナダール、シュテルツナー、ピエルソン、バヤールといった人たちはみな、九十歳あるいは百歳に迫るほどである。[16]しかし、ついにはあらゆるところから商売人たちが職業写真家という身分に押し寄せてくることになった。そして、のちにネガフィルム修整（下手な画家が写真に復讐する手段である）が一般的にふつうのものとなったとき、趣味の急激な低落が生じた。それは写真アルバムが溢れかえりはじめた時代だった。そういったアルバムは、住まいの最も寒々とした場所、つまり応接間の置物台や丸テーブルのうえに、好んで置かれていた。うんざりさせるような飾り金具がついていて、金色に縁どられたページが指の太さほどある、革装丁のものである。それらのページには、ばかげた飾りたてをほどこしたり紐を結んだりした人物たち――アレックスおじさんにリークヒェンおばさん、まだ小さかったころのトルートヒェン、はじめての学期のときのパパ――がふりわけられていて、しまいには、恥の上塗りを完遂すべく、わたしたち自身もそこにいる〔図17、18〕。サロンにいるチロル人となって、ヨーデルを歌いながら、絵に描いた万年雪に向かって帽子をふっている。あるいはこざっぱりとした恰好の水夫となって、気取って片方の足に重心をかけたポーズよろしく、ぴかぴかの支柱によりかかっている。柱の台座や手すりや楕円形の小テーブルといった、これらの肖像画の添え物は、長い露光時間であるため、モデルが固定されたままになるようにと支えるものを提供する必要があった時代のことを思わせる。はじめのうちは「首ささえ」とか「膝おさえ」〔図19〕で十分だったのだが、そのうち「有名な絵画に出てくるため〝芸術的〟であるにちがいないと思われていた付属的装飾がさらにあらわれることになった。まずは円柱や緞帳であった。[17]」このようなばかげたことに対して、すでに一八六〇年代に、有

図17　ヴァルター・ベンヤミン（左）（1900年頃）

図18　ヴァルター・ベンヤミン（左）、弟ゲオルク、妹ドーラ（1905年頃）

図19　ベルリンのスタジオでの撮影風景

能な人たちは対抗措置をとらなければならなかった。当時のあるイギリスの専門誌には次のように書かれている。「絵画では円柱はもっともらしくみえるが、写真でのその使われ方はばかげている。というのも、円柱は通常、絨毯の上に立っているのだが、大理石や石の円柱が絨毯の土台に建てられることはないと誰だって確信しているからだ。(18)」立派な襞の緞帳や棕櫚、ゴブラン織りや画架のあるあのようなアトリエは、当時生まれたものだ。それらは、処刑と華やかな上演のあいだを、拷問部屋と玉座の広間のあいだを曖昧に揺れ動いていた。それらのアトリエから、衝撃的な証言が、カフカの小さい頃の肖像写真によってもたらされている〔図20〕。そこでは、窮屈で、屈辱的といってよいほどの、ごてごてした縁飾りのついた子供服を着て、六歳ほどの男の子が温室風の風景のなかに立っている。棕櫚の葉は、背景で固まったまま動かない。そして、この偽物の熱帯を息がつまるほどさらにむっと蒸し暑くすることが大切であるかのように、モデルの男の子

図20　幼年時代のカフカ

は、スペイン人がかぶるような、幅広いつばのついた不釣り合いなほど大きな帽子を左手にもっている。たしかに、こういった設定を施されては、モデルは消え去ってしまうことになるだろう。もし、あのはかりしれない悲しみをたたえた目が、あらかじめ定められているこういった風景を圧倒しているのでなければ。

このはてしない悲しみに包まれた画像は、初期の写真の対極にあるものだ。初期の写真では、人間たちはまだ、この少年のように一人切り離され、神に見放されて世界を見つめていたわけではない。彼らのまわりにはオーラがあった。それは媒質であり、それが彼らのまなざしに――まなざしが媒質のうちに浸透していくことによって――満たされて安心だという気持ちを与えるのだ。そして、その技術的な等価物が何かはここでも明らかである。それは、最も明るい光から最も暗い影にまでいたる絶対的な連続性である。ちなみに、ここでもまた、かつての技術のうちに新しく達成されるものが前もって告げられるという法則が、確かなものとして示されている。かつての肖像絵画が、その没落の前にメゾティント技法の比類のない隆盛をもたらしていたことがそうであるように。もちろん、このメゾティント技法には複製技術が含まれているが、それが写真という新たな複製技術と結びついて一つになるのは後になってからのことである。メゾティント版画にみられるように、ヒルのような人物においても、光は苦労して暗闇から抜け出てくる。オルリクは、長い露光時間によって生じる「統合的な光の配置」という言い方をしているが、それが「これら初期の写真に偉大さ[19]」を与えているのだ。この発明の同時代人のうちでは、すでにドラローシュがこれまで「まったく達成されたことのない、貴重な、人々の平安を決してかき乱すことのない[20]」一般的な印象についてコメントしている。オーラ的な現象の技術的条件についてはここまでとしておこう。とりわけいくつかの群像写真は、生き生きとした集いの様子をいまいちど記録にとどめている。そうした集いの様子は、「オリジナル写真」といわれるものによってそれが下火になる前に、しばしのあいだ感光板のうえに現れている。美しく意味深い趣をたたえながら、切り取られた写真の、いまではもう時代遅れとなった楕円形によってときおり囲まれているのは、このような息の範囲なのである。[21] それゆえ、揺籃期の写真のうちに「芸術的完成」や「趣味のよさ」を強調することは、こういった写真を誤って解釈することにつながる。これらの写真が成立したのは、特定の空間である。そこでは、写真家とはどの顧客にとってもまずは最新の流派による一人の技術者としてあらわれる存在であり、他方、写真家にとってはどのような顧客も興隆の途上にある階級の一員である。この階級のもつオーラは、市民の着る上着の皺や幅広蝶ネクタイ（ラヴァリエール）の襞のうちにまで根づいていた。あのオーラなるものは、単に原始的なカメラが生み出したものにすぎないというわけではない。むしろ、あの初期の時代においては、対象と技術とが精密に対応している。同じように精密に、それにつづく凋落の時期には、これらは分離してゆく。つまり、進歩した光学はやがて、闇を完全に克服し、ものの姿を鏡のように描き出す道具を手にすることになったのである。しかしながら、一八八〇年以降の時代、写真家はむしろオーラを〔偽装することを〕自らの使命であると考えていた。オーラはもともと、明るくなったレンズによって暗さが追い払われたことにともなって画像から追い払われていた。また同じように、帝国主義的な市民階級がますます堕落していったことによって、オーラは現実のなかから追い払われていた。写真家たちは、このようなオーラを、あらゆる写真修整の技を使って、とりわけいわゆるゴム印画法によって、あるように見せかけることを自らの使命とみなしていた。そのようにして、とりわけユーゲントシュティールでは、人工的な反射でさえぎられることで、薄暗くぼんやりとしたトーンが主流となった。しかし、そのような薄明かりのトーンにもかかわらず、あるポーズがますますはっきりと浮かび上がっている。そのポーズの硬直性は、技術の進歩に直面したあの世代の無力さをあらわに示すものであった。

しかしそれでも、写真を決定づけているのは、いつもかわらず写真家と技術との関係なのである。カミーユ・レヒトはこのことを感じのよいイメージで説明している。「ヴァイオリン奏者はまずは音を作り出さなければならない。音を探し、瞬時に見つけ出さなければならない。ピアノ奏者が鍵盤を叩くと、音が鳴り響く。写真家と同じように画家も道具（インストルメント）を用いる。画家がスケッチをし、絵の具を塗ることは、ヴァイオリン奏者が音を作り出すことにあたる。写真家は、ピアノ奏者と同じく、制約を与える法則のもとにある機械的なものを前提としている。ヴァイオリン奏者は、こういった法則から同じような制約を強いられることはない。パデレフスキのような人でも、パガニーニが獲得したような名声を獲得することはできないだろうし、パガニーニが発揮したようなほとんど伝説的といってもよい魔法の力を発揮することはないだろう。[22]」しかし、こういったイメージのうちにとどまるとすれば、写真のブゾーニにあたる人はいる。それはアジェである。両者ともヴィルトゥオーゾであり、同時にまた先駆者であった。対象とすることがらのうちに類を見ないほど没入すること、そして最高度の正確さをともなっていることが、二人に共通する。彼らの相貌にさえ近しいものがある。アジェは俳優だったが、その仕事に嫌気がさし、メーキャップを落として、さらには現実の化粧を落とす仕事にとりかかった。彼はパリで貧しく無名のまま暮らし、自分の写真を愛好家に売り飛ばした。そういった人たちも、アジェにおとらず変わった人だったのかもしれない。つい先頃、四千枚以上の作品を残して彼は亡くなった。

　ニューヨーク出身のベレニス・アボットがこれらの写真を収集し、それらの選集がつい最近、カミーユ・レヒトの編集により、すばらしく美しい一冊の本となって出版された。[3]同時代のジャーナリズムは、「この男について何も知らなかった。彼は、自分の写真を携えてたいていはアトリエをめぐり歩き、それらの写真を二束三文で売り払った。その値段は、一九〇〇年頃のさまざまな街の風景を美しく描き、青い夜のなかに沈み込んで、写真修整を施した月が浮かぶような、あの絵葉書の一枚ほどでしかないこともしばしばだった。彼は、最高度の巨匠の極致に達していた。しかし、いつも影のなかで暮らしている偉大な達人によくある粘り強い謙虚さから、自分の旗をそこに立てるということを彼はしなかった。それで、アジェがすでに足を踏み入れた極点を、自分が発見したと思う者もいることだろう。[23]」実際、アジェによるパリの写真はシュルレアリスムの写真の先駆けとなっている。[24]それは、シュルレアリスムが動かすことのできた、唯一のほんとうに幅の広い隊列の先遣隊であった。彼は、凋落の時代の因習的な肖像写真が広めた、あの息の詰まる雰囲気の殺菌をおこなった最初の人間だった。彼はこの雰囲気を浄化する、いや問題となるものを取り去る。対象をオーラから解き放つのはアジェが始めたことだ。オーラからの解放は、最近の写真家一派による疑う余地のない功績である。アヴァンギャルドの雑誌、『ビフュール』や『ヴァリエテ』[25]が、「ウェストミンスター」「リール」「アントワープ」「ブレスラウ」といった画像の説明（キャプション）によって、たとえば手すりの一部であったり、葉を落とした梢の枝がいくえにもガス灯にからみあっている様子であったり、あるいは防火壁や、街の名前が記載された救命浮輪がとりつけてあるはずらん街灯であったりといった細部だけをもちだしてくるとき、それらはアジェが発見したさまざまなモティーフを文学的に強調したものにほかならない。アジェは消息不明になったものや押し流されてしまったものを探し求めた。そういったわけで、それらの写真は都市の名前のもつエキゾティックな、華麗な、ロマンティックな響きに抗う。これらの写真は、沈みゆく船から水を吸い出すように、現実からオーラを吸い出す。オーラとはそもそも何か。空間と時間が不可思議に編み合わされたものである。それは、ある遠さ——たとえそれがどれほど近くにあるとしても——が一回限り現れる現象である。ある夏の昼時、ゆったりと憩いながら、地平線にある山並みや、それを見ている者に蔭を作っている木の枝を、その瞬間あるいはその時間がそこに見えているものと一緒になるまで、眼で追うこと、それがこれらの山々や木の枝のオーラを呼吸するということである。さて、事物を自分自身にとって、いやむしろ大衆にとって、「もっと近く」にすることは、事物の複製によってどのような状況にあっても一回性を克服しようとすることと同様に、今日の人々が情熱を注いでいる傾向である。対象物を画像（ビルト）として、あるいはむしろ模像（アップビルト）としてすぐ近くで手に入れたいという欲求は、日々、ますます避けがたいものとなって現れてきている。グラフ新聞や週刊ニュース映画がいつでも作り出せるような模像（アップビルト）は、〔オリジナルの〕像（ビルト）とは見まちがいようもなくはっきりと異なる。〔オリジナルの〕像では一回性と持続性が密接に交錯しあっているのに対して、模像においては束の間のものであることと反復可能であることが密接に結びついている。対象からその覆いを取り去ること、つまりオーラの崩壊は、ある種の知覚のしるしである。その知覚は、世界のうちのあらゆる同種のものに対する感覚がきわめて発達しているため、複製という手段によって、一回的なものからさえ同種のものを引き出す。アジェは「大きな見どころやいわゆる街のシンボル」はほとんどいつも素通りした。しかしながら、ブーツの靴型が長い列をなして並んでいるところはそうではない〔図21〕。晩方から朝方まで手押し車が整然と並べられているパリの住居の中庭はそうではない〔図22〕。同じ時間に何十万も存在したであろう、食事の終わったテーブルや片づけられていない洗面用具はそうではない〔図23、24〕。5という数字が建物正面の四箇所別々にでかでかと表示されている〇〇通り5番地の売春宿はそうではない〔図25〕。しかし、奇妙なことに、これらのほとんどすべての写真には人影がない。ティエールの城壁のところにあるアルクイユ門にも人影がない〔図26〕。豪華な階段にも人影がない〔図27〕。建物の中庭にも人影がない〔図28〕。カフェのテラスにも人影がない〔図29〕。テルトル広場にも、しかるべく、人影がない〔図30〕。それらは寂しい場所だというわけではなく、場のもつ雰囲気がないのだ。これらの写真の街は、まだ新しい借り手が見つからない住居のように中には何もない。まさにこのような業績のなかで、シュルレアリスムの写真は、周りの世界と人間とのあいだの有益にはたらく疎遠な関係の準備をおこなっているのだ。この疎遠な関係は、政治的な訓練を積んだまなざしに対して自由な視野を与える。そこでは、細部を明らかにするためのあらゆる親密な関係は消え去っている。

明白なことではあるが、こういった新しいまなざしにとって収穫が最も少ないのは、これまできわめて適当なやり方が通用していた領域、つまり、その類型を代表するような、代金をとる肖像写真という領域である。他方、人間を断念するということは、写真にとって、あらゆるもののうち一番できないことといってよい。そのことを知らなかった人に対しては、いくつかの最上のロシア映画が次のことを教えてくれている。環境や風景もまた、その相貌に含まれている名もなきもののうちにそれらをとらえることができる人、写真家のうちでもそのような人に対してこそ、自らを開示するのだということを。しかしながら、それが可能かどうかはここでもまたかなりの程度、被写体がその前提条件となっている。写真に撮られて後世に残ることに執心することなく、むしろそういった機会に出会うといくぶん物怖じして自分の生活空間のうちに引き籠もってしまうような世代（ショーペンハウアーが一八五〇年頃のフランクフルトでの写真で肘掛け椅子に深々と腰掛けているように〔図31〕）、しかしまさにそれゆえに、こういった生活空間を写真の上にいっしょに到達させていたあの世代――この世代がその美徳を遺産とし

図22 「ドラゴン袋小路」（アジェ『写真集』所収）

図24 「労働者の住居」（カンパーニュ・プルミエール通りのアジェの自室、アジェ『写真集』所収）

図25 「5番地の家」ヴェルサイユ（アジェ『写真集』所収）

図21 「靴直し屋」（アジェ『写真集』所収）

図23 「食卓」モンパルナス通り（アジェ『写真集』所収）

図28 「中庭」パリ、1898年（アジェ『写真集』所収）

図30 「テルトル広場」（アジェ『写真集』所収）

図26 「アルクイユ門」（アジェ『写真集』所収）

図27 「階段の間」（アジェ『写真集』所収）

図29 「カフェ　グラン・ダルメ通り」（アジェ『写真集』所収）

図31　「ショーペンハウアー」（ボッセルト／グットマン『写真の初期から』所収）

て残すことはなかった。そのとき、何十年もたってはじめてロシア人の映画が、写真など使い道がない人々をカメラの前に登場させることになった。すると瞬時にして、人間の顔が新たな、はかりしれないほどの意味を帯びて写真の上に立ち現れてきた。しかし、それはもはや肖像画ではなかった。それは何か。この問いに答えたのは、あるドイツ人写真家の卓越した功績である。アウグスト・ザンダー[4]は、エイゼンシュテインやプドフキンといった人たちの打ちひらいた巨大な人間の顔貌のギャラリーにまったくひけをとることのない、数多くの人々の写真を集めて構成した〔図32、33、34〕。そして、彼はそれを学問的な視点からおこなった。「彼の全作品は、現在の社会秩序に対応する七つのグループで作りあげられており、それぞれ一二枚の写真を含む四五のファイルのかたちで出版されることになっている。[26]」これまでのところ、それらのうち六〇枚の複製画

図33（オリジナル図版8）「議員（民主主義者）」（アウグスト・ザンダー『時代の顔』所収）

図32（オリジナル図版7）「菓子職人」（アウグスト・ザンダー『時代の顔』所収）

図34 「下働き職人」（アウグスト・ザンダー『時代の顔』所収）

像を収めた一冊の選集が出されており、これらの写真は考察のための尽きることのない素材を提供するものとなっている。「ザンダーは、土地と結びついた人である農民から始まって、観察者をあらゆる階層や職種をめぐって縦横に導き、さらには最高度の文明を代表する人たちのところにいたるかと思えば、下って白痴にまでいたる。[27]」著者はこの途方もない課題に学者として歩み寄ったわけではなく、人種理論家や社会研究者から助言を受けていたわけでもない。出版社が述べているように、彼は「直接観察することから」近づいていったのだ。疑いもなくこの観察は、先入観にとらわれることがまずない、大胆といってもよいほどの、しかし同時に繊細なものでもあった。つまり、「自らを対象と最も親密に同一化し、それによって本来の理論となる繊細な経験というものが存在する[28]」というゲーテの言葉の意味でそうであった。したがって、デーブリーンのような観察者がまさしくこの作品のなかの学問的な要素にゆきあたり、次のようにコメントしているのはまさにふさわしいことである。「比較解剖学というものがあり、それを出発点としてさまざまな器官の自然と歴史をはじめて把握することができる。それと同じように、この写真家は比較写真学をおこなってきたのであり、そのようにしてディテール写真を撮る人たちの上方に学問的な立脚地点を獲得したのだ。[29]」経済的な事情のために、この並外れた集大成の出版をさらに続けてゆくことが困難になるとすれば、非常に残念なことであろう。しかし、出版社に対してはこのような全般的な励ましの言葉とともに、さらにもっと詳細な励ましの言葉を送ることができる。つまり、ザンダーの作品のような仕事には、一夜にして予想もしなかったような現代性(アクチュアリティ)が生まれることもありうるということだ。ドイツでは権力移動が起こってもよい時期にさしかかっているが、権力移動の際には、観相学的な把握の力を訓練すること、鋭いものとすることがどうしても必要となるのはつねだからである。右から来ることもあれば、左から来ることもあるだろう。どちらからやってくるか着目されることに慣れる必要がある。また、自分でも他の人をそのように見る必要が出てくるだろう。ザンダーの作品は写真集以上のものである。それはトレーニングの地図帳(アトラス)なのだ。

「われわれの時代には、どのような芸術作品であれ、自分自身や近い親類や友人や恋人の肖像写真ほど注意深く見られることはない。[30]」リヒトヴァルクはすでに一九〇七年にこのように書いている。そしてそれによって、研究の方向性を、美的区分の領域から社会的機能の領域へと移していった。研究がさらに前進してゆくには、ここから始めるしかない。特徴的であるのは、「芸術としての写真」が問題とされるところで最も議論が進まなくなってしまったということである。それに対して、たとえばまったく問題がない「写真としての芸術」という社会的事実は、ほとんど顧みられることがなかった。しかしながら芸術の機能にとって、芸術作品の写真複製の影響は、写真を程度の差はあれ芸術的に造形すること（そこでは、体験は「カメラの獲物」となる）と比べて、はるかに重要なものである。実際のところ、数え切れないほどのオリジナルの芸術写真をたずさえて家路につくアマチュアは、商人にとってのみ価値のある大量の獲物をかかえて狩場から帰ってくる狩人と比べて、より好ましい存在であるというわけではない。ジビエや家禽の取引よりグラフ新聞の数のほうが多くなる日は、実際もう目前に迫っているように見える。素人の「パチリ」についてはこのくらいにしよう。だが、芸術としての写真から写真としての芸術へと方向を転じれば、アクセントの置き方は完全に変わることになる。絵や、とりわけ彫刻や、さらには建築物については、実物よりも写真で見たほうがどれほど簡単に理解できるかということは、おそらく誰でも観察したことがあるだろう。このことを完全に芸術感覚の衰退や現代人の無力さのせいにしたいという誘惑に駆られるのはもっともなことである。しかしながら、ほぼ同じ時期、複製技術の発達とともに偉大な作品についての考え方がどのように変わってきたかがわかると、こういった見方をそのまま受け取るわけにはいかない。偉大な作品はもはや個々人が作り出したものとみなすことはできない。偉大な作品は集団による形成物になったのである。巨大なものとなったがゆえに、それらを吸収することは、縮小するという前提条件とそのまま結びついている。機械的な複製方法は、最終的には一つの縮小技術であり、人間が作品に対しての支配力をもてるように手助けする。それほどの支配力の程度でなければ、作品はまったく使うことができなくなってしまう。

芸術と写真とのあいだの今日見られる関係を特徴づけるものがあるとすれば、それは、芸術作品を撮影した写真によってこの両者のあいだに入り込んできた緊張に、まだ決着がついていないということである。写真家としてこの技術の今日の相貌を作り上げている人たちの多くは、絵画を出発点としている。彼らは、自分たちの表現手段を、生き生きと明確に今日の生活と関連づけようと試みたのち、絵画に背を向けたのだった。時代の徴(しるし)に対する感覚が目覚めたものになるにつれて、自分たちの出発点が次第に疑わしいものとなってきたのだ。というのも、八十年前と同じように、写真は絵画から継承されてきたからである。モホリ＝ナジはこう言っている。「新しいもののさまざまな創造的可能性は、古い形式、古い道具や造形分野を通じて、明るみに出されてゆく。そのような古い形式、道具、造形分野は、新しいものの出現によって基本的にはすでに終わったものなのだが、兆しを見せつつある新しいものに圧迫されて、圧倒的に咲き誇る状態へと駆り立てられる。たとえば、未来派の（静的）絵画は、運動の同時性という、のちに未来派の絵画自身を消滅させる明確に区分された問題性を、つまり時間の契機の造形を提起している。このようなことが起こったのは、映画はすでに知られていたとはいえ、それがまだ正当に理解されるには到底およばない時代であった。〔…〕それと同じように、今日描写的・具象的な手段で制作している画家たち（新古典主義者たちや真実主義者(ヴェリスト)たち）の何人かは、やがて機械的・技術的手段だけを使うことになる新しい描写的・視覚的造形の先駆者と——用心深くではあるが——みなしてもよいだろう。(31)」また一九二二年、トリスタン・ツァラはこうだ。「芸術を名乗っていたものすべてが痛風になってしまったとき、写真家は蠟燭千本の明るさのランプをつけ、感光紙は段階的にいくつかの日用品の黒いところを吸収していった。写真家は、繊細で手つかずの閃光

図35　サーシャ・ストーン　ベンヤミン『一方通行路』(1928)の表紙写真

の届く範囲を発見していた。この閃光は、われわれの目を楽しませてくれるどんな星座よりも重要なものだった。[32]」日和見主義的な計算からでもなく、たまたまでもなく、楽だからというわけでもなく、造形芸術から写真へと身を転じた写真家たちは、今日その同業者たちのうちで前衛（アヴァンギャルド）を形成している。それは、彼らのこれまでの歩みを通じて、美術工芸的な傾向という今日の写真の抱える最大の危険に対して、彼らがある程度守られているからである。「芸術としての写真は、非常に危険な領域である[33]」とサーシャ・ストーンは述べている〔図35〕。

　写真が、ザンダーやジェルメーヌ・クルル[34]〔図36、37〕やブロースフェルトといった人たちによって与えられるような連関から抜け出し、観相学的、政治的、あるいは科学的関心から解放されてしまうと、写真は「創造的」なものとなる。レンズの仕事は「全体の概観」となり、写真について場当たり的なことを書くジャーナリストが出てくる。「精神は、メカニズムを克服しつつ、メカニズムによる正確な成果を、新たな解釈によって生の比喩へと変えてゆく。」今日の社会秩序の危機がますますあちこちに広がるにつれて、また、この社会秩序の個々の要素が、死せる対立のなかでますます頑なに対立しあうにつれて、創造的なものは——それは、最も深い本質からすれば、同じものがかたちを変えただけであり、矛盾を父とし、模倣を母とする——ますます物神（フェティッシュ）と化してしまった。この物神の容貌が命脈を保っているのは、ひとえに流行の照明が移り変わ

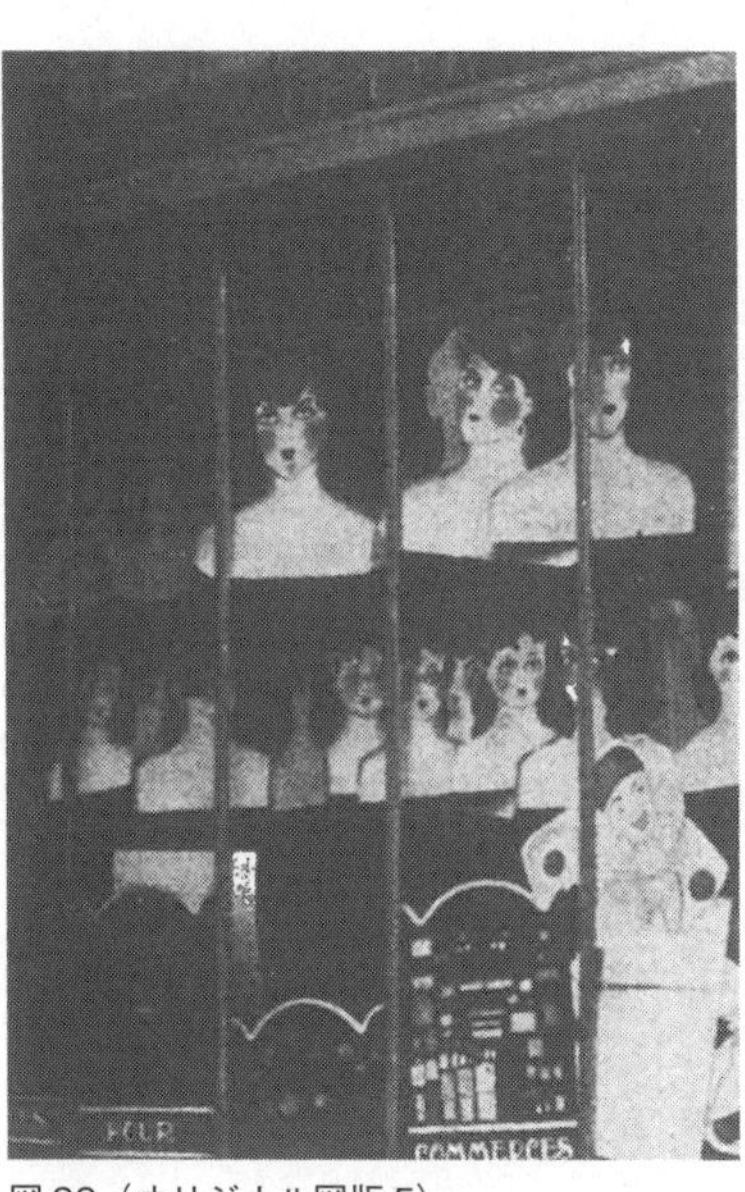

図36（オリジナル図版5）
ジェルメーヌ・クルルの写真（ベンヤミンの私蔵写真か）

図37（オリジナル図版6）
ジェルメーヌ・クルルの写真（ベンヤミンの私蔵写真か）

っていくことによる。写真を撮ることの創造性とは、写真を流行に委ねることである。「世界は美しい」[35]——まさにこれこそが、その標語である。この標語のうちには、ある種の写真のもつ態度が露呈している。その写真とは、どのような缶詰でも宇宙のうちに組み込む（モンタージュ）ことができるのに、缶詰の出てくる人間関係となるとただの一つもとらえることができないものであり、そしてまた、どれほど夢想にとらわれるような主題をとりあげていたとしても、それを認識する先駆けとなるよりも、むしろそれがどれだけ売れるかを考える先駆けとなるような写真である〔図38、39、40〕。しかし、こういった写真の創造性のもつ真の顔は広告ないしは連想なのだから、それらの正当な相手となるのは、露呈ないしは構成である。ブレヒトが述べているように、状況は、「単純な〈現実の再現〉がかつてほどには、現実について何かを述べるものとなっていないということによって、かなり複雑になっている。クルップの工場やAEGの写真は、これらの組織について、ほとんど何も明らかにしてくれることはない。本来の現実は、機能的なものにずれてしまっているのだ。人間関係の物象化、たとえば工場は、人間関係について何かを取り出して見せてくれることはもはやない。だから、〈何かを組み立てること〉が本当に必要なのだ。何か〈人工的なもの〉、何か〈ポーズをとったもの〉を。[36]」そういった写真による構成の開拓者を養成したことが、シュルレアリストたちの功績である。このような創造的写真と構成的写真のあいだの対決の次の段階をしるしているのが、ロシア映画である。こういっても言い過ぎということはないだろう。ロシア映画の監督たちの偉大な業績が可能であったのは、ひとえに写真が魅力や暗示ではなく、実験や教訓をめざしている国であるからなのだ。この意味において、そしてこの意味においてのみ、無骨な

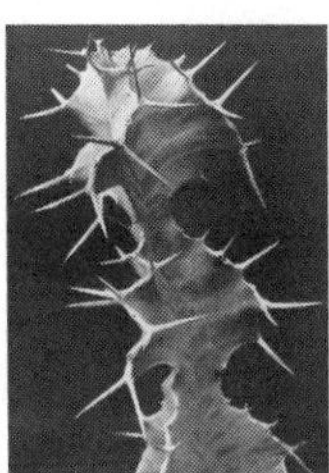

図38　アルベルト・レンガー＝パッチュ『世界は美しい』所収

図39　アルベルト・レンガー＝パッチュ『世界は美しい』所収

図40　アルベルト・レンガー＝パッチュ
『世界は美しい』所収

思想画家アントワーヌ・ヴィールツが一八五五年に写真を迎えて述べている印象的な歓迎の言葉から、今日でもなお一つの意味を汲みとることができるだろう。「何年か前に、われわれの世紀の名誉となる一つの機械が誕生した。それは日毎に、われわれの思考が驚嘆するもの、われわれの眼が恐れおののくものとなっている。百年もたたないうちにこの機械は、絵画における筆、パレット、絵の具、熟達の技、経験、忍耐、敏捷さ、的確さ、彩色、ワニス、手本、完成、精髄となるだろう。〔…〕ダゲレオタイプが芸術を殺すなどと思うなかれ。〔…〕ダゲレオタイプ、この巨大な子どもが大きくなったとすれば、そしてその技と強みとがすべて展開していったならば、そのとき創造的精神（ゲーニウス）が現れてこの子どもの首を突然つかみ、大声で叫ぶだろう。こっちだ！　おまえはいまから私のものだ。これから一緒に働くことになる。[37]」それに対して、四年後にボードレールが「一八五九年のサロン」のなかで、読者に対してこの新しい技術を告げ知らせる言葉は、いかに醒めた、いや悲観的な響きをもつものであることか。この言葉は、いましがた言及した言葉と同様に、今日では強調点をわずかにずらさなければ、ほとんど読むことのできないものとなっている。しかし、このボードレールの言葉は、さきほどのヴィールツの言葉と対立するものであることによって、芸術写真のあらゆる地位剝奪行為に対する仮借ない防御となって、しかるべき意味を保持している。「この哀れな時代に、ある新しい産業が現れてきた。それは、〔…〕芸術とは自然の正確な再現にほかならず、それ以外にはありえない、という愚昧の徒の信念を強固なものとすることに少なからず貢献してきた。〔…〕ある復讐の神がこういった群衆の声を聞き届けた。ダゲールが彼らのメシアとなったのだ。」そしてこう述べる。「芸術の機能のいくつかについて、芸術を補完することが写真に許されるとするならば、芸術はやがて写真によって完全に追いやられ、堕落させられることになるだろう。群衆のなかから写真のうちに生じることになる、自然にできあがる同盟のおかげで。写真はそれゆえ、その本来の義務に立ち返らなければならない。それは、諸科学と諸芸術に仕える者となるということだ。[38]」

　しかし、当時この両者、ヴィールツとボードレールのどちらもとらえていなかったことが一つある。それは、写真の事実性（オーセンティシティ）・確実性のうちにある指示のはたらきである。ルポルタージュにその代わりをさせるのは、いつもうまくいくとは限らないだろう。ルポルタージュの陳腐な常套句（クリシエ）は、見る人のうちで言語的な常套句を連想するはたらきしかもたないからだ。カメラはますます小さくなり、一瞬の秘められた映像を捉えることが

図41　アジェ「キッチン」（1910年頃）

ますます可能になっている。そういった映像の与えるショックは、見る人の連想メカニズムを停止させる。まさにこの箇所に、写真の説明文（キャプション）を使うことが必要とされる。説明文（キャプション）は、あらゆる生活状況の文書化[39]となる写真を包摂する。そしてまた、それがなければ、あらゆる写真による構成は曖昧なものにとどまらざるを得なくなる。アジェの写真が犯行現場の写真と比べられたことにはわけがある[40]〔図41〕。とはいえ、われわれの住む街のどの場所も犯行現場なのではないか。その通行人の誰もが犯人なのではないか。写真家——鳥占官（アウグル）や臓卜師たちの後裔——は、自分の写真のうちに罪を見つけ出し、罪人に印をつける必要があるのではないか。「文字の知識をもたない者ではなく、写真の知識をもたない者が、未来の文盲となるだろう[41]」といわれたことがある。しかし、自分自身の写真を読むことのできない写真家もまた、同じくらい文盲であるといわざるをえないのではないか。説明文（キャプション）は、写真の本質的な構成要素になるのではないだろうか。これらの問いは、今日の人々とダゲレオタイプとを分かつ九十年の隔たりが、その歴史的な緊張を放電によって解き放つ問いなのである。この火花の輝きに照らされて、最初期の写真はあれほどまでに美しくそして近寄りがたく、祖父たちの時代の暗闇から姿を現すのだ。

原註

1　ヘルムート・テオドール・ボッセルト／ハインリヒ・グットマン『写真の初期から――一八四〇―一八七〇』オリジナル写真二〇〇点、フランクフルト・アム・マイン、一九三〇年。ハインリヒ・シュヴァルツ『デイヴィッド・オクタヴィアス・ヒル――写真の巨匠』図版八〇点、ライプツィヒ、一九三一年。

2　カール・ブロースフェルト『芸術の原型――植物写真集』カール・ニーレンドルフ編および序文、図版一二〇点、ベルリン、発行年記載なし〔一九二八年〕。

3　ウジェーヌ・アジェ『写真集』、カミーユ・レヒト序文、パリ／ライプツィヒ、一九三〇年。

4　アウグスト・ザンダー『時代の顔――二〇世紀のドイツ人の六〇点の写真』、アルフレート・デーブリーン序文、ミュンヒェン、発行年記載なし〔一九二九年〕。

訳註

（1）ジョセフ・ニセフォール・ニエプス（Joseph Nicéphore Niépce, 1765–1833）がカメラ・オブスクラの画像を定着させることに成功したのは一八二四年とされる。一八二九年以降、彼はルイ・ダゲール（Louis Daguerre, 1787–1851）と協力して、画像を定着させる技術の改良を進めた。ダゲールは、一八三三年にニエプスが急死したのち、一八三九年に「ダゲレオタイプ」と呼ばれる銀板写真の方法を開発する。

（2）デイヴィッド・オクタヴィアス・ヒル（David Octavius Hill, 1802–1870）は、スコットランドの画家・写真家。ベンヤミンは、原註1にあるようにハインリヒ・シュヴァルツによるヒルの伝記を参照しつつこの《写真小史》を執筆しており、あとの箇所でヒルの写真に言及している。ジュリア・マーガレット・キャメロン（Julia Margaret Cameron, 1815–1879）は、イギリスの女性写真家。数多くの肖像写真、および宗教・文学に題材をとった絵画的な写真を残している。シャルル・ユゴー（Charles Hugo, 1826–1871）は、作家ヴィクトル・ユゴーの次男で、フランスのジャーナリスト・写真家。ナダール（Nadar, 1820–1910）はフランスの写真家・ジャーナリスト・諷刺画家。気球に強い関心をもち、一八五八年、気球に乗って世界で初めての航空写真を撮った。

（3）ここでベンヤミンが言及している「最初に作り出した人」とは、フランスのアンドレ＝アドルフ＝ウジェーヌ・ディスデリ（André-Adolphe-Eugène Disdéri, 1819–1889）を念頭に置いていると思われる。ディスデリが一八五四年に特許をとったCarte de visiteを、ベンヤミンはそのままVisitenkartenというドイツ語に転用し、それに「写真（Aufnahme）」を結びつけた言葉をベンヤミンはここで用いている。この名刺版写真は、約六㎝×九㎝のサイズの小さな厚紙にプリントされたもので、一八六〇年頃から広く流通するようになった。

（4）マックス・ダウテンダイ『私の父の精神』（一九一二年）からの重引。この著作では、一八三九年の新聞記事から引用しているようだ。しかし、ベンヤミンが言及している『ライプツィヒ新聞（Leipziger Anzeiger）』という名称どおりの新聞は存在しないようだ。ダウテンダイの記述では、『ライプツィヒ市報（Leipziger Stadtanzeiger）』の一八三九年八月二六日とされる。

（5）ヨーゼフ・マリア・エーダー『写真の歴史』第三版、一九〇五年からの重引。

（6）シュテファン・ゲオルゲ『生の絨毯』（一九三二年、「立像　その六」）。

（7）「詩人ダウテンダイ」とここで呼ばれているマックス・ダウテンダイ（Max Dauthendey, 1867–1918）は、ベンヤミンが図版として掲げている写真家カール・ダウテンダイ（Carl Albert Dauthendey, 1819–1896）の二番目の妻の息子。本文で述べられているカール・ダウテンダイの妻の自殺は、彼がロシア（サンクト・ペテルブルク）にいた時代の最初の妻のことであり、彼女が自殺したのは一八五五年のことだった。ベンヤミンが図版として掲げているのは、二番目の妻となるシャルロッテ・カロリーネ・フリードリヒであり、彼らが婚約時代にはじめて教会に行ったときの一八五七年の写真である。つまり、ベンヤミンがこの写真のうちに読み取ろうとしているある種の魔術的な力は、その意味では、実際には当てはまらないことになる。二人は一八五七年一一月一日に結婚する。結婚ののち、カールはロシアを去り、一八六四年にドイツのヴュルツブルクに居を構える。マックスは、二番目の妻の次男であり、父がドイツに移って最初の子どもということになる。この写真が《写真小史》に添えられている一枚目のオリジナル図版であり、ベンヤミンが文献として最初に掲げている、ボッセルト／グットマン『写真の初期から——一八四〇—一八七〇』（一九三〇年）に掲載されている。

（8）ハインリヒ・シュヴァルツ『デイヴィッド・オクタヴィアス・ヒル——写真の巨匠』（一九三一年）。

（9）シュヴァルツ『デイヴィッド・オクタヴィアス・ヒル』。この言葉は、ヘンリー・H・スネリングのNever look into the camera! に由来することがシュヴァルツの著作で言及されている。

（10）マックス・ダウテンダイ『私の父の精神』。ベンヤミンの引用は、一部（「と父は語っていたのだが」と訳した部分）完全に原文どおりではない。この箇所では、写真家カール・ダウテンダイの息子マックスが、父の言葉を紹介している。

（11）エミール・オルリク（Emil Orlik, 1870–1932）は、プラハ生まれで、オーストリア、ドイツでも活動した画家・版画家。引用は、彼の『小論集』（一九二八年）所収の「写真について」。

（12）クラカウアー『大衆の装飾』（一九六三年）所収（「写真」六章末尾）。初出『フランクフルト新聞』一九二七年一〇月二八日。

(13) ベルナルト・フォン・ブレンターノ(Bernard von Brentano, 1901–1964)はドイツの作家・詩人。出典不明。

(14) ジョヴァンニ・バッティスタ・デッラ・ポルタ(Giovanni Battista della Porta /Giambattista della Porta, 1535–1615)は、イタリアの博学者。一五五八年の著作 Magia Naturalis(『自然の魔術』)の第一七巻のなかでカメラ・オブスクラについて言及している。

(15) エーダー『写真の歴史』からの重引。

(16) シュテルツナー(Carl Ferdinand Stelzner, 1805–1894)は、ドイツの肖像画家・写真家。ピエルソン(Pierre Louis Pierson, 1822–1913)およびバヤール(Hippolyte Bayard, 1801–1887)はフランスの写真家。ちなみに、旧約聖書ではたとえばアブラハムの寿命が一七五歳など、神の祝福を受けた多くの人たちが高齢まで生きたという記載があるので、ここではそういったことをふまえているのだろう。

(17) フリッツ・マティーエス゠マズーレン『芸術写真』(一九〇七年)。

(18) マティーエス゠マズーレン『芸術写真』からの重引。『ザ・フォトグラフィック・ニューズ』の記事。

(19) オルリク『小論集』。

(20) マティーエス゠マズーレン『芸術写真』からの重引。ポール・ドラローシュ(Paul Delaroche, 1797–1856)はフランスの画家。歴史画で知られる。

(21) ここでは「息の範囲(Hauchkreis)」という一般的ではない言葉が使われている。これは「オーラ」という言葉が、ギリシア語においてもともともっていた意味(そよ風)につながるイメージかもしれない。

(22) アジェの『写真集』(一九三〇年)に付されたカミーユ・レヒトの序文。

(23) アジェ『写真集』、カミーユ・レヒトの序文。

(24) シュルレアリストの機関誌『シュルレアリスム革命』のとりわけ第七号(一九二六年)で、マン・レイによる紹介が掲載されている。また《写真小史》で言及されている『ヴァリエテ』でもアジェの写真が掲載されている。

(25)『ビフュール(Bifur)』は、一九二九年から一九三一年にかけて発刊されたフランスの雑誌。編集チームにはボリス・ピリニャークやジェイムス・ジョイスの名もある。『ヴァリエテ(Variété)』は、一九二八年から一九三〇年に発刊されたベルギーの雑誌。シュルレアリスムの写真を多数掲載。アジェの写真もこのなかで紹介されている。

(26)この箇所はアウグスト・ザンダー『時代の顔』のなかにはない。ドイツ語のベンヤミン全集の編者は、ベンヤミンがザンダーの写真集の宣伝用パンフレット等から引用したのだろうと推測している。

(27)註(26)と同様。

(28)ゲーテ『箴言と省察』。ベンヤミンは、この箇所について、エッセイ《ヨハン・ペーター・ヘーベル》でも言及している。

(29)ザンダー『時代の顔』のアルフレート・デーブリーンによる序文。デーブリーン(Alfred Döblin, 1878–1957)は、ドイツの作家。とりわけ『ベルリン・アレクサンダー広場』(一九二九年)で知られる。ベンヤミンはエッセイ《長編小説の危機》(一九三〇年)で、彼のこの小説について批評をおこなっている。

(30)アルフレート・リヒトヴァルク「ドイツにおける芸術写真の発展と影響」(マティーエス゠マズーレン『芸術写真』の序文)。リヒトヴァルク(Alfred Lichtwark, 1852–1914)は、ドイツの美術史家。ハンブルク美術館の館長を務め、美術館教育で重要な功績があった。

(31)モホリ゠ナジ『絵画・写真・映画』(一九二五年)。モホリ゠ナジ(Moholy-Nagy László, 1895–1946)は、ハンガリー出身の画家・写真家。第一次世界大戦後、ウィーン、そしてベルリンに移住し、一九二三年には、ヨハネス・イッテンの後継者として、ヴァイマールのバウハウスで教職につき、グロピウスとともにバウハウスの重要な指導者となる。バウハウスがデッサウに移った後も一九二八年までここで働く。

ナチスの政権掌握後の一九三四年以降、アムステルダム、イギリス、最終的にアメリカ合衆国で暮らす。

(32) トリスタン・ツァラ「裏側からの写真」、『G―基礎的造形のための雑誌』第三号、一九二四年(フランス語原文をベンヤミンがドイツ語に翻訳)。

(33) サーシャ・ストーン「写真＝芸術という商売」、『芸術雑誌(Kunstblatt)』第三号、一九二八年。サーシャ・ストーン(Sasha Stone, 1895–1940)は、ロシア生まれのベルリンで活躍した写真家。ベンヤミンと交流、『一方通行路』の表紙に使われた写真〔図35〕は特に有名。

(34) ジェルメーヌ・クルル(Germaine Krull, 1897–1985)は、プロイセン東部地域(現在ポーランド)出身の女性写真家。一九一八年頃にはミュンヒェンに自分のスタジオを開く。急進的な政治活動のため一九二〇年にはミュンヒェンを追放され、ロシアに行くがそこで逮捕、その後、一九二二年から二五年にかけてベルリンで写真家として活動する。二〇年代後半はおもにパリで暮らす。一九二五年頃のベンヤミンの肖像写真も撮っている。

(35) アルベルト・レンガー＝パッチュの写真集『世界は美しい』(一九二八年)のタイトルより。

(36) ブレヒト「三文裁判」、『試み』Ⅲ(一九三一年)。引用中の「クルップ」とは、ドイツの製鉄関連大企業で、とりわけ軍需産業で名を馳せた。「AEG」は、ドイツの巨大電機企業。

(37) ヴィールツ『文学作品集』(一八七〇年)。アントワーヌ・ヴィールツ(Antoine Wiertz, 1806–1865)は、ベルギーの画家。

(38) ボードレール「一八五九年のサロン」。

(39) 「文書化(Literarisierung)」という言葉は、ブレヒトが一九三一年に『試み』Ⅲで用いていたものであり、《叙事的演劇とはなにか〔初稿〕》(一九三一年)のなかでこの言葉が定義されている箇所が引用されている。本書《叙事的演劇とはなにか〔初稿〕》の訳註(11)参照。こののち《写真小史》や《生産者としての執筆者》のなかでこの「文書化」という言葉が使われるとき、もともとブレヒトの概念であることは明示的に言及されず、ベンヤミン独自の概念へと次第にかたちを変えている。

(40) アジェの『写真集』のカミーユ・レヒトの序文で、「アジェの写真が犯行現場のそれに比せられたのは故なきことではない」(『写真小史』久保哲司編訳、ちくま学芸文庫、一九九八年、五四頁)といわれているのを受けている。ここでレヒトがとりわけ「犯行現場」を思わせるものとして挙げているのが〔図41〕の写真。

(41) モホリ＝ナジ「エルンスト・カライの論説《絵画と写真》についての議論」、『i10』第六号(一九二七年)、一二三頁。

演劇とラジオ放送

教育作業の相互点検

「演劇とラジオ放送」――先入観をもたなければ、これら二つの社会制度を目にして呼び覚まされるものは、おそらく調和の感情ではないだろう。たしかに、ここでの競合関係は、ラジオ放送とコンサートホールのあいだの競合関係ほど激しいものではない。それでも、一方ではラジオ放送の活動がますます拡大しているということ、そして他方では劇場の困窮がますます増大しているということについて、あまりにも知られているために、はじめからこれら両者の共同作業について何か思い描くことができなくなっている。それでもなお、そのような共同作業というものが存在する。しかも、もうかなり長いあいだにわたって。この共同作業は、それについてはあらかじめ言っておいてよいだろうが、教育的なものとしてのみ可能であった。まさにいま南西ドイツ放送が、特別に力を入れてこの共同作業を軌道に乗せてきたところである。芸術ディレクターであるエルンスト・シェーン[1]は、ベルト・ブレヒトが文学・音楽の協力者とともにここ数年議論の俎上に載せてきた作品に対して目を向けていた、最初の人たちの一人である。これらの作品——『リンドバーグの飛行』、『了解についてのバーデン教育劇』、『イエスマン』、『ノーマン』[2]等——は、一方ではきわめて明確に教育的なものに照準を合わせている。しかし他方では、完全に独自のやり方で、演劇とラジオ放送を結びつけるものとなっている。このように用意されていた土台は、すぐさまその実行力を示すこととなった。似たような構成をもつ連続番組[3]が、たとえばエリーザベト・ハウプトマン[4]の『フォード』のように、学校放送でも普及することになった。また同時に、日常生活のさまざまな問題（学校や教育の問題、成功のテクニック、結婚のトラブル）も、例や反例にもとづいて、ことこまかにとりあげられることにもなった。そのような「放送劇モデル」[5]（ヴァルター・ベンヤミン／ヴォルフ・ツッカー作）に対しては、フランクフルト放送（ベルリン放送と共同）も同じく刺激を与えてくれた。われわれの活動はこのように広まってきているので、この一貫した仕事の基本的な部分についてもう少し詳細に描き出す権利を認めていただいてもよいかもしれないし、また同時に、誤解をふせぐことについても認めていただきたいと考えている。

このように事態をより厳密に検討する場合、すぐさま思いつくもの、つまり技術性のことを見過ごすわけにはいかない。あれこれとすぐに反応する意見はすべて放っておいて、手短にこう断言するのがよいだろう。ラジオ放送は演劇と比べて、より新しい技術であるだけではなく、同時に、技術性がより露骨に現れたものである。ラジオ放送は、演劇とは異なり、古典的時代といえるものをまだ過去にもっていない。ラジオ放送が掌握する大衆は、はるかに人数の多い大衆である。ラジオ放送の機構が依拠する物質的要素、そして放送される番組が依拠する精神的要素は、最終的に、そして何ものにもまして、聴衆の関心に最も密接に結びついている。それに対して、演劇には何か切り札になるものがあるだろうか。生きた素材を使うということ、それ以外には何もない。おそらく、危機にある演劇の状況が決定的に展開してゆくのは、次のような問いに端を発するものでしかない——演劇において生きた人物を使うことにどのような重要性があるのか。これに対して二つの考え方、すなわち後進的な考え方と進歩的な考え方が、たがいにきわめて鋭いコントラストをなして、くっきりと浮かび上がる。

一つ目の考え方は、こういった危機に注意を払わなければならないなどとは、夢にも思っていない。このような考え方にとって、全体の調和は一点の曇りもないものであり、人間とはその調和を表すものであって、またこれからもそうあり続ける。人間は権力の頂点にあり、創造主であり、人格である、とこの考え方はみている(たとえその人間が最も劣った賃金労働者であったとしても)。人間が活動の範囲とするのは今日の文化圏であり、人間はこの文化圏を「人間的」という名のもとに統治する。この誇り高く、自らに確信をもち、世界の危機に対しても自分自身の危機に対してもいっこうに顧みることのない演劇——この大市民の演劇(その最も賞賛を集めた大立者が最近退陣したわけだが)が、「貧しい人たち」をネタにした作品を下じきに、現代風にあるいはオッフェンバックの台本でとりあげるとしても、こういった演劇はつねに、「象徴」「全体性」

「総合芸術作品」というかたちをとって現れることになる。

これらの言葉によって言い表したのは、教養と気晴らしの演劇である。これら二つは、互いにまったく対立するものであるように見えるのだが、満ち足りた社会層の人々のうちでは、相補的な現象であるにすぎない。こういった社会層にとっては、彼らが手で触れるものすべては魅力あるものに姿を変えてゆく。とはいえ、複雑な機構を備え、膨大な数のエキストラを動員するこういった演劇が、何百万人もの人々を対象とする映画のさまざまなアトラクションと競合しようとするのは無益なことだ。また、演劇の演目があらゆる時代や国々にまで手を広げようとするのは無益なことだ。ラジオ放送や映画であれば、はるかに小さな装置によって、古代中国の舞台から新しいシュルレアリスムの試みまで、スタジオのなかにその場所を作り出してやることができるのだから。ラジオや映画が技術的に支配しているものと競合しても、勝ち目はない。

ラジオや映画と討論するということであれば、事情は異なる。討論は、とりわけ進歩的な舞台に期待することができるものだ。その理論を最初に繰り広げているブレヒトは、それを「叙事的」と呼んでいる。この「叙事的演劇」は徹底的に冷静なものであり、とりわけ技術に対してそうである。ここは叙事的演劇の理論を展開する場ではないし、ましてや、身振り的なものをそれが見出して形成してゆくことは、ラジオや映画において決定的であるモンタージュの方法を、技術的なできごとから、ある人間的なできごと（ハプニング）へと、もとのかたちに変容させてゆくことにほかならないと説明する場でもない。叙事的演劇の原理は、モンタージュの原理とまったく同じく、中断にもとづくということで十分であろう。ただし、ここでの中断とは、刺激を与える性格のものではなく、教育的な機能をもつものである。中断は、流れのうちにある行為を停止させ、それによってできごとに対する立場表明をおこなうように聴衆に働きかけ、自分の役に対する立場表明をおこなうように俳優に働きかける。

叙事的演劇は、演劇的な総合芸術に対して演劇的実験室を対決させる。叙事的演劇は新しいやり方で、演劇の古来の偉大なチャンスに立ち戻る。それは、そこにいる者を衆目にさらすということである。その実験〔試み〕の中心には、危機のうちにある人間がいる。それはラジオによって、映画によって消去された人間であり、少しばかり思い切った表現をするならば、技術という車についている五番目の車輪としての人間である。この切り詰められ、力をそがれた人間は、試験を受け、専門家の鑑定を受けることになる。ここで、次のことが明らかになる。できごとが変化可能なものとなるのは、その頂点においてでも、徳や決断を通じてでもなく、ひとえに厳密に習慣どおりの成りゆきのなかで、つまり理性と修練を通じてである。アリストテレスの演劇論において「行為する」と呼ばれているものを、さまざまなふるまい方のきわめて小さな要素から構成すること、それが叙事的演劇の意義なのである。(6)

このように、叙事的演劇は伝統的演劇と対決する。叙事的演劇は、教養のかわりに訓練を掲げ、気晴らしのかわりに集団形成を掲げる。後者についていえば、放送局での動きに注目している人であればだれでも、社会層ごと、関心の範囲や周りの世界ごとに互いに近いところにある聴衆のグループをより密接な集まりにまとめていくことに、このところどれだけの努力が傾けられているかということをよく知っているだろう。まったく同じように、叙事的演劇は関心を抱く主要な人たちを引き入れようとしている。訓練の行き届いた上演チームによって、政治的なものを含む自分たちに完全に固有の関心事が、一連の行為（先に述べた意味で）のうちにありありと再現されているのを、批評や広告がどうであれ、目にしたいと望む人たちのことである。注目すべきことであるが、こういった展開の結果、古めの演劇作品（『エドワード二世』『三文オペラ』は決定的な転換を被ることになり、それに対して、新しめの演劇作品（『イエスマン』『ノーマン』）はある種の論争のような扱いを受けることになった。このことは同時に——教養（知識の教養）のかわりに訓練（判断の訓練）が現れるとき——それはどういうことかを明らかにしてくれるかもしれない。古い教養財産に立ち戻ることを特別な責務とするラジオ放送は、このことを改編作品においても同じようにきわめて有効になしとげるだろう。改編作品は、単に技術に合致するだけではなく、芸術の同時代人である観客の要求にも適合する。そうすることでのみ、ラジオ放送は器械を「巨大な国民教育機構」といった輝かしい栄光から隔てておくことができ、そして人間にふさわしいフォーマットへとこの器械を縮約してゆくことになるだろう。

訳註

（1）エルンスト・シェーン（Ernst Schoen, 1894–1960）は、ラジオ放送の分野で開拓者的な仕事にかかわるとともに、ブゾーニについて作曲を学んでおり、作曲家としても作品を残している。彼はベンヤミンの学校時代からの友人で、ベンヤミンが『ドイツ悲劇の根源』によって教授資格の取得に失敗してからも、南西ドイツ放送局である程度重要な地位にあったシェーンは、ベンヤミンの窮状を知って仕事の機会を提案していた。一九三二年五月一〇日に放送されたベンヤミンの放送劇「カスペルルをめぐる騒動」（ベンヤミン『呼ぶ者と聴く者　三つの放送劇』内田俊一訳、西田書店、一九八九年所収）が可能になったのはシェーンの協力があったからであり、彼はまたこの放送劇の音楽を作曲している。

（2）これらはすべてブレヒトの作品のなかで「教育劇（Lehrstück）」と呼ばれているものである。「リンドバーグの飛行（Lindberghflug）」（通称）は、もともとラジオドラマとして作られ一九二九年六月二七日に放送されている。ラジオ放送の可能性を試すための実験的な意味合いもあった。そのときのタイトルは『リンドバーグ（Lindbergh）』。一九三〇年六月二三日、この作品はクルト・ヴァイルとヒンデミットの音楽によりバーデン゠バーデンの音楽祭で上演される。同じ年の『試み』Iに掲載されたときには『リンドバーグたちの飛行（Der Flug der Lindberghs）』というタイトルで、構成も異なっている。『了解についてのバーデン教育劇（Das Badener Lehrstück vom Einverständnis）』は、『リンドバーグの飛行』の制作の直後に着手され、一九二九年七月二八日、バーデン゠バーデン音楽祭で初演されている。テクストとしては一九三〇年に出版。『イエスマン（Der Jasager）』は、日本の能「谷行（たにこう）」の英訳に感銘を受けたエリーザベト・ハウプトマン（訳註（4）参照）のすすめで、ブレヒトが一九三〇年に「学校オペラ」として創作、六月二三日にベルリンで初演された上演はそのままラジオでも放送された。『ノーマン（Der Neinsager）』は、『イエスマン』と対になるものとしてそのあとに作られるが、二つは別個のものとしてではなくむしろ統一体として構想され、『イエスマン、ノーマン（Der Jasager und Der Neinsager）』

とまとめて呼ばれることが多い。

（3）「連続番組（Hörfolge）」とは文学・芸術関係の放送において、一九二〇年代末頃から用いられるようになったラジオ放送での用語。三〇分程度のラジオドラマなどでよく用いられた。

（4）エリーザベト・ハウプトマン（Elisabeth Hauptmann, 1897–1973）は、ブレヒトと仕事をしていたドイツの劇作家。たとえば『三文オペラ』や『ハッピー・エンド』の共著者でもある。

（5）「放送劇モデル（Hörmodelle）」という言葉でベンヤミンが呼んでいた一連の放送劇のコンセプトは、友人のエルンスト・シェーンとの一九二五年以降のやりとりの過程で、一九二九年頃生まれてきたものだと思われる。この《演劇とラジオ放送》というテクストは、一九三二年五月末に書かれたと考えられているが、それまでのあいだに、いくつかの放送劇が書かれて放送されている。一九三一年二月八日に最初の「放送劇モデル」である《上司のことを私がどう思っているか》が実験的に放送されているが、一般にベンヤミンの「放送劇モデル」として知られているのは、ドイツ語全集版第四巻（一九七二年）に収録されている《給料値上げだって？　何を考えているのかね！》《古典主義ドイツで読まれていたもの》《カスペルルをめぐる騒動》《リヒテンベルク》である（終わりの三つの作品の邦訳は、ベンヤミン『呼ぶ者と聴く者』内田俊一訳、西田書店、に収録されている）。これらのうち、《給料値上げだって？》（著者はベンヤミンとヴォルフ・ツッカー）は、一九三一年三月二六日に放送され、《古典主義ドイツ》は一九三二年二月一六日、《カスペルル》は一九三二年五月一〇日に放送されている。《リヒテンベルク》については、ヒトラーの政権掌握後、一九三三年二月のショーレム宛の書簡で、上演がもはや定かではないと書かれている。

（6）この箇所は《生産者としての執筆者》にほぼそのまま使われている。

厳密な芸術学〔初稿〕
『芸術学研究』第一巻について[1]

ヴェルフリンが一八九八年に『古典芸術』のまえがきを書いたとき[(1)]、彼は、リヒャルト・ムーターが当時理解していたような芸術史を脇に押しやるしぐさで、次のように表明している。「現代の公衆の関心は〔…〕今日、むしろ本来的に芸術的な問いにふたたび向かおうとしているように見える。美術史に関する書物に求められるのは、単に伝記的な逸話や時代状況の描写にとどまるものではもはやなく、芸術作品の価値や本質とは何かということについて、人々は知りたいと思っているのだ〔…〕。どのような芸術学の研究書でも、同時に少しくらいは美学も含んでいるというのは、自然なことであろう。」さらに次のように書かれている。「この目標をより確実に達成するために、歴史的な第一部に対して、別のアプローチによる、体系的な第二部が添えられている。」こういった構成は、この当時あれほど画期的であった試みの意図だけでなく、限界を知らせるものでもあるという点で、いっそうその特徴を示すものとなっている。実際のところ、ヴェルフリンが彼の方法の中心に据えていた形式的分析によって、一九世紀末に彼の学問分野〔美術史〕が置かれていたどうしようもない状況をとりのぞいてゆこうとする試みは、断固とした姿勢を貫くものとはなっていなかった。ヴェルフリンは、「あらゆる民族や時代」の芸術の平板な普遍史とアカデミックな美学とのあいだの二元論をはっきりと示してはいるのだが、それを完全に克服しているわけではない。

　美術史の普遍史的なとらえ方（そこでは折衷主義が好き勝手にはばをきかせていた）が真の研究をどれほど束縛していたかということは、今日の状況をもってはじめて認識することができる。しかも、それは芸術学のなかだけの話ではない。文学史家ヴァルター・ムシュクは、ある綱領的なとりくみをおこなう文章のなかで次のように書いている。「現代は、本質的な研究論文についていえば、ほぼモノグラフ〔特定の個別テーマに関する専門的著作〕のみに関心を向けている、と現代のためにいっておいてよいだろう。全体を叙述する意義への信仰は、今日の世代ではかなりの程度失われてしまった。それにかわって、今日の世代は、あの普遍史の時代にはだいたい空白箇所という印がつけられているような人物や問題と熱心にとりくんでいる。[2]」「歴史考察の無批判的なリアリズムからの離反、巨視的な構造の凋落」が、実際、新しい研究の最も重要な目印である。この年鑑〔『芸術学研究』第一巻〕の冒頭に置かれたゼードルマイアーの綱領的な論文は、このことと完全に合致している。「現在生まれつつある芸術学の局面は、これまで知られていなかったようなやり方で、個々の形成物の研究を前面に押し出してゆかなくてはならなくなるだろう。現在の段階では、個々の芸術作品の認識をよりよいものにしてゆくこと以上に重要なものはなく、また現存の芸術学がこれ以上の無能ぶりをさらけ出すのは、この課題を前にしたときをおいてほかにない。〔…〕個々の芸術作品が芸術学の固有の、まだ明らかにされていない課題であるとみなされると、それはすぐさま、強力な新しさと近さをもつものとなってわれわれの前に姿を現す。かつては、単に認識の媒体であり、そこから究明されるべき他の何かの痕跡でしかなかった。それがいまや、自らのうちで憩う、固有で特別な様式をもつ小さな世界となって表れている。[3]」

この予告に対応するように、このあと三編の厳密に個別研究的な論文が続いている。アンドレアーデスは、ハギア・ソフィアを東洋と西洋の綜合として描き出す。オットー・ペヒトはミヒャエル・パッハーの歴史的課題を展開している。そしてカール・リンフェルトは、建築ドローイングの基礎をとりあげている。これらの論文に共通するのは、ことがらにたいする愛情が説得力をもっていること、また、それに劣らず説得力をもつ対象についての知識である。これらの論文の著者たちは、「芸術作品は研究するべきではない（ただ「経験」するべきものである）という信念をもっていながら、実際には研究をしてしまう（しかも稚拙に）」タイプの美術史家とは、何のかかわりもない。彼らはさらに、自分自身の行為について考えてみること、つまり新たな意識のあり方をもつことは、学問的研究を阻害するものではなく、促進するものであると考える場合のみ、前に進むことができるということを知っている。というのも、まさにこのような研究は、享楽の対象、形式的な問題、造形された経験、あるいは芸術愛好家の芸術観の遺産からもちだしてきたその他の決まり文句がどのような言い方をしようが、そういったものとは何のかかわりももたないからだ。このような研究にとって、芸術家によって所与の世界が形式的に受容されることは、「選び出すことではなく、このように形式的に処理される瞬間まではまだ〝そこにある〟ものではなかった認識領域のなかへと、そのたびごとに進撃してゆくことである。〔…〕このようなもののとらえ方は、次のような考え方によってのみ可能となる。それはつまり、直観の動くことのできる余地空間そのものが時代とともに変化するものであり、またこの余地空間の精神的な方向づけのさまざまな転換に応じて変化するととらえる考え方である。しかし、そのような考え方にとっては、つねに同じように存在する事物のようなものが受容されるわけでは決してない。それらの事物の形式的特徴は、直観の範囲が同じであっても〝様式衝動〟が移り変わってゆくことによってのみ規定されるのである。」というのも、「あたかも一つ一つの形式が、単なる形式の問題の表れとなって生じるかのように、言い換えれば、一つの形式がその刺激のために成立するかのように、何かの原因が〝形式の問題〟のためであると考えてはならないからだ。」

　些細なものについて深く思いめぐらすこと、という言葉によって、グリム兄弟はまごうことなく真の文献学（フィロロギー）の精神を言い表している。[4] これはまた、さきほど述べたような芸術観にもふさわしいものである。しかし、こういった深く思いめぐらすことを、あるいは研究を根底にまで――「些細なもの」にも、いや、「些細なもの」にこそ意義が生まれてくることになる、その出発点としての根底にまで――推し進めてゆこうとする気持ちを、何が心のうちで満たしているのだろうか。こういった人物たち〔この書評でとりあげている三人の研究者〕が行きあたった根底とは、歴史的に「かつてあった」ことの具体的な根底である。こういった研究の関心をひく「些細なもの」とは、新たな刺激のもつニュアンスでもなければ、かつて列柱の形式を規定する際に用いられ、またリンネが植物を規定したときに用いたようなメルクマールでもなく、目立たないもの、あるいはまた、不快を感じさせるものなのである（両者は矛盾しない）。それは、真の作品において生きながらえてゆくものであり、真の研究者にとって実質内容が突出して現れ出る点である。フーベルト・グリメ（彼はこのグループには属さない）が数年前に「システィーナの聖母」について発表した研究[5]のようなものを読むとよい。対象のまったく目立たない情報のうえに打ち立てられたそのような研究が、これまでさんざんとりあげられてきた対象からさえ、どれほどのものを勝ちとっているかわかるだろう。そういったわけで、資料に確実に依拠しているという点からいえば、この新しいタイプの芸術学者たちの始祖はヴェルフリンではなく、リーグル[6]なのである。パッハーについてのペヒトの研究は、「アロイス・リーグルが（とりわけ彼の研究『オランダの集団肖像画』〔一九〇二年〕のなかで）、個別対象からその精神的機能への移行というかたちをとって、あのように見事に自分のものにしている、あの偉大な叙述形式の一つの新しい試みなのである。」同様に、リーグルの『末期ローマの芸術産業』〔一九〇一年〕のことが思い起こされるであろう。それはとりわけ、冷静でかつ恐れを知らない研究は決してその現在地点の生き生きとした関心をとらえ損なうことはない、ということをこのリーグルの著作が模範的に示しているからである。今日このリーグルの主著（これは最初に言及したヴェルフリンの著作とほぼ同時期のものである）を読む読者は、十年後に表現主義のうちに姿を現すことになるさまざまな力が、地面の下ですでにうごめいているのを、ふりかえって認めることになるだろう。このように、ペヒトとリンフェルトの研究についても、その時点の状況がこれらの研究に遅かれ早かれ追いつくことになるだろうと推測してよさそうだ。

とはいえ、「第二」の芸術学とされるこの厳密な芸術学を、ゼードルマイアーが序論で試みているように、第一の実証主義的な芸術学と対置することがはたして目的にかなったことであるかどうかについては、方法論的な検討を要する。というのも、ここでなされている研究は、まさに絵画の技術、モティーフ史、図像学（イコノグラフィー）といった補助的学問領域に依拠するものであるため、この研究に対して、「第一の芸術学」としてこれらの補助的学問領域を対応させて考えることは、誤解を与えるものとなりかねないからだ。そのほかにもこの論文では、あらかじめ設定された資料がまったくない状態で純粋に方法論的な規定にいたることは、ここで代表されるような研究の方向にとってどれほど困難なことであるかということが示されている。たしかに困難である。しかし、必要でもあるのだろうか。この新たな意欲を、このように熱心に、現象学とゲシュタルト心理学の理論の庇護のもとにおくことは、ふさわしいことなのだろうか。一方で手に入れたものを他方で失うということは、こういった場合、とかく起こりがちなのではないだろうか。たしかにそのとおりだ。作品における「意味の層」や「外面的特徴」や「方向性の感覚」について指摘することは、実証主義的な芸術の寄せ集めに対する論争や、形式的分析に対する論争においてさえ、有用なものである。しかしながら、新たな研究方法の自己理解にとっては、こういった指摘はまともな役には立たない。このような研究方法はむしろ、作品が決定的なものであればあるほど、作品の〈意味の実質内容〉はそれだけ目立つことなくそして親密に〈事象の実質内容〉に結びついている、という認識に期待したほうがよいのだろう[7]。このような研究方法は、一方で歴史的プロセスや変革、他方で芸術作品のもつ偶然的なもの、外的なもの、さらには奇妙なもののあいだで、互いに明らかにしあうような相関性とかかわりをもつべきなのだろう。というのも、その生が最も目立たないかたちで作品の〈事象の実質内容〉のうちに入りこんでいる作品こそが、最も意味深い作品であるとされるのであれば（デューラーの「メランコリア」についてのギーロの解釈のことを考えていただきたい[8]）、作品が歴史のなかでながらえていく過程で、この〈事象の実質内容〉は、作品が世界から消え去ってしまうほど、よりはっきりと研究者の眼前に現れることになるからだ。

それがどういうことなのか、この論集をしめくくるリンフェルトの論文に表れているものほど明確に言い表すことは困難であろう。「建築ドローイングとは、境界事例である」と、この論文はその対象について説明している。しかし、まさに境界事例の徹底的な究明において、〈事象の実質内容〉はその鍵となるポジションを最も決定的に示すことになる。リンフェルトの論文に豊富に添えられた図版を見ていただきたい。その説明文（キャプション）には、素人だけでなく部分的には専門家にもわからない名前が表示されている。今度は図版そのものである。それらは建築物を「再現（wiedergeben）」しているとはいえないだろう。それらの図版は建築物を、まずは「与えて（geben）」いる。その場合、設計の現実に対してであることは稀（まれ）であり、むしろ夢に対して与えているのだ。ここには紋章を思わせるバベルの華美な正面入口〔図1〕や、ド・ラジューが貝のなかに封じこめた妖精の城〔図2〕や、メソニエの建築物の置物〔図3〕や、駅のように見えるブーレーの図書館建築構想図〔図4〕や、家屋取り扱い業者の倉庫のなかをみるようなヴァッラの理想的な全景図〔図5〕が掲載されている。(9) まったく新しい、手つかずの図版の世界である。これらの図版は、ボードレールのような人にとってはすべての絵画よりも高いところにあるものとされただろう。しかしここでは、そのような図版によって、叙述の技術の練習がおこなわれているのだ。この叙述の技術は、この十分に研究しつくされていない境界領域において、最も示唆に富む事象の規定を見出すことに成功する。明らかなことではあるが、絵画的な手段による建築物の描写も存在する。建築ドローイングはそのような描写とは厳密に分けられる。そして、建築物の図版的ではない描写、つまりおそらく真に建築構造的な描写への緊密な接近が、地形図や全景図や街景図のな

図2　ド・ラジュー〔原書図版 32〕

図1　バベル（銅版画）〔原書図版 39〕

図3　メソニエ〔原書図版 45〕

図4　ブーレー（銅版画）〔原書図版 46〕

図5　ユヴァッラ〔原書図版 25〕

かに見出されることになる。自然主義的な方向でのあれほどまでの進歩に逆らうように、ここにもある種の「過失」が一八世紀になってもなお保たれていたのだから、リンフェルトは、画家たちのイメージ世界とははっきりと異なる、独自の建築構造的なイメージ世界を受け入れているのだ。そのようなイメージ世界が存在するというしるしは数多くある。最も重要なしるしは、建築はまずもって「見る」対象であったというのでは決してなく、客観的構成要素として思い浮かべられるものであったということ、また、建築物に近づく人間、さらには建築物のなかに入ってゆく人間によって、外部との距離をとる、イメージ空間の周縁部をもたない、独自の周囲空間として感じとられてきた、ということである。つまり、建築を眺めるときには、見ることが問題となるのではなく、構造を感じとることが重要なのだ。眺めるものが思い描いているような存在のあり方に対する建築物の客観的作用は、建築物が「見られている」ことよりも重要なのである。一言でいえば、建築ドローイングの最も本質的な特徴は、「像〔図〕の迂回がない」ということだ。

形態に関することはここまでとしよう。しかしこのことは、リンフェルトの分析においては、歴史の実際の状況ときわめて密接に浸透しあっている。彼の研究は「建築ドローイングが原理的で決然とした表現を失いはじめた時代について」とりあげている。だが、この「衰退の過程」がここでいかに透明なものとなっていることか。いかに建築構造的な全景図が分解して、それらの核心のうちにアレゴリーや舞台装置や石碑を受け入れていることか。そして、いまやこれらの形態のそれぞれがこれまで誤ってとらえられてきた実際の状況を指し示している。それらの状況は、この研究者リンフェルトの前で完全に具体的なものとなって姿を現す。ルネサンスの象形文字学、ピラネージの幻影のような廃墟の幻想画、われわれが『魔笛』で知っているような啓明団会員（イルミナティ）の寺院がそれである。[10] 新しい研究者の目印となるのは、中庸さが自らに求めるような「偉大な全体」や「包括的連関」のためのまなざしではなく、境界領域でくつろいでいられるということ、そのことがここで示されている。この年鑑で語っている人たちは、その厳密さのなかでこういった類型を代表している。彼らはこの学問の希望である。

原註

1 『芸術学研究』（オットー・ペヒト編集）第一巻、ベルリン、フランクフルト出版、一九三一年、二四六ページ、図版四八点。

訳註

（1） ハインリヒ・ヴェルフリン『古典芸術　イタリア・ルネサンス入門』ミュンヒェン、一八九九年。ハインリヒ・ヴェルフリン（Heinrich Wölfflin, 1864–1945）は、スイス出身のドイツ語圏の美術史家。スイスのバーゼル大学、ドイツのベルリン大学で哲学を、またミュンヒェン大学で美術史を学ぶ。ヤーコプ・ブルクハルトの後任としてバーゼル大学の美術史教授となり、その後、ベルリン大学（一九〇一—一九一二年）、ミュンヒェン大学（一九一二—一九二四年）でも教鞭をとる。ヴェルフリンの著作のなかでは『美術史の基礎概念』（一九一五年）が最も有名だが、ここで言及されている『古典芸術』は、バーゼル大学時代の著作。

（2）ヴァルター・ムシュク「文学史における詩人の肖像」、『文芸学の哲学』エミール・エアマティンガー編、ベルリン、一九三〇年。ここで引用されているのと同じ箇所が、ベンヤミンのエッセイ《文学史と文芸学》の末尾付近でも引用されている。ヴァルター・ムシュク（Walter Muschg, 1898–1965）は、スイスの文学史家。『文芸学の哲学』の編者エアマティンガーは、ムシュクのチューリヒ大学時代の指導教授（ドイツ文学）。

（3）ハンス・ゼードルマイアー「厳密な芸術学のために」、オットー・ペヒト編『芸術学研究』第一巻。

（4）この言葉は、実際にはグリム兄弟のものではなく、グリムの論集『古いドイツの森』（一八一三年）についてのA・W・シュレーゲルの書評に関する、ズルピーツ・ボワスレがゲーテに宛てた手紙（一八一五年一〇月二七日）のなかの言葉である。ここで言及されている「真の文献学の精神」という言葉によってベンヤミンが念頭に置いていることについては、《文学史と文芸学》のなかで述べられている。

（5）ラファエロの有名な絵画「システィーナの聖母」について書かれた、フーベルト・グリメの一九二二年の著作『システィーナの聖母の謎』を指す。このグリメの著作については、ベンヤミンは複製技術論第三稿の原註11のなかでも言及している。

（6）アロイス・リーグル（Alois Riegl, 1858–1905）は、オーストリアの美術史家。彼の主著の一つ『末期ローマの芸術産業』（一九〇一年）はベンヤミンの思考にかなり大きな影響力を与えており、『ドイツ悲劇の根源』や複製技術論をはじめとして、さまざまな箇所で言及されている。

（7）ここで述べられていることは、『ゲーテの〈親和力〉』の冒頭箇所の思考を引き継いでいる。

（8）デューラーの「メランコリア」については、ベンヤミンはすでに『ドイツ悲劇の根源』（一九二五年完成）の第一部第三章でとりあげており、ギーロの論文についてもそのなかの「土星論」で言及している。

（9）ピエール＝エドム・バベル（Pierre-Edme Babel, 1719–1775）は、フランスの版画家。ジャック・ド・ラジュー（Jaque de Lajoue, 1787–1861）は、フランスの建築画家。ジャン・ルイ・エルネスト・メソニエ（Jean Louis Ernest Meissonier, 1815–1891）は、フランスの画家。エティエンヌ・ルイ・ブーレー（Etienne Louis Boullée, 1728–1799）は、フランスの建築家。フィリッポ・ユヴァッラ（Filippo Juvarra, 1678–1736）は、イタリアの建築家。

（10）ジョヴァンニ・バッティスタ・ピラネージ（Giovanni Battista Piranesi, 1720–1778）は、一八世紀イタリアの画家・建築家。ローマの古代遺跡の版画などを多数制作。モーツァルトの歌劇『魔笛』については、第二幕で登場するザラストロは「啓明団」の指導者的立場にある人物であり、このオペラの後半は「啓明団」への入会のイニシエーションとして理解されている。

経験と貧困

学校の読本のなかに、ある老人の寓話が載っていた。[1]老人は死の床で、自分の葡萄山には宝物が隠されている、と息子たちに信じ込ませる。おまえたち、とにかく掘り返してみるがよい、と。彼らは掘ってみたが、宝物などこれっぽっちも見つからない。しかし、秋が来ると、その葡萄山は国のほかの山とは比べ物にならないほど豊かな実りをもたらした。そこで息子たちは、父親が自分たちに授けてくれたのは、一つの経験だったのだと気づく。それは、恵みは黄金のうちにあるのではなく、勤勉のうちにあるのだという経験である。われわれが大きくなるあいだ、大人たちは脅したりなだめたりしながら、そのような経験をわれわれに差し出してきた。「青二才め、もう一人前の口をききやがる」「おまえもそのうち経験することになるよ」といった言葉がそれだ。経験とは何か、みんなよくわかってもいた。つねに年配の人たちが年若い人たちに授けてきたものなのだ。簡潔なかたちとしては、年の功の権威をもって、格言によって。冗長なかたちでは、年寄のおしゃべり好きや、おはなしとなって。ときには、異国の物語となって、あるいは暖炉の近くや、息子たちや孫たちを前にした物語となって。これらはみなどこへ消えてしまったのだろう。きちんと何かを物語ることができる人に出会うことはいまでもあるだろうか。指輪のように世代から世代へとわたってゆくほど長持ちする言葉が、今日でもなおどこで、死の床にある者の口から聞くことができるだろうか。格言が誰かの役に立つということが今日でもまだあるだろうか。自分自身の経験を口にして、若者たちをうまく扱おうなどと誰が考えるだろうか。

いや、そのようなことはない。それだけははっきりしている。経験の相場は下落してしまった。しかも、一九一四年から一九一八年にかけて、世界史のうちでも最も途方もない経験をした一世代のうちに。もしかするとこのことは、見かけほど奇妙なことではないのかもしれない。人々が戦場から押し黙って帰ってきたのを、当時はっきりと確認することができたのではないか。伝達可能な経験がより豊かになってではなく、より貧しくなって帰ってきたのを。それから十年たって戦争ものの本の洪水のなかでぶちまけられていたのは、口から耳へと流れ込む経験とはまったく別の何かであった。そう、奇妙だというわけではなかった。というのも、陣地戦によって戦略上の経験が、インフレーションによって経済上の経験が、飢餓によって身体的経験が、そして権力者によって倫理的経験が嘘であると暴かれる以上に、経験の虚偽性が徹底的に暴かれることはこれまでなかったからだ。まだ馬車鉄道で学校に行っていた世代が、大空のもと、一つの風景のなかに立っていた。そこでは変わっていないものは何一つ残されていない。雲と、そしてその真中で、破壊的な激流と爆発の力の場のうちにある、ちっぽけですぐに壊れてしまいそうな人間の身体以外には。

この途方もない技術の発展とともに、あるまったく新しい惨めさが人間にふりかかってきた。重苦しさを感じさせるほど豊かに満ち溢れるさまざまな思想、例えば占星術やヨガの叡智、クリスチャン・サイエンスや手相術、菜食主義やグノーシス、スコラ哲学や心霊主義の復活とともに人々のうちに（あるいはむしろ人々のうえに）やってきたあの豊かにあふれかえる思想は、この貧しい惨めさの裏面なのである。というのも、ここで起こっているのはほんとうの復活なのではなく、メッキのようなものなのだから。怪奇現象のような大騒ぎが大都会の街路に充満する、アンソールのあの壮大な絵画の数々を思い起こさずにはいられない〔図1〕。カーニヴァルのように仮装した小市民たち、粉をはたいた歪んだ顔の仮面、頭には金ピカの冠、これらが見渡せないほど路地を埋め尽くしてどっと流れてゆく。これらの絵画は、身の毛もよだつ混沌としたルネサンスをまさに写しとったものなのかもしれない。多くの人たちは、ルネサンスに希望をみてとっているのではあるが。だが、ここにはきわめてはっきりと表れている。われわれの経験の欠乏〔貧困〕は、再び一つの顔貌を――中世の乞食の顔貌のような鋭さと精密さをもった一つの顔貌を――とることになった巨大な貧困の一部に過ぎないのだ。というのも、教養という精神的財産など、われわれにとって経験がそれと結びついているのでなければ、何の価値があるというのか。経験が単に装われたものであったり、どこかからこっそりとくすねてきたものであるとすれば、そのような教養の財産がどこに行きつく

図1　ジェイムズ・アンソール（1860−1949）「陰謀」（1890）

かということは、前世紀〔一九世紀〕のさまざまな様式や世界観とやらのおぞましいごたまぜがあまりにもはっきりと示しているので、われわれとしては、自分たちの貧困を表明することは尊敬すべきことであると考えないわけにはいかないだろう。そう、われわれは告白しよう。この経験の貧困とは、個人的な経験の欠乏というだけではなく、人類の経験全体の欠乏なのだ。それとともに、一種の新しい野蛮人状態である。(2)

野蛮人状態？　そのとおり。野蛮人状態という新しい、ポジティヴな概念を導入するために、われわれはこの言葉を口にする。というのも、経験の欠乏によって野蛮人はどうするだろうか。野蛮人はそのとき、最初から開始する。新しいものから始めるということ、わずかなもので間に合わせること、わずかなものから構成すること、そしてその際に脇目もふらず突き進んでゆくということだ。偉大な創造者たちのうちには、机をまずはきれいサッパリとすべて片づけてしまう仮借ない人たちがつねに存在した。つまり、そういった人たちは製図机を欲していた。彼らは設計者だったのだ。デカルトはそのような設計者であった。彼は、自分の哲学全体のために、「我思う故に我あり」というたった一つの確信以外にまずは何ものも欲せず、この確信から出発した。アインシュタインもまたそのような設計者だった。彼は、物理学の広大な世界全体のなかで、ニュートンの方程式と天文学上のさまざまな経験とのあいだのたった一つの小さな不一致以外には、突然、何も興味をもたなくなってしまったのだ。芸術家たちが、数学者をよりどころとして、キュービストたちのように、立体幾何学的な形態から世界を形成したとき、あるいは、クレー(3)のように、技術者に範をとろうとしたとき、芸術家たちが念頭に置いていたのは、まさしくこの「最初から始める」ということだった。というのも、クレーの描く人物像はいわば製図板の上でスケッチされたものであり、ちょうどすぐれた自動車が、車体に包まれてはいても、とりわけエンジンの必要条件にしたがうように、彼の人物像は、その顔つきの表情のうちに包まれていても、とりわけ内部にしたがうからだ。内面性にというより、内部にしたがうのである(4)。そのことが、これらの人物像を野蛮なものとしているのだ。

　あちこちで、すでにかなり前から、最もすぐれた人たちはこういった事態をのみこみ始めている。時代に対してまったく幻影を抱いていないこと、そしてそれにもかかわらず、誰に慮(おもんぱか)ることなく時代に対しての支持表明をおこなうことが、彼らを特徴づけるものとなっている。詩人のベルト・ブレヒトが、共産主義とは富の公正な分配なのではなく、貧困の公正な分配なのだと言おうと、あるいはまた、現代の建築の先駆者であるアドルフ・ロースが、「私は、現代的な感覚をもつ人たちのために書く〔…〕。ルネサンスやロココに思い焦がれる人たちのために書いているのではない」[5]と述べようと、それらはおなじことだ。画家パウル・クレーのように複雑に入り組んだ芸術家、そしてロースのように綱領を設定して考える芸術家――二人とも、昔ながらの、厳粛な、高貴な、過去という供物をならべて飾り立てた人間像から離れ去り、そして、この時代という汚いおむつに包まれた新生児のように、寝かされて泣いている裸の同時代人に目を向ける。この同時代人を、パウル・シェーアバルトほど陽気で快活に笑いながら迎えた者はほかにはいない。彼の小説には、遠目にはジュール・ヴェルヌのように見えるものがある。しかし、ヴェルヌでは、どんなにすごい乗り物に乗っていたところで、轟音を響かせて宇宙を飛び回っているのは、つねにフランスやイギリスの小年金生活者にすぎないのとはまったくちがって、シェーアバルトにとっての関心は、われわれの望遠鏡や飛行機やロケットによって、従来の人間がどのようなまったく新しい生き物、見る価値のある愛すべき生き物となるかということだった。ちなみに、これらの生き物たちはすでにまったく新しい言語で語っている。さらにいえば、この新しい言語について決定的なことは、恣意的な構成性にむかう傾向である。つまり、有機的なものに向かう傾向とは対照的にということである。この傾向は、シェーアバルトの人間たち、あるいはむしろ登場する者たちの言語において見紛いようのないものである。というのも、人間に似ていること（というヒューマニズムの原則）を、シェーアバルトに出てくる者たちは拒否するからだ。彼らの固有名についても、ペカ、ラブー、ゾファンティといった名前が、主人公の名前を標題とする『レザベンディオ』[6]という本でも、そこに登場する者たちにつけられている。ロシア人もまた自分たちの子どもに好んで「人間性を取り去った」名前をつける。革命の月にちなんで「オクチャーブリ」と名づけたり、五カ年計画にちなんで「ピャチレートカ」、あるいは飛行協会の名前をとって「アヴィアヒム」とするのだ。[7]これらは、言語の技術革新ではなく、闘争あるいは労働に役立てるためにおこなう言語の動員である。いずれにせよ、現実の変革に役立てるためであって、現実の描写のためではない。

ところで、もう一度シェーアバルトに話を戻すと、彼が最も重きをおいていたのは、作品に登場する者たちを（そしてそれにならって同時代の人々を）社会的地位に見合った住居に住まわせることだった。それは、ロースやル・コルビュジエ[8]がその後建築したような、移動可能で可動式のガラス建築である。ガラスが、何も固着することのない硬質でなめらかな物質であるというのはいわれのないことではない。ガラスはまた冷たく醒めた物質である。ガラスでできた事物には「オーラ」がない。ガラスはそもそも秘密の敵なのだ。また、所有の敵でもある。偉大な詩人アンドレ・ジッドはかつて、私が所有しようと思うものはすべて私にとって不透明となる、と述べたことがある。シェーアバルトのような人たちがガラス建築の夢を見るのは、彼らが新しい貧困の支持を表明する者だからということなのだろうか。とはいえ、ここではおそらく、理論よりも喩えのほうがより多くを語ってくれるだろう。ある人が一八八〇年代の市民の部屋に足を踏み入れたとすると、そこではその部屋がおそらく発散しているあれだけの「くつろいだ感じ（ゲミユートリツヒカイト）」にもかかわらず、「ここはおまえには関係ないところだ」という印象が最も強力である。ここはおまえには関係ないところだ——なぜなら、居住者がその痕跡を残していない場所など、ここにはどこにもないからだ。マントルピースの上にはいくつもの置物が置かれ、やわらかい安楽椅子にはクロスがかけられ、窓には透視画があり、暖炉の前には熱よけの衝立が置かれているのだから。ブレヒトのすてきな言葉が先に進むのを、しかもずっと先まで進むのを手助けしてくれる。「痕跡を消せ！」と、『都市居住者のための読本』の最初の詩のリフレインにある。[9] この市民の部屋では、これとは反対のふるまいが習慣となっていたわけだ。そして、逆に「室内空間」のほうがその居住者に対して、最大限の習慣を身につけるようにと強いている。居住者自身にふさわしい習慣というよりも、むしろ居住者が暮らしている室内空間にふさわしい習慣を身につけるようにと。そのような豪華な部屋の居住者が、家のなかで何かこわれたときに陥っていたあのばかげた精神状態のことをまだ知っている人であれば、誰でもそれがわかるだろう。彼らの腹のたて方さえも——次第に死に絶えつつあるこういった激情を彼らは名人芸的に使いこなすことができたのだが——とりわけ、「この地上の日々の痕跡」[10]を消されてしまった人間の反応であったのだ。それをいまではシェーアバルトがガラスによって、そしてバウハウスが鋼鉄によって成し遂げたというわけだ。彼らが作り上げたのは、痕跡を残すことが困難な空間なのである。いまでは二十年前のことになるが、シェーアバルトはこのように明言している。「これまで述べたことにしたがえば、〈ガラス文化〉という言い方をしてもよいかもしれない。新しいガラス環境は、人間を完全に変えてしまうだろう。いまはただ、この新しいガラス文化にあまりにも多くの敵対者が現れないことを願うばかりだ。(11)」

経験の欠乏〔貧困〕——このことを、あたかも人間が新たな経験を切望しているかのように理解してはならない。そうではない、人間は経験から放免されることを切望している。自分たちの貧困（外的な貧困、そして最終的には内的な貧困も）の力をそのままはっきりと発揮することができ、その結果、立派なものがそこから生じるような世界を、人間は切望しているのだ。人間はまた、必ずしも無知であるとか経験が乏しいわけでもない。しばしばそれとは反対のこともいえるだろう。人間たちはそういったものすべて、「文化」も「人間」も「喰らい」つくし、そういったものにはすっかり飽き飽きしてうんざりしているのだと。このような人間たちほど、シェーアバルトの次のような言葉に言い当てられたと感じる者はいないだろう。「きみたちはみんなうんざりしている。その理由はただ、きみたちみながとても単純で、しかしとても壮大な計画のことに自分の考えを集中していないからだ。(12)」うんざりした気持ちのあとには眠りが続く。そこでは、夢が昼間の悲しみや落胆の埋め合わせをしてくれたり、目覚めているときにはその力が欠けている、とても単純でしかもとても壮大な生活が実現されているのを夢が見せてくれたりといったことも、まったく珍しいことではない。ミッキーマウスの生活は、そのような今日の人間の夢である。このような生活は驚異的なことで満ちており、それらの驚異的なものは技術の驚異を凌駕するばかりか、技術の驚異をからかって笑う。というのも、その最も注目すべき点は、それら驚異的なもの一切合切は、機械など用いることなく、即興で、ミッキーマウスやその仲間や彼らを追いかけてくる者たちの身体から、日常的な家具や、木や雲や海からも、生じてくるものだからだ。自然と技術、原始状態と快適さが、ここでは完全に一つのものとなっている。そして、日常の際限のない面倒なことがらにうんざりしている人たち、人生の目的がさまざまな手段の無限の遠近法のはるか彼方の消尽点のようにしか見えない人たちの目には、どのような変化があろうともきわめて単純で同時にきわめて快適なやりかたで自らに満足する生活、自動車が麦わら帽子より重くなく、木になっている果物が気球のゴンドラのようにすぐに丸くなる生活は、救いをもたらすものと見えるのだ。さて、ここで一度、距離をとって、うしろに退くことにしよう。

われわれは乏しくなってしまった。人類の遺産を、われわれは一つずつ手放してゆき、かわりに「現在の(アクチュアル)」ものという小銭を差し出してもらうために、もとの価値の百分の一の値で質に入れなければならなかった。戸口には経済危機が待ちかまえており、そのうしろには一つの影が、到来しつつある戦争が控えている。ものごとをしっかりとつかまえておく、ということは、今日では少数の権力者たちの仕事となっている。彼らが、多数者よりも人間的だなどということはあるわけがない。たいていは、より野蛮である。しかも、いい意味においてではなく。それ以外の者たち〔多数者〕は、新たにわずかのものでやりくりしていかなければならない。彼らは、根本的に新しいものを自分にとって重要なものと考えて、それを洞察と断念という土台の上に打ち立てた男たちと同じ側に立つ。そのような人たちの建築物、絵画、物語では、人類は、その必要があれば、文化が終わったのちにさらに生きながらえてゆく心構えをもっている。肝要なことは、人類が笑いながらそうするということだ。もしかすると、この笑いは野蛮にきこえることがあるかもしれない。それでよい。ときおり個人が少しばかりの人間性を大衆に引き渡すということもあるだろう。大衆はいつの日か、複利をつけてそれを個人に返すことになる。

訳註

（1）この物語はイソップ寓話のなかの話で、英語（およびそこからの翻訳で普及した日本語）では「農夫とその子どもたち」のタイトル。ドイツでの学校の読本としては、クリストフ・フォン・シュミット（Christoph von Schmidt, 1768–1854）による「葡萄山の宝物（Schatz im Weinberg）」が掲載されていたようだ。ドイツ（ライプツィヒ）で一八八二年に出版されたユリウス・ティットマン編のイソップ寓話の版では、「年老いた葡萄農夫について（Vom alten Weingarner）」という標題となっている。また、『ほらふき男爵の冒険』の作家として知られるビュルガー（Gottfried August Bürger, 1747–1794）にも「宝掘りたち（Die Schatzgräber）」と題された同じ内容の詩があり、こちらもよく知られている。

（2）「野蛮人状態（Barbarentum）」というのは、ドイツ語としてもかなり特殊な言葉である。一般的な「野蛮（Barbarei）」という言葉ではなく、「野蛮人・未開人（Barbar）」の複数形に包括的な特質を表す-tumという接尾辞をつけた言葉。テクストのあとの箇所で用いられる形容詞「野蛮な（barbarisch）」とともに、「新しい、ポジティヴな概念」として用いられている。

（3）パウル・クレー（Paul Klee, 1879–1940）は、スイス出身の画家。ミュンヒェンの美術学校でフランツ・フォン・シュトゥックのもとで学ぶがやがて退学、一九〇六年のミュンヒェン分離派展や、カンディンスキー、フランツ・マルクとの交友関係から表現主義グループ「青騎士」にも参加。一九一〇年代後半（第一次世界大戦中）から抽象主義にも移行（それ以前にロベール・ドロネーとの知己を得る）、一九二一年からは一〇年間、グロピウスに呼ばれてバウハウスで教える。ベンヤミンは、クレーの水彩画「新しい天使（アンゲルス・ノーヴス）」（一九二〇年）を一九二一年に入手しており、クレーについては一貫して強い共感をもって言及している。

（4）「内面性（Innerlichkeit）」という言葉は、「精神」「創造性」「天才」といった言葉とともに、ベンヤミンが批判的に対峙するドイツの教養市民層の価値観に属するものである。例えば、トーマス・マンが第二次世界大戦直後にアメリカでおこなった講演「ドイツとドイツ人」のなかでも、この「内面性」という言葉は「ドイツ的」なものを端的に表すものとして言及されているが、これは一般的に「ドイツ的」というよりも、トーマス・マン自身が明確にその一人であったように一九世紀的なドイツの教養市民層にとっての価値である。それに対して、「内部（das Innere）」という言葉を、ベンヤミンはニュートラルで、内側の構造性にかかわるものとして使っていると思われる。

（5）アドルフ・ロース『にもかかわらず 一九〇〇―一九三〇』第二版、一九三一年（邦訳：みすず書房、二〇一五年）。アドルフ・ロース（Adolf Loos, 1870–1933）は、オーストリアの建築家。ウィーンの宮廷前のミヒャエル広場に面した「ロース・ハウス」はとくに有名。一九〇八年に「装飾と犯罪」と題された有名な講演をおこない、『にもかかわらず』のなかにも収録されている。時代の内実にそぐわない過去の様式の装飾を否定し、批評家カール・クラウスとともにウィーン・モデルネの急進化した第二世代を代表する思想家であった。

（6）パウル・シェーアバルト（Paul Scheerbart, 1863–1915）の一九一三年の小説。ベンヤミンにとって新しい時代を最も象徴的に体現する作品として、『ガラス建築』（『永久機関附・ガラス建築――シェーアバルトの世界』種村季弘訳、作品社、一九九四年所収）とともに、何度も言及されている。邦訳の標題は『小遊星物語――付・宇宙の輝き』（種村季弘訳、平凡社ライブラリー、一九九五年）。

（7）ここではそれぞれの固有名をロシア語の音として訳した。「オクチャーブリ（октябрь）」と訳したものについては、ベンヤミンはドイツ語の「Oktober（オクトーバー）」で表記している。もちろん十月革命を表す。「ピャチレートカ（пятилетка）」は「五年」の意味で「五カ年計画」を表す。「アヴィアヒム」は「航空・化学建設」。おそらく、「国防及び航空・化学建設協会」」（Общество содействия обороне, авиационному и химическому строительству）の略称としての「オソアヴィアヒム（Осоавиахим）」を表すと思われる。

（8）ル・コルビュジエ（Le Corbusier, 1887–1965）は、スイス出身の建築家。モダニズム建築の巨匠。

（9）ブレヒト『試み』Ⅱ。

（10）ゲーテ『ファウスト』第二部第五幕の「宮殿の大きな前庭」のなか、「時よ、とどまれ、お前はほんとうに美しい！」とファウストが口にした直後の言葉。ただし、引用に際してベンヤミンは「私の（meinen）地上の日々」という言葉を「彼の（seinen）」に変えている。

（11）シェーアバルト『ガラス建築』ベルリン、一九一四年。

（12）シェーアバルト『レザベンディオ』ミュンヒェン／ライプツィヒ、一九一三年。

生産者としての執筆者

パリのファシズム研究所でのスピーチ　一九三四年四月二七日

自らの精神活動と自らの生産者としての諸条件は同一であるという意識を知識人にもたせることによって、知識人を労働者階級の味方につけることが重要である。

ラモン・フェルナンデス

プラトンが彼の国家の構想のなかで、詩人たちに対してどのような態度をとっているか、ご記憶にあるかと思います[1]。プラトンは、公共体の利益のために、詩人たちがそのうちにとどまってはならないと述べています。彼は、文学の力を重視していました。しかし、文学は有害で、余計なものであると考えていたのです。それは、いい、完成された公共体においてということです。よろしいでしょうか。これ以降、詩人の生存権についての問いがこれほどの力点をおいて提起されたことはあまりありません。しかし、今日その問いが立てられているのです。とはいえ、こういったかたちでその問いが立てられることはおそらくかなり稀(まれ)でしょう。しかし、みなさんにとっては、これは詩人の自律性についての問いとして、多かれ少なかれ馴染みのものでしょう。つまり、望むことを詩作する、詩人の自由についての問いです。みなさんは、詩人にこの自律性を認めるという気持ちにはなれないでしょう。現在の社会状況は詩人に対して、自分の活動は誰に仕えるためのものなのかという決断を迫るものとなっている、とみなさんは考えておられるからです。市民階級の娯楽作家は、この二者択一を正当なものとして承認しません。こういった作家は、自分ではそれを認めないとしても、特定の階級の利益に仕えて仕事をしているということを、みなさんが証明することになります。ある程度進歩的なタイプの作家であれば、こういった二者択一を正当なものとして承認しています。進歩的作家はプロレタリアートの側に立つことで、階級闘争という土台に立って決断を下すことになります。そうすると彼の自律性というものもそこで終わりとなります。彼は、階級闘争においてプロレタリアートに役立つものへと、自分の活動を方向づけていくのです。こういった作家はある**傾向**を追求している、という言い方がよくされます。

　ここには、それをめぐってみなさんよくご存じの論争が長いあいだ繰り広げられることになった、例のキーワードがあります。この論争はみなさんよくご存じのものであり、だから、この論争がどれほど実りのない経過をたどっていったかについてもみなさんは知っておられます。この論争はつまり、あの退屈な〈一方では、他方では〉という考え方から抜け出していないのです。**一方では**、詩人の仕事に正しい傾向性を求める必要があるが、他方では、この仕事に質の高さを期待するのは正当なことである、という考え方のことです。こういった定式的な表現はもちろん、傾向と質という二つのファクターのあいだにどのような連関があるかを見てとるのでないかぎり、不十分なものです。もちろんこの連関を定めることはできます。正しい傾向を示す作品はそれ以上の質を示す必要はない、という説明を与えることができます。また、正しい傾向を示す作品は、必然的にその他の質もすべて示している、と定めることもできます。

この二つ目の言い方は少なからず興味を引くものです。というより、これは正しいのです。私自身はこの考え方をとります。しかし、そうするということは同時に、この二つ目の言い方を定めることを拒むことになります。この主張は、証明しなければならないものだからです。私がみなさんの注意を喚起したいと考えているのは、まさにこの証明の試みです。これは、かなり特殊な、というより、核心から離れたテーマであると、みなさんは異議を唱えられるかもしれません。それに、みなさんはこういった証明によって、ファシズムの研究を促進することを望まれるでしょうか。私が目論んでいるのは、実のところ、まさにそれなのです。みなさんにお示しすることができればと思っているのは、傾向という概念は、今しがた言及した論争ではたいていそうであるような要約的なかたちにおいて、政治的文学批評の道具としてはまったく役に立たないものだ、ということなのです。みなさんにお示ししたいのは、ある文学の傾向が政治的に正しいものでありうるのは、それが文学的にも正しい場合のみである、ということです。それはつまり、政治的に正しい傾向は、ある文学的傾向を含み込む、ということになります。さらに、すぐに付け加えていうならば、暗黙のうちにであれ明示的にであれ、どのような正しい政治的傾向のうちにも含まれているこの文学的傾向、ほかならぬこの文学的傾向こそが、作品の質をなすものとなっているのです。ある作品の正しい政治的傾向は、それがその作品の文学的傾向を含み込んでいるからこそ、作品の文学的質を含み込むことになるのです。

こういった主張はまもなくより明確なものとなる、とみなさんにお約束してもよいのではないかと思います。さしあたりは、私のこの主張のためには別の出発点を選ぶこともできたということを申し添えることにします。私は、文学の傾向と質はどのような関係にあるかという実りのない論争を出発点としました。これよりもさらに昔からある、しかし実りがないわけではない論争を出発点とすることもできました。それは、形式と内容はどのような関係にあるか、とりわけ政治的文学においてどのような関係にあるか、という出発点です。こういった問題設定は評判の悪いものですが、それももっともなことです。それは、決まりきった定式によって文学的連関に対して非弁証法的にアプローチしようとする試みのお手本とみなされています。なるほどそのとおりです。しかし、それならば、この同じ問いを弁証法的に扱うとどういうことになるでしょうか。

この問いを弁証法的に扱うこと、それによって私は本題そのものにはいってゆくことになりますが、このことは、作品、長編小説、書物といった硬直し孤立したことがらを相手にしては、まったく何もできません。この問いの弁証法的扱いは、生き生きとした社会的連関のなかに入れてやる必要があるのです。みなさんは、そういうことならばわれわれの仲間内でもう何度もくりかえしやってきたことだと明言されるでしょうが、それはもっともなことです。たしかにそのとおりです。そのような場合、しばしばたちどころに大きな話になってしまって、それとともに必然的にしばしば曖昧な話になってしまうのです。社会的関係は、われわれも知っているように、生産関係によって条件づけられています。そして、唯物論的批評によって作品にアプローチする場合、そこでは、この作品は時代の社会的生産関係に対してどのような立場にあるか、と問うのが通例でした。これは重要な問いです。しかしまた、とても難しい問いです。それに答えることは、誤解を招くものではないと必ずしもいえないものです。そこで私はみなさんに、より自然に考えられる問いを提案したいと思います。それは、いくぶん控えめで、いくぶん手近なものにねらいを定めるものではありますが、この答えにより多くのチャンスを提供するように私には思える問いです。つまり、ある作品は時代の生産関係に対してどのような立場にあるのか、その作品はこの生産関係に同意しているのか、その作品は反動的か、あるいは生産関係の転覆を目指しているのか、その作品は革命的か、こう問うのではありません。このような問いではなく、あるいは、ともかくこのような問いを立てる前に、みなさんにこれとは別の問いを提案したいと思います。つまり、ある文学作品は時代の生産関係に対してどのような立場にあるのかと問う前に、その文学作品はこの生産関係のなかでどのような立場にあるのかを問いたいのです。この問いは、ある時代の作家としての生産関係の内部で作品がもっている機能に対して、直接ねらいを定めています。この問いが直接ねらいを定めているのは、言い換えるならば、作家がかかわる、作品の技術性（Technik）なのです。

技術性という概念によって私が考えているのは、文学的生産物を直接的に社会的な分析の、それによってまた唯物論的な分析の対象とする概念のことです。それと同時に技術性という概念は、形式と内容という実りのない対置を克服するための弁証法的な出発点でもあります。さらには、この技術性という概念は、最初にわれわれが掲げた問いでの、傾向と質との関係を正しく規定するための指示を含むものでもあります。さきほど、ある作品の正しい政治的傾向は、その作品の文学的傾向を含み込むものなのであるから、その文学的質をも含み込む、という言い方をしましたが、いまわれわれはより厳密に、文学の傾向は、文学の技術性が進歩的なものであるか、後退したものであるかによる、と規定することにします。

ここで私がかなり具体的な文学の状況のなかに入り込んでゆくのは、見かけとしては唐突な印象を与えるかもしれませんが、きっとみなさんの意向に沿うでしょう。ロシアの文学状況の話です。私は、セルゲイ・トレチャコフ(2)にみなさんの目を向けていただき、彼が定義し具現していた「作戦行動をとる」タイプの作家に注目してもらいたいと思っています。この作戦行動をとる作家は、正しい政治的傾向と進歩的な文学上の技術性とがつねに、そしていかなる状況にあっても置かれている機能的な依存関係を最もわかりやすく表す例となっています。もちろんこれは一つの例にすぎません。ほかの例はまたあとで出すことにします。トレチャコフは、作戦行動をとる作家と情報提供をおこなう作家とを区別します。作戦行動をとる作家のミッションは報告することではなく、戦うことです。あるいは、観客を演じるのではなく、行動的に介入することです。こういった作家は自分のミッションを、自分の活動についての申し立て内容によって規定します。一九二八年、農業の完全な集団化の時代に、「作家をコルホーズへ！」というスローガンが出されたとき、トレチャコフは「共産主義の灯台」というコミューンに赴いて、二度の比較的長期にわたる滞在の期間に、その場所で次のような仕事に着手しました。大衆集会の招集、トラクター代金支払いのための資金集め、個人農家に対するコルホーズ加入の説得、読書室の視察、壁新聞の創刊およびコルホーズ新聞の責任者、モスクワの複数の新聞への通信、ラジオや巡回映画の導入などです。この滞在のあとにトレチャコフの執筆した著作『畑の司令官たち』(3)が、その後の集団農場の精緻な制度形成に対して著しい影響を与えるものであったとされるのは、驚くにはあたらないでしょう。

みなさんはトレチャコフを評価しておられるでしょうが、それでも彼の例は、ここでの話の連関からすれば、あまり重要な意味をもたせすぎないほうがいいのではないかと考えるかもしれません。彼が引き受けていたさまざまな仕事は、ジャーナリストや宣伝担当者（プロパガンディスト）の仕事であると、みなさんは異議を唱えるかもしれません。そういったことはすべて、文学とは関係ないのだと。しかし実は、私は意図的にトレチャコフの例を選び出したのです。それは、現代の文学的エネルギーにとって出発点となる表現形式にいたるためには、どれほど包括的な地平から、文学の形式やジャンルといった発想を、われわれの今日の状況の技術的事実関係を手がかりとして、一新しなければならないかということについて、みなさんに注意を喚起するためでした。過去に、長編小説がつねに存在したわけではありません。将来的にも、長編小説がつねに存在しなければならないとはかぎりません。いつも悲劇が存在するとはかぎらず、いつも偉大な叙事詩が存在するとはかぎりません。注釈、翻訳、さらにはいわゆる偽造でさえ、それらの形式がいつも文学の周縁形式であったとはかぎらないのです。アラビアや中国の、哲学的著作だけではなく、文学的著作においても、それらの形式はしかるべき位置を占めていたのです。修辞学は、いつも取るに足らない形式であったわけではなく、古代においては文学の偉大な領域に刻印を押すものでした。これらはすべて、われわれが文学の諸形式の激しい融合過程のただなかにあるという考え方に、みなさんがなじむためのものでした。その融合過程において、われわれがその枠組みで考えることに慣れている数多くの対置関係はその衝撃力を失ってしまうことにもなるでしょう。そういった対置関係が実りのないものであることの一つの例、それらの対置関係を弁証法的に克服する過程の一つの例をあげさせてください。ここでもまたわれわれは、トレチャコフのもとにとどまることになります。その例とはつまり新聞です。

ある左派の執筆者は次のように書いています。「われわれの著作物では、もっと幸福な時代にあっては互いに生産的な刺激を与えていた対置関係が、解決不能な二律背反となっている。そういったわけで、学問と文芸、批評と文学創造、教養と政治が、互いの関係を失い秩序を失ったままばらばらになっている。この書くということの混乱の舞台となっているのが、新聞である。その内容である〈素材〉は、読者の性急な思いが押し付けてくる構成の形式以外のいかなる構成形式に対しても、自分の身を委ねることを拒む。この性急な思いというのは、情報を待ち受ける政治家や、予測情報を期待する投機家の待ちきれない気持ちであるばかりでない。その背後には、自分の利害関係があるので自ら発言する権利があると思い込んでいるが、その場から締め出されている人たちの性急な思いがくすぶっている。日々新たな養分を欲しがるこの性急な思いほど読者を新聞に結びつけているものはないということを、編集局は、読者の質問や意見や抗議のために次々と新しい欄を設けるというやり方で長いあいだ利用してきた。さまざまな事実の見境のない同化とともに、新聞を作る側に自分がたちどころに高められているのをみてとる読者たちの同じく見境のない同化が手を携えて進んでゆく。しかし、そこにはある弁証法的な契機が隠れている。市民階級の新聞雑誌（プレッセ）における執筆物の没落は、ソヴィエト・ロシアの新聞雑誌（プレッセ）における執筆物の原状回復の定式であることが明らかになるということだ。つまり、執筆物が深さにおいて失うものを広がりにおいて獲得することで、市民階級の新聞雑誌（プレッセ）が因習的な方法で保持してきた執筆者と読者公衆とのあいだの区別は、ソヴィエトの新聞雑誌（プレッセ）では消滅し始めているのだ。そこでは、読む人はいつでも書く人（シュライベンダー）になることができる。つまり、状況説明する人（ベシュライベンダー）にも、さらには指示を出す人（フォアシュライベンダー）にもなることができる。ある専門分野についてではなくとも、自分が担当しているポストについて、そのことがらに通じた人として、その人は執筆者となる道を手に入れることになる。労働そのものが発言するのだ。労働を言葉によって表現することは、労働を遂行するために必要な能力の一部をなすものとなる。文書〔文学〕の権限はもはや専門化された教育にもとづくものではなく、総合技術教育[4]にもとづくものとなり、そのようにして共有財産となる。それは一言でいえば、生活の諸状況の文書化であり、この文書化は、これがなければ解決不能な二律背反を制御する。それはまた、とどまるところを知らず言葉を貶める舞台、つまり新聞（ツァイトゥング）なのであるが、この舞台の上で言葉の救済が準備されることになるのだ[5]。」

　生産者としての執筆者とはどのようなものかについて説明するためには、新聞雑誌（プレッセ）にまで言及する必要があるということを、この引用によって示したことになると思います。というのも、さきほどお話しした激しい融合過程は、さまざまなジャンルのあいだ、作家と伝統的詩人（ディヒター）のあいだ、研究者と一般的解説者とのあいだの因習的な区別を超えてゆくだけでなく、執筆者と読者のあいだの区別に対して修正を施すということが、新聞雑誌（プレッセ）では、少なくともソヴィエト・ロシアの新聞雑誌（プレッセ）では見てとれるからです。この過程にとって、新聞雑誌（プレッセ）は最も決定力のある裁定機関であり、それゆえ、生産者としての執筆者を考察するときにはどうしても新聞雑誌（プレッセ）にいたるまで突き進んでゆくことになります。

しかし、この考察はここにとどまっていることはできません。というのは、西ヨーロッパの新聞はまだ、作家の手のうちにある有用な道具ではないからです。新聞（ツァイトゥング）はいまだに資本の所有物となっています。一方で、新聞は技術的にいえば、執筆における最も重要な位置（ポジション）を占めるものでありながら、他方ではこの陣地（ポジション）は敵の手のうちにあるわけですから、作家が自分自身の社会的制約、技術的手段、政治的課題を洞察するときには、さまざまな途方もない困難と戦わなければならないということは、不思議なことではありません。生産的な頭脳をもつかなりの人々が経済的状況の圧力のもとにあって、自分自身のものの考え方にしたがって革命的な展開を推し進めながらも、同時に自分自身の仕事、仕事と生産手段との関係、仕事の技術性について、真に革命的な思考を推し進めることができなかったということは、ドイツのこの十年間の決定的な成りゆきのうちに含めて考えることができます。おわかりのように、私はいわゆる左派知識人のことをお話ししているのですが、ここでは左派市民層の知識人に絞って考えたいと思います。ドイツでは、この十年間の決定力のある政治的・文学的運動は、こういった左派知識人を出発点とするものでした。私はそれらのうち、行動主義と新即物主義という二つの運動をとりあげることにします[6]。そして、作家が生産者としてではなく、単に自分自身の考え方にしたがってプロレタリアートとの連帯を経験するかぎり、政治的傾向は、たとえどれほど革命的な外観をもつものであっても、反革命的にはたらくことになるということを、これらの例から示すことにします。

行動主義のさまざまな要請が要約されているスローガンは「ロゴクラティー」といいますが、ドイツ語では精神の支配という意味です。これは好んで精神的人間の支配と訳されています。実際のところ、精神的人間という概念は、左派知識人の陣営のなかで大きな力をもつものとなっており、ハインリヒ・マンからデーブリーンにいたる左派知識人の政治的マニフェストを支配しています。この概念が、生産過程における知識人の位置について何も顧慮することなく形成されたものであるということは、この概念からたやすく見てとることができます。実際また、行動主義の理論家であるヒラー自身、精神的人間が「ある職業部門に属する人間として」ではなく、「ある性格学的類型の代表的人物」として理解されるようにと望んでいるのです。(7) この性格学的類型そのものは、もちろん複数の階級にまたがるものです。この類型は、任意の数の個人的存在をそのうちに含んでいますが、そういった人たちを組織化するよりどころをあたえるものでは一切ありません。ヒラーが党の指導者たちに対する拒絶の言葉を述べるときにも、彼らに対してかなりの容認をしています。(8) 党の指導者たちは自分よりも「重要なことがらにおいてより事情に通じており〔…〕、民衆により近づいて語り〔…〕、より勇敢に戦う」かもしれない。しかし、自分にとって一つのことは確実だ。彼らの「思考は不十分」だということである、と。たぶんそうでしょう。しかし、そのようなことは何の助けにもなりません。政治的には、私的な思考などではなく、ブレヒトがかつて言い表したように、他人の頭で思考する技こそが決定的に重要なのですから。行動主義が試みていたのは、健全な人間悟性の偉大さという、階級では定義することのできないものによって、唯物論的弁証法の代わりをさせるということなのです。行動主義の精神的人間たちは、せいぜいのところ一つの立場を代表するものでしかありません。いいかえるならば、こういった集団形成の原理そのものが反動的な原理なのです。この集団の影響力が決して革命的な影響力とはなりえなかったということは、不思議なことではありません。

しかし、災いにみちたそのような集団形成の原理は、いまでも影響力を与え続けています。このことは、三年前にデーブリーンの『知り、そして変革する!』が出版されたときにも、説明できるものでした。この文章は周知のように、この有名な著者に対して「それではどうするのか?」と問いかけたある若い男性（デーブリーンはこの人物をホッケ氏と呼んでいる）への回答として出されたものです。デーブリーンはこの男性に、社会主義の目標に加わることを勧めるのですが、それはまずい状況に置かれています。社会主義とは、デーブリーンによると、「自由、人間たちの自発的な結びつき、あらゆる強制の拒否、不正と強制に対する憤り、人間性、寛容、平和を大切にする考え方」[9]です。ここで言われていることがどうであれ、ともかくデーブリーンは、こういった社会主義にもとづいて、過激な労働運動の理論と実践に反対するのです。彼はこう述べています。「ある事物から、そこに含まれていないものが生じてくるということはありえません。殺人的に先鋭化した階級闘争から正義が生まれることがあるとしても、社会主義がそこから生じることはありえないのです。」あれこれの理由を並べてホッケ氏に勧めることを、デーブリーンは次のような言葉で表しています。「あなたは、プロレタリアの前線のうちに入り込むというかたちで、(プロレタリアの) 戦いに対して原理的な肯定の言葉を行使することができないでいます。あなたはこの戦いを、興奮し苦々しく思いながら承認することで満足しなければなりません。しかし、このこともご存じだと思いますが、あなたがより多くのことをおこなえば、途方もなく重要なポジションは占められないままとなります〔…〕。それはつまり、人間個々人の自由という、人間同士の自発的な連帯や結びつきという原始共産制的なポジションのことです。〔…〕このポジションこそ、あなたに割り当てられている唯一のものなのです。」さて、ここでは、生産過程のなかでの自分の位置にしたがってではなく、自分の意見や基本的なものの考え方や素質にしたがって定義される類型としての「精神的人間」という構想がどこに行きつくことになるか、手にとるように明らかです。デーブリーンによれば、この精神的人間はプロレタリアートの隣にしかるべき居場所があるとのことです。しかし、それはどのような場所なのでしょうか。それはパトロンという居場所であり、イデオロギー的後援者という居場所なのです。そのような居場所など論外です。そこでわれわれは、はじめに提示したテーゼに戻ってくることになります。階級闘争における知識人の場所は、生産過程における自分自身の位置にもとづいてのみ明らかにすることができる、あるいは選ぶことができるということです。

進歩的な知識人層の考え方に沿って――進歩的だからこそ生産手段の解放に興味を抱いており、だからこそ階級闘争において役に立つ知識人層の考え方に沿って――生産形式および生産の道具を変革するために、ブレヒトは〈機能転換〉という概念を新たに作り出しました。ブレヒトは、可能であるかどうかに応じて、社会主義の考え方に沿って生産装置を変革するのでなければ、生産装置を供給してはならない、という広範囲に及ぶ要請を知識人に対して掲げた最初の人でした。「『試み』が刊行されるのは」、と同名の著作シリーズの巻頭言で著者は述べているのですが、「ある種の著作が、もはやそれほど個人的な体験である（作品としての性格をもつ）ことを求められるというより、むしろ特定の機関や制度の利用（改造）に向けられているような時点である。[10]」ファシストたちが喧伝しているような精神的革新が望ましいのではありません。技術的な刷新こそが提案されているのです。こういった刷新にはあとでまた立ち返ることにします。ここでは、生産装置の単なる供給と生産装置の変革とのあいだにある決定的な相違を指摘することで満足することにしたいと思います。そして私は、「新即物主義」についてこれから述べるその最初に、次のような命題を提示したいと思います。それは、可能であるかどうかに応じて、生産装置を変革しないまま生産装置を供給するということは、この装置に供給される素材がたとえ革命的な性格であるように見えるとしても、きわめて問題の多いやりかたであるという命題です。このような命題を提示するのは、私たちが次のような事実（ドイツでの過去十年間はその証拠となるものを豊富に提供してきました）に直面しているからです。それは、市民階級の生産装置および出版装置は驚くべき量の革命的主題を自分のうちに取り込み、それどころか宣伝することもできるのだが、それによって自分自身の存立基盤、およびそのような装置を所有する階級の存立基盤を真摯に問題として扱うことをしない、という事実です。このことはいずれにせよ、こういった装置が熟練者によって——たとえ革命的な熟練者であるにせよ——供給されている限りにおいて、つねに正しいものです。しかし、私は熟練者をこう定義します。熟練者とは、社会主義に役立てるために、生産装置をその改良によって支配階級から引き離してゆくことを根本的に断念する人間のことです。さらに私はこう主張します。いわゆる左派文学のかなりの部分は、読者公衆の楽しみのための新しい効果を政治状況から次々に取り出してみせること以外には、なんの社会的機能ももっていなかった、と。これは新即物主義のことを考えていっています。新即物主義はルポルタージュを広めました。私たちが問いたいのは、この技術は誰の役に立つものなのかということです。

具体的にわかりやすくするために、写真という技術の形式を引き合いにだしてみることにします。この写真という形式について当てはまることは、文学〔書く行為〕の形式にも転用することができます。この両者とも、このように途方もない飛躍を遂げているのは、ラジオ放送とグラフ新聞雑誌という公表（パブリケーション）の技術によるものです。ダダイスムのことを思い出してみましょう。ダダイスムの革命的な力をもつ強みは、芸術の真正性（オーセンティシティ）・確実性を検証することにありました。切符、糸巻き、煙草の吸殻が絵画的要素と結びつけられて、静物へと組み合わされました。それらすべてがフレームのなかに収められます。そして、それによって公衆にこう示したのです。見よ、あなたたちの額縁は時を爆破する。きわめて些細な真正（オーセンティック）で事実的な断片、日常生活の断片は、絵画よりも多くのことを語るのだ、と。ちょうど、本のあるページについた殺人者による血痕の指紋が、テクストより多くのことを語るように。こういった革命的な実質内容のうち多くのものが、フォトモンタージュのなかへと救出されることになりました。ジョン・ハートフィールド(11)の仕事を考えてみるだけでよいのです。彼の技術は、本の表紙を政治的な道具へと変えました。しかし、ここでみなさんには写真のたどった道のりをさらに追っていただきます。何が見えるでしょうか。写真はますますニュアンスに富んだものとなり、ますます現代的になっています。しかしその結果、兵舎にせよ、ゴミの山にせよ、それらを美しく変容させてしまわなければ、もはや写真を撮ることができなくなっているのです。ましてや、写真がダムやケーブル工場について何かいうとすれば、「世界は美しい」と表明するくらいのことしかできないというわけです。『世界は美しい』——これは、レンガー＝パッチュの有名な写真集のタイトルです(12)。われわれはこの写真集のうちに、新即物主義の写真がその頂点に達しているのを目にしています。ここでは、惨めな状態さえも、流行にかなった完璧なやり方でとらえることによって、享楽の対象に仕立てあげることに成功しているのです。というのも、かつては大衆の消費とはかかわりをもたなかった実質内容（春、著名人、異国）を、流行にしたがって手を加えることで大衆にもたらすことが写真の経済的機能であるとすれば、世界のそのままの姿を内側から――いいかえれば、流行にしたがって――刷新することが写真の政治的機能の一つであるからです。

われわれはここに、生産装置を変革することなく供給するというのはどういうことかについての一つの極端な例を手にしています。生産装置を変革するとは、知識人による生産の足かせとなる障壁の一つを新たにとりのぞくことを、そのような対立の一つを新たに克服することを、本来ならば意味するはずでした。この場合でいえば、文字と画像のあいだの障壁を、ということです。われわれが写真家に求めなければならないもの、それは、流行による摩耗から写真を救い出し、革命的な使用価値を付与する説明文（キャプション）を自分の写真に与える能力です。このような要請を最も強調して口にすることになるのは、われわれ物書きが写真を撮るという行為にかかわるときでしょう。つまり、ここでもまた、生産者としての執筆者にとっては、技術の進歩が政治的進歩の基盤となっているのです。いいかえれば、精神的生産の過程のなかでの〔文字と画像それぞれの〕管轄領域――この管轄領域が、市民階級の見解によれば、精神的生産の過程の秩序を形成するのですが――を克服することによってはじめて、この生産は政治的に役に立つものとなるのです。さらにいえば、この管轄領域という障壁は、それらを分離するために作られていた両方の生産力によって、一つのものとなって打ち破られなければならないのです。

生産者としての執筆者は、プロレタリアートとの連帯を経験することによって、かつてはあまり関係のなかった他の生産者たちを直接的に同時に経験することになります。私は写真家について話をしてきましたが、ここでかなり手短に、アイスラー[13]が述べている音楽家についての言葉を差し挟みたいと思います。「われわれは音楽の発展においても、つまり創造（プロダクシヨン）と複製（リプロダクシヨン）の両方において、ますます強まる合理化の過程を認識できるようにならなければならない。〔…〕レコード、トーキー、ジュークボックスは、音楽の高度な演奏を〔…〕保存されたかたちで商品として売りさばくことができる。この合理化の過程の結果、音楽の複製（リプロダクシヨン）は、規模はますます小さくなるものの、より高度な能力をもつ専門家集団に限定されてゆくことになる。演奏会経営の危機というのは、新しい技術的発明によって古びてしまった生産形式の危機、時代遅れのものとなった生産形式の危機なのである。」[14]ここでの課題の本質はつまり、演奏会形式の機能転換ということにあったのです。この機能転換は二つの条件を満たす必要がありました。一つは、演奏する者と聴く者とのあいだの対立を取り除くことであり、二つ目は技術と内容とのあいだの対立を取り除くということです。これについてアイスラーは、次のような有益な言葉を明解に述べています。「オーケストラ音楽を過大評価し、それが唯一の高尚な芸術だと思わないように気をつけなければならない。言葉をもたない音楽は、資本主義のなかではじめて、このように大きな意義をもち十分に拡大してゆくことになったのだ。」ということはつまり、演奏会を変革するのは、言葉がともに働くことなしには不可能なのです。言葉との協働作業だけが、アイスラーが述べているように、演奏会を政治的な集会へと変革することができるのです。そのような変革が実際に、音楽と文学の技術の最高の水準を示すものであるということを、ブレヒトとアイスラーは、教育劇『処置』によって証明しています。

ここから、先ほど言及した、文学〔書くこと〕のさまざまな形式の融合過程をふりかえってみるならば、写真と音楽とが、あのドロドロと燃え盛る塊のなかへと、新たな諸形式が鋳造されることになるあの溶塊のなかへと流れ込むのを目にし、さらにそこに何が加わって入りこんでゆくかわかるでしょう。そこでは次のことがはっきりと確証されているのを目にすることになります。つまり、あらゆる生活諸形式の文書化だけが、この溶解〔融合〕過程の範囲を正しく把握させてくれるのであり、また、完成度の違いはあれ、この溶解現象が生じる温度を規定しているのは、階級闘争の状態なのだということです。

私は、惨めな状態を消費の対象とする、流行に沿うある種の写真のやり方についてお話ししてきました。文学運動としての新即物主義に目を向けると、さらに一歩進めて、新即物主義は惨めな状態に対する戦いを消費の対象とした、といわなければなりません。実際、新即物主義の政治的意義は、多くの場合、市民階級のうちに現れた限りでの革命的な反映を、大都会のカバレット興行に難なく適合する気晴らしや娯楽の対象に転換することで消耗し尽くしてしまったのです。政治的闘争を、決断の強制から瞑想的な快適さの対象へと、生産手段から消費財へと変えてしまうことが、この文学を特徴づけています。洞察力をもつある批評家はこのことを、エーリヒ・ケストナーを例にとって、次のような論述で説明しています。「これら急進的左派知識人は、労働運動とはなんの関係もない。それどころか、市民階級の解体現象であるこの知識人層は、ドイツ帝国が予備役少尉のうちに賛美していた封建的擬態の対応物なのである。ケストナー、メーリング、トゥホルスキーといったタイプの急進的左派ジャーナリストたちは、崩壊した市民層のプロレタリア的擬態なのだ。彼らの機能は、政治的に見れば政党ではなく党派を、文学的に見れば流派ではなく流行を、経済的に見れば生産者ではなく代理業者を生み出すことである。代理業者あるいは熟練者を生み出す——彼らは、自分たちの貧困で贅沢のかぎりを尽くし、ポッカリとあいた空虚さを祭りにしたてあげる。心地よくない状況では、これ以上心地よくしつらえることはできなかっただろう[15]。」

この流派は、自分たちの貧困で贅沢のかぎりを尽くした、と私は述べました。それによってこの流派の人たちは、今日の作家の最も緊急の課題から逃れてしまったのです。その課題とは、最初から始めることができるためには、自分がどれほど貧しいか、どれほど貧しい必要があるかを認識するということです。そのようにいうのは、それこそが重要なことだからです。ソヴィエト国家はたしかにプラトンの国家のように詩人を追放したりはしないでしょう。しかし、ソヴィエト国家が——はじめにプラトンの国家について思い起こしていただいたのはそういうわけなのですが——詩人に割り当てる仕事は、とうの昔に粗悪なものに作り変えられた、創造的人格という豊かさを、新たな傑作において見世物に仕立て上げることなど詩人に許したりはしないでしょう。そのような創造的人格とか、傑作といった意味での刷新を期待することは、ファシズムの特権です。ファシズムはそのようにいうとき、あまりにもばかげた言い回しをさらけ出しますが、たとえば、ギュンター・グリュンデルが『若い世代の使命』のなかで文学という標題の箇所を締めくくる次のような言い回しがそうです。「この〔…〕概観と展望を締めくくるにあたって、われわれの世代の『ヴィルヘルム・マイスター』や『緑のハインリヒ』は今日にいたるまでいまだ書かれていないという言葉以上のものはない。[16]」今日の文学生産の諸条件を熟慮して検討したことのある執筆者にとっては、そのような作品を期待したり、あるいは単に望んだりすることであってさえ、それ以上に的外れなものはないでしょう。そのような執筆者の仕事は、単に生産物にかかわる仕事というわけでは決してなく、必ず、同時に生産の手段にかかわる仕事でもあるのです。いいかえれば、そのような執筆者の生産物は、その作品としての性格と並んで、またそれ以前に、組織化する機能をもっていなくてはならないのです。そして、そのような生産物の組織化にかかわる有用性は、決して作品のプロパガンダ的な有用性に限定されるものであってはなりません。傾向だけではそれができません。大切なのは、どのような意見をもっているかではなく、それらの意見がどのような人間を作り上げるかである、と卓越したリヒテンベルクは述べています。[17]——たしかに、意見も大いに重要ですが、しかし最良の意見であっても、それが意見の持ち主から有益なものを何も生み出さないのであれば、その意見は何の役にも立ちません。最良の傾向であっても、その傾向にしたがって進んでゆくときの態度とはこのようなものだと示さないのであれば、その傾向は誤ったものなのです。このような態度を作家が示すことができるのは、作家がそもそも何かをするときだけです。それは、書く、ということです。傾向は、さまざまな作品の組織化する機能の必要条件ですが、決して十分条件ではありません。組織化する機能にはさらに、書く者の指示し教示するふるまいが要求されるからです。そして、今日ではそのことが、これまで以上に要求されるべきものとなっています。作家たちに何も教えることがない執筆者は、誰に対しても教えることはありません。つまり決定的であるのは、生産のもつモデル的な性格です。それは、第一に他の生産者たちを指導して生産へと促すことができ、第二に他の生産者たちに改善された装置を使ってもらうことができるものです。さらにいえば、この装置は、生産の側へとより多くの消費者を導くほど、要するに読者や観客をともに働く仲間にすることができるほど、それだけよい装置であるということです。われわれはすでにそのようなモデルをもっています。ここではそれについては暗示する程度にしかお話しできないのですが。そのモデルとは、ブレヒトの叙事的演劇です。

　あいもかかわらず悲劇やオペラが書かれています。それらにはどうやら昔からの評価をもつ舞台装置が用意されているようですが、それらが実際にやっていることといえば、虚弱な装置を提供する以上のことではありません。ブレヒトはこう述べています。「自らの状況についてわかっていないという、音楽家、作家、批評家に支配的な状態は、とてつもない結果をもたらしている。ただし、そういった結果に注意が払われることはあまりにも少ない。というのも彼らは、実際には装置のほうが彼らを所有しているのに、自分たちが装置を所有していると考えて、彼らがもはやコントロールできない装置、彼らがまだそう思っているように、もはや生産者のための手段ではなく、生産者に敵対する手段となった装置を擁護しているからである。[18]」複雑な舞台機構、膨大なエキストラ動員、凝った効果をもつこのような演劇は、とりわけ、生産者を見込みのない競争の戦いのために獲得しようとすることによって、生産者に敵対する手段となったのです。このような演劇、たとえばラジオ放送は演劇をその競争の戦いのなかに巻き込んでしまいました。映画とラジオ放送は教養の演劇あるいは娯楽の演劇を考えていただくと、この二つは互いに補い合うものとなっていますが、このような演劇は、満ち足りた社会層の演劇なのです。この社会層にとっては、彼らの手が触れるものはすべて魅力あるものとなります。そのような演劇には、戦いに勝つ見込みなどありません。新たな公表媒体(パブリケーション)〔映画やラジオ放送〕と競合するのではなく、それらを使用し、それらから学ぶ演劇の戦いの場合、要するに、それら公表媒体と取り組むことを求める演劇の戦いの場合にはそうではありません。この取り組みこそ、叙事的演劇がその本質的使命としてきたことです。それは、映画とラジオ放送の現在の発展状況に照らしていえば、時代に適った演劇なのです。

この取り組みのために、ブレヒトは演劇の最も根源的な要素へと立ち戻ってゆきました。彼はいわば〔劇場の大きな舞台ではない〕教壇で十分であるとしたのです。彼は壮大な筋立てはなくてよいと考えました。そのようにして彼は、舞台と観客とのあいだの、脚本と上演とのあいだの、演出家と俳優とのあいだの機能の関連を変革することができたのです。叙事的演劇は、ブレヒトの説明によると、筋を展開させるというよりも、むしろさまざまな〈状況〉を描き出すことを使命としています。叙事的演劇は、これからすぐにみていくように、筋を中断させることによって、そのような〈状況〉を獲得するのです。ここでソングのことを思い起こしていただきましょう。ソングの中心的機能は、筋を中断することにあります。叙事的演劇はここで、中断という原理によって、おそらくおわかりのように、ある方法をとりいれることになります。それは、過去数年のうちに、映画やラジオ放送、ジャーナリズムや写真でみなさんにはおなじみのものとなっているものです。つまり、私がお話ししているのは、モンタージュという方法のことです。モンタージュされたものは、それが組み込まれている連関を中断するのですから。この方法がここでその特別な権利を、それどころかもしかするとその完成された権利を有しているのだということについて、手短に指摘させていただきたいと思います。

　筋の中断、これゆえにブレヒトは自分の演劇を叙事的演劇と名づけたのですが、この筋の中断は、つねに観客のうちのイリュージョンを妨げるはたらきをします。そのようなイリュージョンは、実験〔試み〕[19]のための指示に沿って現実的なものの諸要素を扱おうとする演劇にとっては、役に立たないものだからです。しかし、この実験〔試み〕の終わりには――はじめにではありません――〈状況〉が姿を現します。それは、いろいろなかたちをとっているとしても、つねに私たちの状況であるものです。この〈状況〉は、観客の近くにもたらされるのではなく、観客から遠ざけられます。観客はそれを、実際の状況として認識します。しかし、自然主義の演劇にみられるように尊大な顔つきでではなく、驚嘆しながらそのように認めるのです。叙事的演劇はつまり状況を再現するのではなく、むしろそれを発見します。状況の発見は、流れを中断することによって生み出されます。ただし、ここでの中断とは、刺激を与える性格のものではなく、組織化する機能をもつものです。中断は流れている筋を停止させ、それによって聞き手に対してはそこで生じているできごと（プロセス）に対する立場をとらせるとともに、演技者に対しては自分の役割に対する立場をとらせるように仕向けるのです。一つの例を出してみなさんに示したいと思っていることがあります。それはつまり、身振り的なものをブレヒトが見出して形成してゆくことは、ラジオや映画において決定的であるモンタージュの方法を、たいていは単に流行に沿っているだけのやり方から、ある人間的なできごと（ハプニング）へと、もとのかたちに変容させてゆくことにほかならない、ということです。家庭のひと騒ぎの情景を思い浮かべてみてください。母親がまさにブロンズ像をつかんで、娘に向かって投げつけようとしています。父親はいましも窓を開けて助けを呼ぼうとしています。この瞬間、他人が入り込んできます。できごと（プロセス）はここで中断されます。できごとにかわって現れるもの、それが状況なのです。ここで、その他人のまなざしはこの状況にでくわすことになります――取り乱した顔、開いた窓、荒れ果てた家具。しかし、現代のわれわれの生活のもっとありふれた情景でも、先ほどの例とあまり変わらないように見てとるまなざしがあります。それこそが、叙事的演劇作家のまなざしなのです。

叙事的演劇作家は、演劇的な総合芸術作品に対して演劇的実験室を対決させます。彼は新しいやり方で、演劇の古来の偉大なチャンスに立ち戻るのです。それは、そこにいる者を衆目にさらすということです。その実験〔試み〕の中心には人間がいます。それは、今日の人間、つまり貧しく切り詰められ、冷たい環境のなかで力をそがれた人間です。しかし、われわれが手にしているのはこういった人間だけなのですから、われわれとしてはこのような人間を知ることに関心があります。この人間は試験を受け、専門家の鑑定を受けることになります。ここで、次のことが明らかになります。できごとが変化可能なものとなるのは、その頂点においてでも、徳や決断を通じてでもなく、ひとえに厳密に習慣どおりの成りゆきのなかで、つまり理性と修練を通じてなのです。アリストテレスの演劇論において「行為する」と呼ばれているもの[20]を、さまざまなふるまい方のきわめて小さな要素から構成すること、それが叙事的演劇の意義なのです。だから叙事的演劇の手段は、伝統的な演劇の手段よりもつつましいものです。叙事的演劇の目的も同様です。叙事的演劇作家が目指しているのは、たとえ反乱の感情であるとしても、観客を感情で満たすことではありません。むしろ、持続的効果をもつように、思考を通じて、観客に自分の生活している〈状況〉から距離をとらせることを目指しているのです。ついでながら付言させていただくと、思考にとっては笑いほどすぐれた出発点はほかにありません。とりわけ横隔膜の振動は、思考に対して、魂の振動よりも通常よりすぐれたチャンスを与えてくれます。哄笑のきっかけということについてだけは、叙事的演劇は気前がよいほど豊富です。

　おそらくみなさんも気づかれたでしょうが、終わりに近づいたこの思考の道のりが作家に対して示しているのは、ただ一つの要請だけです。それは、よく考えてみるという要請、生産過程における自分の位置について考えるという要請です。われわれは次のことを確かなものと考えてもよいでしょう。それは、このようにしっかりと考えるということが、ここで問題となる作家たちにとって、つまり、その専門の最も優れた技術者たちにとっては、プロレタリアとの連帯をきわめて冷静なやりかたで根拠づける考え方に、遅かれ早かれ到達することになる、ということです。しめくくりとして、現在の時点でのその証拠となるものを示したいと思います。当地の雑誌『コミューン』[21]から短い箇所をとりだしたものです。『コミューン』は、「あなたは誰のために書いているのですか」というアンケートを実施しました。ルネ・モブランの回答と、それに続くアラゴンのコメントを引用します[22]。モブランはこう述べています。「疑いなく、私はほぼ市民階級の読者のためだけに書いています。第一に、その必要に迫られているからです。」ここでモブランは、ギムナジウム教師という自分の職業上の義務のことに言及します。「第二に、私は市民階級の出身で、市民階級の教育を受けて、市民階級の環境の出自であり、そうするともちろん、自分が属し、一番よく知っており、一番よく理解できる市民階級に向かいがちになるからです。しかしそれは、私が市民階級に気に入られたり、市民階級を支持したりするために書いているということではありません。私は一方では、プロレタリア革命は必要であり、望ましいものであると確信しています。他方で、プロレタリア革命は、ブルジョワの抵抗が弱ければ弱いほど、それだけすばやく、容易に、大きな成果で、流血も少ないものになるだろうとも確信しています。〔…〕プロレタリアートは今日、一八世紀にブルジョワが封建勢力の陣営の同盟者を必要としていたのと同じように、ブルジョワの陣営の同盟者を必要としているのです。私は、こういった同盟者のうちにいたいと思っています。」

これについてアラゴンは次のようにコメントしています。「われわれの同志はここで、今日の作家の非常に多くの者にかかわる事態にふれている。この事態を直視する勇気をすべての人がもっているわけではない。〔…〕ルネ・モブランほど自分自身の状況についてよくわかっている人は稀(まれ)である。しかし、まさにそのような人たちにこそさらに多くのことを求めなければならない。〔…〕ブルジョワを内側から弱体化させるのでは十分ではない。プロレタリアートとともにブルジョワと戦わなければならないのだ。〔…〕ルネ・モブランや、まだぐらついている作家たちのうちにいるわれわれの多くの友人たちの目の前には、ソヴィエト・ロシアの作家たちという例がある。彼らはロシアのブルジョワから出てきた人たちでありながら、それでも社会主義建設のパイオニアとなったのだ。」

ここまでがアラゴンです。しかし、彼らはどのようにしてパイオニアとなったのでしょうか。もちろん、非常に苛烈な戦い、きわめて困難な対決なしにというわけにはいきません。みなさんにお話ししてきたさまざまな考察は、これらの戦いから一つの成果を引き出すことを試みるものです。それらの考察は、ロシアの知識人たちの態度をめぐる論争を決定的に解明することに貢献した概念を拠り所としています。それは、専門家という概念です。専門家がプロレタリアートと連帯すること、この点にこそいま述べた問題の解明の出発点がありますが、この連帯はつねに媒介された連帯でしかありえません。行動主義者たちや新即物主義の担い手たちがどのようなふるまいをやってみせたところで、知識人のプロレタリア化によってさえ一人のプロレタリアを作り出すこともほとんどできないという事実を取り除いてしまうことなど、彼らにはできませんでした。なぜなのでしょうか。それは、市民階級がその人に対して教養というかたちで生産手段をもたせてやったために、その生産手段が教養の特権にもとづいてその人を市民階級と、さらにはむしろ市民階級をその人と連帯させるからなのです。ですから、アラゴンが別の連関で次のように表明しているとしても、それは完全に正しいのです。「革命的な知識人は、まず第一に、そしてとりわけ、自らの出身階級に対する裏切り者として姿を現す。」作家の場合、この裏切りの根幹となるものは、作家を生産装置の供給者から技術者へとかえてしまうふるまいのうちにあります。この技術者は、生産装置をプロレタリア革命の目的とするものに適合させることを自らの使命であると考えています。これは媒介的な働きをもつものです。しかしそれでも、この媒介的な働きは、モブランや多くの同志たちが知識人をそこに制限しなければならないと思っているような、純粋に破壊的な使命から、知識人を解放することになるのです。知識人は、精神的生産手段の社会化を促進することに成功するでしょうか。知識人には、精神的労働者を生産過程そのものにおいて組織化する方法が見えているでしょうか。知識人には、小説、ドラマ、詩の機能転換のための提案があるでしょうか。知識人が自分の活動をこれらの課題により完全に適合することができる程度に応じて、その傾向もより正しいものとなり、その仕事の技術的質も必然的により高いものとなります。また他方では、知識人がそのようにして生産過程における自分のポジションについて事情を正確に理解していればいるほど、自分のことを「精神的」人間だと主張する考えはでてこなくなるでしょう。ファシズムの名のもとに聞き取れるものとなっている精神は、消滅しなければなりません。自分自身の奇跡の力を信頼してファシズムに立ち向かう精神は、消滅してしまうでしょう。というのも、革命の戦いは、資本主義と精神とのあいだではなく、資本主義とプロレタリアートとのあいだでおこなわれるものだからです。

訳註

(1) プラトン『国家』第一〇巻冒頭からの論議を指す。

（2）セルゲイ・トレチャコフ（Sergei Mikhailovich Tretyakov, 1892–1937）は、ソヴィエトの作家。エイゼンシュテイン、マヤコフスキー、ブレヒト等と交流。一九二〇年代、三〇年代のロシア・アヴァンギャルドの主要な担い手の一人。

（3）一九三一年に出版されたこの著作のドイツ語訳タイトル（Feld-Herren）は、「軍司令官たち（Feldherren）」という言葉と、「畑（Feld）」の「主人たち（Herren）」とをかけた言葉遊びになっている。本文で言及されているコルホーズ「共産主義の灯台」建設について書かれている。副題は、「集団農場をめぐる戦い（Der Kampf um eine Kollektivwirtschaft）」。

（4）「総合技術」とここで訳した polytechnisch という言葉は、言葉のもともとの意味としては複数の技術・工業の領域にまたがる性格を言い表す。社会主義体制におけるロシア、またそれを引き継いだ第二次世界大戦後の東ドイツでも、そのような能力を備えた労働者を育てるための「工業専門学校（Polytechnikum）」が作られていた。ここでは「書く」という能力が、書くことについての専門化された教育を受けた特権的な知識人のものではなく、複数の「技術」にまたがる大衆のものに広がりを見せるものであることについて、ロシアの学校制度としての工業専門学校と言葉の上でも重ね合わせていると思われる。

（5）この引用は、「新聞」と題されたベンヤミンの一九三四年のエッセイ（三月末にスイスのある新聞に掲載）を基本的に用いている。「ある左派の執筆者」とはベンヤミン自身のこと。「生活の諸状況の文書化（Literarisierung）」という表現は、《叙事的演劇とはなにか》や《写真小史》でも用いられている。本書《写真小史》の訳註（39）参照。

（6）「行動主義」と「新即物主義」という言葉によってベンヤミンが考えているのは、とりわけクルト・ヒラー（Kurt Hiller, 1885–1972）とエーリヒ・ケストナー（Emil Erich Kästner, 1899–1974）である。ベンヤミンは、それぞれ《行動主義の誤謬》および《左翼メランコリー》というエッセイで、それらの問題を批判的に扱っている。

(7) クルト・ヒラー『明るみのなかへの跳躍』ライプツィヒ、一九三二年。

(8) この箇所から、ベンヤミン自身のエッセイ《行動主義の誤謬――クルト・ヒラーのエッセイ集『明るみのなかへの跳躍』》(一九三二年)の自己引用。

(9) アルフレート・デーブリーン『知り、そして変革する！　ある若い人への公開書簡』ベルリン、一九三一年。以下の引用箇所も同書。

(10) ブレヒト『試み』Ⅰ、ベルリン、一九三〇年。

(11) ジョン・ハートフィールド(John Heartfield, 1891–1968)は、ドイツの画家・デザイナー・フォトモンタージュの芸術家。ドイツ共産党が一九一八年に設立されたときに入党、ジョージ・グロスやラウル・ハウスマンとともに、ベルリン・ダダの中心的担い手の一人。政治的メッセージをもつフォトモンタージュの創始者とみなされている。

(12) 本書《写真小史》の訳註(35)および図38、39、40参照。

(13) ハンス・アイスラー(Hanns Eisler, 1898–1962)は、ドイツの作曲家。ウィーンで少年期・青年期を過ごし、シェーンベルクのもとで学ぶが、新ウィーン楽派の「新音楽」をエリート的なものと受け止めたアイスラーは、最終的にシェーンベルクから離れる。ベルリンでの生活をはじめたのと同じ頃、一九二六年にドイツ共産党に加わる。また労働者の合唱の運動に深くかかわる。ブレヒトの作品への作曲は一九二八年に始まるが、一九三〇年に、ブレヒトの『処置』の作曲で集中的な協働作業をおこなう。

(14) ハンス・アイスラー「ドイツにおけるDAMN(ドイツ労働者音楽運動)について」(一九三三年)、アイスラー『音楽と政治　著作集一九二四―一九四八』ギュンター・マイアー編、ライプツィヒ、一九七三年所収。次の引用も同様。

(15) 少し前の本文箇所とともに、ベンヤミンのエッセイ《左翼メランコリー》からの自己引用。「洞察力をもつある批評家」とはもちろんベンヤミン自身のこと。

(16) ギュンター・グリュンデル『若い世代の使命——危機の包括的な革命的意味解釈の試み』ミュンヒェン、一九三二年。グリュンデル(Ernst Günther Gründel, 1903–1946)は、ドイツの歴史家。

(17) リヒテンベルク(Georg Christoph Lichtenberg, 1742–1799)は、ドイツの自然科学者・数学者であるとともに、卓越した多数のアフォリズムを残した作家として知られる。ベンヤミンは、リヒテンベルクのアフォリズムをおよその意味で引用している。『控え帖(Sudelbücher)』のJ966にもとづく。

(18) ブレヒト「オペラ『マハゴニー市の興亡』のための注解」、『試み』II、一九三〇年。《叙事的演劇とはなにか〔初稿〕》(一九三一年)でもこの引用を使っている。

(19) ここでの「実験(Versuch)」という言葉は、ブレヒトの刊行していた出版物『試み(Versuche)』でおこなわれていることを念頭に置いている。

(20) アリストテレスの『詩学』のなかで、模倣する者は、行為する(handeln)人間を模倣する(第二章)、と言われていることを指す。

(21) 『コミューン』は、一九三二年にフランス支部として結成された「革命作家芸術家協会(Association des écrivains et artistes révolutionnaires)」の機関誌として、一九三三年に創刊された。編集委員には、アンリ・バルビュス、アンドレ・ジッド、ロマン・ロラン等も加わる。ルイ・アラゴンは一九三三年から一九三六年まで編集事務局メンバー。

(22) ルネ・モブラン(René Maublanc, 1891–1960)は、フランスのマルクス主義哲学者で、フランス共産党員。ルイ・アラゴン(Louis Aragon, 1897–1982)は、フランスの詩人・小説家、ダダおよびシュルレアリスムの中心的な推進者。一九二七年にフランス共産党に入党し、『コミューン』の編集事務局、ついで編集委員をつとめる。

技術的複製可能性の時代の芸術作品〔第二稿〕

真とは、真ができること。偽とは、偽が望むこと。
デュラス夫人(1)

I

マルクスが資本主義的生産様式の分析を企てたとき、この生産様式はまだ端緒についたばかりであった。マルクスはその企てを、将来を見越す予測的価値をもつように進めていった。彼は、資本主義的生産の基本的諸関係にまで立ち返り、その基本的諸関係を描き出したが、それによって、将来的に資本主義がなおもちうる力がその諸関係から明らかになった。明らかになったのはつまり、資本主義がますます激しくプロレタリアを搾取する力をもつということだけでなく、資本主義そのものの廃止を可能にするような諸条件を最終的には生み出すことにもなるということである。

上部構造の変革は、下部構造の変革よりもはるかにゆっくりと進行してゆくが、すべての文化領域で生産諸条件の転換が明確に現れるには半世紀以上の時間を要した。それがどのようなかたちをとって現れることになったかは、今日になってはじめてその例をあげることができる。こういった具体例に対して、将来的な見通しについての予測を要求することもできるだろう。とはいえ、ここで要求されるのは、プロレタリアが権力を掌握した後の芸術に関するテーゼであるとか、ましてや階級のない社会に関するテーゼではなく、むしろ、現在の生産諸条件のもとでの芸術の発展傾向に関するテーゼである。現在の生産諸条件のもつ弁証法は、経済においてと同様に、上部構造においても顕著である。それゆえ、こういったテーゼのもつ闘争的価値を過小評価することは、誤ったことといえるだろう。このテーゼは、創造性、天才性、永遠性の価値、神秘といった、一連の伝統的概念はほうっておく。これらの概念を検証することなく（現在のところ、これらを検証することは難しいのだが）用いることは、事実的な素材をファシスト的な意味で加工することにつながる。以下において芸術理論のうちに新たに導入することになる諸概念は、ファシズムの目標とするものにとってはまったく役に立たないということによって、これまで通例となっていた諸概念と区別される。ここでの諸概念は、それに対して、芸術政策における革命的要求を言い表すために有用なものである。

Ⅱ

芸術作品は原理的にはつねに複製可能であった。人間が作り出したものは、つねに人間によって模造されうるものであった。そういった模造は、弟子たちが修業のために、また巨匠が作品を広く世にゆきわたらせるためにもおこなわれてきたが、さらには利益を得ようとする第三者によってもおこなわれてきた。それに対して、芸術作品の技術的複製は新しい別のことがらである。それは、歴史のなかで切れ切れに、そしてばらばらに離れた事象として現れるものの、次第にその強さをまして広まってゆく。木版画によってはじめて、画像（グラフィック）が技術的に複製可能なものとなった。印刷によって文字が技術的に複製可能となるよりもはるか以前に、画像は技術的に複製可能であったのだ。印刷、すなわち文字の技術的複製可能性が文学のうちに引き起こしたとてつもない変化についてはよく知られている。しかしそういった変化は、ここで世界史的尺度によって考察することになる現象の、一つの——もちろんとりわけ重要なものではあるが——特別なケースに過ぎない。木版画に加えて、中世のあいだに銅版画やエッチングが、そして一九世紀初めにはリトグラフが出現する。

　リトグラフによって、複製技術は根本的に新しい段階に達する。絵を木片に刻み込んだり、銅板に絵を腐食（エッチング）させたりする手法とちがって、描いたものを石の上に塗りつけるのは、はるかに簡潔な方法である。これによって画像（グラフィック）ははじめて、画像の描かれた製品を単に（従来どおり）大量に市場にもちこむだけでなく、毎日新しいものを送り出す可能性をもつことになった。リトグラフによって画像（グラフィック）は、日常の出来事に絵を添えることができるようになった。画像（グラフィック）は〔文字の〕印刷と歩調を合わせ始めたのだ。しかしながら、まさにそのようになり始めた時期、石版印刷〔リトグラフ〕の発明後ほんの数十年のうちに、画像（グラフィック）は写真によって追い越される。[2] 写真によってはじめて、画像の複製プロセスで、手が芸術上の重要な職責から解放されたのである。以降は眼だけに、この職責が割り当てられる。手が描くよりも、眼がとらえるほうが当然すばやいのだから、画像の複製プロセスは恐ろしい速さで加速され、その結果、このプロセスは話すことと歩調を合わせることができるようになった。リトグラフのうちにグラフ新聞が潜在的に隠されていたとすれば、写真のうちにはトーキーが潜在的に含まれていたということになる。音声の技術的複製は、前世紀末に着手されていた。[3] 一九〇〇年頃に技術的複製は、ひとつの水準に達していた。その水準において、技術的複製は伝統的芸術作品の全体をその対象とし、伝統芸術の与える作用に対してきわめて深刻な変化を与え始めていただけではなく、さまざまな芸術のあり方のなかで、独自の位置を獲得していたのである。この水準を研究するためになによりも参考になるのは、その二つの異なった現れである芸術作品の複製と映画芸術が、伝統的なかたちをとる芸術に対してどのような作用を逆に及ぼしているかということである。

どれほど完全な複製においても欠けているものがある。それは、芸術作品のもつ「いま、ここ」という特質、つまり、芸術作品の存在するその場所における一回的なあり方である。しかし、他ならぬこの一回的な存在に即して、歴史は生起してゆく。芸術作品は、それが存続するあいだ、この歴史に従属しつづけてきた。そこには、時間が経つうちに芸術作品の物質的組成がこうむることになったさまざまな変化や、場合によっては芸術作品がたどることになった所有関係の変遷も含まれる。物質的組成の変化の痕跡は、化学的・物理学的方法による分析によってのみ明らかにすることができるが、複製に対してこういった方法をおこなっても意味がない。一方、所有関係の変遷をたどることは伝統の対象となることがらであるが、この伝統をたどるためには、オリジナルが存在する場所から始める必要がある。

オリジナルのもつ「いま、ここ」という特質が、オリジナルの真正性〔本物であること〕という概念をつくりあげるのであり、伝統という観念はその真正性という土台の上に築かれている。この伝統こそが、オリジナルである対象を今日にいたるまで同一のものとして伝えてきたのである。真正性のかかわる全領域は、技術的——もちろん技術的なものだけに限らないが——複製の与り知らぬことがらである。手工的複製は、しかし、真正なものは、手工的複製に対してはその権威を完全に保持している。手工的複製は、通例、真正なものによって偽物の烙印を押されてきた。それに対して、技術的複製にはこのことは通用しない。それにはニ重の理由がある。第一に、技術的複製はオリジナルに対して、手工的複製と比べて自立性の度合いがより高い。たとえば写真において技術的複製は、自由に調節可能で、視点を好きなように選ぶことのできるレンズによってのみとらえることができるが、人間の目ではとらえることのできないオリジナルの局面を際立たせることができる。あるいは、拡大やスローモーションといった手段によって、自然の視覚ではまったくとらえることのできない画像を記録する。それが第一の点である。第二に、それに加えて技術的複製は、オリジナルの模造を、オリジナルそのものが到達することのできない状況へと運んでいくことができる。とりわけ、技術的複製によって、オリジナルは——写真というかたちであれ、レコードというかたちであれ——受容者に歩み寄ることができるようになる。大聖堂(カテドラル)はその場を離れ、芸術愛好家のスタジオで受容されることになる。ホールで、あるいは野外で演奏された合唱曲は、部屋のなかで聴くことができるようになる。

このように変化した状況は、その他の点では、芸術作品の存立に対してなんら影響を及ぼすことはないかもしれない。しかし、こういった状況は、芸術作品の「いま、ここ」という性格については、どのような場合でもその価値を失わせてしまう。このことは決して芸術作品だけに当てはまるのではなく、たとえば、映画のなかで観客の目の前を通り過ぎる風景についても当てはまるとすれば、こういった過程を通じて、芸術という対象において最も繊細な核心部分に触れることになる。自然に存在するものは、これほど壊れやすい核をもつことはない。その核心とは、芸術という対象物のもつ真正さである。ある事物の真正さとは、その起源から発して――物質的な存続から歴史的証言力にいたるまで――その事物において伝承されてきたものすべての総体である。歴史的証言力は物質的存続にもとづくものであるから、物質的存続が人間とは関係ないものとなった複製においては、事物の歴史的証言力も危ういものとならざるをえない。危ういものとなるのは、確かに歴史的証言力だけかもしれない。しかし、そのように危うい状況に陥っているものは、実は、事物の権威、すなわち事物のもつ伝統の重みなのである。

このメルクマールを、オーラという概念でとりまとめ、次のようにいうこともできるだろう。芸術作品が技術的に複製可能となった時代に力を失っていくものは、芸術作品のオーラである、と。こういった過程はある徴候を示している。この過程がもつ意義は、芸術の領域をはるかに越えるものである。複製技術は――一般論としてこのようにいうことが可能だろう――複製されるものを伝統の領域から解き放つ。いくつも複製を作り出すことによって、複製技術は、複製されるものを一回限りのものとして出現させるのではなく、大量に出現させることになる。また、複製技術により複製がどのような状況にある受容者にも対応できるものとなることによって、複製技術は複製されるものをアクチュアルなものにする。この二つのプロセスによって、伝統的なものは激しく揺さぶりをかけられる。この伝統の震撼は、現在、人類が直面する危機および刷新と表裏一体をなしている。これら二つのプロセスは、現代の大衆運動ときわめて密接な関係にある。その最も有力な代弁者が、映画である。映画の社会的意義は、その最もポジティヴなかたちにおいても、いやまさにそういったかたちにおいてこそ、映画のもつ破壊的、カタルシス的側面を抜きにして考えることはできない。つまり、文化遺産の伝統的価値を清算するという側面である。こういった現象は、いくつかの偉大な歴史映画において最も明白に現れている。この現象は、さまざまな立場をますます広く自分の領域のうちに取り込みつつある。アベル・ガンス(4)は一九二七年に次のように熱狂的に叫んだ。「シェイクスピア、レンブラント、ベートーヴェンが映画となる…あらゆる伝説、あらゆる神話、あらゆる宗派創立者、あらゆる宗教が…映画のなかでの復活を待っている。そして、英雄たちは戸口に押し寄せている。」[1] そのときガンスは、おそらく意図せずして、ある包括的な清算へと誘(いざな)っていたのである。

Ⅳ

広大な歴史の時間の内部で、人間集団の総体的な存在様式が変化するのにともなって、人間の知覚のあり方も変化してゆく。人間の知覚がどのように組織化されるか――すなわち、人間の知覚が生じる場である媒質(メディウム)――は、自然の条件だけでなく、歴史的条件にも制約されるものである。末期ローマの芸術産業および「ウィーン創世記(5)」が生まれた民族大移動の時代は、古典古代とは別の芸術をもっていただけでなく、別の知覚ももっていたのである。リーグルやヴィクホフといったウィーン学派の学者たち⑥は、そういった時代の芸術が埋められてしまっていた古典的伝統の重圧に対して強烈に異議を唱えたが、彼らは、そういった芸術が栄えていた時代に知覚がどのように組織化されていたかを、この芸術から推論するアイディアを最初に考えついた人たちだった。彼らの認識は大きな射程をもつものであったが、これらの研究者たちには、末期ローマ時代の知覚に特有の形式的特徴を指摘するだけで事足れりとしてしまうという限界があった。彼らは、こういった知覚の変化となって現れることになった社会的大変革を明らかにしようとしなかったし、また、おそらくできると思っていなかったのである。現代に関して、同じような考察をおこなおうとすれば、条件はもっと有利な状況にある。そして、知覚の媒質（メディウム）におけるさまざまな変化――われわれはその同時代人である――をオーラの衰退ととらえるとすれば、その社会的条件を明らかにすることもできるであろう。

オーラとはそもそも何か。空間と時間が不可思議に編み合わされたものである。それは、ある遠さ――たとえそれがどれほど近くにあるとしても――が一回限り現れる現象である。ある夏の午後、ゆったりと憩いながら、地平線にある山並みや、憩っている者に蔭を作っている木の枝を眼で追うこと、それがこれらの山々や木の枝のオーラを呼吸するということである。このように描きだしてみると、現在、オーラの衰退がどのような社会的条件のもとにあるかを見てとるのはたやすい。オーラの衰退は二つの事情にもとづくものであるが、この二つの事情は、大衆がますます増大し、大衆の運動がますます強力になっていることと関連している。つまり次のようなことだ。事物を「もっと近く」にすることは、現代の大衆が情熱を注いでいる関心事である。しかし、それと同様に、あらゆるものの複製を受容することによって一回性を克服しようという大衆の傾向もまた、彼らの関心事なのである。対象物を画像（ビルト）として、あるいはむしろ模像（アップビルト）として——すなわち複製物として——すぐ近くで手に入れたいという欲求は、日々、ますます避けがたいものとなって現れてきている。グラフ新聞や週刊ニュース映画がいつでも作り出せるような複製は、〔オリジナルの〕像（ビルト）とは見まちがいようもなくはっきりと異なる。〔オリジナルの〕像では一回性と持続性が密接に交錯しあっているのに対して、複製においては束の間のものであることと反復可能であることが密接に結びついているのだ。対象からその覆いを取り去ること、つまりオーラの崩壊は、ある種の知覚のしるしである。その知覚は、「世界のうちにある同種のものに対する感覚」がきわめて発達しているため、複製という手段によって、一回的なものからさえも同種のものを引き出す。このようにして、理論の領域で統計の意義増大というかたちで顕著になっているものが、直観の領域において現れているのである。リアリティを大衆に合わせること、また、大衆をリアリティに合わせることは、思考にとっても直観（アンシャウウング）にとっても、計り知れないほどの影響をもつ過程なのである。

V

芸術作品が唯一無二のものであるということは、それが伝統の連関のうちに埋め込まれているということと同じである。この伝統というものも、もちろんそれ自体、まさに生き物であって、きわめて移り変わりの激しいものである。たとえば古代のヴィーナス像は、これを礼拝の対象としていたギリシア人の場合と、災いに満ちた偶像と見ていた中世の聖職者たちの場合とでは、異なる伝統連関のうちにあった。しかし、この両者に対して等しく現れていたものがある。それは、ヴィーナス像が唯一無二のものであるということ、つまり言い換えれば、そのオーラである。芸術作品が伝統の連関のうちに埋め込まれていることの原初的な様態は、礼拝のうちに表れている。最古の芸術作品は、知られているように、儀式に仕えるものとして生まれた。はじめは呪術的〔魔術的〕儀式に、ついで宗教的儀式に用いられるものとしてである。ここで決定的に重要であるのは、芸術作品のこういったオーラ的存在様式が、その儀式的機能から完全に切り離されることは決してないということである。言い換えれば、次のようにいえる。「真正」な芸術作品のもつ比類のない価値は、それが儀式の上に基礎づけられていることにある。こういった基礎づけは、いかに間接的なものになっていようとも、いまでもなお、最も世俗的な美の礼拝の形式をとって、世俗化された儀式というかたちで認められる。世俗的な美の礼拝はルネサンスとともに形成され、三百年のあいだ力をもち続けてきたが、世俗この美の礼拝を見舞った最初の深刻な動揺があってこの時代が終わりを迎えた後、[7] その儀式的な基礎をはっきりと示すことになる。すなわち、真に革命的な最初の複製手段である写真の登場（同時に社会主義の勃興）とともに、ある危機――それはその後さらに百年たって見まがいようもなく明らかとなったのだが――が近づいているのを芸術が感じとったとき、芸術は「芸術のための芸術（ラール・プール・ラール）」という教義で応えたのである。それは芸術の神学とでもいうべきものである。そこからさらに、いかなる社会的機能をも否定するだけでなく、対象にかかわる素材によるどのような規定も拒絶する「純粋な」芸術の理念というかたちをとって、まさに反転された（ネガティヴ）神学が生まれた。（文学において最初にこのような立場に達したのはマラルメである。）

こういった連関を正しく評価することは、技術的複製が可能となった時代の芸術作品にかかわる考察にとって不可欠である。それによって、この論議において決定的な認識が準備されることになるからである。それはつまり、芸術作品の技術的複製可能性は、世界史においてはじめて、儀式に寄生する状態から芸術作品を解放する、という認識である。複製される芸術作品であったものは、ますます、はじめから複製可能性を目指している芸術作品の複製となってゆく。[2] たとえば、写真の原板からは数多くのプリントが可能である。真正のプリントはどれかという問いは無意味だ。しかし、真正性という基準が芸術の生産において役に立たないものとなる瞬間に、芸術の社会的機能全体が大きな転換を遂げる。芸術は儀式に基礎をおくかわりに、ある別の実践、すなわち、政治に基礎をおくことが必要になる。

Ⅵ

芸術の歴史を、芸術作品そのもののうちにある二つの極の対決として描き出し、この対決の過程の歴史を、芸術作品の一つの極からもう一方の極へと重点が交互に移動してゆくことのうちに見てとるということも可能だろう。その二つの極とは、芸術作品の礼拝価値と展示価値である。[3] 芸術制作は、呪術〔魔術〕のために用いられる造形物をもって始まる。これらの造形物については、見られることではなく、存在することそのものだけが重要なのである。石器時代の人間が洞窟の壁に模写したオオシカは、一種の呪術の道具である。これを描いた人間は、たまたま仲間たちを前にしてそれを見せる〔展示する〕こともある。しかし、重要なのはせいぜいのところ、精霊たちがそれを目にするということなのだ。そのような礼拝価値は、芸術作品を隠された状態に保っておくよう要求するものとなっている。ある種の神々の像には、神像安置所のなかで聖職者しか近づくことができない。ある種の聖母像は、ほとんど一年を通じて、覆いが掛けられたままとなっている。また、中世の大聖堂に据えられたある種の彫刻は、地上から観ようとする者の目には見えないものとなっている。個々の芸術行為が儀式の懐(ふところ)から解放されるにつれて、その制作物を展示する機会が増大する。どこへでも送ることが可能な胸像の展示可能性は、神殿内部のきまった場所に据えられている神々の像の展示可能性よりも大きい。タブロー絵画の展示可能性は、それ以前の時代に生まれたモザイクやフレスコ画の展示可能性よりも大きい。ミサ曲の展示可能性は、もともと交響曲の展示可能性より小さいということはなかったかもしれない。しかし交響曲は、その展示可能性がミサ曲の展示可能性よりも大きくなることが期待される、まさにそうした時点に生まれたのである。(8)

芸術作品の技術的複製のさまざまな方法によって、芸術作品の展示可能性は飛躍的に増大した。それにともなって、その二つの極のあいだの量的な推移は、原始時代と同じように、芸術作品の性質の質的な変化へと転換する。つまり原始時代には、礼拝価値におかれた絶対的な重心によって、芸術作品はまず第一に呪術〔魔術〕の道具となっていた。それをある程度芸術作品として認めるようになったのは後になってからのことである。こういった過程と同様に、今日では、展示価値におかれた絶対的な重心によって、芸術作品はまったく新しい機能をもった造形物となっている。それらの諸機能のうち、われわれの知っている機能、つまり芸術的機能がとくに際立っている。これは後になって副次的な機能であると認識されることになるだろう。とりあえず確かなことは、現在、映画がこういった認識のための最も有用な手立てとなるということである。さらに、もう一つ確かなことは、映画において最も進んだかたちで表れている芸術のこういった機能転換の歴史的射程によって、芸術の原始時代との比較が、方法においてだけでなく、素材についても可能になっているということである。

魔術に仕えるものであった原始時代の芸術は、実践に役立つある特定の記述の仕方を保持している。例えば、魔術の作法を実行する場合にもおそらくそうであろうし（先祖の像を刻むことそのものが魔術的行為である）、魔術の作法を示すこともそうであるし（先祖の像は儀式のためのしぐさを示すものとなる）、そしてまた、魔術的瞑想の対象となることもある（先祖の像をじっくりと見ることは、それを見る者の魔法の力を強める）。そのような記述の対象となったのは、人間やその周りの世界である。それらは、技術が儀式と溶け合うことでのみ存在していた社会の要請にしたがって模写された。こういった技術は、機械の技術と比べれば、もちろん立ち遅れたものである。しかし、弁証法的な考察にとって大切なことはそういったことではない。弁証法的な考察にとって重要なのは、原始時代の技術とわれわれの用いる技術のあいだの傾向的なちがいである。そのちがいは、第一の技術が人間をかなりの程度かかわらせるのに対して、第二の技術は人間をできるだけ少なくかかわらせるということにある。第一の技術のなしとげた技術上の偉業は、人身御供にあるといってもよいかもしれない。第二の技術のなしとげた技術上の偉業は、人員配置を必要としない遠隔操作のできる航空機の延長線上にある。「一度限り」が第一の技術には当てはまる（償いようのない過失や、永遠に代行となる犠牲死はそれにあたる）。第二の技術に当てはまるのは、「一度は数のうちに入らない」である（第二の技術は、実験や、さまざまな試みを手を変え品を変えおこなうことに関係している)。第二の技術の根源は、人間がはじめて、そして意識せず術策をはたらかせることで、自然との距離をとりはじめたことに求められる。言い換えれば、その根源は「戯れること」のうちにある。

真摯さと戯れ、厳格さと縛られることのない自由は、その割合はさまざまであるとしても、どのような芸術作品においても絡み合って現れる。それはつまり、芸術は第一の技術に対してと同様、第二の技術とも結びついているということなのである。ただし、ここで付け加えておかなければならないのだが、「自然支配」が第二の技術の目標であるというのは、きわめて疑わしい。そのようにいうのは、第一の技術の視点からとらえるからだ。第一の技術は、実際、自然の支配を目指している。しかし、第二の技術が目指しているのはむしろ、自然と人間とのあいだのインタープレイなのである。今日の芸術がもつ社会的に決定的な機能は、練習によってこのインタープレイを身につけることにある。とりわけ映画についてはそれが当てはまる。映画は、人間が、器械装置とのかかわりによって引き起こされる統覚や反応の訓練をすることに役立つ。そのような器械装置のはたす役割は、人間の生活のなかで、ほとんど毎日のように増え続けている。器械装置とのかかわりは、同時にまた人間に次のことを教える。人類の状態が、第二の技術の開拓した新しい生産力に適合したときになってはじめて、器械装置に仕える隷属状態は、器械装置を通じての解放に席を譲ることになるだろう、ということを。[4]

VII

写真においては、展示価値が礼拝価値をあらゆる戦線で撃退し始めている。とはいえ、礼拝価値もまったく無抵抗のまま消え去るわけではない。それは最後の砦にこもる。その砦とは人間の顔である。初期の写真の中心に位置していたのが肖像写真であったということは決して偶然ではない。遠く離れていたり、すでに亡くなってしまった愛する人たちの思い出を礼拝することのうちに、像(イメージ)の礼拝価値は最後の避難所を見出すのだ。人間の顔の束の間の表情のうちに、初期の写真からはオーラが最後の合図を送っている。これこそが、それらの写真の憂愁に満ちた、何ものにも比べがたい美しさをなすものとなっている。しかし、人間が写真から姿を消しているところでは、礼拝価値との対抗関係において展示価値がはじめて優位にたつことになる。こういった過程にその場を与えたことが、アジェ(9)のもつ比類ない意義である。彼は一九〇〇年頃のパリの街路を、人影のない風景として定着させた。アジェはパリの街路を犯行現場のように撮影したと言われているが、それはきわめてもっともなことである。犯行現場もまた人影がない。犯行現場の撮影は状況証拠を得るためにおこなわれる。アジェにおいて写真撮影は、歴史の過程(プロセス)・裁判の証拠品となり始める。そのことが、これらの写真の隠された政治的意義をなしている。写真はすでにある特定の意味で受容することを要求しているのだ。こういった写真にとって、自由に漂うような瞑想はもはやふさわしくない。写真は観る者を不安にする。写真を観る者は、それらの写真へといたるある特定の道を探さなければならないと感じるのだ。同じ時期、こういった人のためにグラフ新聞が道標を立て始める。それらが正しいものであったか、まちがっていたかは、どちらでもよい。これらのグラフ新聞で、はじめて説明文（キャプション）が必要となったのである。それが絵画の標題とはまったく別の性格をもつものであることは明らかである。グラフ雑誌のなかで絵や写真を観る者が説明文（キャプション）によって受けとる指示は、その後まもなく映画においてさらに詳細で有無を言わせぬものとなった。映画では、個々の映像の理解は、それに先行するあらゆる画像の連続によって定められているように思われるからだ。

VIII

ギリシア人にとって、芸術作品の技術的複製の手段は二つしかなかった。鋳造と型押しである。ブロンズ像、テラコッタ、硬貨が、彼らギリシア人によって大量に生産可能であった唯一の芸術作品だったのだ。その他はすべて一回限りのものであり、技術的に複製可能ではなかった。だからこそそれらの芸術作品は、永遠に続くものとして作られている必要があった。ギリシア人はその技術水準のために、芸術のうちに永遠性という価値を作り出さざるをえなかったのだ。こういった事情によって、ギリシア人は、後世の人々が自分の立ち位置を定めることができるような卓越した場を芸術史のうちに占めることになったのである。われわれの立ち位置がギリシア人の立ち位置の対極にあるということは疑いない。芸術作品が今日のように、これほど高度に、そして広範囲にわたって技術的に複製可能であったことはこれまで一度もない。われわれは、芸術の性格がはじめて徹底して複製可能性によって規定されるような形式を、映画のうちに手にしている。この形式を細部にわたってギリシア芸術と比較することは無益なことだろう。ただし、ある厳密な一点については、このことは解明をもたらすものとなる。それはつまり、ギリシア人ならば芸術作品に認めるということはおそらくありえなかったか、最も非本質的なものとみなしていたであろう資質が、映画とともに、芸術作品にとって決定的なものとなったということである。それは、芸術作品をよりよいものへとつくりかえる能力である。完成された映画は、一挙に作り上げられた創作とは程遠いものだ。映画は、非常に多くの画像および画像のシークエンスから組み立て(モンタージュ)られている。組み立てる人は、どの画像やシークエンスを使うか選ぶことができる。ちなみにそれらの画像は、もともと撮影をおこなう際に、最終的に成功するまで好きなだけさらによい画像を撮ることが可能であったものである。三千メートルのフィルムの《巴里の女性[10]》を制作するために、チャップリンは十二万五千メートルもの撮影をおこなっている。映画はつまり、最大の改善の能力をもつ芸術作品なのだ。この改善するという映画の能力は、永遠性という価値を映画が徹底して放棄したことと関係している。このことは、別の面から検討することによってはっきりとわかる。永遠性の価値を生み出すことが必要な芸術をもっていたギリシア人にとって、諸芸術の頂点にあったのは、最も改善の能力の少ない芸術、すなわち彫刻であった。彫刻によって創作されたものは、文字通り、「一つのものから」できている。組み立て（モンタージュ）可能な芸術作品の時代に彫刻が衰退してゆくことは、避けがたいことなのである。

IX

一九世紀に絵画と写真のあいだでその作品の芸術的価値をめぐっておこなわれた論争は、今日では的外れで混乱したものという印象を与える。しかし、そのことはこの論争の意義を否定するものではなく、むしろその意義を強調するものともなりうる。実際、この論争はある世界史的な大転換の表現であったのだが、いずれの陣営もそれを世界史的な転換とは意識していなかった。技術的複製可能性の時代が芸術をその礼拝的基盤から解放することによって、芸術の自立性という仮象は永久に消滅した。しかし、それとともに生じた芸術の機能の変化は、この世紀の視野からは抜け落ちていた。そして、映画の発展を目にした二〇世紀もまた、長いあいだこの芸術機能の変化を見落としていたのである。

写真が芸術であるか否かという問いに決着をつけるために、いたずらに多くの知恵をしぼったことがかつてあった。しかしその際、写真の発明によって芸術の性格全体が変化したのではないかという、より基本的な問いが立てられることはなかった。そのようにして、映画理論家たちはやがて同様の性急な問題設定を引き継ぐことになった。しかし、写真が従来の美学に対して投げかけていた困難な問題は、映画が従来の美学に直面する際の難問と比べれば、児戯に等しいものであった。初期の映画理論を特徴づける向こう見ずな荒っぽさはそのためである。たとえばアベル・ガンスは、映画を象形文字と比較している。「そのときわれわれは、かつて存在したものへのきわめて奇妙な回帰の結果、ふたたびエジプト人の表現レヴェルにいたったのである。…映像(イメージ)の言語はまだ成熟していない。われわれの眼がまだそれに見合うだけの力をもっていないからである。映像(イメージ)の言語で言い表されたものに対する尊敬も礼拝もまだ十分ではない。[5]」あるいは、セヴラン＝マルス[11]は次のように書いている。「詩的であると同時に現実的でもあるような夢が、これまでいったいどういった芸術に与えられていたであろうか。そのような観点から見れば、映画はまったく比類のない表現手段であり、映画の大気圏のなかで動くことが許されているのは、最も高貴な考え方をもつ人たちだけであり、しかもその人たちの人生のなかで最も完成された、そして最も神秘に満ちた瞬間だけであるといえるだろう。[6]」映画に「芸術」の仲間入りをさせようという努力のために、これらの理論家たちが無類の向こう見ずさで、礼拝的な諸要素を映画のうちに読み込んで無理やりにでも解釈しようとする様子を目にすることは、非常にためになる。しかも、こういった憶測的な思いつきが発表されていた時代にはすでに、《巴里の女性》や《黄金狂時代》のような作品が存在していたのである。(12) しかし、それによってアベル・ガンスが象形文字との比較をすることの妨げとなるわけでもなく、また、セヴラン゠マルスは、フラ・アンジェリコ(13)の絵画について語るように、映画について語っている。特徴的であるのは、今日でもなおとりわけ反動的な作家たちが、同じような方向に、つまり宗教的なものとまではいかないにせよ、超自然的なもののうちに映画の意義を求めているということだ。ラインハルト(14)による『真夏の夜の夢』の映画化に際して、フランツ・ヴェルフェル(15)は、これまで映画が芸術の王国へ大きく飛躍することの障害となっていたのは、まちがいなく、街路、室内装飾、駅、レストラン、自動車、海水浴場といった外界を不毛にもコピーすることであると断言している。「映画はその真の意味、本当の可能性をまだとらえていない…その可能性は、自然な手段によって、そして比類のない説得力で、妖精的なもの、不思議なもの、超自然的なものを表現するという唯一無二の能力のうちにある。」[7]

X

絵画に対して写真がおこなう複製と、映画スタジオで演じられるできごとに対して写真がおこなう複製は、別のものである。前者については、複製されるもの自体は芸術作品だが、それを複製したものは芸術作品ではない。レンズを使ってカメラマンがおこなっていることは、一つの芸術作品を創り上げる行為ではないからだ。それは、交響楽団を使って指揮者のおこなっていることが、芸術作品の創出ではないのと同じことである。せいぜいのところ、それは芸術の成果を創り出しているにすぎない。映画スタジオでの撮影の場合には、それとは事情が異なる。この場合、複製の対象がすでに芸術作品ではない。複製物そのものが芸術作品ではないのは、前者と同様である。ここでは芸術作品は、モンタージュによってはじめて生まれる。このモンタージュの構成要素の一つ一つはできごとを複製したものからできている。そのできごとは、それ自体としても芸術作品ではなく、また写真に撮ったとしても芸術作品にはならない。それでは、映画において複製されるこれらのできごとというのは、それ自体は芸術作品ではないというのだから、いったい何なのだろうか。

それに答えるためには、映画俳優の独特な芸術の成果〔演技〕を出発点として考えなければならない。映画俳優と舞台俳優とが異なっている点は、映画俳優の演技は、複製のもとになっている本来のかたちでは、たまたまそこにいる観客を前にしておこなわれるものではなく、専門家の委員会を前にしておこなわれるということにある。プロデューサー、監督、カメラマン、音響技師、照明技師などの専門家は、映画俳優の芸術の成果〔演技〕にいつでも介入することができる人たちである。このことは社会的に非常に重要な識別票である。専門的知識をもつ委員会が芸術的成果に介入することは、スポーツの成果や、もっと広い意味では、テストの成果〔成績〕全般について特徴的なことであるからだ。このような介入は、実際のところ、映画製作の過程を一貫して規定するものとなっている。周知のように、何回もテイクを撮り直す箇所は多い。例えば、助けてという叫び声は、何通りもの版で記録されることがある。それらのうちから、映像編集者が一つを選ぶ。いわば、それらのなかから最高記録を確定するというわけだ。それゆえ、映画スタジオで演じられたできごとは、それに対応する現実のできごととは異なる。それは、競技会の際に運動場で円盤を投げることが、人を殺すために同じ円盤を同じ場所で同じ距離だけ投げるということがあるとすれば、それとは異なるのと同じことだ。第一のものはテストの成果であるのに対して、第二のものはそうではない。

とはいえ、映画俳優のもたらすテストの成果は、完全に独自のものである。それはどのような点にあるだろうか。それは、テストの成果の社会的価値を狭い枠のなかに囲い込む、ある種の障壁を克服することにある。ここで話題にしているのはスポーツの成果のことではなく、機械化されたテストでの成果のことである。スポーツ選手が知っているのは、いわば自然のテストだけだ。スポーツ選手は、自然が与えるような課題によって競うのであって、器械装置の課題によってではない。むろん、時計と競争して走ると言われたヌルミのような例外については、話は別だが。近年、労働過程は、とりわけベルトコンベアによって規格化されて以来、毎日、機械化されたテストでの検査を数え切れないほど生じさせている。こういった検査はこっそりとおこなわれている。なぜなら、検査に合格しないものは、労働過程から締め出されてしまうからだ。しかし、断って検査をおこなうこともある。職業適性検査機関ではそうだ。いずれの場合も、先に述べたことは障壁にゆきあたることになる。

こういった検査はつまり、スポーツの検査の場合とは異なり、望ましい程度には展示可能ではない。そしてまさにそれこそが、映画が介入するその場所なのである。映画は、成果の展示可能性そのものを一つのテストとすることによって、テストの成果を展示可能にする。映画俳優が演じるのは器械装置を前にしてであって、観客に対してではない。撮影主任が立っている場所は、適性検査の際に検査責任者が立っている場所とまさに同じ位置である。撮影ライトの光に照らされて演じること、そして同時に、マイクロフォンの諸条件を満たすことは、第一級のテスト成果である。そのようなテスト成果を演じるということは、器械装置を前にして自分の人間性を保持するということを意味する。こういった成果に対する関心はきわめて大きい。というのも、圧倒的多数の都市住民が、労働時間がつづくあいだ営業所や工場で自分の人間性を放棄しているのが、まさにこの器械装置を前にしてのことだからである。晩になると、この同じ大衆で映画館が一杯になる。彼らにかわって映画俳優が復讐してくれるのを経験するためである。映画俳優たちの人間性（あるいは大衆がそう思っているもの）が器械装置に対して自分自身を主張するのみならず、器械装置を自分の勝利に役立てているからだ。

XI

映画にとっては、俳優が観客に対してある別な人物を演じることよりも、器械装置に対して自分自身を演じることのほうが、はるかに重要である。テストの成果によって俳優をめぐる状況が変化したことを感じとっていた最初の人々の一人がピランデッロであった。[16]長編小説『映画を撮る』のなかでそれについて述べられている意見は、こういったことがらの否定的側面を強調することのみに限定されたものであるが、そのことは彼の意見の価値を損なうものではない。ましてや、その意見が無声映画に結びつくものであるということで、その価値が損なわれるわけではない。このことについては、トーキーによって何ら根本的なことがらに変化は生じていないからだ。一つの器械装置に対して――あるいはトーキーの場合には、二つの器械装置に対して――演じるということが決定的であるという点にかわりはない。ピランデッロは次のように書いている。「映画俳優は、自分が追放された身であるように感じている。舞台からだけでなく、自分という人間からも追放されているのだ。もやもやとした不快を覚えながら、彼は説明しがたい虚しさを感じる。この虚しさは、彼の身体が脱落症状となることで生じている。つまり、自分自身が消え去ってしまい、自分の現実、自分が生きていること、自分の声、身体を動かすことで出す物音が自分自身から奪い取られ、無言の映像となってしまうことで虚しさが生じているのである。その無言の映像は、一瞬、スクリーン上で震えたのち、静寂のなかで消えてゆく。…小さな器械装置は、彼の影を用いて観客の前で演技することになろう。彼自身はといえば、この小さな機械の前で演技することで満足しなければならないのだ。[8]」同じ事態を次のように特徴づけることができるだろう。人間ははじめて――これこそ映画の働きによるものだが――生きたその人全体によってであるとはいえ、その人のもつオーラを断念して仕事をしなければならない状況に置かれることになったのである。というのも、オーラはその人の「いま、ここ」というものと結びついているからだ。オーラの模像というものは存在しない。舞台の上でマクベスをとりまくオーラは、生身の公衆にとってマクベスを演じている俳優をとりまくオーラと切り離すことができない。映画スタジオにおける撮影に特有なところは、観客の代わりに器械装置が据えられるということにある。それによって、俳優をとりまくオーラはなくなってしまう。そして、それとともに、演じられる役柄のオーラも消え去る。

ピランデッロのような劇作家が、映画俳優の特質を描き出す際に、われわれが現在目にしている演劇を見舞う危機の根底に知らず知らずのうちにふれているのは、驚くべきことではない。実際のところ、技術的複製によってすみずみまでとらえられ、それどころか、映画のように、技術的複製から生まれてきた芸術作品に対して、演劇の舞台の芸術作品ほど決定的に対立するものは他にない。ある程度立ち入った考察はすべて、このことを証明している。専門知識をもつ観察者たちは以前から気づいていたのだが、映画表現においては、「最大の効果はほとんどの場合、できるだけ〈演技〉を少なくすることによって得られる。」一九三二年にアルンハイムは、「小道具は性格(キャラクター)にもとづいて選び出し、しかるべき場所に配置するが、そういった小道具と同じように俳優を扱う」のが「最近の傾向」であるとみている。このこととときわめて密接に関連するある別のことがらがある。舞台で演じる俳優は、役柄(ロール)に身を置いて演じる。こういった可能性は、映画俳優にはたいていの場合閉ざされている。映画俳優の仕事は決してひとまとまりのものではなく、個々の仕事が数多く寄せ集められたものからできている。スタジオ使用料、相手役や舞台装置の調達等々といった、そのときどきで考慮に入れなければならない事情とならんで、俳優の演技を一連の編集(モンタージュ)可能ないくつものエピソードに分解することこそ、映画という機構が必然的に要求する基本的事項なのである。とりわけ照明についてはそれが当てはまる。照明設置の都合上、スクリーン上ではひとまとまりのすばやい流れとして現れる出来事の描写を、いくつかの部分的な撮影に分けて撮らなければならないのだ。これは、スタジオ内では場合によって数時間にわたり分割しておこなわれる。さらにわかりやすい編集(モンタージュ)についてはいうまでもないだろう。たとえば、窓からの跳躍は、スタジオ内では足場からの跳躍というかたちで撮影されるが、それに続く逃亡は、場合によっては、何週間も後に屋外撮影によって撮られるということもある。ちなみに、これよりもはるかに逆説的なケースを構成してみるのもたやすいことだ。扉をノックする音に引き続き、俳優が縮み上がるように要求されたとする。この身をすくめる演技が望みどおりにいかないということがあるかもしれない。そういうとき監督は窮余の策をとり、その俳優がまたスタジオにやってきたとき、あらかじめ知らせないでその俳優の背後で一発銃を発射させることもできる。この瞬間の俳優の驚愕の顔を撮影し、映画のなかに編集（モンタージュ）するのである。芸術が栄えることのできる唯一の場所と長いあいだされてきた「美しき仮象」の王国から芸術が抜け出たことを、これほど徹底的に示すものは他にはない。[10]

XII

人間が器械装置によって代理されることで、人間の自己疎外は、きわめて生産的に利用されることになった。この利用がどのようなものであったかは、ピランデッロが描き出しているような、器械装置を前にした俳優の違和感が、本来的に、鏡に自分の姿が映っているのを前にして人間がいだく違和感と同じ種類のものだということからわかる。ロマン派の人たちは、この鏡に映る自分の姿というテーマに好んでとどまり続けたものだ。いまやこの鏡に映った像は俳優から引き離すことが可能となり、そして運搬可能なものとなっている。では、どこへ運搬されることになるのか。大衆の前へである。[11] その意識は、もちろんいっときたりとも映画俳優の頭を離れることはない。彼は、器械装置の前に立っているあいだ、最終的に自分がかかわっているのは大衆なのだ、ということを承知している。映画俳優をあとでチェックすることになるのは、この大衆なのである。

そしてまた、大衆があとでチェックすることになる芸術の成果を映画俳優がなしとげているあいだ、この大衆の方は目に見えるものでもなく、また存在もしていないのだ。この目に見えないということが、チェックの権威を高めることになる。もちろん忘れてはならないのだが、映画が資本主義の搾取という束縛から解放されない限り、このチェックを政治的に有効活用することはまだ先のことになる。映画資本によって、このチェックのもつ革命の機会は反革命的なものへと転じてしまうからだ。映画資本によって促進されるスター崇拝は、パーソナリティという魔法、はるか昔に商品的性格という腐敗したかすかな光でしかなくなっている魔法を保存するだけではない。スター崇拝の相補物、つまり観客の崇拝は、同時に大衆の腐敗した状態を強めるものともなっているのである。ファシズムはもちろん、階級意識をもつ大衆の状態にかわって、そのような腐敗した状態をもたらそうとしているわけであるが[12]。

XIII

技術が展示される演技〔成果〕の場に誰もが半専門家として居合わせるということは、スポーツの技術の場合とちょうど同じように、映画の技術のありかたと関連している。こういった連関についての手がかりを得るためには、新聞少年たちが一団をなし、自分の自転車にもたれて、競輪の結果についてあれこれ言い合っているのを一度聞いてみるだけでよい。映画については、どんな人でも撮影されることがあるということは、週刊ニュース映画をみれば一目瞭然である。とはいえ、そのような可能性があるというだけでは片がつかない。今日の人間は誰でも、映画に出ることを要求する権利がある。今日の文筆をめぐる歴史的状況を一瞥すれば、こういった要求がどのようなものであるか、さらにはっきりと理解できるだろう。

何世紀ものあいだ、少数の書き手が何千倍もの数の読者と向かいあうというのが文筆界における状況であった。前世紀末にそこに一つの転換が生じた。政治、宗教、学問、職業、地域にかかわる新しい発行組織をつねに読者層にもたらしてきた新聞が普及してゆくにつれて、ますます多くの読者が――はじめは特定の場合に限られていたが――書き手の側にまわるようになった。それとともに日刊紙が読者に「読者欄」を開放するようになり、さらに今日では、労働過程にかかわるヨーロッパ人で、仕事の経験や苦情、ルポルタージュその他を発表する機会がまったくどこにもない人はほとんどいないという状況である。それによって、著者と公衆のあいだの区別もその根本的な性格を失いつつある。そういった区別は単に機能的な区別であり、ケースによっていろいろ変わりうる区別にすぎない。読者はいつでも書き手になる用意がある。極度に専門化された労働過程では、よかれ悪しかれ専門的知識をもった者――たとえごく些細な仕事についての専門的知識をもつ者であるにせよ――とならざるをえないが、そういった立場で読者に執筆への道が開かれることになるのだ。労働そのものが発言をおこなう。また、このように労働を言葉によって表現することは、労働をおこなううえで必要な能力の一部をなすものとなっている。文学上の資格はもはや専門化された教育のうえに打ち立てられたものではなく、総合技術的（ポリテクニクム）な教育のうちに基礎づけられたものとなっており、そのようにして共有財産となっているのである。

こういったことはすべてそのまま映画に移し変えることができる。映画においては、文筆の世界で何世紀もの時間を要した推移が十年のうちに成し遂げられている。というのも、映画という実践形態では——とりわけロシア映画の実践形態では——こういった推移はすでに部分的に実現されてきたからだ。ロシア映画に出てくる俳優の一部は、われわれのいう意味での俳優ではなく、自分自身を——しかも、まず何より労働過程にある自分を——演じる人々である。西欧では、今日の人間がもっている〔映画のなかで〕複製の対象となりたいという正当な要求を顧慮することが、映画の資本主義的搾取によって妨げられている。ちなみに、多数をなす大衆を生産から締め出す失業もまた、そのような顧慮を妨げるものとなっている。本来ならば生産での労働の過程こそが、まず第一に複製の対象となることへの権利要求の場であるはずなのであるが。こういった事情のもと、映画産業は、幻影（イリュージョン）に満ちた想像や怪しげな推測的思いつきによって、大衆が映画にかかわるよう駆り立てることばかりを考えているのだ。この目的のために映画産業は、強力なジャーナリズムの機構を始動させることになった。映画産業は、スターたちの成功の物語や恋愛を自分の役に立つように用い、人気投票をおこない、美人コンテストを催したりしてきた。これらはすべて、映画に対する大衆の本来的で正当な関心——自己認識および階級認識という関心——を腐敗したやり方でゆがめてしまうためにおこなっていることである。それゆえ、一般的にファシズムについて妥当することが、特殊な事象としては、映画資本について当てはまる。つまり、新たな社会的状態に対する不可避の要求が、ひそかに少数の有産階級の利害関心のために搾取されているということだ。映画資本の接収は、すでにその理由からしても、プロレタリアートが緊急に必要としていることである。

XIV

映画の撮影、とりわけトーキーの撮影は、これまでいかなる場所でも決して考えることのできなかったような光景を示している。演技の過程そのものには属さない撮影機器、照明一式、アシスタントスタッフ等々が、これを見る者の視界に入ってこない位置はもはやどこにもない（瞳孔の設定と撮影機器の設定が一致する場合は別だが）。映画撮影によって生じるプロセスはそのようなものである。まさしくこういった事情、他のどのような事情にもましてこの事情のために、映画スタジオのシーンと舞台上のシーンのあいだに存在するといわれているいくつかの類似性は、表面的で重要ではないものとなる。基本的に劇場には、出来事がイリュージョンであるとすぐにわからないような場所がある。それに対して映画の撮影シーンでは、こういう場所は存在しない。映画のイリュージョン的性質は、二次的なものである。それは編集の結果生じたものである。つまり、現実を映し出す純粋な視点、器械装置という異物のない視点は、ある特別な手続き——そのために設定された写真機による撮影、またそれを同様の別の撮影と合わせて編集（モンタージュ）すること——の結果生まれたものであり、映画スタジオではそのようにして器械装置が現実のなかに深く浸透している。器械装置が入り込まない視点、リアリティを映し出す視点は、ここではきわめて人工的なリアリティの視点となっている。そして、直接的な〔いわば本物の〕現実を見ることは、技術の国の青い花となっている。[17]

こういった事情は、演劇の場合と際立った対照を見せているが、この同じ事情を絵画の場合に見られる事情とつき合わせてみればさらに有益なものとなるだろう。ここでわれわれは、撮影技師（オペラトゥール）と画家の関係はどのようなものか、という問いを立ててみる必要がある。この問いに答えるために、操作する者（オペラトゥール）という概念に依拠するひとつの補助線を考えてみたい。この概念は外科医学に由来する語としてわれわれになじみのもの〔執刀医（オペラトゥール）〕となっている。外科医はある秩序の一方の極にあるが、そのもう一方の極には呪術師が位置する。病人の身体の上に手を置くことによって病気を治す呪術師の考え方は、病人の身体のなかへと介入する〔手術をおこなう〕外科医の考え方とは異なる。呪術師は自分自身と患者とのあいだの自然な距離をそのまま保つ。もっと正確にいえば——手を置くことによって——その距離をほんのわずかだけ縮め、また——自分の権威によって――その距離を大きく広げる。外科医がおこなうのはその逆だ。外科医は――患者の内側へと入り込むことによって――患者との距離を非常に縮め、そして――彼が内臓器官のあいだで手を動かす際の慎重さによって――その距離をほんのわずかだけ広げる。一言でいえば、呪術師（これは今日でも臨床医のうちに潜んでいるが）とは異なり、外科医は病人に対して人間対人間の関係で対峙することを決定的瞬間に断念する。彼はむしろ、手術・操作として患者の中に入り込んでゆくのだ。呪術師と外科医との関係は、画家とカメラマンの関係に等しい。画家は仕事をするとき、対象との自然な距離を観察する。それに対してカメラマンは、対象が織りなす網の目のなかへと深く入り込んでゆく。この両者が手に入れる画像はまったく異なる。画家の画像はある全体的なものであり、カメラマンの画像は幾重にも細断化されたものである。それらの断片は、新たな法則に従って結合される。このように、映画によるリアリティの表現のほうが今日の人間にとって比較にならないほど重要なものとなっているのは、この映画のリアリティ表現が、まさに現実と器械装置とのきわめて強力な相互浸透にもとづくことによって、器械装置が映っていない、現実をとらえる視点――今日の人間は芸術作品に対してこういった視点を要求する正当な権利をもっている――を与えているからだ。

XV

芸術作品の技術的複製可能性は、芸術に対する大衆の関係を変化させる。たとえばピカソのような画家に対してみられるきわめて後進的な関係が、たとえばチャップリンのような人物を前にすると、一挙に進歩的な関係へと転換する。その際、進歩的な態度の特徴をなしているのは、芸術作品を見て体験する喜びが、専門家としての判断を下す人間の態度と、直接にそして密接に結びついていることである。そういった結びつきは、重要な社会的徴候である。つまり、ある芸術の社会的意義が弱まるにつれて、公衆において批判的に見る態度と楽しむ態度がばらばらに分かれる。このことは絵画を前にするときはっきりと示される。伝統的なものは、批判的視点をもつことなく楽しむことができる。しかし、ほんとうに新しいものは反感を買って批判される。映画館ではそうではない。しかも、その際決定的であるのは次のようなことである。個々人の反応の総和が観客全体としての反応となっているのだが、この一人一人の反応はその直後に生じる集団としての反応によってはじめから条件づけられているのである。このことが示されるのは、今では映画館をおいて他にはない。これらの反応が外に現れると、それによって反応はお互いに制御しあう。ここでも絵画との比較が役に立つ。絵画は一人、あるいは少数の人間によって観られることをことさらに要求してきた。一九世紀になって現れるように、多くの公衆によって同時に鑑賞されることは、絵画の危機の初期の徴候である。

この危機は、決して写真だけによってもたらされたものではなく、むしろ写真とは比較的無関係に、芸術作品が大衆を求めることによって引き起こされたものである。

　絵画はそもそも、集団的受容を同時におこなう対象とはなりえない。こういった集団的受容は建築については昔から当てはまるものであったし、かつては叙事詩もそうであった。そしてまた、今日では映画についてもこのことが当てはまる。本来、こういった事情から絵画の社会的役割についての結論を引き出すことはできない。しかし、絵画が特別な事情によって、またいわば自らの本性に逆らって、大衆と直接に向きあわされる瞬間には、上に述べた事情が重大な制限となって重要性をもつことになる。中世の教会や修道院では、また一八世紀末頃までの宮廷では、絵画の集団的受容〔鑑賞〕は、同時にではなく、何層もの階層をなし、ヒエラルキーが介在することによっておこなわれていた。このことに変化が生じたとすれば、画像の技術的複製可能性によって絵画が巻き込まれることになった特別な葛藤が、そこに現れているということなのである。しかし、絵画をギャラリーやサロンで大衆の前へと持ち込むことが企てられたとしても、大衆がそういった受容のあり方へと自分自身を組織化し、制御することができる方法は存在しなかった。そういうわけで、ドタバタ(グロテスク)喜劇映画を前にして進歩的な反応を見せるまさに同じ公衆が、シュルレアリスムを前にすると後進的な公衆とならざるを得ないのである。

映画の社会的機能のうちで最も重要なのは、人間と器械装置とのあいだのバランスをつくり出すことである。映画がこの課題を解決するのは、決して人間が撮影機に向かって自分を表現する仕方を通じてではなく、撮影機の力を借りて、周囲の世界を自分に対して表現する仕方を通じてである。映画は、選り抜きのクローズアップによって、私たちがよく知っている道具類の隠れたディテールを強調することによって、卓越したレンズの操作をおこないつつ平凡な環境を探求することによって、一方では、われわれの生活を支配するさまざまな不可避の事象をさらによく見えるようにしてくれる。それによって、他方では、映画は途方もないほどの、そして予期することもなかった自由な活動の余地をわれわれに約束してくれることになるのだ。酒場(クナイペ)や大都市の街路、オフィスや家具つき部屋、駅や工場は、絶望的なまでにわれわれを取り囲んでいるように思われた。そこに映画がやって来て、この牢獄の世界を十分の一秒のダイナマイトで爆破した。その結果、われわれはいまや、飛び散った瓦礫のあいだで悠々と冒険旅行をおこなうのだ。クローズアップすることで空間が引き伸ばされ、スローモーションによって運動が引き伸ばされる。拡大するというのは、われわれが明確ではなくとも「とにかく」見ているものを単に明確にするというだけのことではなく、むしろ物質のまったく新しい構造を明らかにすることである。また、スローモーションは既知の運動の要素を明らかにするだけではなく、この既知のもののうちにまったく未知のもの、「すばやい運動をゆっくりとした動きにするのではなく、独特の滑るようで、漂うような、またこの世のものではないような印象を与える」[13]ものを発見する。それによって、カメラに語りかける自然は、眼に語りかける自然とは別種のものであるということがよくわかる。とりわけ、人間が意識を織り込んだ空間にかわって、無意識的に織り込んだ空間が立ち現れることで。大雑把にではあれ、人々がどういう歩き方をするか説明できるというのはごくあたりまえのことだ。しかし、足を運ぶときの何分の一秒かの姿勢については、何もわからないにちがいない。ライターやスプーンをつかむ動作は、大雑把にではあれ、すでによく知っている。しかしその際、手と金属のあいだでどのようなことが起こっているのか、ましてやそれがわれわれのその時々の気分や状態でどうちがってくるのか、ほとんどわからない。ここにカメラは、ティルト・アップやティルト・ダウン、中断や隔離、時間の流れの引き伸ばしや縮約、拡大や縮小といった補助手段を用いて、入り込んでくる。心理分析によって衝動における無意識を知るように、われわれはカメラによって視覚における無意識を知るのだ。

ちなみに、この二つの無意識の様態のあいだにはきわめて密接な連関がある。というのは、撮影器械が現実からとりだすことのできるさまざまな視点は、大部分、知覚の通常の帯域（スペクトル）の外側にあるものだからである。デフォルメやステレオタイプの表現、変容や破局といったものが、さまざまな映画のなかで視覚の世界に襲いかかることがあるが、それらの多くは、実際、異常な精神状態、幻覚、夢のなかで襲いかかってくるものである。そういうわけで、さきほどあげたさまざまなカメラの技法は、集団的知覚が、精神異常者や夢を見る者の個人的な知覚のありかたを手に入れるための同じ数だけの方法なのである。目覚めている者たちは世界を共有しているが、眠っている者たちは、それぞれが自分の世界を手にしている――映画は、このいにしえのヘラクレイトスの真理のうちに切り込む突破口を開いたことになる。しかも、夢の世界を描き出すことによってではなく、地球をかけめぐるミッキーマウスのような、集団的な夢の登場人物を創造することによって。

技術化が、結果として大衆のうちにどれほど危険な緊張状態――危機的な段階では精神異常の性格を帯びる緊張状態――を生じさせてきたか、ということについて何らかの説明をしようとするとき、次のような認識にいたることになるだろう。それは、この同じ技術化が、そのような大衆の異常心理に対して、ある種の映画によって心理的な予防接種の可能性を生み出してきた、ということである。そのような映画では、サディスティックな幻想やマゾヒスティックな妄想をむりやり〔人工的なかたちで〕展開させることで、それらが大衆のうちで自然にそして危険なかたちで成熟するのを妨げることができる。そのような大衆異常心理が事前に噴出すること、そして治癒の力をもって噴出すること、それこそが集団による笑いの表していることである。映画のなかで消費される圧倒的な量の滑稽(グロテスク)なできごとは、文明がもたらすさまざまな心理的抑圧に由来して人間を脅かす危険が露骨にあらわれている兆候である。アメリカのドタバタ喜劇（グロテスク）映画やディズニー映画は、無意識的なものを爆破するという治癒のはたらきをもっている。[14] サーカスの道化は、こういった映画の先駆者である。映画によって新しい自由な活動の余地がいろいろと生まれたが、そこに最初に住みついたのも道化であった。仮住まいの住人として。チャップリンの歴史的な人物としての位置づけは、このようなコンテクストにある。

XVII

昔から、芸術の最も重要な役割の一つは、完全に満たされる時期がまだ到来していないような需要を作り出すことであった。[15] どのような芸術形式の歴史にも危機的な時代がある。芸術形式はそのような時代には、技術水準が変わった後に、つまりある新しい芸術形式においてはじめて無理なく生じる効果をめざして突き進む。このようにして――とりわけ衰退の時代に――生じる常軌を逸した芸術表現や粗野な芸術表現は、実は、最も豊かな、歴史の力の中心部から生まれ出るものなのである。近年のダダイスムは、こういったバーバリズム的表現を楽しんでいた。ダダイスムの衝撃は今になってようやく認識できるものとなっている。ダダイスムは、今日の公衆が映画のうちに求める効果を、絵画（あるいは文学）という手段によって生み出そうとしたのだ。

需要を生み出すことが根本的に新しく、画期的なものである場合、それはすべて目標を越え、的を外れてしまうことになろう。ダダイスムはやり過ぎて、もっと重要な意図のために、市場価値――これはなんといっても映画の特質となっているものである――を犠牲にまでしている。もちろんダダイスムは、そういった意図をここで述べているようなかたちでは意識していなかったのであるが。ダダイストは、自分たちの芸術作品の商業的活用などよりも、瞑想的な沈潜の対象としては、それを利用不可能なものとすることにはるかに重きをおいていた。彼らはとりわけ自分たちの使う素材を徹底的に貶めることで、利用不可能なものとすることを達成しようとした。ダダイストの詩は「言葉のごたまぜ」であり、そこには猥褻な言い回しや、およそ考えられる限りの言葉の屑が含まれている。彼らの絵画もそれと同じで、彼らはそこにボタンや切符を組み込（モンタージュ）んでいた。ダダイストがそういった手段で達成しているのは、自分たちが作り出したもののオーラを容赦なく破壊することである。彼らはそれらに製作（プロダクション）の手段を用いて複製（リプロダクション）の烙印を押すのだ。アルプの絵やアウグスト・シュトラムの詩を前にして、ドランの絵やリルケの詩を前にしておこなうように[18]、精神を集中させ自分の考えをまとめる時間をゆっくりと取ることなどできない。沈潜は、市民階級の堕落に際して非社会的態度を学ぶ場となったが、この沈潜に対して、気晴らしが社会的態度の一変種として登場する。実際、ダダイストたちの宣言文は、芸術作品をスキャンダルの中心とすることによって、激烈を極める気晴らしを保証するものであった。芸術作品は何をおいてもある一つの要請を満たすものでなければならなかった。それは、公衆の憤激をかきたてるということである。

ダダイストたちにおいて芸術作品は、魅惑的な外観を備えたものや説得力をもった音の構成物からそのすがたを変え、一発の銃弾となった。それは見る者の身を襲った。それは触覚的な性質を帯びることになった。それによって芸術作品は、映画に対する需要にとって有利に働いた。映画の気晴らし的な要素は、ダダイスムの芸術作品と同様に、まずなんといっても触覚的なものだからである。つまり、映画の気晴らし的な要素は、見ている者にガクッガクッと断続的に迫ってくる場面やショットの移り変わりにもとづいている。[16]映画は、ダダイスムがいわば道徳的なショック作用のうちに包んでいた身体的なショック作用を、この包装から解き放ったのである。

XVIII

大衆とは一つの母体(マトリックス)であり、そこから現在、芸術作品に対するいつもどおりの態度がすべて新たに生まれ変わって生じつつある。量が質に転化したのだ。これまでよりははるかに膨大な数の参与する大衆によって、これまでとは異なる参与のあり方がもたらされたのだ。この参与のあり方がとりあえずは評判の悪いかたちをとって現れているからといって、観察を誤ってはならない。芸術愛好家は芸術作品に精神集中をもって近づくのに対して、大衆は芸術作品のうちに気晴らしを求めてきた、ということが嘆かれている。芸術愛好家にとって、芸術作品は心のなかで思考を集中する対象であるが、大衆にとっては、芸術作品は娯楽をもたらすものにすぎない、と。[19]——このことはより仔細に見ておく必要がある。気晴らしと精神の集中は対立する概念だが、これは次のように言い表すことができる。芸術作品を前にして精神集中する者はそのなかに沈潜する。自分の完成した絵を見ているうちに絵のなかに入っていった中国の画家についてある伝説が伝えているように、彼はその作品のうちに入り込んでゆくのだ。それに対して、気の散った大衆のほうでは、芸術作品を自分のうちに沈潜させる。大衆は芸術作品のまわりに波を軽やかに打ち寄せさせ、その満ち潮は芸術作品を包みこむ。それが最もはっきりと具体的に現れているのが建築物である。建築は昔から、気の散った状態で、かつ集団を通じて受容がおこなわれる芸術作品の原型であった。建築の受容にかかわる法則からは、きわめて多くのものを学ぶことができる。

建築は、原始時代以来、人類とともにあった。数多くの芸術形式が成立し、そして消滅していった。悲劇はギリシア人とともに成立し、彼らとともに消え去ったが、何世紀もたった後に復活することになった。叙事詩は諸民族の青年期に起源をもつが、ヨーロッパではルネサンスの終わりとともに消滅する。タブロー絵画は中世の創造物であるが、これが途切れることなく続いていく保証は何もない。しかし、寝場所を求める人間の要求は変わることがない。建築芸術には休止期間など決して存在しなかった。建築芸術の歴史は他のいかなる芸術の歴史よりも長いものであり、建築芸術の作用を思い描いてみることは、人間の芸術作品に対する関係を説明するためのあらゆる試みにとって重要なものとなる。建築物は二重の仕方で受容される――すなわち、使用することによって、そして知覚することによって[20]。あるいは、触覚的に、そして視覚的にといってもよいだろう。こういった受容のあり方は、たとえば有名な建築物を前にした旅行者におなじみの、精神集中した受容の仕方を思い浮かべるとすれば、理解することができない。視覚の側で瞑想にあたるものが、触覚の側にはまったく存在しないのだ。触覚的受容は、注意深さによってではなく、習慣によっておこなわれる。建築に対しては、習慣はかなりの程度、視覚的受容さえも規定する。視覚的受容も、もともとは、緊張して注意を払うというよりも、ことのついでに気づくというかたちでおこなわれるものだ。建築において形成されるこういった受容のあり方は、ある特定の状況のもとでは規範的な価値をもつものとなる。なぜなら、歴史の転換期において人間の知覚器官につきつけられる課題は、単なる視覚そのもの、つまり瞑想によって解決することは決してできないからだ。そういった課題は、触覚的受容、つまり慣れることによって次第に克服されるのである[21]。

慣れることであれば、気の散った人間にもできる。さらには、ある課題を気の散った状態〔気晴らし〕で克服できれば、それではじめてその課題を解決することが習慣になっているとわかる。気晴らしを通じて――芸術はそういった気晴らしを提供するよう求められている――どの程度、新しい課題が統覚にとって解決可能なものとなったかが、ひそかにチェックされるのだ。ところで個々人にとっては、そういった課題から逃れたいという誘惑があるものだから、芸術がその最も困難で最も重要なものに着手するのは、芸術が大衆を動員することができる場所においてということになる。現在、芸術がそれをおこなっている場所が映画である。気の散った状態〔気晴らし〕で受容することは、芸術のあらゆる領域でますます明確に現れており、統覚の徹底的な変化の徴候となっているが、そういった受容にとってのトレーニングの道具となっているのが映画なのである。ショック効果をもつことによって、映画はこの受容形式に対応するものとなっている。このことからも映画は、ギリシア人が「エステーティク」と呼んでいた知覚についての理論の(22)、現在のところ最も重要な対象であることがわかる。

XIX

現代の人間がますますプロレタリア化していくことと大衆がますます編成されてゆくことは、同一の出来事の両側面である。ファシズムは新しく生まれたプロレタリア大衆を組織化しようとしているが、このプロレタリア大衆がその廃絶を目指している所有関係には手をつけないでいる。ファシズムは、大衆に表現の機会を与えてやること（決して、権利をではない）がファシズム自身のためになると思っているのだ[17]。大衆は所有関係を変革する権利をもっている。ファシズムはそれに対し、所有関係を現状維持したまま表現の機会を与えてやろうとしているのだ。ファシズムは当然ながら、政治生活の美化へと行き着く。ダヌンツィオ[23]とともに、デカダンスが政治のうちに到来した。そして、マリネッティ[24]とともに未来派が、ヒトラーとともにシュヴァービングの伝統[25]が政治のうちに入り込んできたのだ。

政治を美化するためのあらゆる努力は、ある一つの点で頂点に達する。この一つの点とは、戦争である。戦争は、そして戦争だけが、従来の所有関係を保持したまま、最大規模の大衆運動に一つの目標を与えることを可能にする。政治の側から事態を見れば、このように言うことができるだろう。このことは技術の側から見れば次のように言うことができる。戦争だけが、所有関係を保持したまま、現在のすべての技術的手段を動員することを可能にする。当然のことながら、ファシズムによる戦争の讃美〔神聖化〕はこれらの論拠を用いてはいない。しかしながら、それを見ておくことは示唆を与えてくれる。エチオピア植民地戦争に対するマリネッティの宣言文（マニフェスト）に次のようなくだりがある。「二七年前からわれわれ未来派は、戦争を美的ではないものとして描き出すことに反対してきた。…それに応じて、われわれはここに確認する。…戦争は美しい。なぜなら戦争は、ガスマスク、威嚇用拡声器、火炎放射器、小型戦車によって、機械を屈服させ、機械に対する人間の支配を打ち立てるからだ。戦争は美しい。なぜなら戦争は、人間の身体を金属で覆うという夢想を華々しく導入することになるからだ。戦争は美しい。なぜなら戦争は、花咲く野原を連発銃の炎という蘭の花で豊かに飾ることになるからだ。

戦争は美しい。なぜなら戦争は、銃火や大砲の連射、射撃の合間の静寂、芳香と腐臭とを一つの交響曲にまとめあげるからだ。戦争は美しい。なぜなら戦争は、たとえば巨大な戦車や幾何学的な航空機の編隊、炎を上げる村々から立ち上る螺旋状の煙といった新しい構成物、その他多くのものを創り出すからだ。…未来派の詩人と芸術家たちよ、……この戦争の美学の根本原理を想い起こすのだ。新しいポエジーと新しい造形を求める君たちの奮闘が…これらの原理によって照らし出されるようにと！」[18]

この宣言文には明快さという長所がある。その問題設定の仕方は、弁証法的に思考する者が引き継ぐに値する。しかし、弁証法的に思考する者には、今日の戦争の美学は次のようなかたちで現れてくる。生産力の自然な利用が所有の秩序によって妨げられると、技術手段、テンポ、エネルギー源の増大は、生産力の不自然な利用を求めずにいられなくなる。この不自然な利用の場は戦争に求められる。戦争はそのさまざまな破壊行為を通じて、社会が技術を自らの器官とするほどにはまだ十分に成熟していなかったということ、技術が社会の根源的諸力を従えるまでには十分に成長していなかったということの証明をおこなっているのだ。帝国主義戦争のさまざまなおぞましい特徴を規定しているのは、巨大な力をもつ生産手段と、生産過程におけるその不十分な利用とのあいだの齟齬（別の言い方をすれば、失業と販売市場の不足）である。帝国主義戦争は「人的資材」で反乱である。自然資源を与えよという要求を社会が拒んだために、技術は、発電所を配置するかわりに、軍隊というその取り立てをおこなっているのだ。技術は、発電所を配置するかわりに、軍隊というかたちをとった人間の力を国土に配置する。技術は、空の交通をもたらすかわりに、弾丸の行き来をもたらしている。そして、ガス戦では、オーラを新しいやり方で廃絶する手段を技術は手にしている。

「芸術は行われよ〔栄えよ〕、たとえ世界が滅びようとも[26]」とファシズムは言い、マリネッティが公言しているように、技術によって変化した知覚を芸術で満足させることを戦争に期待する。これは明らかに芸術のための芸術（ラール・プール・ラール）の完成である。人類は、かつてホメロスにおいてオリュンポスの神々の見世物の対象となっていたが、いまや人類自身にとっての見世物の対象となっている。人類の自己疎外は、自分自身の破滅を第一級の美的享楽として体験するほどのものとなっている。ファシズムがおこなう政治の美化とはこのようなものである。このファシズムに対して、共産主義は芸術の政治化をもって答える。

原註

1　アベル・ガンス「映像の時代が来た」、『映画芸術Ⅱ』パリ、一九二七年。

2　映画作品の場合、その製作物の技術的複製可能性は、文学や絵画の作品の場合とは異なり、それらの作品が大量に普及する際の、外部から姿を現す条件ではない。映画作品の技術的複製可能性は、直接その製作技術が理由となって生じている。映画の製作技術は、きわめて直接的なかたちで映画作品の大量普及を可能としているだけでなく、むしろ大量普及を強いているのだ。製作技術が大量普及を強いるのは、一本の映画を製作するには非常にお金がかかるものであり、たとえば絵を買うことができるような個人であっても、映画を買うわけにはいかないからである。一九二七年の計算では、比較的大規模な映画の場合、収益をあげるためには九百万人の観客を動員する必要があるということだ。とはいえ、トーキーによって、ここにはひとまず逆行的な動きが現れた。観客に対して言語の制約が課せられることになったのだが、このことは、ファシズムによって国民の利益が強調されることと同時的な現象であった。しかしながら、こういった後退現象――ちなみに、吹き替えによってそれは和らげられたのだが――を記録にとどめておくことよりももっと重要なことは、この後退現象とナチズムとの関係に注目することである。この二つの現象が同時に起こったことは、経済恐慌に起因する。これら同じような混乱は、大局から見れば、既存の所有関係をあからさまな暴力によって固定しようとする試みをもたらしたが、これらの混乱は、経済恐慌によって脅かされていた映画資本を動かして、トーキーの準備作業を無理やりにでも進めることに結びついていった。そのほかにも、トーキーの導入は一時しのぎにはなった。それは、トーキーによって大衆が新たに映画館に来るようになったからというだけではなく、トーキーによって電気産業界の新資本と映画資本とが連携することになったからである。そのようにして、外側から見ればトーキーは国民的（ナショナル）な利益を促進することになったが、内側から見れば映画産業を以前よりもいっそう国際（インターナショナル）化した。

〔訳者註：最初のトーキーは一九二七年のアメリカ映画《ジャズシンガー》で、この複製技術論第二稿で言及されているミッキーマウスの映画《蒸気船ウィリー》（一九二八年）は、最初のアニメーションのトーキーである。ドイツで最初期のトーキーとしては、ハンス・シュヴァルツ監督のMelodie des Herzens（邦題《悲歌（エレジー）》）やカール・フレーリヒ監督のDie Nacht gehört uns（ともに一九二九年公開）をあげることができるが、もっと有名な初期のトーキーとしては、ジョセフ・フォン・スタンバーグの《嘆きの天使》（一九三〇年）、ゲオルク・ヴィルヘルム・パプストの《三文オペラ》（一九三一年）、フリッツ・ラング《M》（一九三一年）をあげることができる。トーキーの出現にともなって、無声映画は一九三六年頃までに消滅する。ドイツでの無声映画は、ベンヤミンが指摘するように、ファシズムの台頭と同じ時期に展開するといえる。〕

3　こういった両極性を観念論の美学は正当に扱うことができない。観念論における美の概念は、この両極性を基本的に分割できないものとして包括してとらえる（したがって、分割できるものとしてはこれを排除する）。いずれにせよ、ヘーゲルにおいては、観念論の制約のなかで考えられるもののなかではきわめて明瞭にこの両極が姿を現している。『歴史哲学講義』のなかでは次のように書かれている。「像は、はるか昔からあった。敬虔な信仰はすでに早くから、信心のために像を必要とした。しかし、そのような敬虔さに美しい像は不要であり、むしろ敬虔な信仰にとって邪魔なものでさえあった。美しい像のうちには、外的な要素も存在しており、像が美しい限り、この外的な要素の精神が人間に語りかける。しかし信心において本質的に重要なのは、ある事物に対する関係である。なぜなら信心そのものは、魂を精神のない鈍感な状態にするものだからである。…美しい芸術は…教会自身のうちで成立した。もちろん、芸術はすでに教会の原理から抜け出てしまっていたのだが。」（ゲオルク・ヴィルヘルム・フリードリヒ・ヘーゲル『歴史哲学講義』）『美学講義』のなかの一つの箇所でも、ヘーゲルがここである問題を感じ取っていたことが指摘されている。そこでは次のように述べられている。「私たちは芸術作品を神のように崇拝する態度を、すでに乗り越えている。芸術作品が与える印象は、もっと意識作用をともなう性質のものであり、芸術作品がわれわれのうちに喚起するものには、もっと高度な試金石が必要である。」（ヘーゲル『美学講義』）

4　さまざまな革命が目標としているのは、この適合を加速させることである。革命とは集団の神経刺激である。より正確にいえば、歴史的に最初の、新しい集団の神経刺激の試みである。この新しい集団の器官は、第二の技術のうちにある。この第二の技術とは、社会の根源的諸力の克服が、自然の根源的諸力との戯れの前提となるような体系なのである。物をつかむことを習得しつつある子どもは、ボールに手を伸ばすように月にも手を伸ばす。同様に人類も、神経刺激の試みにかかわる際に、手近につかめる目標とともに、さしあたりはユートピア的であるような目標も念頭に置くものである。というのも、革命のときに社会に対してさまざまな要求を申し立てるのは第二の技術に限らないからである。この第二の技術が労働の苦役全般から人間をますます解放してゆくことを目指しているからこそ、他方で個人は、自分の自由な活動の余地（Spielraum）が見渡せないほどに拡大していることが突然わかる。個人はこの自由な活動空間（Spielraum）でどうしてよいかまだわからない。しかし、この活動空間のなかで自分の要求を申し立てる。というのも、集団が第二の技術を自分のものにしてゆくにつれて、集団に属している個人は、それまで第一の技術にとらわれていたときには、どれほどわずかのものしか自分のものにならなかったかを感じとることになるからである。いいかえれば、自らの権利要求を掲げるのは、第一の技術を清算することによって解放された一人ひとりの人間なのである。第二の技術が、その最初の革命による成果を確保したかと思うと、第一の技術によって埋められていた個人の死活問題——愛と死——が新たに解決を目指して押し寄せてくる。フーリエの著作は、こういった要求の歴史上最初のドキュメントである。

5 アベル・ガンス「映像の時代が来た」。〔本文内の強調はベンヤミンによる。〕

6 セヴラン゠マルス（アベル・ガンス「映像の時代が来た」からの引用）。

7 フランツ・ヴェルフェル「真夏の夜の夢　シェイクスピアとラインハルトによる映画」、『新ウィーン・ジャーナル』（一九三五年一一月一五日）。

8 ルイジ・ピランデッロ『映画を撮る』。レオン・ピエール゠カン『映画の意味』からの引用。

9 ルドルフ・アルンハイム『芸術としての映画』〔みすず書房、一九六〇年〕。映画監督を舞台で実践していることから遠ざけている一見瑣末なことがらのうちに、この連関においてきわめて大きな興味を引くものがある。とりわけドライヤーが《裁かる、ジャンヌ》でおこなっているような、俳優にメーキャップなしで演技させる試みもそういったものである。異端審問を構成する四十数名の俳優を見つけ出すのに、彼は何ヶ月もの時間を使った。これらの俳優を探し出すことは、入手困難な小道具を探し出すのに似ていた。ドライヤーがとくに努力を傾けたのは、これらの出演者において、年齢や体格、顔つきが似ているのを避けることであった（モーリス・シュルツ『映画撮影術』所収「化粧」参照）。俳優が小道具になるとすれば、他方で、小道具が俳優の役割を演じるというのも珍しいことではない。いずれにせよ、映画が小道具に役割を与えることになったということは、なんら特別なことではない。無数にある例から適当なものを選び出してくるかわりに、ここではとくに論証力のある例をよりどころとすることにしよう。動いている時計は舞台上ではつねに邪魔なものでしかない。舞台の上で、時間を測るという役割を時計に認めてやるわけにはいかないのだ。自然主義の作品においてさえ、天文学上の時間は舞台上の時間と衝突してしまうことになろう。こういった状況を考えると、映画が場合によっては時計による時間の測定をそのまま使うことができるのは、映画にきわめて特徴的なことである。個々の小道具が場合によっては映画において決定的な役割を引き受ける可能性をもっているということを、これほどはっきりと見て取れるものは他にはないかもしれない。ここから、「ある対象物と結びつき、それに立脚している俳優の演技は、つねに、映画構成の最も強力な方法の一つである」（プドフキン『映画の監督と脚本』）というプドフキンの説までは、ほんの一歩しか離れていない。このように映画は、物質と人間の共演を示すことのできる唯一の芸術手段である。それゆえ映画は、唯物論的表現のための優れた道具となりうる。

10

美しき仮象の意義は、いまや終末に向かいつつあるオーラ的知覚の時代に基礎づけられたものである。この問題にかかわる美学理論は、ヘーゲルにおいて最も的確にまとめられている。ヘーゲルにとって、美とは「精神が直接的なかたちをとって、精神によって自らにふさわしく創造された感覚的なかたちをとって現象したもの」である（ヘーゲル『美学講義』）。もちろん、こういったまとめかたにはすでに亜流者（エピゴーネン）的な特徴がある。ヘーゲルの定式によれば、芸術は「この悪しき移ろいの世界の仮象とまやかし」

を「諸現象の真の実質内容」から取り去るのだが、この定式は、美学の伝統的な経験の基盤からすでに離れてしまっている。この経験の基盤がオーラである。それに対して、オーラ的現実としての美しき仮象は、ゲーテの創作行為をいまだ完全に満たしている。ミニョン、オッティーリエ、そしてヘーレナは、この現実に加わっている。「覆うものも覆われた対象も美ではない。美とは、美を覆うもののうちにある対象なのである。」〔ベンヤミン『ゲーテの〈親和力〉』〕。これこそが、ゲーテの芸術観、また古典古代の芸術観の精髄である。こういった芸術観が衰退していったことから、二重の意味で、この芸術観の根源にまなざしを向けることは、当然考えられることである。この根源は、あらゆる芸術活動の原現象としてのミメーシスにある。模倣をおこなうものは、その模倣の行為を単にみかけ〔仮象〕としておこなっているにすぎない。しかも、最古の模倣には、形成のための素材はただ一つしか存在しない。それは模倣をおこなう者自身の肉体である。舞踏や言語、身体や唇による身振りは、ミメーシスの最も初期のあらわれである。――模倣をおこなうものはことがらをみかけ〔仮象〕としておこなう。ことがらを演じている（spielen）といってもよい。それとともに、ミメーシスのうちにはたらいている両極性にわれわれは出会うことになる。ミメーシスには、子葉のようにぴったりとたたまれて、芸術の二つの側面がまどろんでいる。それは、仮象と戯れである。もちろん、弁証法的思考の持ち主がこの両極性に関心を寄せるのは、この両極性が歴史的な役割を演じているときに限られる。しかし、実際そのとおりである。具体的にいえば、この役割は第一の技術と第二の技術のあいだの世界史的な対決によって規定されている。すなわち、仮象は第一の技術のあらゆる魔術的なふるまい方の最も抽出された、しかしそれとともに最も恒常的な図式である。それに対して戯れは、第二の技術のあらゆる実験的なふるまい方の尽きることのない貯水池である。仮象という概念も戯れという概念も、従来の美学と無縁であるというわけではない。礼拝価値と展示価値という対概念も、先に述べた対概念のうちに蛹となって含まれている限りにおいて、なんら新しいことをいっているわけではない。しかし、これらの概念が歴史に対する中立の立場を失うやいなや、こういった事情は一挙にかわる。それによって、これらの概念はある実践的なものの見方にいたることになる。つまり、芸術作品における仮象の萎縮、オーラの衰退とともに現れるのは、活動の余地（Spiel-Raum）〔戯れの空間〕を圧倒的に獲得するということである。最も広い活動の余地（Spielraum）は映画のなかに拓けてきた。映画では、仮象の要素は戯れの要素にその座を明け渡して、完全に後退している。写真が礼拝価値に対峙して獲得してきたその位置づけは、それによって圧倒的に確固としたものになった。映画においては、仮象の要素は、第二の技術と連携している戯れの要素にその位置をゆずり渡している。ラミュ〔Charles-Ferdinand Ramuz, 1878–1947, フランス語圏スイスの作家〕は最近、この連携関係を次のような言い方でとらえているが、その表現はメタファーという見かけをとっているもののことがらの核心をついている。「われわれは現在、魅力的な過程に居合わせている。これまでそれぞれが自分自身の領域で仕事をしてきたさまざまな学問が、それらが対象とするものにおいて収束し始め、ただ一つの学問へと一体化しはじめている。化学、物理学、機械工学が互いに交差してゆく。あたかも、われわれが今日、パズルがますます急速に完成されてゆく様子を目撃者としてたどっているかのようである。そのパズルの最初のいくつかのピースを置くためには何千年もかかっていたのに、最後のいくつかのピースは、その輪郭からまるでひとりでにどれとどれが組み合わさるかいまにも決まってしまうといった具合である。まわりの人たちは、それを驚嘆して目にしている。」（シャルル＝フェルディナン・ラミュ「農民、自然」）こういった言葉には、芸術の戯れの要素が力を得ている、第二の技術の戯れの要素が、このうえなくみごとに表現されている。

11

ここで確認することができる、複製技術による展示の仕方の変化は、政治においても顕著に表れている。民主主義の諸形態が現在直面している危機は、政治的人間の展示条件が直面する危機として理解することができる。民主主義はいずれも、政治家をその人自身の姿で、しかも代議士たちの前に展示する。議会が彼の観衆となるのだ。録音・撮影機器の刷新によって、演説の最中に無数の人たちがこの演説者を聞くことができるようになり、またそれほど時をおかずして、無数の人たちがこの演説者を見ることができるようになったが、それとともに、政治にかかわる人間をこういった録音・撮影機器を前にして展示することの重要性がひときわ際立つことになる。劇場が寂(さび)れていくのと同時に、議会も寂(さび)れていく。放送と映画によって変化をこうむるのは職業俳優の機能だけではない。政治的人間がそうであるように、これらの機器を前にして自分自身を展示する人の機能こそ、まさに変化してゆく。この変化の方向は、それぞれが果たす独自の役割とはかかわりなく、映画俳優と政治家の場合で変わりはない。それが目指しているのは、特定の社会的条件のもとで、審査可能な、さらには「機械によって」引き受け可能なパフォーマンスを展示することである。ちょうどスポーツが、まずはある特定の自然条件のもとで展示を要求してきたように。それによって、新たな選り抜きの人々が生じることになる。それは器械装置を前にして生まれる選り抜きの人々であり、そこからチャンピオンやスターや独裁者が勝利者として頭角を現すことになる。

12

プロレタリアートの階級意識は最も明るく照らされた意識であるが、これは、ことのついでとしていえば、プロレタリア大衆の構造を根底から変えるものである。階級意識をもつプロレタリアートがひとまとまりの大衆をなすのは、外側から、つまり彼らの抑圧者の想像のなかでにすぎない。プロレタリアートが階級闘争に着手する瞬間、その見かけ上ひとまとまりの大衆は、実際にはすでにほぐれてばらばらなものになっている。大衆は、単なる反応(リアクション)が支配する状態にとどまることをやめる。大衆は行動(アクション)へと移行するのだ。プロレタリア大衆をほぐしてばらばらにするのは、連帯のなせるわざである。プロレタリア的階級闘争の連帯においては、個人と大衆とのあいだの死んだ非弁証法的な対立は廃棄されている。同志というものにとってはそのような対立は存在しない。それゆえ大衆が革命の指導者にとってどれほど決定的なものであるとしても、指導者の最も大きな業績は、大衆を自分に引きつけることにあるのではなく、何度もくりかえし、大衆のうちへと自らをかかわらせてゆくことにある。それによって、何度もくりかえし、彼ら大衆にとって、何十万人のうちの一人となるのである。――階級闘争はひとまとまりのプロレタリア大衆をほぐしてばらばらにする。しかし、まさに同一の階級闘争が、小市民というひとまとまりの大衆を圧縮する。ル・ボン〔Gustave Le Bon, 1841–1931〕やその他の人々が「大衆心理学」の対象としているような、見通しがきかないひとまとまりである大衆は、小市民大衆である。小市民は階級ではない。それは実際、単なる大衆であり、ブルジョワジーとプロレタリアートという両方の敵対階級のあいだで自分がさらされる圧力が大きくなれば、それだけいっそうひとまとまりになる大衆である。実際、まさにこの大衆では、大衆心理学で論点となっている感情的要素が決定的である。しかしまさにそのことによって、このひとまとまりの大衆は、集団としての理性的思考に従うプロレタリアート幹部の対立物となる。実際、まさにこの大衆では、大衆心理学で論点となっている受動的反応の要素が決定的である。しかしまさにそのことによって、直接的〔無媒介〕に受動的反応をとるこのひとまとまりの大衆は、行動をとるプロレタリアート幹部の対立物となる。プロレタリアート幹部の行動は、ある課題――たとえそれがほんの一時的なものであったとしても――に媒介されたものである。そのような次第で、ひとまとまりの大衆が何かの表明をおこなうときには、それは一貫してパニック的な特徴をとるものとなる。表されるものが、戦争への熱狂であれ、ユダヤ人憎悪であれ、自己保存の衝動であれ。――ひとまとまりの大衆、つまり小市民の大衆と、階級を意識する大衆、つまりプロレタリア大衆とのあいだのちがいがいったん明らかになれば、このちがいのもつ作戦上の意味も明らかとなる。わかりやすく具体的にいえば、この区別が正当なものであることは、次のような決して稀ではない場合になによりも適切に示される。それは、もともとはひとまとまりの大衆の逸脱であったものが、革命的な状況の結果、もしかすると数秒が過ぎ去ったあとにはすでに、一つの階級の革命的な行動になっているという場合である。そのような真に歴史的な過程に特徴的なことは、ひとまとまりの大衆の受動的反応が、大衆そのもののうちに震撼を引き起こすということにある。その震撼が大衆をほぐしてばらばらなものとし、彼らに、大衆自身が階級意識をもつ複数の幹部組織の統合されたものであると認識させるのである。こういった具体的過程がきわめて切迫した期間のうちに含みもっているものとは、共産主義の戦術家たちの言葉で「小市民層の獲得」と呼ばれているものにほかならない。こういった過程を明らかにすることに、これらの戦術家たち自身、また別の意味で関心をいだいている。というのも、大衆という曖昧な〔二つの意味をもつ〕概念、あるいはまた、大衆の雰囲気といったものについての不確かな言及（これはドイツの革命的ジャーナリズムでは通常のことだった）は、疑いもなく、ドイツのプロレタリアートにとって宿命となっていた幻影を助長していたからである。それに対して、ファシズムはこういった法則を――それを見抜いていたからかどうかはともかくとして――みごとに自分のために利用した。ファシズムにはわかっている。ファシズムの動かす大衆がひとまとまりのものであるほど、大衆の受動的反応が小市民の反革命的本能によって決定づけられる機会が、それだけ大きなものとなるということが。しかし、プロレタリアートの方では、大衆を編成するための客観的条件も主観的条件ももはや存在しなくなるような社会の準備を進めているのである。

13 ルドルフ・アルンハイム『芸術としての映画』。

14 これらの映画をあらゆる面から分析するとすれば、もちろんそれらの反対の意味について沈黙したままというわけにはいかないだろう。この分析は、コミカルであるとともに恐怖をかきたてる事態のもつ反対の意味を出発点とする必要があるだろう。子どもたちの反応に見られるように、滑稽さと恐怖は密接に隣り合っている。だとすれば、ある種の事態を前にしながら、この場合だとより人間的な反応はどちらかと問うことをなぜ禁じなければならないのだろうか。最新のミッキーマウス映画のいくつかのものは、こういった問いが正当なものであると思わせる事態を示している。〔それらの暗鬱な炎の魔法――その技術的前提条件をもたらしたのはカラー映画である――は、これまでは隠れて表れていただけの特徴を際立たせることになり、ファシズムがこの分野においても「革命的」な革新的成果をいかにやすやすと手に入れるかを示している。」最近のディズニー映画に光を当てることで見えてきたことは、実際、多くの昔の映画のうちにもすでにそのような性質があった。それはつまり、残虐さや暴力行為はわれわれの日常生活に随伴する現象だということで気楽にそれに甘んじる傾向のことである。それによって、信頼の念を起こさせるにはほど遠い、ある古い伝統を受け入れることになる。この伝統の先頭に立つのが、中世のポグロムの絵に見られる踊る無頼漢(フーリガン)たちであり、グリム童話の「ならずもの」〔KHM10〕が色あせてはっきりとしない後衛をつとめている。

15

「芸術作品が価値をもつのは、それが未来からの反射によって震撼させられるときのみである」とアンドレ・ブルトンは語っている。実際、十分に展開した芸術形式はすべて、三つの発展のラインの交点上にある。つまり、〔第一に〕技術はまずある特定の芸術形式を目指して進む。映画が登場する以前は、小さな写真の本があった。それらの写真を親指で押さえて見ている人にすばやくパラパラとめくると、写真はボクシングやテニスの試合を見せてくれるというものだった。あるいは、ハンドルを回すことで一連の絵の動きを見ることができる、バザーでの自動機械もあった。第二に、従来の芸術形式は、発展の特定の段階において、後に新しい芸術形式が無理強いされることなく目標とするような効果を目指して進む。映画が一般的になる以前は、ダダイストたちは、後にチャップリンのような俳優がより自然なやり方で生み出した動きを、彼らの催し物によって観客に見せようとしていた。第三に、しばしば、人目につかない社会的変化が受容のあり方の変化を目指して進む。そういった受容の変化は、新しい芸術形式が生じたときにはじめてその役に立つことになる。映画が公衆を形成し始める以前に、カイザー・パノラマでは、画像(これはすでに動かないものではなくなっていた)が集まってきた観客によって受容されていた。この観客たちは、ステレオスコープが備え付けられているついたての前に立ち、参加者たちそれぞれに一つがあてがわれていた。このステレオスコープには自動的にいろいろな画像が現れたが、それらはちょっとのあいだ動きを止めると、他の画像に代わっていった。エジソンが――スクリーンや映写といった方法が知られる以前に——少人数の観客に最初のフィルム上映をおこなったときにはまだ、これと似たような手段をとる必要があった。その観客たちは、一連の画像がなかで動いている機械をのぞきこんだのである。ちなみに、カイザー・パノラマの装置には、発展の弁証法がことさらはっきりと現れている。映画が画像を見る行為を集団的なものとする直前には、この急速に廃れた施設のステレオスコープの前に、一人で画像を見るという行為がいま一度きわめて明確に広まったことがあった。これは、かつて僧侶が神像安置所のなかで神々の像を見ていたこととまったく同様のことである。

16 映画が映し出されるスクリーンと絵画が描かれるキャンバスとを比較してほしい。一方の画像は変化するが、他方の画像はそうではない。後者は観る者を瞑想へと誘う。その画像を前にして観る者は連想の流れに身を任せることができる。映画の映像を前にして、そのようなことはできない。それを目にするやいなや、すでに別のものに変化してしまう。その映像は定着することができない。映画の映像を観る者の連想の流れは、その変化によってすぐさま中断されてしまうのだ。映画のショック効果はそのことにもとづいている。映画のショック効果は、どのショック効果もそうであるように、通常よりも集中した意識によって受けとめられていることが必要である。今日の人間は生命の危険にさらされて生きていると強調していわれるが、映画とはそのような生命の危険に対応した芸術形式なのである。映画は、統覚器官の徹底的な変化に対応している。その変化は、個々人の生活という規模でいえば、大都会の交通を利用する通行人であればだれでも経験するようなものであり、また、世界史的な規模でいえば、今日の社会秩序に対して闘いを挑む誰もが経験するものである。

17 ここでは、とりわけ週間ニュース映画（そのプロパガンダの意義はどれほど強調したとしても、しすぎるということはない）を考慮に入れるならば、ある技術上の事情が重要になってくる。大量複製（マッセ）には大衆（マッセ）の複製が対応しているのだ。祝祭の大パレードや巨大な集会、大衆のスポーツ大会、そして戦争といったものはすべて、今日、撮影機器の手に渡されているが、大衆はこういった催しのなかで自分自身と対面することになる。こういったプロセスがどれほどの影響範囲をもつものであるかは強調するまでもないが、このプロセスは、複製の技術あるいは撮影の技術の発展ときわめて密接に関連している。大衆の動きは一般的にいって、眼で捉えるよりも機械で捉えるほうがいっそうはっきりと表現される。何十万人もの軍勢は、鳥瞰的なパースペクティヴによって最もうまく捉えることができる。こういったパースペクティヴを器械装置でも人間の眼でも同じようにとることができる場合でも、眼が捉える像は、撮影のように拡大することはできない。つまり、大衆の動きは、またその意味で戦争も、器械装置にとりわけ適合した、人間の振る舞いの形式なのである。

18

『ラ・スタンパ』からの引用。〔訳者註：『ラ・スタンパ』はトリノに本拠地をもつイタリアの日刊紙。ドイツ語版ベンヤミン全集の編者ティーデマン／シュヴェッペンホイザーは、この未来派宣言のテクストは、ベンヤミンが書いているようにイタリア語の新聞からではなく、フランス語の新聞から翻訳されたものだろうと見ている。〕

訳註

（1）公爵夫人、クレール・ド・デュラス（Claire de Duras, 1777–1828）は、フランスの作家。シャトーブリアンとの交友は、彼女の作品が発表され受け入れられる重要な機会を提供することになった。とりわけ、パリの貴族社会で生きる黒人の少女を主人公とした小説『ウーリカ』（邦訳：水声社、二〇一四年）によって知られる。しかし、ベンヤミンがここで引用した言葉は、デュラス夫人のテクストから直接とられたものではなく、エドゥアール・フルニエ（Edouard Fournier, 1819–1880）の『パリの街路の謎』（一八六〇年）の第二四章の冒頭付近で、フルニエが引用した言葉をそのまま使ったものである。ちなみに、この著作はベンヤミンの『パサージュ論』の出典の一つでもあり、『パサージュ論』のなかでは三箇所で引用されている。このデュラス夫人のものとされるモットーの言葉が出てくるのは、フルニエ『パリの街路の謎』の第二四章「プレ・カトランの真の名付け親――タランヌ家の人々」の冒頭付近である。プレ・カトランは、現在では二〇世紀初頭にここに居を構えた有名なレストランによって知られるが、フルニエのこの著作が出版された一八六〇年の二、三年前から、ブローニュの森の一角にあるこの場所にはコンサートホール、ブラッスリー、カフェ、水族館なども建てられ、社交的な娯楽の場となっていたようだ。このプレ・カトランの名前の由来について、書物全体の趣向にそって説明するために、フルニエは一般的に思い描かれがちな名前の由来のイメージを払拭して、その真の由来を描き出す意図を、次のように示している。「私がこれから書くことは、私が消し去る必要のあることと比べれば、おそらくはそれほど波瀾万丈（ロマネスク）ではないでしょう。しかし、デュラス夫人は次のように言っていなかったでしょうか。「真とは、それ〔真〕にできること、偽とは、それ〔偽〕が望むこと」、と。」ここで「偽」と呼ばれているものは、人々が一般に思い描き、望むようなことがらのイメージということになるだろう。この短い引用をベンヤミンがモットーとして掲げるとき、何が意図されていたのかを明確に確定するのはなかなか難しいが、映画論としてのこの複製技術論にとって、「偽」とは多くの人々が映画に望むこと（ベンヤミンによれば資本主義の手に握られた映画の描き出そうとしているもの）であり、「真」とは、この論考の唯物論的な思考にそって、映画という技術性そのものが生み出すことができるもの、と考えることができるだろう。

（2）リトグラフは、一七九六年、アロイス・ゼネフェルダーによって発明され、一九世紀のかなり早い段階でヨーロッパ中に普及した。最初の写真はジョセフ・ニセフォール・ニエプスによるもので、一八二〇年代半ばに成功している。その後、彼がさらに追求していた銀板写真はルイ・ダゲールによって引き継がれ、一八三九年に完成された（「ダゲレオタイプ」と呼ばれる）。これらについてベンヤミンは、《写真小史》のなかでふれている。

（3）一八七七年、トーマス・エジソンによって円筒式蓄音器が発明され、さらに一八八七年、エミール・ベルリナーにより円盤式レコード「グラモフォン」が発明される。

（4）アベル・ガンス（Abel Gance, 1889–1981）は、フランスの映画監督。とりわけ《鉄路の白薔薇》（一九二三年）、《ナポレオン》（一九二七年）で知られる。引用のなかで言及されている人物のうち、ベートーヴェンを描いた映画（一九三六年）は製作されている。

（5）「ウィーン創世記（Wiener Genesis）」は、六世紀前半の彩色挿絵のある創世記の写本。保存状態のよい最古の聖書の写本である。現在、ウィーンの国立図書館に収蔵されている。ベンヤミンは、《カール・クラウス》でも表現主義との連関で「ウィーン創世記」について言及している。

（6）「ウィーン学派」とは、ウィーン大学でおこった新たな美術史の方法をかかげる学者たちの一派。ここで言及されているフランツ・ヴィクホフ（Franz Wickhoff, 1853–1909）やアロイス・リーグル（Alois Riegl, 1858–1905）は、一九世紀末にウィーン大学で教授を務めていた。とりわけリーグルは、このテクストや『ドイツ悲劇の根源』でも言及されるように、ベンヤミンの思考にとってきわめて重要な意味をもっている。テクストのこの箇所で言及されている「ウィーン学派の学者たち」の見解は、具体的にはとりわけリーグルの『後期ローマの芸術産業』（『末期ローマの美術工芸』井面信行訳、中央公論美術出版、二〇〇七年）に見られるものである。

（7）ベンヤミンが「ルネサンス」というとき、一五世紀半ばのグーテンベルクによる活版印刷の発明、そして一六世紀初頭の宗教改革、人文主義を念頭においており、一五〇〇年前後と考えてよいだろう。そして、それが「三百年」続いて、「最初の深刻な動揺」としての「写真」（ニエプスによる発明は一八二〇年代半ば）が登場する。

（8）ベンヤミンがここで「交響曲」というとき、ハイドン、モーツァルト、ベートーヴェンといったウィーン古典派における交響曲を念頭においていると思われる。一八世紀後半から一九世紀の初頭にかけて、交響曲の古典的形式・編成はこれらの作曲家によって完成されるが、それは同時に公開の「演奏会」という音楽受容の形式の成立史とも重なる。それ以前の音楽（現在、「クラシック音楽」として受容される高級文化としての音楽）が、おもに教会（聖）における典礼・儀式のためのもの（「ミサ曲」はその最も典型的な作品形式である）か、あるいは宮廷（俗）での娯楽に奉仕するもの（オペラ、舞踏、食事など）であったのに対して、交響曲という形式は、まさにその完成の時期に、市民社会における多数で不特定の聴衆に受容される方向で次第に展開していったということになる。それはまた、写真の発明とほぼ同じ時代である。

（9）ウジェーヌ・アジェ（Eugène Atget, 1857–1927）は、フランスの写真家。ベンヤミンの《写真小史》のなかでも、オーラの衰退と関連づけながらアジェについて比較的詳しく取り上げられている。

（10）ベンヤミンはここで英語の原題 A Woman of Paris でも、ドイツ語のタイトル Die Nächte einer schönen Frau（ある美しい女性の夜々）でもなく、わざわざフランス語のタイトル Opinion publique（世論）を使っている。これについては、本書所収《チャップリン回顧》を参照。ここでは、日本での一般的な標題を用いている。

（11）セヴラン゠マルス（Séverin-Mars, 1873–1921）は、フランスの俳優。アベル・ガンス監督の映画《戦争と平和》（一九一九年）、《鉄路の白薔薇》（一九二三年）に出演している。

（12）チャップリンの映画のうち、ここで《巴里の女性》（一九二三年）と《黄金狂時代》（一九二五年）について言及されていることについては、《チャップリン回顧》参照。ベンヤミンは、《巴里の女性》を「チャップリンの創作の頂点」と評価するフィリップ・スーポーの言葉を紹介しているが、ベンヤミンがその評価を共有しているのは、この映画のもつ「構成」の力であると考えられる。それに対して、《黄金狂時代》は、ベンヤミンにとって「笑い」のもつ特別な意味のためであろう。

（13）フラ・アンジェリコ（Fra Angelico, 1387–1455）は、イタリア・ルネサンスの画家。とりわけ、「受胎告知」の絵で知られる。

（14）マックス・ラインハルト（Max Reinhardt, 1873–1943）は、オーストリアの演出家・舞台監督。彼は演劇界で圧倒的な影響力をもっていたが、映画にも多大な関心をもち、ここで言及されているように、シェイクスピアの『真夏の夜の夢』（一九三五年）の映画化なども手掛けている。

（15）フランツ・ヴェルフェル（Franz Werfel, 1890–1945）は、ドイツ、オーストリアの作家・詩人。一九一〇年代には表現主義の活動にも深くかかわっていた。また、アルマ・マーラーの再婚相手の一人としても知られる（一九二九年に結婚）。

（16）ルイジ・ピランデッロ（Luigi Pirandello, 1867–1936）は、イタリアの劇作家・小説家。一九三四年にはノーベル文学賞を受賞している。ここで『映画を撮る（Es wird gefilmt）』という標題で言及されているのは、ピランデッロの一九一五年の小説『映画技師セラフィーノ・グッビオのノート（Quaderni di Serafino Gubbio operatore）』（邦訳：『或る映画技師の手記』岩崎純孝訳、今日の問題社、一九四二年）である。ベンヤミンは、レオン・ピエール＝カン（Léon Pierre-Quint, 1895–1958）の『映画の意味――映画芸術』（パリ、一九二七年）に引用されているフランス語翻訳をドイツ語に翻訳している。『映画を撮る（Es wird gefilmt）』というタイトルは、フランス語版のタイトル On Tourne をドイツ語に訳したものと思われる。ちなみにこの時点でドイツ語の翻訳（Kurbeln!）も存在していたが、ベンヤミンはそれを用いていない。

（17）「青い花」は、ドイツ初期ロマン主義の作家ノヴァーリスの小説『ハインリヒ・フォン・オフターディンゲン』（邦訳『青い花』岩波文庫他）で、ロマン主義的理想の象徴として示されるものである。

（18）ハンス・アルプ（Hans Arp/Jean Arp, 1866–1966）は、ストラスブール出身（第一次大戦終了まではドイツ、その後はフランス）の彫刻家・画家・詩人で、トリスタン・ツァラ、フーゴー・バルとともにチューリヒ・ダダ（一九一六―一九二〇年頃）の中心メンバーの一人だった。アウグスト・シュトラム（August Stramm, 1874–1915）はドイツ表現主義の詩人であり、このコンテクストからはダダイスムの側にあるように見えてしまうが、むしろ広い意味でアヴァンギャルド芸術の担い手としてあげられていると考えられる。シュトラムの詩は、名詞や名詞化された動詞を断片的に積み重ねたような表現によって特徴づけられる。しかし、それは本来、決してダダイスムの詩についていわれるような「言葉のくず」として作られたものではない。アンドレ・ドラン（André Derain, 1880–1954）は、フランスの画家。マティス、ヴラマンクとともにフォーヴィズム（一九〇五年頃）の中心的な担い手の一人とみなされている。また一九一〇年前後にはキュービズム的な作風となっている。ただしこのテクストでは、ドランはダダイスムに対置される側の一人としてあげられており、（リルケもそうだが）新たな芸術を志向しながらも、伝統的な芸術受容に組み入れられる画家として位置づけられていることになる。ドランは、一九二〇年代以降、伝統的なアカデミズムの画風となっており、そのことも関係しているかもしれない。ライナー・マリア・リルケ（Rainer Maria Rilke, 1875–1926）は、オーストリアの作家・詩人。同時期のオーストリアの作家でいえば、ホフマンスタールとならんできわめて重要な作家。

（19）ここで言及されている「気晴らし」と「集中」という二つの対立的な概念は、第三稿では明確に示され引用されているように、フランスの作家・詩人、ジョルジュ・デュアメル（Georges Duhamel, 1884–1966）の言葉にもとづくものである。デュアメルは、とりわけ第一次世界大戦の体験から、機械文明に対する批判が思想の根幹に置かれるようになり、第三稿で引用されているデュアメルの『未来生活の情景』もそういった方向にある。デュアメルが伝統的な教養的人文主義の立場から「精神の集中」に価値をおき、「気の散った状態」を批判したのに対して、ベンヤミンはそれを逆手にとって、これらにまさに逆転した価値を与えていることになる。本文中に見られる「気の散った（zerstreut）」という言葉は、「気晴らし（Zerstreuung）」と基本的に同じ語である。つまり、「精神集中」の対極にあるものとして「気の散った」状態であり、そのことは同時に娯楽的な「気晴らし」にもつながる。訳文では、Zerstreuungにかかわる語を、コンテクストに応じて「気晴らし」あるいは「気の散った（状態）」と訳し分けている。

(20)「使用すること」と「知覚すること（Wahrnehmung）」は、テクストのすぐあとに続く文からわかるように、それぞれ「触覚」と「視覚」に関係づけられている。「知覚」はもちろん、人間の五感のすべて（つまりここで対置的に言及されている「触覚」も含めて）にかかわるが、ここでは建築物を「見る」ことの意味で述べられていると理解する必要があるだろう。

(21)ベンヤミンがここで掲げている「視覚」と「触覚」という対置関係は、直接的にはアロイス・リーグルの『後期ローマの芸術産業』で用いられている対概念を念頭においたものと考えられる。しかし、それとともに、ジョン・ロックの『人間知性論』での論議に端を発するいわゆる「モリヌークス問題」も考えに入れる必要があるだろう。「モリヌークス問題」は、ヨーロッパ思想史において、視覚と触覚という二つの知覚の対置的な関係に関する論議を引き起こしているが（その意味でリーグルも間接的にその影響下にあるといえる）、基本的な方向性として、「視覚」に対しては理性的認識が割りふられているのに対して、「触覚」は感性的把握、あるいは全感覚的な把握にかかわる。ベンヤミンでは、「視覚」が基本的に「瞑想」「沈潜」「精神集中」に関係する知覚であるのに対して、「触覚」は「慣れること」「気の散った状態」と結びつけられている。

(22)ここでドイツ語によってAesthetikといわれているのは、一八世紀から一九世紀にかけて学問的領域として成立した「美学」ではなく、そのもとになっているギリシア語の「知覚」（aísthēsis）である。

(23)ガブリエーレ・ダヌンツィオ（Gabriele D'Annunzio, 1863–1938）は、イタリアの詩人・作家。強烈なナショナリズムを発揮した発言・行動によって際立つ。彼自身の意図や思想はともかくとして、イタリア・ファシズムを支持する側にあると理解され利用された。

(24)フィリッポ・トンマーゾ・マリネッティ（Filippo Tommaso Marinetti, 1876–1944）は、イタリア未来派の作家・批評家。一九〇九年、フランスの新聞『フィガロ』に未来派宣言が掲載される。未来派はイタリアのファシスト政権と強く結びついていた。

（25）シュヴァービングは、ミュンヒェンの街区で、とりわけ世紀転換期頃から芸術家・作家が集まって居住していた地区として知られる。「シュヴァービングの伝統」とは、そのようなボヘミアン的な芸術家たちの集まる雰囲気を意図したものだが、そういった「シュヴァービングの伝統が政治のうちに入り込む」ということは、ダヌンツィオやマリネッティについて言及しているのと同じように、「政治の美化（芸術化）」を表している。

（26）神聖ローマ皇帝フェルディナント一世のモットー、「正義がおこなわれよ、たとえ世界が滅びようとも」というラテン語の成句をもじったもの。

エドゥアルト・フックス　蒐集家と歴史家

I

エドゥアルト・フックス[1]の生涯の全業績(ライフワーク)は、ごく最近の過去に属するものである。この業績(ワーク)を回顧することには、ごく最近の過去について説明をしようとする試みにつきもののあらゆる困難が含まれている。ここで問題になっているのは同時に、マルクス主義的芸術理論のごく最近の過去でもある。だからといって、ことが簡単になるというわけではない。というのも、マルクス主義の経済学とは対照的に、この理論はまだ歴史をもっていないからだ。師であるマルクスとエンゲルスがおこなったのは、この理論のうちには広大な領域があるということを唯物論的弁証法に対して示す以上のことではなかった。この領域に着手した最初の人たち、例えばプレハーノフやメーリングのような人たちは、師の教えをただ間接的に、あるいは少なくともあとになってから受けたにすぎない。マルクスからヴィルヘルム・リープクネヒトを経てベーベルへといたる伝統は[2]、マルクス主義の学問的側面にというよりは、むしろはるかに政治的側面にとって有利に作用するものとなってきた。メーリングはナショナリズムを通り抜け、ついでラサールの一派を通り抜けてきた。彼がはじめて党に加わったときには、[3] カウツキーの告白によると、「理論的にはまだ、多かれ少なかれ通俗的なラサール主義」が支配しており、「首尾一貫したマルクス主義的思考など、何人かの個々の人物をのぞいては、話題にされることはなかった。」[1] のちになってはじめて、エンゲルスの晩年の時期に、メーリングはエンゲルスとかかわるようになる。フックスの方はすでにはやくからメーリングに出会っていた。この二人の関係のうちに、歴史的唯物論の精神史的研究における一つの伝統がはじめて浮かび上がることになる。しかし、メーリングの仕事の分野であった文学史は、この二人の研究者の精神態度からすると、フックスの仕事の分野とはほとんど接点がなかった。さらに重要なのは、彼らの素質のちがいだった。メーリングは学者的な性格であったのに対して、フックスは蒐集家であった。

　蒐集家には数多くの種類がある。さらに加えて、どの蒐集家にもあふれんばかりの衝動がはたらいている。フックスは蒐集家としてはとりわけ開拓者（パイオニア）である。つまり、諷刺画の歴史、エロティック芸術の歴史、そして風俗画の歴史のならぶもののない文書庫（アルヒーフ）の創設者なのである。しかし、より重要なのはこのことを相補う別の事情である。それは、フックスは開拓者として蒐集家になったということである。つまり、唯物論的な芸術の考察の開拓者としてということだ。しかしながら、この唯物論主義者を蒐集家に仕立て上げたものは、彼が自ら置かれていることを見てとっていた歴史的な状況に対する、多少とも明晰な感覚だった。それは歴史的唯物論そのものの状況だった。

この状況は、フックスがある社会主義の編集局で彼がジャーナリズムにおける勝利を最初に勝ち取ったのと同じ頃、(4)フリードリヒ・エンゲルスがメーリングに宛てた手紙のなかで表れ出ている。この手紙は一八九三年七月一四日付のものであり、とりわけ次のように述べている。「大部分の人々をとりわけ眩惑しているのは、憲法、法体系、どのような特別な領域にせよイデオロギー的表象といったものが、自立的な歴史をもっているというこの見せかけなのです。ルターとカルヴァンが公認のカトリックの宗教を、ヘーゲルとフィヒテがカントを、ルソーが社会契約論によって間接的に立憲主義的なモンテスキューを「克服」するのだとすれば、これは、神学、哲学、国家学の内部にとどまり、この思考領域の歴史における一つの段階を表すとともにこの思考領域からまったく抜け出ることのない事象なのです。そして、資本主義的生産が永遠で最終段階のものであるという市民の幻想が付け加わって以来、重農主義者とアダム・スミスによる重商主義者の克服さえもが単なる思想の勝利だとみなされています。つまり、経済的な事実が変化したことの思想的反映とみなされるのではなく、あらゆるところでつねに存在する事実的条件がついに正しく洞察されるにいたったものとみなされているのです。」[2]

エンゲルスは二つのことがらに対して反論している。一つは、精神の歴史において、ある新しい教義をかつての教義の「発展」として、ある新しい詩の流派を過去の流派に対する「反作用」として、ある新しい文体を古い文体の「克服」として描き出す慣行に対してなされるものである。しかし同時に、彼はあきらかに、そういった新たな形成物を、人間および人間の精神的・経済的生産過程に対するそれら形成物の影響から切り離して描き出す慣習に対しても、暗に反論している。それによって、憲法や自然科学の歴史としての精神科学、宗教や芸術の歴史としての精神科学は打ち砕かれてしまった。エンゲルスが半世紀にわたって抱いていたこの思想のもつ爆破力は、[3]さらに深くまで到達する。この力は、さまざまな分野やそれらの形成物の閉鎖的完結性を疑問視するのだ。例えば、芸術についていえば、芸術自身の閉鎖的完結性および、芸術の概念が包括することになっている作品の閉鎖的完結性を疑問視する。これらの作品は、歴史的弁証法主義者としてこれらの作品に取り組む人にとっては、その前史および後史を統合するものである。後史の力によって、前史もまた、絶えざる変転のうちにとらえられるものとして認識可能なものになるのだ。どのようにして作品のはたらきがその創作者よりも長く続いてゆき、創作者の意図をうしろに引き離してしまうことが可能となるのか、どのようにして創作者の同時代人による受容が、今日われわれ自身に対して芸術作品がもつ作用の構成要素となるのか、またどのようにしてこの作用は、単に芸術作品との出会いにもとづくだけでなく、作品をわれわれの時代にまで連れてきた歴史との出会いにもとづくものともなっているのか——このことを作品は、歴史的弁証法主義者に教えてくれる。ゲーテが、シェイクスピアについての会話のなかで司法長官フォン・ミュラーに次のように語ったとき、しばしばそうであるようにヴェールに包まれた言い方だが、ゲーテはそのことを意味していたのだ。「大きな影響〔作用〕を及ぼしたものはすべて、そもそもそれについて評価をすることがもはやできないのです。(5)」弁証法的と呼ばれるに値するどのような歴史考察にも、その始まりには不安がつきまとうが、そのような不安を呼び起こすのに、この言葉ほど適切なものはない。それは、まさにこの過去の断片がまさにこの現在とともにあるという危機的な布置（コンステラツィオーン）を意識するためには、対象に対する平静で瞑想的な態度を放棄せよという、研究する者に向けての無理とも思える要求に対する不安である。「真理はわれわれから逃げ去ることはない。」ゴットフリート・ケラーにみられるこの言葉は、歴史主義の歴史像において、歴史的唯物論によってその歴史像が撃ち抜かれるまさにその場所を示している。(6)というのも、自分は過去の像（イメージ）のなかで意図された存在なのだという認識をもたなかったあらゆる現在とともに消え去ろうとしているのは、二度と取り戻すことのできない過去の像（イメージ）なのだから。

エンゲルスのあの文章をしっかりと熟考すればするほど、どのような弁証法的歴史叙述も、歴史主義に特徴的な瞑想的性格を断念することと引き換えに手に入れることができるということが、いっそう明らかになってくる。歴史的唯物論者は、歴史の叙事的要素を放棄しなければならない。歴史は歴史的唯物論者にとって構成の対象である。この構成の場を形成しているのは、空虚な時間ではなく、特定の時代（エポック）、特定の生、特定の作品〔業績〕なのである。歴史的唯物論者は時代（エポック）を、物として存在するような〈歴史の連続性〉から打ち壊して取り出す。同じように、生を時代（エポック）から、作品（ワーク）〔業績〕を生涯の全業績（ライフワーク）

から取り出す。しかし、この構成の成果となっているのは、作品のうちに全業績が、全業績のうちに時代が、そして時代のうちに歴史の流れが保存され止揚されているということである。4(7)

歴史主義は、過去という永遠の像を描き出す。歴史的唯物論が描き出すのは、過去についてのその都度の経験、唯一そこにある経験である。構成的要素によって叙事的要素を救出することは、経験の条件である。経験のうちで、歴史主義の「昔むかし」という言葉のうちに結びつけられている巨大な力が自由になる。どの現在にとっても根源的な経験である、歴史についての経験を作動させること——これこそが歴史的唯物論の使命である。歴史的唯物論は、歴史の連続性を打ち壊しこじ開ける、現在という意識に向けられている。(8)

歴史的唯物論は、歴史的に理解するということを、その脈動が現在に至るまで感じとれるような〈理解されたもの〉が〔記憶のうちに〕生き続けることととらえる。このような理解はフックスの場合、まさに当てはまる。とはいえ、何の問題もなくというわけではない。フックスには、昔からの教条的で素朴な受容のイメージが、新しく批判的な受容のイメージと隣り合っているからである。前者は、ある作品をわれわれが受容する際に決定的であるのは、作品の同時代の人たちに見られる受容のあり方でなければならない、という主張に要約される。それは、「実際はどうだったのか」というランケの言葉のアナロジーそのものである。そこでは、「唯一そのことだけ」が重要なものとされる。[5] しかし、そこに直接隣り合っているのは、受容の歴史の意味をとらえようとする弁証法的な洞察、きわめて広い地平を開く洞察なのである。美術史では、成功を問うことが考慮されないままになっていると、フックスは非難している。「このように何もしないままでいることは、われわれの芸術考察全体の欠陥である。〔…〕それでもなお、ある芸術家の成功の多寡、芸術家の成功がつづく期間、またその反対の場合といったことの真の理由を明らかにすることは、芸術と結びつく〔…〕最も重要な問題の一つであると私には思われる。[6]」このことについてはメーリングも同じように理解していた。彼の『レッシング伝説』[9]は、レッシングの受容、とりわけハイネやゲルヴィーヌス、シュタールやダンツェル、最終的にはエーリヒ・シュミットにおけるレッシングの受容を、分析の出発点としている。[10] そして、それほど時を置かずして、方法的にはそうでもないとしても内容的には価値のある、ユリアン・ヒルシュの研究『名声の起源』[11]が現れたのは、理由のないことではない。フックスが狙いを定めたのも、まさに同じ問いである。それに対する解答が、歴史的唯物論の標準を示す判断基準の役割を果たしている。しかし、こういった事情があるからといって、その解答はまだ示されていないという、もう一つの事情を隠匿してよいことにはならない。むしろ、このことを容赦なく認めることが必要なのだが、ある芸術作品の歴史的な実質を、その作品が芸術作品としてわれわれに対してより透明なものとなるように把握することは、ごく限られたケースでしか成功していない。芸術作品の虚飾を排した歴史的実質が弁証法的な認識によってとらえられていない場合には、芸術作品を求めるあらゆる努力は虚しいものにとどまらざるをえない。これは、蒐集家エドゥアルト・フックスの仕事(ワーク)が指針とするいくつかの真理のうち、最初の一つにすぎない。彼のコレクションは、理論のアポリアに対する実践者の答えなのである。

II

フックスは一八七〇年に生まれた。彼は、生まれつき学者の道を歩むべく定められていたわけではない。人生のなかで後になって到達したあれほどの博識にもかかわらず、彼は決して学者タイプに染まることはなかった。彼の活動が及ぼす力は、研究者の視野を取り囲んでいる限界をつねに越え出てゆくものである。蒐集家としての業績についてはそのようであったし、また政治家としての活動についても同様であった。一八八〇年代の中頃、フックスは職業生活に入る。社会主義者鎮圧法の支配下でのことだった。見習いとしてのポストだったことにより、フックスは政治的関心をもつプロレタリアと出会い、やがて彼らを通じて、今日では牧歌的な印象を与えるような、当時の非合法活動家たちの闘いのうちに引き入れられるようになる。この見習いの時代は一八八七年に終わる。その何年か後に、バイエルンの社会民主主義者の機関紙『ミュンヒェン・ポスト』が、シュトゥットガルトの印刷屋の若い簿記係であったフックスに声をかけた。フックスにはこの新聞に生じていた運営管理上の欠陥を取り除く力があると、この機関紙が思ったからだった。フックスはミュンヒェンに行き、リヒャルト・カルヴァーとならんで働くことになる。[12]

『ミュンヒェン・ポスト』紙のところでは、社会主義者の政治諷刺雑誌である『南ドイツ郵便御者(ポステイリヨン)』が発行されていた。[13] ある偶然から、フックスは臨時の作業で、『郵便御者』誌のある号の組版を引き受けることになる。また、別の偶然によって、彼自身の原稿をいくつか掲載することで隙間を埋めることになった。この号は、並外れた成功を収めた。ついで同じ年に、カラーの挿絵のある——彩色のグラフ新聞雑誌はまさに端緒についたばかりだった——フックスの構成した、同誌五月号が発行される。年間の平均発行部数が二千五百部であったのに対して、六万部が売れることになった。これによってフックスは、政治諷刺をあつかう雑誌の編集者となる。同時に彼は、自分の活動分野である歴史に取り組むようになる。そのようにして、日々の仕事のほかに、諷刺画(カリカチユア)に見る一八四八年についての図版つき研究、また、ローラ・モンテスの国家的事件についての図版つき研究が生まれた。[14] これらは、現存の画家の挿絵がついた歴史書（例えば、イェンチュの挿絵による、ヴィルヘルム・ブロースの大衆向けの革命の本）[15] とは異なり、資料価値のある図版を挿絵とする最初の歴史研究書であった。フックスは、ハルデンの求めに応じて、これらの仕事のうち二つ目については、『未来』誌で自ら広告を掲載している。[16]その際、この本は、ヨーロッパの諸国民の諷刺画(カリカチユア)として書くことを企図した包括的な著作の一端をなすにすぎないと付言することを忘れてはいない。出版物による皇室への不敬ということで十ヶ月の懲役が科せられることになるが、そのこともこの包括的研究にとっては有利にはたらいた。アイディアはよいということは、他の人にもそのとおりだと思われた。挿絵つきの家庭用図書の制作ですでにある程度の経験があるというハンス・クレーマーなる人物が、自分は諷刺画の歴史の仕事にすでにとりかかっているといって、フックスのところにやってきた。この男は、自分の研究を共著というかたちで出版しようと提案した。しかしながら、彼の原稿はなかなかできあがらなかった。やがて、その全体のかなりの量となる仕事は、フックスが一人で成し遂げなければならない状態であるということがわかる。共著者と見込まれていた人物の名前は、この諷刺画著作の第一版のタイトルにはまだ載っていたのだが、それも第二版ではなくなっている。ともあれフックスは、仕事の能力についても、また素材の扱いについても、なるほどと思わせる最初の証をたてたのだった。長く列挙される一連の主要著作は、これをもって始まる[7]。

フックスの仕事の最初の段階は、「社会民主党の幹（みき）が、いたるところで有機的組織として成長し年輪を」重ねていた、と『ノイエ・ツァイト（新時代）[17]』誌に記載されたような時代にあたる[8]。それにともなって、党の教育活動における新たな課題が明らかになってきた。社会民主党に押し寄せてくる労働者大衆の数が増えれば増えるほど、党は、彼らを単に政治や自然科学の面で啓蒙するだけで、つまり剰余価値の理論や進化論の通俗的説明をするだけで、満足するわけにはいかなくなった。党は、歴史の教育素材についても、講演事業や機関紙の学芸欄のうちに含めていくことに目を向ける必要に迫られた。このようにして、「学問の大衆化」という問題が広く生じることになったのである。この問題は、解決されることはなかった。この教育活動の対象は、階級（クラッセ）ではなく、「公衆（プブリクム）」であると考えている限り、解決に近づくこともできなかった。[9] 階級に狙いが定められていたとしたら、党の教育活動が歴史的唯物論の学問的課題との緊密な関係を失うことは決してありえなかっただろう。そうだったとすれば、歴史の素材は、マルクス主義の弁証法によって鋤き返されて、〈現在〉の蒔いた種が芽吹くことのできる土壌となっていただろう。しかし、そうはならなかった。シュルツェ＝デーリチュ(18)による国家のいいなりの組合組織は、「労働と教育」というスローガンのもと、教育活動をおこなっていたが、そういったスローガンに対して、社会民主党は「知は力」というスローガンを掲げていた。しかし、社会民主党はこのスローガンの二重の意味を見抜いていなかった。ブルジョワジーによるプロレタリアートの支配を確固としたものにしていたのと同じ知によって、プロレタリアートがこの支配から自らを解き放つ力を与えられることになるだろうと、社会民主党は考えていたのだ。実際には、実践へと結びついていくことのない知、階級としてのプロレタリアートに自分の状況について何も教えることができない知は、プロレタリアートの抑圧者にとっては危険なものではなかった。このことは、精神科学の知については特別に当てはまる。精神科学的な知は、経済機構からは遠く隔たっている。そして、経済機構の変革とは何のかかわりもないままでありつづける。この知を扱う際に、「刺激を与える」、「気分転換を提供する」、「関心を起こさせる」といったことで人々は満足していたのだ。歴史をゆるやかにほどき、「文化史」なるものを手にしたというわけだ。フックスの仕事は、まさにここでその意味をもつことになる。彼の仕事の偉大な面は、こういった実際の状況に対する反応のうちにあるのだが、彼の仕事の孕む問題の総体は、こういった状況に自ら関与していたということにあった。読者大衆に狙いを定めることを、フックスははじめから原則としていた[10]。

唯物論的な教育に実際、どれほど左右されるものであるか、この当時認識していた人はごくわずかだった。これら少数の人たちの希望、というよりもそれ以上に懸念が、ある論争のなかで姿を現している。その論争のたどった足取りを、『ノイエ・ツァイト』のうちに見ることができる。それらのうち最も重要なものは、「プロレタリアートと古典主義」と題されたコルンの論文である。この論文は、今日でも再び意味をもつことになった遺産という概念をとりあげている。ラサールはドイツ観念論のうちに、労働者階級が相続した遺産を見ていた、とコルンは述べている。しかし、マルクスとエンゲルスはこのことについてラサールとは異なる理解をしていた。「彼ら〔マルクスとエンゲルス〕が労働者階級の社会的優位を導き出したのは、遺産としてでは…なく、生産過程における労働者の決定的な位置づけそのものからであった。現代のプロレタリアートのような成り上がり者の場合、所有物について、たとえ精神的所有についてだとしても、…

語る必要があるのだろうか。彼らは、毎日、毎時間、文化装置全体をいつも新たに再生産する労働…を通じて、自分の「権利」を主張しているのだから。…ラサール的な教育理念の目玉となる思弁哲学は、マルクスとエンゲルスにとっては、〔神の臨在する〕幕屋とはならない。…彼らは二人とも、自然科学にますます強く惹きつけられるのを感じていた。…自らの機能を理念とする階級にとって、自然科学は実際のところ、学問そのものを名乗るものであってもよいだろう。それは、支配的な有産階級にとって、あらゆる歴史的なものが彼らのイデオロギーの所与の形式となっているのとまったく同じことである。…実際、経済的なものにおいては、資本が過去の労働に対する支配権を意味するのと同じように、歴史学は意識にとって所有のカテゴリーを代表するものとなる。[11]」

この歴史主義批判には、それなりの重要性がある。しかしながら、自然科学に対するここでの指摘――「学問そのもの」――は、教育にかかわる問いの孕む危険な問題性への視点を、はじめて十全に解き放つことになる。自然科学の威信は、ベーベル以来、議論の場を支配していた。彼の主著『女性と社会主義』は、その刊行からコルンの論文が書かれるまでの三〇年のうちに、二〇万部もの部数に達していた。自然科学に対するベーベルの高い評価は、計算結果の厳密性にもとづいているだけではなく、とりわけ実用的な応用可能性によるものだった。[12]

自然科学は、のちにエンゲルスの場合にも同じような役割をはたすことになる。それは、彼が近代技術に言及することでカントの現象論を論駁していると思ったときのことである。エンゲルスによれば、技術はその成果によって、われわれが「物自体」を認識していることを示しているのだから、というわけだ。つまり、コルンの場合、学問そのものとして現れる自然科学は、ここではとりわけ技術の土台として現れていることになる。しかし、技術はあきらかに、純粋に自然科学的なものではない。技術は同時に歴史的なものでもある。そのようなものとして技術は、人々が自然科学と精神科学のあいだに確立しようとしてきた、実証主義的で非弁証法的な分離を再検討することを強いる。人類が自然に提示する問いは、人類の生産水準によっても条件づけられている。それこそが、実証主義の挫折する地点である。実証主義は技術の発展のうちに、自然科学の進歩を認めるだけで、社会の退歩を認識することができなかった。この発展が資本主義によっても決定的に条件づけられているということを、実証主義は見落としていた。そしてまた、プロレタリアートがこの技術を所有することになるはずの行動、明らかにますます切迫したものとなっているこの行動を、技術の発展がますます難しい状況のものにしているということが、社会民主党の理論家たちのなかの実証主義者にはわかっていなかったのだ。彼らは弁証法の破壊的側面とは疎遠であったために、この発展の破壊的側面を見誤っていたのである。

予測の実現するときが来た。しかし、予測は実現しなかった。このことは、前世紀に特徴的な過程を決定づけるものだった。すなわち、技術の受容が失敗に終わったということである。このことの本質は、ある状況を飛び越えるための、勢いをつけて何度も試みる一連の助走の行為であるといってよい。これらの助走は、どれもこれも、この社会にとって技術は商品の生産の役にしか立たないという状況を飛び越えるためのものなのである。先頭に立つのは、産業の詩をうたうサン・シモン主義者たちである。そこに、蒸気機関車に未来の聖女を見るデュ・カンのような作家のリアリズムが続く[19]。締めくくるのはルートヴィヒ・プファウのような人物である。「天使になるなんて、まったく必要ない。鉄道は最も美しい翼よりも価値がある」と彼は書いている[13]。技術に向けられるこのまなざしは、『園亭』[20]誌〔図1〕からでてきたものである。このようなきっかけにふれると、疑問に感じることがあるかもしれない。この世紀の市民が愉しんでいた「気楽な心地よさ（ゲミュートリッヒカイト）」とは、生産力が彼らの手のなかでどのように発展せざるをえなかっ

図１　雑誌『園亭』表紙

たかを決して知る必要のない、鈍感な安楽に由来するものなのではないかと。このことを知るのは、実際のところ、次の世紀〔二〇世紀〕になってからのことだった。この世紀は、さまざまな交通手段の速度や、音声や文字を複製するさまざまな装置の能力が、需要を上回る状況を体験している。この境目を越えたところで技術が生み出しているエネルギーは、破壊的なものである。このエネルギーは、まず第一に、戦争の技術およびジャーナリズムによる戦争の準備の技術を推し進める。このようなエネルギーの展開は、完全に階級によって条件づけられたものであったのだが、この展開については、前世紀のあずかり知らぬところで生じたことだったといってもよいだろう。前世紀にとっては、技術の破壊的なエネルギーはまだ意識されていなかったのだ。このことはとりわけ、世紀転換期の社会民主主義について当てはまる。社会民主主義はあれこれの点で実証主義の幻影に対して反対の立場をとっていたとしても、全体としてはそういった幻影にとらわれたままであった。社会民主主義にとって過去は、現在という納屋のうちに確固としてしまい込まれたものと思われたのである。また、未来が労働を約束するのはけっこうなことだが、肝心なのは収穫の恵みが確実であることだというわけだ。

Ⅲ

このような時代(エポック)にエドゥアルト・フックスは自己形成をおこなってきた。彼の仕事の決定的な特徴は、この時代に由来している。定式的な表現をするならば、彼の作品は、文化史と切り離すことのできない問題性と関与しているということになる。この問題性は、さきに引用したエンゲルスの文章に立ち返るよう指し示している。この文章には、歴史的唯物論を文化の歴史として定義する古典的名句（ロクス・クラシクス）があると信じてしまうかもしれない。このことが、この箇所の真の意味であるはずではないか。閉じた完結性という見かけをいまや取り去られたそれぞれの学問領域の研究は、人類が今日にいたるまで手にしてきたものの財産目録の研究という意味での文化史の研究と合流しなければならないのではないか。このように問う者は、実際のところ、精神史（文学及び芸術の歴史、法律あるいは宗教の歴史としての）によって包括される、問題を孕んだ数多くの学問の単位のかわりに、きわめて大きな問題を孕む新たな学問の単位を設定していることになるだろう。文化史がその内容を際立たせるように提示する手際は、歴史的唯物論者にとっては、みかけだけの、虚偽意識によってもたらされたやり方なのである[14]。

　歴史的唯物論者は、そのように際立たせるやり方に対して慎重に対峙する。歴史的唯物論者がそのように慎重な姿勢をみせることはもっともなことだとわかるには、かつて存在したものそのものを精査してみるだけでよい。芸術や学問について歴史的唯物論者が見渡してとらえるものは、どれもこれもが、戦慄を覚えることなく見ることのできないような素性のものだからである。そのようなものが存在しうるのは、それを創り出した偉大な天才たちの苦労のおかげであるだけではなく、程度の差はあれ、彼らの同時代の人々の誰にも知られることのない苦役のおかげでもある。同時に野蛮の記録でもあるということを抜きにして、それが文化の記録となることは決してない[21]。どのような文化史も、これまでこういった事情の根本的なことがらを正当に扱ってこなかった。また、そのことを文化史が望むのも難しい。

しかしながら、決定的なことはこの点にあるのではない。文化の概念が歴史的唯物論者にとって問題を孕むものであるとしても、文化が崩壊してそれが人類にとって所有の対象となる財産とされるなどということは、歴史的唯物論者にとってはありえない想像である。過去という作品（ワーク）は、歴史的唯物論者にとって完結したものではない。彼は、どの時代にとっても、過去という作品が物のように存在するとは考えていないし、手軽にその時代の懐にころがりこんでくるとも思わない。いかなる部分についても、そのことはいえる。自らが生み出された生産過程とはかかわりなく、とまではいかなくとも、自らが生きながらえる過程に左右されることなく考察される形成物の総体としての文化の概念とは、歴史的唯物論者にとっては、物神崇拝的（フェティシズム）特徴を帯びたものなのである。文化は、物象化したものとして現れる。人間の意識のなかで、真の経験、つまり政治的な経験によって、ようやく探し当てたわけではない記憶による回顧録――文化の歴史とは、そのような回顧録によって生じた沈殿物以外の何ものでもないといえるだろう。

ちなみに、文化史的基盤に立っておこなわれたいかなる歴史叙述も、こういった問題性を免れてはいない、ということを無視するわけにはいかない。この問題性は、ランプレヒトの大規模な『ドイツ史』のうちに手近にわかりやすく見てとることができる。[22]『ノイエ・ツァイト』の批評がこの著作を一度ならずとりあげているのは、もっともな理由あってのことである。メーリングは次のように書いている。「ランプレヒトは、周知のように、市民の立場の歴史家のなかでは、歴史的唯物論に最も近づいた歴史家である。」しかしながら、「ランプレヒトは道半ばにして立ち止まってしまった〔…〕。ランプレヒトは、経済的発展・文化的発展はある特定の方法で扱おうとしているのだが、同じ時代の政治的発展については、他の何人かの歴史家を寄せ集めている。そのとき、何らかの歴史的な方法といった概念など〔…〕そこには一切ない。[15]」確かに、実用的な歴史記述という基盤に立つ文化史など、不条理なものでしかない。しかし、さらに深いところに、弁証法的な文化史そのものという不条理がある。なぜなら、歴史の連続性は、弁証法によって破壊されるとき、「文化」と呼ばれる部分ほどにバラバラに散乱してしまうことはないのだから。

要するに、文化史が果敢な洞察をおこなっているというのは見せかけにすぎず、ましてや果敢な弁証法など見せかけですらない。文化史には、弁証法的思考および弁証法論者の経験を本物として保証する破壊的契機が欠落しているからだ。文化史はおそらく、人類の背中に積み重なってゆく財宝の重みを増してゆくだろう。しかし、文化史は、これらの財宝を振り落とすことによって自分の手にする力を人類に与えることはない。同じことが、文化史を導きの星としてきた、世紀転換期の社会主義的教育活動についても当てはまる。

Ⅳ

フックスの仕事（ワーク）の歴史的輪郭は、こういったことを背景として描き出される。彼の仕事はこれからも存続してゆくものではあるが、そうだとしても、この仕事は、これ以上好ましくないものとして現れることはほとんどないような、ある精神的な状況からなんとか勝ち得たものである。そしてこのとき、理論家フックスに対して時代が拒んだ多くのものを彼に教えたのは、蒐集家フックスである。諷刺画（カリカチュア）、ポルノグラフィー的表現といった境界領域に入り込んでいったのは、蒐集家フックスのほうであった。そういった表現については、旧来の美術史による一連の定式的なものの見方など、遅かれ早かれだめになってしまうだろう。まず最初に述べておかなければならないのは、フックスは一九世紀の古典的な芸術理解（その痕跡はマルクスにもまだ認められる）とは、全面的に手を切っていたということである。市民層がそういった芸術理解を展開する際に用いた諸概念は、美しき仮象にせよ、調和にせよ、多様性の統一にせよ、フックスにおいてはもはやなんのかかわりもないものになっている。著者フックスを一九世紀の古典的な理論から遠ざけていたのとまったく同じ、蒐集家フックスの頑強な自己主張は、ときおり古典古代に対してさえ、激烈で遠慮会釈なく現れる。フックスは一九〇八年に、ロダンとスレーフォークト[23]の仕事に依拠しながら、新しい美を予言している。「それは、最終的な成果では、古典古代の美よりもさらに無限に偉大なものとなりそうだ。というのも、古典古代の美が最高度の動物的な形式であるのに対して、新しい美はある壮大な精神的・心的内容に満たされたものとなるであろうから。[16]」

　要するに、かつてヴィンケルマン[24]やゲーテにおいて芸術考察を規定していた価値秩序は、フックスにおいてはあらゆる影響力を失っているのだ。もちろん、だからといって、そのようにして観念論的な芸術考察そのものが根底から覆されてしまったと考えるのは誤りというものだろう。そういったことが生じるよりも前に、観念論が一方では「歴史的記述」として、他方では「価値評価」として手中にしている〈四散セル断片[25]〉が再び一つになることで、〈四散セル断片〉そのものが時代遅れのものとなってしまうからだ。それを成し遂げるのは、ある一定の歴史学の仕事である。その歴史学の対象は、純粋な事実そのものが糸玉のように絡み合ったものによって形成されるのではなく、現在という織物に織り込まれる過去という横糸となる特定の数のグループの糸によって形成されるものである。（この横糸を単なる因果関係と同一視すると、道を誤ることになるだろう。この横糸はむしろ完全に弁証法的なものである。何百年ものあいだ、糸が見失われてしまうということもありうる。それらの糸を、いまこの現在（アクチュアル）の歴史の流れが、跳躍するように、そして誰の目にふれることもなく、ふたたび取り上げるのだ。）純粋な事実性から解き放たれている歴史的対象は、「価値評価」を必要としない。歴史的対象は、この現在（アクチュアリティ）に属するものとの漠然とした類似性（アナロジー）を提示するのではなく、厳密な弁証法的課題のうちに構成されるものだからである。この課題を解決することが、この現在（アクチュアリティ）に属するものにとっての責務である。事実、目指されていたのはまさにこのことである。他の点ではそうでないとしても、フックスの文章を講演に近いものとしているあの過剰な情感という特徴にそのことは感じとれるだろう。しかし他方で、そこからは、彼が意図していたことや仕事を始めたばかりのものは、少なからず特定の観念にとらわれたものだったということが、はっきりと見てとれる。彼の志向の根本的に新しいところは、とりわけ素材上の主題が彼の志向と対応するときにそのまま表れている。このことは、図像学的なものの解釈、大衆芸術の考察、あるいは複製技術の研究に見られる。フックスの仕事のこれらの部分は、画期的なものである。これらは、芸術作品についての来たるべき唯物論的考察すべての構成要素となるものだ。

　ここで言及した三つのモティーフは、一つの点で共通している。それらは、旧来の芸術理解にあってはまさに破壊的なものであることがわかるような認識を指し示すものである。複製技術と取り組むことによって、他のどのような研究の方向でもほとんどできないほど、受容のもつ決定的な意味が明らかにされる。それによって、芸術作品において生じている物象化の過程を、一定の範囲内まで訂正することが可能となる。大衆芸術の考察は、天才の概念の修正へとつながってゆく。それはまた、芸術作品の生成の場にかかわる霊感（インスピレーション）の向こう側で、納品書を見逃さないようにと注意してくれる。納品書だけが、大衆芸術の考察を実りあるものとしてくれるからだ。最後に、図像学的解釈は、受容と大衆芸術の研究にとって不可欠だというだけではない。それはとりわけ、あらゆるフォルマリスムがすぐに陥りがちな不当な侵害を防ぐものでもある。[17]

フックスはフォルマリスムとかかわらざるをえなかった。フックスが彼の仕事の基盤を築いていたのと同じ時期、ヴェルフリン(26)の理論は隆盛期にあった。フックスは、「個別的問題(27)」のなかで、ヴェルフリンの『古典主義芸術』のなかのある原則を引き継いで話を進めている。この原則とは次のようなものである。「したがって、様式概念としての〈一五世紀〉と〈一六世紀〉は、一つの素材上の性格によって扱うわけにはいかない。この現象は、〔…〕ある特別な物の考え方やある特別な美の理想からは本質的に自律的な、芸術上の見る行為の発展を指し示している。[18]」たしかに、こういった定式化は歴史的唯物論者にとっては抵抗を感じるものとなりうる。しかし、そこにはやはり有効なものも含まれている。というのも、まさに歴史的唯物論者は、芸術上の見る行為の変化の原因を、美の理想の転換にではなく、より根本的な過程に求めることに対して関心を抱くからだ。その過程とはつまり、生産における経済的・技術的転換によって道を拓かれることになる過程である。先ほどの例でいえば、経済的条件によるどのような住居建築の変化をルネサンスはもたらしたか、またルネサンス絵画は、新しい建築の全景図として、そしてまた新しい建築によって可能となったその出現として、どのような役割を演じていたのかといった問題と取り組もうと考えている者が、何も得ることなく終わってしまうということはほとんどありえないだろう。[19] もっとも、ヴェルフリンはこの問題にはごくわずかふれているにすぎない。しかし、「この形式的要素こそが、〔…〕時代の変化した雰囲気としか説明のつかないものなのである」[20] とフックスがヴェルフリンに反論するとき、この言葉は何をおいても、先に述べた文化史的カテゴリーの疑わしさのことを指しているのである。

著作家フックスの途上に論争は、そして議論は存在しないということが明らかとなるのは、著作の一つの箇所にとどまらない。「敵の力のなかに入り込み、敵を内側から滅ぼす」というヘーゲルの定義による弁証術は、フックスがどれほど論争好きに見えようとも、彼の兵器庫のなかに見いだすことはできない。マルクスとエンゲルスの後継者となる研究者たちにあっては、思想の破壊的な力は衰えてしまった。思想はいまや、この世紀にあえて闘いを挑もうとはしなくなった。メーリングについても、数多くの小競り合いのなかで、破壊的な力の緊張はそがれてしまっていた。それはともかくとして、彼は『レッシング伝説』でそれなりのことをやってのけた。彼がそこで示したのは、古典主義の偉大な作品のなかで、政治的エネルギー、しかしまた学問的・理論的エネルギーという招集部隊が、どれほど結集されていたのかということだった。そのようにして彼は、同時代人たちの娯楽文学的ないい加減さに対する反感を強めていた。芸術が自らの再生を期待できるのは、プロレタリアートの経済的・政治的勝利があってこそであるという男性的な認識に彼はいたる。そしてまた、「芸術はプロレタリアートの解放闘争のうちに、深く介入することはできない」[21]という揺るぎない認識にもいたる。芸術の発展は、彼が正しいということをこれまで示してきた。メーリングは、彼の認識したことが二重の強調となって、学問研究へと向かうことになった。彼は研究において、修正主義に対する抵抗力を彼に与えることになった連帯意識と厳しさを身につける。そのようにして、彼の人物描写をする際のいくつかの特徴が形成されていった。それは、最良の意味において市民的特徴と呼ぶことができるものではあるが、弁証法論者であることを保証することからはかけ離れたものである。フックスにはこういった特徴が少なからず見られた。そしてフックスの場合、それらは、より拡張的で感覚論的な素質に委ねられたものであるがゆえに、むしろ目立つ特徴であったかもしれない。そういったことはともかくとして、彼の肖像画が、たとえば市民層の学者たちの肖像画が並ぶ回廊に置かれているさまを考えてみてもよいだろう。隣には、ゲオルク・ブランデス[28]を置くのもよいかもしれない。合理主義的な狂乱の感覚、理想の（進歩、学問、理性の）炬火によって広い歴史的空間を照らす光をゆきわたらせる情熱、これらをフックスは彼と分かち合っているのだから。反対側には、民族学者のアドルフ・バスティアン[29]を思い描いてもよい。フックスから彼のことを思い出すとすれば、それはとりわけ飽くことのない資料への貪欲な渇望のためである。そしてまた、何か解明すべき問いが生じると、いつでも小さなトランクを手にして調査旅行に喜んで出かけてゆき、何ヶ月も故郷を離れてしまうといったことによって、バスティアンは伝説的な評判を手にすることになったわけだが、それと同じようにフックスもまたいつでも、新たな出典資料を求める気持ちに彼を駆り立てる衝動のとりこになっていたのだった。二人の仕事は、研究にとっては、尽きることのない宝庫でありつづけるだろう。

V

一人の熱狂家、現実的なものに向かう性質の持ち主が、どのようにして諷刺画に対する情熱へといたることになるのか。このことは心理学者にとって重要な意味をもつ問いとなるにちがいない。心理学者にはご随意にお答えいただくことにして、フックスについていえば、事実そのものにはなんの疑問の余地もない。はじめから、彼の芸術上の関心は、「美の喜び」と呼ばれているようなものとは異なっている。はじめから、真理は戯れのなかへと混じり合わされている。フックスは倦むことなく、諷刺画の史料価値、権威を強調する。「真理は極端のうちにある」といういいかたを、フックスはおりにふれてしている。彼はさらに先に進んでゆく。諷刺画とは彼にとって、「ある意味では、あらゆる客観的芸術の出発点となる〔…〕形式である。民族博物館をひと目のぞいてみれば、この命題をあとづけることになる。[22]」フックスが先史時代の諸民族や、子どもの描いた絵をとりあげるとき、諷刺画という概念は、問題を孕んだ連関へと入り込んでいくことになるのかもしれない。そこには、それだけ根源的なかたちで、フックスが芸術作品の強烈な実質内容（素材的内容にかかわるものであれ、形式的なものであれ）に対して向ける、激烈な関心が姿を現していることになるからだ。こういった関心は、彼の仕事の全体を貫いている。晩年の『唐の彫塑』〔一九二四年〕でもなお、次のような記述を読むことができる。「グロテスクなものは、感覚的に思い浮かべることができるものが最高度に高められたものである。〔…〕この意味で、グロテスクな絵は同時に、ある時代の溢れんばかりの健康さの表現なのである。〔…〕たしかに、グロテスクなもののもつ欲動の力についていえば、正反対の極も存在するということは否定しようがない。退廃的な時代や病んだ思考もまた、グロテスクなかたちをとるものに向かう傾向がある。そのような場合には、グロテスクなものは、世界や生きることのさまざまな問題が、解決しがたいものとして、その時代や人間に立ち現れてくるという事実の衝撃的な反作用的あらわれとなっているのである。〔…〕これら二つの傾向のうちどちらが、グロテスクな幻想の背後で、創造的な原動力となっているかは、ひと目で見てとることができる。[24]」

この箇所は啓発的である。ここには、広がってゆく作用力、つまりフックスの作品の特別な大衆的性格が何にもとづくものであるかが、とりわけ明確に現れている。それはつまり、彼の叙述の表現が動いている場である基本概念をたちどころに価値評価と合金のように融合させる才能である。このことはしばしば大きな規模で生じる。[25]さらに加えて、この価値評価はつねに極端である。価値評価は両極的なものとして現れ、そのようにして価値評価が融合している概念を分極させる。グロテスクなものの叙述においてもそうであり、またエロティックな諷刺画(カリカチュア)の叙述においてもそうである。没落の時代にあっては、それは「不潔なもの」や「心をくすぐるきわどい表現」であり、隆盛の時代にあっては「沸き立つような快楽と満ち溢れる力の表現」[26]なのだ。全盛期や没落の価値概念となることもあれば、フックスがとりあげる健康なものや病めるものの価値概念となることもある。問題性が明らかになりそうな境界事例を彼は避けて通る。彼は「きわめて偉大なもの」に忠実であることをとくに好む。それが、「最も単純なもののうちにある魅惑的なもの」に余地を与える特権をもつからだ[27]。バロックのような、打ちひしがれた時代を彼はほとんど評価しない。偉大な時代とは、彼にとってもやはりルネサンスなのである。ここでは、古典主義に対する彼の反感に対して、創造的なものへの彼の崇拝の念が優位を保っている。

創造的なものという概念は、フックスの場合、生物学的なものと結びつく傾向を強くもっている。そして、天才は、ときおりプリアーポス的なもの[30]〔図2〕にかすかにかかわるような属性(アトリビュート)をともなって現れるのに対して、著作家フックスが距離をとる芸術家たちは、男らしさについては好んで狭められたかたちで現れることになる。フックスが、グレコ、ムリーリョ、リベラについての判断を、次のように断言して要約するとき、そこにはそのような生物学主義的なものの見方の刻印が押されているのである。「これら三人はみな、それぞれが自分の流儀で同時に〈できそこないの〉エロティック画家で

図２　ポンペイのフレスコ画に描かれた「プリアーポス」

あるという特別な理由のために、バロックの精神の模範的な代表者となっている。[28]」フックスが彼の基本的概念を展開していったのは、「病跡学(パトグラフィー)」が芸術心理学の最終的な規範であり、ロンブローゾやメービウスが権威となっていた時代であったということを見失わないようにしなければならない。そしてまた、ブルクハルトの影響力ある著作『イタリア・ルネサンスの文化』〔一八六〇年〕を通じて同じ時期に豊富な視覚教材がたっぷりとあった天才概念は、別の出どころから、広くゆきわたった同じ信念を育んできた。それは、創造性とは何をおいても、ほとばしる力の表れ出たものであるという信念である。心理分析に似た構想へとフックスを後年導いたのも、これと似た傾向である。フックスは、そのような構想を芸術学にとって実り豊かなものとした最初の人であった。

このような考え方にしたがって芸術的創造に刻印を与えていたのが、爆発的なもの、直接的なものである。このことは、フックスにとってはそれに劣らず芸術作品の理解を支配するものである。そういったわけで、彼にとって統覚と判断のあいだにあるのは、ちょっとした跳躍以上のことではない。実際、「印象」とは、フックスにとって、作品を見る者がそこから受けるあたりまえの刺激であるだけではなく、見る行為そのものの範疇（カテゴリー）でもある。フックスがたとえば、明の時代の技巧的なフォルマリスムに対して批判的態度を表明するとき、彼はそのことを次のように要約している。明時代の作品は、「結局のところ〔…〕、印象に関しては、唐の時代が〔…〕おおまかな線によって到達していたもの以上どころか、しばしば同じところにさえ達していない。[29]」そのようにして著作家フックスは、田舎風のとまではいわないものの、あの特別で断定的な文体を獲得するにいたる。『エロティック美術の歴史』のなかで次のように述べるとき、フックスはこの文体の刻印を名人芸的に表現していることになる。「正しい感取から、芸術作品において働く力の正しく完全な解明にいたるまでは、つねにほんの一歩でしかない。[30]」誰もがこの文体を手にすることができるわけではない。フックスはその代価を支払わなければならなかった。その代価をひとことで言い表すとすれば、驚嘆の念を引き起こす才能が、著作家フックスにはないままだったということだ。こういった欠落が彼にとって感じとれるものだった、というのは疑いをいれない。彼はこの欠落を、きわめて多様なしかたで埋め合わせようとする。そして、芸術創造の心理学のなかで彼が探求する秘密や、唯物論において解決を見出すことのできる歴史の流れの謎について、ことのほか好んで語るのである。しかし、事実的構成要素を完全に直接的に手の内に収めたいという強い欲求は、すでに彼の芸術創造の観念、および同様に芸術受容の観念を規定するものとなっており、この強い欲求は、分析においても最終的には自らの力を押し通している。芸術史の流れは「必然的」なものとなって現れ、様式の性格は「有機的」なものとして現れ、きわめて奇異な印象を与える芸術であっても「論理的」なものとして現れる。それらは、分析の流れのなかでそのようなものとして現れるのではなく、むしろ、印象にしたがって、はじめからそのようなものとなっているのだ。炎の翼と二本の角によって、「絶対的に論理的」で、「有機的」な感じを与える、あの唐の時代の伝説の動物のように。「象の巨大な耳でさえ論理的な感じを与える。姿勢もまたつねに論理的である〔…〕。ここでは、構成された概念のことを単にいっているのでは決してなく、命を呼吸する形式となった理念のことをいっているのである。[31]」

ここでは、この時代の社会民主主義の理論ときわめて密接に関連している一連のイメージが、力を発揮して立ち現れている。社会主義の歴史観のいう発展に対してダーウィニズムの影響がどれほど深いものであったかということはよく知られている。この影響は、ビスマルクによる迫害の時代㉛には、党の不屈の確信にとって、またその闘争の決然とした姿勢にとって役に立つものだった。後に、修正主義においては、党が資本主義に対する駆け引きですでに手に入れたものをできるだけ失いたくないと考えるに応じて、進化論的な歴史観はそれだけ多くのものを「発展」に背負わせることになった。歴史は決定論的な特徴を帯びたものとなる。党の勝利は「必ずや実現する」と。フックスは修正主義からはつねに距離をとっていた。彼の政治的本能、彼の戦闘的気質は、彼を左翼に導いた。しかし、理論家としては、彼はすでに述べたような影響関係から逃れることはできなかった。そのような影響がいたるところで働いているのが感じられる。当時、フェッリ[32]のような人物は、社会民主主義の原理のみならず、戦術までも、自然法に帰して考えていた。無政府主義的な逸脱があることについては、彼は、地質学や生物学の知識が欠如していることにその責任を追わせていた。たしかに、カウツキーのような指導者たちは、そのような逸脱の問題ととりくんでいた[32]。しかしながら、多くの者は、歴史的事象を「生理学的」事象や「病理学的」事象という分類で分けるテーゼや、そうでなければ、自然科学的唯物論がプロレタリアートの手のなかで「自動的」に歴史的唯物論に高められるのを目にしていると思い込むようなテーゼで満足していた[33]。同様に、フックスにとって人間社会の進歩は、「氷河がたえず前に迫ってゆくのをおしとどめることができないのと同じように、堰き止めることができない[34]」プロセスなのである。このようにして、決定論的な考え方ととてつもないオプティミズムとが一つのものに結びついている。ところで、長い時間の流れで考えるとき、確固とした信念なくして、ある階級が政治的に介入してゆく力をもつことに成功することはないだろう。しかし、オプティミズムが階級の行動力にかかわるものか、あるいは階級が行動するときのさまざまな状況にかかわるものか、ということにはちがいがある。社会民主主義は二つ目の、怪しげなオプティミズムのほうに傾いていた。はじまりつつある野蛮を見渡すまなざしは、たとえばエンゲルスの場合、『イギリスにおける労働者階級の状況』のなかで、マルクスであれば資本主義の発展に対する予測のなかできらりと閃いていたものだった。そして、今日では凡庸な政治家にさえなじみのものである。しかし、このような野蛮の始まりに対する視点は、世紀転換期の亜流の人間たち(エピゴーネン)には閉ざされてしまっていた。コンドルセが進歩の理論を広めたとき、市民階級は権力を手にする手前の状態にあった。しかし、一世紀の後、プロレタリアートがプロレタリアートに幻影(イリュージョン)を引き起こすものでもありえたのである。こういった幻影は、実際、フックスによる芸術の歴史がときおり展望を与えている背景にもなっている。フックスによれば、「今日の芸術は、ルネサンス芸術が達成したものをはるかに越えてじつにさまざまな方向へと進んでゆく数多くのものを実現してきた。そして、未来の芸術は同じように、必ずやさらに高次のものとなっているはずだ。[35]」

VI

フックスの歴史観を貫くパトスは、一八三〇年の民主主義のパトスである。その谺(こだま)となっているのが、演説者ヴィクトル・ユゴーであった。さらにその谺の谺となっているのが、ユゴーが演説者となって後世にむけて語っているいくつかの書物である。フックスの歴史観は、ユゴーが『ウィリアム・シェイクスピア』〔一八六四年〕のなかで褒め称えている歴史観なのである。「進歩とは、神の歩みそのものである。」そして、普通選挙権が、この歩みの速度を測るための世界時計として現れる。「投票する者が支配する」とヴィクトル・ユゴーは書いている。それによってユゴーは、民主主義のオプティミズムの告知板をいくつも立てたことになる。このオプティミズムはもっと後になって、いくつかの奇妙な夢想を示すことになった。そのうちの一つは、言葉巧みにこう語る。「すべての精神的労働者、またそれとともに物質的・社会的に非常に高い地位にある方々は、プロレタリアと」みなすべきである。なぜなら、「金ピカの制服を着てふくれあがった宮廷顧問官から、下はこき使われている日雇い労働者にいたるまで、金のために勤めを提供している者はみな、〔…〕資本主義の無力な犠牲者なのだということは、否定しようのない事実である」[36]からだ。ヴィクトル・ユゴーが立てた告知板は、いまでもなおフックスの仕事（ワーク）のうえに立っている。ちなみに、フックスが特別な愛情をもってフランスに執着するとき、彼は民主主義の伝統のうちにとどまっている。彼が執着しているのはつまり、三つの偉大な革命の土壌であり、亡命者たちの故郷であり、ユートピア的社会主義の起源であり、専制君主を憎むキネやミシュレの祖国であり、パリ・コミューンの同志たちが眠る大地である。このようにフランスの像はマルクスとエンゲルスのうちに生き、メーリングへと行き着き、そして「文化と自由の前衛（アヴァンギャルド）の闘士」[37]となって、フランスはフックスのうちにも立ち現れることになったのである。フックスは、フランス人がよく口にする冷やかしの言葉をドイツ人の鈍重な冷やかしと比較する。彼はまた、ハイネをドイツの地にとどまった詩人たちと比較する。あるいは、ドイツ自然主義をフランスの諷刺小説と比較する。彼はそのようにして、メーリングと同じように、確固とした予測（プログノーシス）へと導かれていった。それはとりわけ、ゲルハルト・ハウプトマンのケースにおいて当てはまる。[38]

フランスは蒐集家フックスにとってもまた故郷である。蒐集家という人物像は、長い時間見ているほど見る人をそれだけ惹きつけるものだが、それがこれまでこの人物像の故郷となったことは多くはなかった。ロマン派の物語作者にとって、このような人物像ほど魅惑的に立ち現れるものは他にないのではないかと思うかもしれない。しかし、てなずけられているとはいえ、危険な情念に突き動かされるこういったタイプの人間を、ホフマンやクインシーやネルヴァルといった点景人物のうちに求めても無駄なことだ。旅行者、遊歩者、賭博者、巨匠的芸術家といった人物像はロマン派的である。そこに蒐集家という人物像の姿はない。また、それを「生理学もの」のうちに探しても徒労に終わる。このジャンルには、そうでなければ行商人から社交界の花形にいたるまで、ルイ・フィリップ時代のパリの蠟人形館にあるどの人物像にも欠けるものがなかったのだが。それだけに、バルザックのなかで蒐集家が出てくる箇所はいっそう重要である。バルザックはこの蒐集家に記念碑を打ち立てた。この記念碑は、ロマン派的な意味で扱われているものでは決してない。バルザックははじめからロマン派からは離れた存在であった。また、彼の作品の中でも、『従兄ポンス』のスケッチほど、反ロマン派的立場が思いもよらずその権利を主張するような小説はほとんどない。このことはとりわけ特徴的である。コレクションのために生きているポンスの収蔵品についてわれわれがどれほど詳しく知らされようとも、それらをどのように手に入れたかという話を聞かされることはない。ゴンクール兄弟は日記のなかで類稀な掘り出し物を収蔵するさまを息もつかせぬ緊張のもとに描き出しているが[33]、そのようなページと比べられるような箇所は、『従兄ポンス』のなかには存在しない。バルザックは、在庫品目録という狩猟場にいる狩人の姿を描くことなどない。蒐集家はすべてそのような人間であるとみなすことができるのだろうが。彼の描くポンスやエリー・マギュスの心のすべてが打ち震えるときの高揚感とは、誇りなのである。それは、疲れを知らない気配りで彼らが大切に守る、比類のない宝物に対する誇りである。バルザックは強調のすべてを「所有者」を描写することに置く。「億万長者」という言葉は、彼にとって「蒐集家」の同義語になっているのだ。パリについて彼はこう語る。「そこではポンスやエリー・マギュスのような人とよく出会うこともある。彼らはとてもみすぼらしいみなりをしている。〔…〕彼らは、何も気にかけず、何も気を配ることなどないかのようにみえる。女たちにもショーウィンドウの品にも注意を向けることはない。彼らは夢を見ているようにぼんやりと歩いている。財布のなかはからっぽで、まなざしは何も考えていないようにみえる。この人たちはいったいどういう種類のパリっ子なのかと不思議に思うだろう。実は、これらの人たちは億万長者なのだ。億万長者というのは蒐集家だ。つまり、この世の中に存在する最も情熱的な人間なのである。」[39]

フックスという人物の姿、その活動や充溢感に近いのは、ロマン派の作家に期待して得られる像よりも、バルザックが蒐集家について描き出した像のほうである。さらに、この男の生命の中枢にかかわるものを示しながら、こういってもよいだろう。蒐集家としてのフックスはまさにバルザック的である。彼は、詩人バルザックの構想を越えて育っていった、バルザック的人物像なのである、と。こういった構想の線上に、蒐集家以上のものがあるだろうか。蒐集家は、その誇り、その拡張する性質に導かれるままに、ひとえに衆目をあびて自らのコレクションとともに現れんがため、これらのコレクションを複製品として市場に運ぶ。そして――これもまたバルザック的展開であるが――そのようにして金持ちになる。そこに見られるのは、宝物の保存責任者を自認する男の誠実さばかりではなく、偉大な蒐集家の露出狂的性格でもあるのだ。フックスはそれに突き動かされて、彼の作品のいずれにおいても、未公開の図版資料のみを、しかもほとんどの場合、自分自身の所有に由来するものだけを公にした。『ヨーロッパ諸民族のカリカチュア』第一巻のためだけでも、少なくとも六万八千枚もの図版を照合のために印刷し、そのうち約五百枚を選び出している。一箇所以上で同じ複製画像を使ったものは、一点たりともない。資料の充実度と彼の影響力の広範さは互いに手をとりあうものとなっている。この二つのことは、フックスの由来が、ドリュモン(34)によって説明されているような、一八三〇年頃の市民的巨人族であることを証している。ドリュモンはこう述べている。「一八三〇年一派の指導者たちはほとんどみな、同じような並外れた体質、同じような実り豊かな能力、壮大なものに対して同じような好みをもっていた。ドラクロワはキャンバスに叙事詩を描き、バルザックは一つの社会全体を描出し、デュマはいくつもの長編小説のなかで人類の四千年にわたる歴史を包括している。彼らはみなだれもが、どんな重荷も重すぎることはない肩の持ち主なのである。[40]」一八四八年に革命が起こったとき、デュマはパリの労働者たちへの呼びかけの文章を発表し、そのなかで自分を労働者と同じような存在であるといっている。二十年間のうちに、自分は四百の小説と三十五の戯曲を書いている。それによって、自分は八千百六十人の人々に日々の糧を与えたことになるのだ。つまり、校正担当者に植字工、舞台裏の装置担当者や衣装担当者のことだ。彼はさくらのことも忘れていない。世界史の歴史家フックスが、彼の壮大なコレクションの経済的基盤をつくりだしたときの感情は、デュマの自負の念とひょっとするとそれほどちがわないものだったのかもしれない。のちにこの経済的基盤によって、彼は自分自身の所有しているもののなかにいるのと同じように、パリの市場で絶対的な力を振るうことが可能となる。世紀転換期の頃、パリの美術商の長老はフックスについてよくこのように言っていた。「これが、パリ全体を食べている方ですよ。（C'est le Monsieur qui mange tout Paris.）」フックスは「かき集める人（ramasseur）」のタイプに属している。彼は、量に対するラブレー的な喜びを見出す。その喜びは、彼のテクストのおびただしい反復のうちにまで表れている。

Ⅶ

フックスのフランス方の家系図は、蒐集家フックスのものであり、ドイツ方の家系図は歴史家フックスのものである。歴史記述者フックスに特徴的である道徳的厳格さは、彼にドイツ的な特質を与えている。道徳的厳格さがドイツ的特質となっているのは、すでにゲルヴィーヌスにみられる。ゲルヴィーヌスの『ドイツ人の詩的国民文学の歴史』〔全五巻、一八三五—四二年〕は、ドイツ精神史のための最初の試みの一つということができるだろう。後年、フックスを特徴づけているのと同じように、ゲルヴィーヌスにとっても特徴的であるのは、偉大な創造者たちはいわば戦闘的なすがたをとって登場し、彼らの本性のうち行動的なもの、男性的なもの、自発的なものは、観想的なもの、女性的なもの、受容的なものを犠牲にして現れるということである。もちろん、このことはゲルヴィーヌスの場合、より容易に生じている。ゲルヴィーヌスが彼の著作を書いていたとき、ブルジョワジーは興隆の途上にあった。彼らの芸術は政治的エネルギーに満たされていた。それに対して、フックスが著作活動を進めていたのは帝国主義の時代である。彼は、芸術のもつ政治的エネルギーを、創作活動のなかで日増しに芸術の政治的エネルギーが減少してゆく時代に向けて、論争を挑むように提示していたのである。しかし、このゲルヴィーヌスの尺度は、まだフックスのものでもあった。それどころか、この尺度はさらに一八世紀にまで遡ってたどってゆくことができるだろう。具体的にいうと、ゲルヴィーヌス自身を手がかりとして。F・C・シュロッサー(35)への彼の追悼演説は、市民階級による革命の時代の強力な道徳主義に対して壮大な表現を与えているからだ。人々は、シュロッサーに対して「気難しい道徳的厳格さ」を非難してきた。それに対してゲルヴィーヌスは異議を唱える。「シュロッサーがそのような非難に対して言うかもしれないこと、また実際にそう言うだろうと思われるのは、次のことである。全体としての生においては、つまり歴史においては、長編小説や物語(ノヴェレ)とは異なり、感覚や精神がどれほど澄みわたっているとしても、生の表面的な喜びを学ぶことなどない。歴史の考察からは、人間に敵対的な軽蔑ではなく、世界についての厳格なものの見方や、生についての真面目な原則こそを吸収するのだ。自分自身の内的な生によって外的な生を測ることを心得ていた、世界と人間とを判定するすべての人たちのうち最も偉大な人物、すなわちシェイクスピア、ダンテ、マキアヴェッリのような人たちに対しては少なくとも、世界のあり方はつねにそのような、真面目さと厳格さへと人間を形成してゆく印象を与えてきたのだ[41]。」これが、フックスの道徳主義の源泉である。これは、ドイツ的なジャコバン主義である。シュロッサーの世界史(36)——フックスは若い頃にこれを知っていた——はその記念碑となっている[42]。

この市民的な道徳主義は、別に驚くにあたらないことではあるが、フックスにおける唯物論的要素と衝突する構成要素を含んでいる。そのことがフックスにわかっていれば、この衝突をぼかすこともあるいはできたであろう。しかしながら、彼は自分の道徳主義的な歴史観と歴史的唯物論が互いに完全に調和すると確信していた。ここでは幻想が支配している。この幻想の土台となっているのは、これまでの複数の市民革命は、市民層みずからがそのようにほめたたえているわけだが、プロレタリア革命の系譜をなすものであるという、広くゆきわたった、そしてまたぜひとも修正が必要な見解である。[43] これに対しては、これらの市民革命のうちに織り込まれている唯心論にまなざしを向けることが決定的に重要である。唯心論の金の糸を紡いできたのは道徳である。市民階級の道徳——その最初の兆候はすでに恐怖政治のうちにある——は、内面性という徴(しるし)のもとにある。その眼目をなすのが、良心である。ロベスピエールのいう市民(シトワイアン)の良心であれ、カントのいう世界市民の良心であれ。ブルジョワジーのふるまい方は、彼ら自身の利害に役立つものだが、それを補完するプロレタリアートのふるまい方にも頼らざるを得ない。ところが、プロレタリアートのふるまい方はプロレタリアート自身の利害には合致しない。そういったブルジョワジーのふるまい方が、道徳的審級となって、〈良心〉なるものを宣言したのである。良心は、利他主義の徴のもとにある。良心は有産階級の人間に対して、うまく機能すれば間接的にほかの有産階級の人たちにも利益をもたらすような諸概念に良心が合致するよう行動することを勧める。そして、良心は無産階級の人たちに対しても、気楽に同じことを勧めるのだ。無産階級の人たちがこの勧めに順応するならば、彼らのふるまい方の有用性は、そのようにふるまう人たちやその階級にとって疑わしいものとなればなるほど、有産階級の人たちにとってはいっそう直接的に明白なものとなる。それゆえに、このふるまいには、徳という賞賛がともなわれることになるのだ。階級道徳は、このようにしてできあがってゆく。しかし、それは無意識のうちにおこなわれる。市民階級は、この階級道徳を打ち立てるために、プロレタリアートがそれを打ち倒すのに意識を必要とするほどには、意識をあまり必要としなかった。フックスはこの事実を正当に扱っていない。それは、ブルジョワジーの良心に対して攻撃を向けなければならないと彼が考えていたためである。ブルジョワジーのイデオロギーは、フックスにとって策略とみえている。彼はこう述べている。「きわめて恥知らずな階級的判決を前にしても、当の判事たちの主観的な誠実さについてくだらないことをあれこれいうもったいぶったおしゃべりは、そのように話したり書いたりする人たち自身の人格の欠如を示しているだけのことだ。よくいったところで、せいぜいのところ、その人たちの偏狭さということになるだろう。[44]」フックスは、〈善意（ボナ・フィデース）〉（良心に照らして正しいという思い）という概念そのものを告訴するという考えに思いいたらない。しかし、このことは歴史的唯物論者にとってすぐに頭に浮かぶものだ。それは単に、この概念のうちに市民的階級道徳を担うものを歴史的唯物論者が見てとるからというだけではなく、この概念が、道徳的無秩序と経済的無計画性との連帯を促進しているということを、歴史的唯物論者が見逃すことはないだろうからでもある。より若い世代のマルクス主義者たちはこのことに、少なくとも暗示的にはふれてきた。例えば、〈善意（ボナ・フィデース）〉という言葉を過剰なまでに使ったラマルティーヌの政治については次のように述べられている。「市民的〔…〕民主主義は〔…〕この価値を必要としている。民主主義者は〔…〕その職業にしたがって誠実である。それによって民主主義者は、実際の状況を追求する必要性は自分にはないと感じているのだ。[45]」

自分の階級がしばしば無意識のうちに、また労働過程における位置によって生み出されるふるまい方よりも、個人の意識的な利害関心にむしろ着目するような考え方は、イデオロギー形成における意識的契機を過大評価することにつながる。フックスの場合、こういった考え方は次のような説明のうちにわかりやすく表れている。「芸術とは、その本質的な部分のすべてにおいて、その都度の社会的状況を理想的に扮装したものである。というのも、支配的な政治的・社会的状況はいずれの場合も、自分自身を理想化し、そのようにして自らの存在を道徳的に正当化することへと突き進んでいくというのは、〔…〕永遠の法則だからである。[46]」われわれはここで誤解の核心へと近づいていくことになる。搾取は誤った意識を、少なくとも搾取をおこなう人間たちの側で生じさせるが、それはとりわけ、正しい意識が彼らにとっては煩わしいものとなるからだ、という考え方にこの誤解はもとづいている。この命題は、階級闘争が市民生活の全体を強烈に巻き添えにしてしまっている現代にとっては、限定的な有効性しかもたないかもしれない。特権を与えられた者たちが搾取のかつての形式に対して〈良心の咎め〉をもつということは、決して自明のことではない。物象化によって、人間のあいだのさまざまな関係が不透明になってしまうだけではないのだ。それ以上に、諸関係の実際の主体そのものが霧のなかに包み込まれてしまう。経済生活の権力者たちと被搾取者たちのあいだに、法と行政の官僚機構の装置が入り込んでくる。その構成員は、いまではもはや、完全に責任をもった道徳的主体としての務めを果たすことはない。彼らの「責任意識」は、この奇形化の無意識の表現以外のなにものでもないのだ。

VIII

フックスの歴史的唯物論のうちに痕跡をとどめている道徳主義は、精神分析によっても揺るがされることはなかった。フックスは、性について次のような判断のことばを述べている。「生の法則のもつ創造的なものが表れ出ている官能的ふるまいの形式はすべて、正当なものである。〔…〕それに対して、この最もすぐれた衝動を抜け目のない享楽欲の単なる手段に貶めるさまざまな形式は、非難すべきものである。[47]」この道徳主義につけられた署名が市民的なものであることは、はっきりと見てとれる。純粋に性的な快楽や、それを生み出すための多かれ少なかれ幻想的な方法を市民は排斥するが、それに対して向けてしかるべき疑念は、フックスには無縁なままだった。確かに、根本的には「道徳と不道徳についてはつねに相対的にしか」語ることができないと彼は説明している。しかし、彼はすぐさま同じ箇所で、「絶対的不道徳」という例外をあげている。

それは、「社会集団のもつ社会的性向に対する違反、すなわち、いわば自然に反する違反」である。こういった考え方に特徴的であるのは、フックスによれば歴史的法則にしたがった、「つねに発展する能力をもった大衆の堕落した個人に対する」[48]勝利ということだ。要するに、フックスについては、「堕落した欲望とされるものに対する断罪の根拠を攻撃しているのではなく、そういった欲望の歴史や広がりについての見方を攻撃している」[49]ということがいえる。

これによって、性心理学的な問題の解明が損なわれることになる。この問題は、ブルジョワジーの支配以降、とくに重要になっている。性的快楽の多かれ少なかれ広大な領域をタブーとすることが、ここでしかるべき場所を占めている。そのタブー視によって大衆のうちに生み出された抑圧は、マゾヒスティックおよびサディスティックな観念複合体をあらわに浮かび上がらせる。権力者は、彼らの政治にとって最も重要な存在である対象〔大衆〕を、この観念複合体にゆだねるのである。フックスと同世代の人間であるヴェーデキント(37)は、こういった問題連関の内部まで見てとっていた。こういった連関の社会批判をフックスがおこなうことはなかった。それだけに、フックスが博物誌をたどる回り道の途上でそれを取り戻している箇所は、なおさらのこと重要である。それは、彼がオルギアの(38)輝かしい弁護をおこなっているところである。フックスによれば、「オルギア的なものの快楽は、文化の最も価値ある傾向のうちに数えられる。〔…〕オルギアは、われわれを動物と区別するものの一つであるということを、はっきりと知っている必要がある。人間とはちがい、動物にはオルギアは存在しない。〔…〕動物は、空腹と喉の渇きが癒やされれば、汁の滴る餌にも澄んだ泉の水にも見向きもしない。また、動物の性的衝動はほとんどの場合、一年のうちかなり特定の時期に限られている。人間の場合、とりわけ創造的人間の場合には、事情はまったく異なる。創造的人間には、〈十分〉という概念がまったくない。[50]」フックスが伝統的な規範と批判的に対峙するときの思考の流れのうちに、彼が性心理学で明らかにしたことの強みがある。この性心理学的な認識こそが、ある種の小市民的幻想を吹き散らす力を彼に与えている。例えば、裸体文化という小市民的幻想がそれにあたる。フックスは裸体文化のうちに「〈文化的・精神的に〉制約された者の生み出す革命」を正当にも見てとっている。「人間はありがたいことにもはや野生動物ではない。われわれは〔…〕幻想が、またエロティックな幻想が衣服のうちに重要な役割を果たすことを望んでいる。〔…〕それに対して、われわれが望んでいないのは、ただひとつ、あらゆるものを下劣な悪徳商売に落ちぶれさせてしまう、あの人類の社会的組織化というものである。[51]」

フックスの心理学的・歴史的なとらえ方は、さまざまな面で衣服の歴史にとって実りあるものとなっている。実際のところ、フックスという著者の三つの関心——歴史、社会、エロティックな領域への関心——にモードほど対応する対象は他にはほとんど存在しない。[39] このことは、カール・クラウスを想起させる言葉の特徴をもつ、モードの定義のうちにすでにして現れている。モードは「公的道徳という商売をどのように〔…〕営むつもりなのか」[52]を表示するものだ、と『風俗の歴史』にある。ちなみに、フックスは、モードを美的視点やエロティックな視点からのみ研究するという、著作家たち（マックス・フォン・ベーン[(40)]のような人物を考えるとよい）にありがちな誤りに陥ることはなかった。フックスの目は、支配者の道具としてのモードの役割を見逃していない。モードはさまざまな身分の比較的繊細な相違を表現するものでもあるが、とりわけ階級のあいだのおおづかみな相違を見張る。『風俗の歴史』の第三巻で、フックスはモードのために長大な文章を書いている[(41)]。そして補巻では、その思考の道筋が、モードにとって決定的な要素を配置しながら要約されている。第一の要素となっているのは、「階級区別という利害関心」である。第二の要素は、モードをたびたび変えることによって市場能力を高めようとする「私的資本主義の生産方法」である。第三に、「モードのエロティックに刺激する目的」を忘れるわけにはいかない[53]。

フックスの全著作を貫く創造的なものの崇拝は、彼の精神分析的研究から新しい養分を吸収していた。この精神分析的研究は、もともと生物学的な方向性をもつ彼の構想を豊かにしたが、だからといって同時にそれを修正するものとはならなかった。創造的衝動のエロティック起源説を、フックスは熱狂的に受け入れた。しかし、エロティックなものについての彼のイメージは、その後もずっと、官能性という強烈で、生物学的に決定されたイメージにぴたりとくっついていた。抑圧と観念複合体の理論は、社会と性の関係についての彼の道徳主義的見解をあるいは修正するものとなったかもしれないが、彼は可能なかぎり抑圧と観念複合体の理論を回避した。フックスの歴史的唯物論は、個々人のうちに無意識的に作用する、階級の利害関心からというよりも、むしろ個々人の意識的な経済的利害関心から、さまざまな事態の説明を導き出そうとする。それと同様にフックスの歴史的唯物論では、創造的衝動もまた、イメージ形成的な無意識にというよりも、意識的な官能的志向に近づけられてきた。[54] フロイトの『夢判断』が解明したような、象徴的なイメージ世界としてのエロティックなイメージ世界は、フックスにおいては、彼の内面的な関与が最高度のものであるときに、そしてそのようなときだけ、明確に姿を現す。こういった場合、エロティックなイメージ世界は、それをほのめかすものが一切避けられているときでさえ、フックスの描写を満たすものとなっている。例えば、革命期の図版についての卓越した特徴描写では次のように述べられている。「すべてが硬直し、引き締まり、軍隊的である。人間が横たわっていることもない。練兵場では「休め」など許されないからだ。すわっているときでさえ、まるで跳ね上がろうとしているかのようだ。弓の弦につがえられた矢のように、全身が張りつめている〔…〕。線がそうであるように、色彩もまたそうである。たしかに、これらの絵は〔…〕ロココの絵とくらべて〔…〕冷たく、ブリキのような金属的な印象を与える。〔…〕色彩は〔…〕絵の内容に合うものになるとすれば、固く〔…〕金属的でなければならないだろう。」[55] フェティシズムについての啓発されるところの多い論評の言葉は、さらにはっきりと語られている。この言葉はフェティシズムの歴史的等価物をたどってゆくものである。「靴と脚のフェティシズムの増大は、ヴァギナ崇拝がプリアープス〔男根〕崇拝にとってかわること」を示すように見えるものであるが、それに対して、乳房フェティシズムの増大は逆行する傾向を示しているように見える、ということがわかる。「衣服に被われた足や脚の崇拝は、女性による男性支配を反映している。乳房崇拝は、男性の快楽の対象としての女性の位置を反映している。」[56] 象徴的領域への最も深いまなざしは、ドーミエ(42)を手がかりとして与えられている。ドーミエの描く樹々についてフックスが述べていることは、この著作全体のなかでも際立ってすぐれた発見の一つだ。フックスがそれらの樹々のうちに認めているのは、「まったく独特な象徴形式である。〔…〕そこには、ドーミエの社会的な責任感と、個々の人間を守ることは社会の責任であるという彼の確信が表れ出ている。〔…〕ドーミエに典型的な樹々の造形を〔…〕この象徴形式はたえず、大きく広がるいくつもの枝で表している。とりわけ、誰かがその下に立っていたり横たわったりしているときに。とくにそのような樹々においては、枝は巨人の両腕のように伸びている。文字通り、無限に向かってなにかをつかもうとしているかのようである。いくつもの枝が向こうを見渡せないほどの屋根を形づくり、その屋根は、保護を求めてやってきたすべての人たちからあらゆる危険を遠ざけるものとなっている。」[57] この美しい考察は、ドーミエの創作において母性的なものが優勢的特徴となっているところへとドーミエを導いてゆく。

フックスにとって、ドーミエほど生き生きとしたものになった人物像はほかにない。ドーミエという人物像は、フックスの著述生活を通じて彼とともにあった。ドーミエによってフックスは弁証法論者になったといってもよいほどだろう。少なくとも、フックスはドーミエを充実した姿で、また生き生きとした矛盾の姿で構想した。フックスがドーミエの芸術における母性的なものを、印象的なしかたでそれに輪郭を与えていったとすれば、それに劣らず、反対の極であるこの人物像の男性的なもの、好戦的なものもまた、フックスにはなじみのものであった。ドーミエの作品には牧歌的な要素がないと、フックスは正当にも指摘している。風景画、動物画、静物画だけでなく、エロティックなモティーフや自画像もない。ドーミエにおいてフックスを熱狂させたもの、それは闘争的（アゴーン）な契機であった。あるいは、ドーミエの偉大な諷刺画（カリカチュア）の根源を一つの問いのうちに求めるのはあまりに大胆なことだろうか——生存闘争をいわば闘技訓練場（パライストラ）と思い浮かべるとすれば、われわれの時代の市民的人間はどのように見えるだろうか、とドーミエは問うているように見える。ドーミエはパリの人たちの私的および公的生活を闘争（アゴーン）の言語へと翻訳した。彼の極度の熱狂は、全身体の筋骨豊かな緊張、筋肉の興奮に向けられている。身体の弛緩の極地を、ドーミエほど心をつかむように描いた者はおそらく他にはいないということも、このことと決して矛盾しない。ドーミエの構想は、フックスが

図3　ドーミエ「弁護士」（フックス『画家ドーミエ』所収）

述べているように、彫塑的なものと深い親縁性をもっている。というわけでドーミエは、彼の時代が提供するさまざまな人物類型を拝借してきては、それら戯画化されたオリュンピア出場者たちを台座にのせて展示する。そのようにして人々の目にさらされるのは、とりわけ裁判官や弁護士を描いた習作である〔図3〕。ドーミエがギリシアのパンテオンのまわりに好んでただよわせている哀歌(エレジー)的なユーモアは、こういったインスピレーションをより直接的に指し示している。ひょっとするとこのインスピレーションは、この巨匠のうちですでにボードレールに生じていた謎の解決であるのかもしれない。それは、あれほどの重みと突き抜けるような力にもかかわらず、ドーミエの諷刺画がどのようにして怨恨から自由でありうるのかという謎である。

ドーミエについて語るとき、フックスにおいてはあらゆる力が生気をおびて沸き立つ。彼の専門的知識からこのように予言的な閃光をうまく引き出すことのできた対象はほかにはない。ほんの小さなひと押しの刺激がここでは意味をもつものとなる。未完成と呼ぶことが婉曲表現であるほどほんのちょっとした絵であれ、フックスにとっては、ドーミエの取り憑かれたような生産力を深く見通すにはこと足りる。その絵は頭部の上半分を描いているにすぎない。何かを語るものは鼻と目しかない。このスケッチがこの部分だけに限られているということ、唯一、見るものを対象にしているということ、フックスにとってはそのことが、画家の中心的関心はここにあるのだということ、というヒントとなっている。というのも〔フックスによれば〕、絵を描くときにはどのような画家でも、取り憑かれたようにかかわっている箇所から始めるからだ。[58] この画家について書かれた著作では次のように述べられている。「ドーミエの描く数え切れないほどの人物は、集中して見るということに没頭している。遠くを見ているのであれ、ある特定の物を見るのであれ、同じように集中して自分自身の内面にまなざしを向けるのであれ。ドーミエの人物たちは〔…〕文字通り、鼻の先端で見ているのだ。[59]」

X

ドーミエは、研究者としてのフックスにとって最もぴったりの対象だった。またそれに劣らず、蒐集家フックスの手並みにとっても最もぴったりの対象だった。国家の主導ではなく、彼自身の主導によって、ドイツでのドーミエ（およびガヴァルニ[43]）の最初の蒐集バインダーが手がけられたと、フックスが誇らしげに述べているのはもっともなことである。美術館に対して反感をもっていたのは、偉大な蒐集家たちのなかで、ひとりフックスだけというわけではない。そのことではゴンクール兄弟はフックスに先駆ける存在である。彼らは、激しさという点ではフックスを凌駕している。私的コレクションよりも公的なコレクションのほうが、社会的には問題がより少なく、学問的により有用なものとなりうるが、公的コレクションは、私的コレクションが手にするきわめて大きなチャンスを取り逃がしてしまう。蒐集家の情熱はロッド・ダウジング[44]を手にしている。蒐集家はそれによって新たな源泉を見つけ出す者となるのだ。フックスにはこのことがいえる。だからこそ、ヴィルヘルム二世の治下における美術館を支配していた精神に対して敵対的な感情を抱かざるをえなかったのだ。当時の美術館がねらいを定めていたのは、いわゆる傑作であった。フックスはこう述べている。「たしかに、この種の蒐集は、今日の美術館にとって、すでに空間的な理由という条件の制約のうちにある。だが、こういった〔…〕制約があるからといって、われわれがそれによって過去の文化についてのまったく不完全な〔…〕イメージをもつという事実について、何か変えることができるというわけではない。われわれが目にする過去の文化は、絢爛豪華な祝祭の衣装につつまれた姿であって、たいていはみすぼらしい平日の服装の姿を見ることはきわめてめずらしい[60]。」

偉大な蒐集家たちは、たいていの場合、対象選択の独自性によって際立った存在となっている。もちろん例外もある。ゴンクール兄弟は、対象そのものではなく、それらを包み込む全体の調和から出発した。彼らは、さまざまなものがまさに混じり合う室内空間の時代に、室内空間の浄化を企てていたのだ。しかし、通例、蒐集家は対象物そのものによって導かれてきた。近世の始まる時代でいえば、その最も偉大な例となるのは人文主義者たちである。彼らがギリシアの物品を手に入れ、ギリシアに旅行したことは、彼らが蒐集をおこなうときのあのひたむきに目的に向かって努力する性質を証するものとなっている。デモセドのモデルとなったマロルとともに、蒐集家という人物像が、ラ・ブリュイエールに案内されながら、文学のなかに導き入れられることになった[45]（しかも、すぐさまあまり芳しくない様子で）。マロルは、版画の意義を認めた最初の人である。十二万五千点もの彼のコレクションは、〔フランス国立図書館の〕版画室の根幹をなすものとなっている。次の〔一八〕世紀にケリュス伯爵[46]が彼のコレクションのなかから公開した七巻のカタログは、考古学の最初の偉大な功績である。シュトッシュによる宝石彫刻コレクションは、彼の委託によってヴィンケルマンがカタログ作成をおこなった[47]。そのようなコレクションのうちに具現化されようとした学問的構想が持続性をもつことなく終わった場合でさえ、コレクションそのものにはときおり持続性が与えられることになった。ヴァルラフやボワスレのコレクションはそのような例である[48]。このコレクションの創設者である彼らは、ケルンの芸術は古代ローマ芸術の遺産を引き継ぐものであるというロマン主義的・ナザレ派的理論を出発点として、彼らの集めた中世ドイツ絵画によって、ケルン美術館の基礎を築いた。これら一連の偉大で計画性をもった蒐集家たち、脇目もふらず一つのことがらに向かう蒐集家たちのうちに、フックスも加えるべきだろう。彼の考えは、芸術作品に社会における存在のあり方を取り戻してやるということだ。芸術作品は社会からあまりに切り離されてしまったため、フックスが芸術作品を見出す場所は芸術市場となっていた。そこでは芸術作品は、作品を制作する者からも理解する者からも同様に遠く隔たって、商品へと萎縮し、命脈を保っていた。芸術市場での物神（フェティッシュ）となっているのが、巨匠の名前である。美術史を巨匠の名前という物神（フェティッシュ）から解き放つ道を整えたことが、歴史的に見れば、おそらくフックスの最も偉大な功績であると見えることになるだろう。唐時代の彫塑について、フックスはこう述べている。「それゆえ、これらの副葬品が完全に無銘のものであること、つまりただの一例たりとも、そういった作品を作った個人がわからないという事実は、それらすべてにおいて、決して個々の芸術的成果ではなく、当時の世界や事物がその総体からどのように見られていたのかということこそが重要なことがらであったことを示す、とても重要な証拠となっている。」[61] フックスは、大衆芸術のもつ特別な性格を明らかにし、それとともに、彼が歴史的唯物論から受けとっていた衝撃を展開した最初の人たちの一人であった。

大衆芸術の研究は、必然的に芸術作品の技術的複製の問題につながってゆく。「どの時代にもそれぞれ特定の複製技術が対応して存在する。これらの複製技術はそれぞれの時代の技術的な発展可能性を代弁して表すものであり、また〔…〕その時代の要求の帰結でもある。こういった理由から、これまで支配的であった階級とは別の階級を支配の座につかせるような、ある程度大きな歴史的変動が生じるとつねに、決まって図像上の複製技術の変化がもたらされるということは、驚くべき現象ではまったくない。この事実はとりわけ明確に指摘しておく必要がある。[62]」このような洞察をもつフックスは画期的であった。そういった洞察においてフックスは、歴史的唯物論が修練を積むことのできるいくつかの対象を示した。諸芸術の技術（テクノロジー）の水準は、そのような対象の最も重要なものの一つである。技術水準を究明してゆくことは、世間で通用している精神史の（またときおりフックス自身の）漠然とした文化概念のひきおこす損害を埋め合わせてくれるものとなる。「何千人ものいたって素朴な陶工たちが〔…〕技術的にも芸術的にも同じように大胆な〔…〕作品を文字通りやすやすと形作ることが可能であった。[63]」このことがフックスにとって、古代中国の芸術の姿を具体的に証明するものと見えているのは、もっともなことである。技術についての考察をおこなうことによって、彼はときおり、時代の先をゆく閃きに満ちた洞察にいたる。古代には諷刺画（カリカチュア）が存在しないという事態の説明をどのように評価するかということも、同じように考えることができる。観念論的な歴史記述であれば、「高貴な単純さと静かな偉大さ」(49)という擬古典主義的なギリシアのイメージの支えとなるものを、その洞察のうちに見てとるのではないだろうか。では、フックスはこれをどのように説明しているか。諷刺画は大衆芸術（マッセ）である、と彼はいう。産物の大量（マッセ）普及がなければ、諷刺画はない。大量普及とは安価な普及を意味する。ところが、「古代には〔…〕貨幣のほかには安価な複製形態はない。[64]」貨幣の表面は、諷刺画のスペースをとるにはあまりに小さい。だから古代には諷刺画がなかったのだ、ということになる。

諷刺画は大衆芸術である。そしてまた、風俗画もそうである。ふつうの美術史にとっては、この性格が、名誉を傷つけるものとなって、そうでなくともすでにいかがわしいものとされてきた性格に付け加わることになった。フックスにとってはそうではない。軽蔑され、正規のものとみなされていない事物に向けられるまなざしが、彼の本来の強みとなっている。そのような事物にいたる道について、マルクス主義はフックスに出発点以上のものをほとんど示してくれていないのだが、彼は蒐集家として、自らの手でその道を切り拓いていったのだ。そのためには、異常な熱狂と紙一重の情熱が必要だった。この情熱がフックスのさまざまな特徴をつくりあげている。どのような意味でそうなのかを一番よくわかっているのは、ドーミエのいくつものリトグラフのうちに、芸術愛好家や画商たち、絵画の賛美者たち、彫刻に精通した者たちの長い列をずっと目で追っていく人である〔図4、5〕。彼らはからだつきにいたるまでフックスに似ている。みなひょろ長く、骨と皮のような人物であり、そのまなざしは炎の舌のように彼らから鋭く発せられている。ドーミエは彼らのうちに、昔の巨匠たちの絵に見られる金採掘者、交霊術者、吝嗇漢たちの末裔を構想していた[65]といわれているのも、あながちおかしなことではない。蒐集家としてのフックスは、そのような人々の種族に属している。そして錬

図4　ドーミエ「芸術愛好家」
（フックス『画家ドーミエ』所収）

図5　ドーミエ「エッチング蒐集家」
（フックス『画家ドーミエ』所収）

金術師が、惑星や四大が一堂に会して霊的人間を表す像となるような化学物質を探求することと、金を作り出すという「低級な」願望とを結びつけているように、蒐集家フックスは、所有という「低級な」願望を充足することによって、芸術的創造物のなかで生産力と大衆が一堂に会して歴史的人間の像となるような芸術の探求を企てたのである。そのような像にフックスが向かったときの情熱的な関心は、晩年の著作にいたるまで感じとれる。フックスはこのように書いている。「中国の鬼龍子[50]が〔…〕名もなき人の手による民衆芸術であるということは、鬼龍子にとって不名誉なことというわけではない。書き手が誰かを証する英雄叙事詩など存在しない。[66]」〔図6、7〕名もなき人たちや、そのような人々の手の痕跡をとどめているものに向けられたこのような考察は、いま新たに人類に押しつけられようとしているように思われる総統崇拝などよりも、人類を人間的なものとすることにより多く貢献するのではないか——このことは、これまで過去が教えてくれながらも叶わなかった多くのことと同じように、いくどでもくりかえして、未来によって教えられなければならない。

図6　済南府の火神廟の鐘楼。屋根の棟に複数の鬼龍子が据えられている。
（フックス『鬼龍子』所収）

図7　鬼龍子の例
（フックス『鬼龍子』所収）

原註

1 カール・カウツキー「フランツ・メーリング」、『ノイエ・ツァイト（新時代）』第二三巻（一九〇四年）、第一号。

2 グスタフ・マイアー『フリードリヒ・エンゲルス伝』第二巻（フリードリヒ・エンゲルスとヨーロッパにおける労働運動の興隆）から引用。

3 この思想は、最初の一連のフォイアーバッハ研究で姿を現す。その際にマルクスによって次のような刻印をおびることになる。「政治、法、学問〔…〕、芸術、宗教の歴史というものは存在しない。」（『マルクス・エンゲルス・アルヒーフ――マルクス・エンゲルス研究所紀要』、第一巻、一九二八年）

4 事実的なものに関する寄せ集めの調査結果に対して、歴史的経験のなかで根源的にわれわれにかかわるものを際立たせているのが、弁証法的構成である。「事実的なものの、剝き出しのあからさまな姿のなかに、根源的なものが認識されることは決してない。そして、根源的なものの律動は、ある二重の洞察にのみ開かれている。この律動は、事実的なもののありようの前史および後史に関わっている。」（ヴァルター・ベンヤミン『ドイツ悲劇の根源』一九二八年）〔『ドイツ悲劇の根源・上』浅井健二郎訳、ちくま学芸文庫、六〇―六一頁〕

5 フックス『エロティック美術の歴史』第一巻。〔歴史家ランケ（Leopold von Ranke, 1795–1886）による『ラテン及びゲルマン諸民族の歴史　一四九四―一五一四』（一八二四年、第二版一八七四年）から引用〕

6 フックス『ガヴァルニ』（一九二五年）。

7 主要著作一覧（アルベルト・ランゲン社、ミュンヒェン）
『風俗の歴史――中世から現代まで』第一巻「ルネサンス」（一九〇九年）、第二巻「ロココ時代」（一九一〇年）、第三巻「市民の時代」（一九一一／一二年）、および「補巻一～三」（一九〇九、一九一一、一九一二年）。全巻再版、一九二六年。（以下、『風俗の歴史』と表記して引用）

『エロティック美術の歴史』第一巻「現代史的問題」（一九〇八年）新版一九二二年、第二巻「個別的問題」〔第一部〕一九二三年、第三巻「個別的問題」第二部、一九二六年。（以下、『エロティック美術』と表記して引用）
『ヨーロッパ諸民族の諷刺画』第一巻「古代から一八四八年まで」〔第一版一九〇一年、第四版一九二一年〕、第二巻「一八四八年から大戦前夜まで」〔第一版一九〇三年、第四版一九二一年〕。（以下、『諷刺画』と表記して引用）
『オノレ・ドーミエ──木版画とリトグラフ』（エドゥアルト・フックス編）第一巻「木版画 一八三三―一八七〇」一九一八年、第二巻「リトグラフ 一八二八―一八五一」一九二〇年、第三巻「リトグラフ 一八五二―一八六〇」一九二一年、第四巻「リトグラフ 一八六一―一八七二」一九二二年。（以下、『ドーミエ』と表記して引用）
『画家ドーミエ』（エドゥアルト・フックス編）（以下、『画家ドーミエ』と表記して引用）
『ガヴァルニ──リトグラフ』（エドゥアルト・フックス編）一九二五年。（以下、『ガヴァルニ』と表記して引用）
『エロティシズムの巨匠たち──芸術における創造性の問題　絵画と彫刻』一九三一年。（以下、『エロティシズムの巨匠たち』と表記して引用）
『唐の彫塑──七世紀から一〇世紀の中国の副葬陶磁器』（文化・芸術文書一）一九二四年。（以下、『唐の彫塑』と表記して引用）
『鬼龍子および類似の中国陶磁器──一五世紀から一八世紀』（文化・芸術文書二）一九二四年。（以下、『鬼龍子』と表記して引用）
フックスはこれらの他にも、諷刺画の主題としての女性、ユダヤ人、世界大戦のために特別な著作を著している。〔『諷刺画における女性』一九〇六年、『諷刺画における世界大戦』一九一六年、『諷刺画にお

けるユダヤ人』一九二二年）

8 A・マックス「知識人プロレタリアートの組織化の問題」、『ノイエ・ツァイト』第一三巻（一八九五年）第一号。

9 ニーチェは次のように、すでに一八七四年に書いている。「最終的な〔…〕結果として学問の〔…〕広く好まれている〈大衆化〉が生じている。つまりそれは、学問という上着を、〈雑多な公衆〉のからだに合わせて裁断することだ。この仕立て屋風の行為に対して、仕立て屋風のドイツ語で言ってみるとそういうことになる。」（フリードリヒ・ニーチェ『反時代的考察』第一巻〔「生に対する歴史の効用と害悪について」〕、一八九三年）

10 「自らの使命を真剣に考える文化史家は、つねに大衆のために書かなければならない。」（フックス『エロティック美術』第二巻）

11 カール・コルン「プロレタリアートと古典主義」、『ノイエ・ツァイト』第二六巻（一九〇八年）、第二号。

12 アウグスト・ベーベル『女性と社会主義（過去、現在、未来の女性）』第一〇版、一八九一年参照。技術による家事の変革について（一七七—七九頁、三三三—三六頁）、および発明家としての女性について（二〇〇—二〇一頁）。

13 ダーフィット・バッハ「ジョン・ラスキン」、『ノイエ・ツァイト』第一八巻（一九〇〇年）、第一号から引用。

14 このみかけだけの要素は、一九一二年のドイツ社会学会でのアルフレート・ヴェーバーの挨拶の言葉のうちに特徴的に現れている。「生が、さまざまな必要なものや有用なものから、それらを越えたものになったとき〔…〕はじめて、文化というものが存在するのです。」この文化概念のうちには、この間に展開してきた野蛮の萌芽がまどろんでいる。文化は、「生がこの先もさらに生存してゆくためには余分なもの、それでもそのためにそこにあるものとわれわれが感じているもの〔…〕」と見えている。要するに、文化は芸術作品のようなかたちで存在するということだ。そのような「芸術作品は、生の諸形式や諸原則をあるいは混乱させることもあり、解体と破壊の作用をもち、その存在を、それによって破棄されるあらゆる健全で生き生きとしたものよりも高次のものとわれわれが感じるもの」ということになる（アルフレート・ヴェーバー「社会学的な文化概念」、『第二回ドイツ社会学会討論集』ドイツ社会学会叢書、第一シリーズ、第二巻、一九一三年）。この発言があって二五年後に、文化国家は、そのような芸術作品に似ていること、そのような芸術作品であることを、自分の栄誉として要求してきた。

15 フランツ・メーリング「アカデミックなもの」、『ノイエ・ツァイト』第一六巻（一八九八年）、第一号。

16 『エロティック美術』第一巻。同時代の芸術につねに関連づけて考えることは、蒐集家フックスの最も重要な内的衝動の一つである。同時代の芸術もまた、彼にとって部分的には過去の偉大な創作に由来するものなのだ。少し古い時代の諷刺画についてのフックスの比類ない知識は、早いうちからフックスに、トゥールズ゠ロートレック、ハートフィールド、ジョージ・グロスのような人たちの仕事の核心を明らかにする力を与えている。ドーミエに対する情熱に導かれて、フックスはスレーフォークト〔Max Slevogt, 1868–1932, ドイツ印象派の画家〕の作品にもたどりつく。スレーフォークトの一連のドン・キホーテ作品の構想については、ドーミエと並んで残ってゆく唯一のものとしてフックスは思い描いていた。陶磁器に関しての研究によって、フックスはエミール・ポットナー〔Emil Pottner, 1872–1942, オーストリアのユダヤ系画家・陶芸家〕のような人物を支援するほどの権威を身につけている。生涯を通じて、フックスは造形芸術家たちとの親交をもち続けた。それゆえ、芸術作品についての彼の語り方は、歴史家のものというより、芸術家の語り方であるというのは不思議なことではない。

17 図像学的解釈の巨匠はエミール・マール〔Émile Mâle, 1862–1954, フランスの美術史家〕であるといえるだろう。彼の研究は、一二世紀から一五世紀のフランスの大聖堂の彫塑に限定されている。それゆえ、フックスの研究とは重ならない。

18 ハインリヒ・ヴェルフリン『古典主義芸術——イタリア・ルネサンス入門』ミュンヒェン、一八九九年。

19 それよりも古い額画が人間に居住の場所として与えているのは、市門の監視人小屋以上のものではない。初期ルネサンスの画家たちははじめて室内空間を絵のなかに描いた。それらの室内空間では、描かれた人物たちが自由に動く空間が与えられている。そのことは、ウッチェッロ〔Paolo Uccello, 1397–1475、初期ルネサンスのフィレンツェの画家〕による遠近法の考案によって、同時代の人たちにとっても彼自身にとっても、圧倒的な力をもつものとなっていた。このとき以降、作品のうちにそれ以前よりも居住者を（かつてのように祈る者をではなく）描くようになった絵画は、彼らに住居の模範を示すものとなり、倦むことなく彼らの前に邸宅の遠近法的眺望を提示した。盛期ルネサンスは、本来の室内を描写することにおいてははるかに慎ましやかであったが、それでもやはりこの土台の上に築かれていた。「一六世紀〔イタリア盛期ルネサンスの時代〕は、人間と建築物のあいだの関係に対して、また美しい空間の共鳴に対して、ある特別の感覚をもっている。建築上の枠組みや基礎づけをもたない人間の生活など、ほとんど考えることができない。」（ヴェルフリン、同書）

20 『エロティック美術』第二巻。

21 フランツ・メーリング『ドイツ社会民主党の歴史』第二部「ラサールの公開返答書簡からエアフルト綱領まで」（社会主義の歴史詳説、第三巻二）、一八九八年。

22 『諷刺画』第一巻。

23 ドーミエのプロレタリア女性の人物像についての以下のすばらしいコメント参照。「こういった素材を単なる動きのモティーフとして見る人は、心を震撼させる芸術の造形のために有効に働かなければならない最後の衝動力が、その人にとっては封印されたままの書物となっているということを、自ら証明しているのだ。〔…〕これらの絵で問題となっているのは〔…〕「動きのモティーフ」とはまったく別のものであるというまさにその理由によって、これらの作品は〔…〕一九世紀における母親的女性の隷属化をあらわす心を震撼させる記念碑として、永遠に生きることになるだろう。」（『画家ドーミエ』）

24 『唐の彫塑』。

25 芸術作品のエロティックな作用についての次のテーゼ参照。「作用のもつ集中力が強ければ強いほど、芸術的価値はそれだけ大きなものとなる。」（『エロティック美術』第一巻）

26 『諷刺画』第一巻。

27 『鬼龍子』。

28 『エロティシズムの巨匠たち』。

29 『鬼龍子』。

30 『エロティック美術』。

31 『唐の彫塑』。こういった直感的、直接的な見方は、唯物論的な分析の構成要素を満たそうとするときには問題を孕むものとなる。マルクスが他のいかなる点よりも詳細に、どのように上部構造と下部構造の関係を個別の問題について考えなければならないかと熱く語ってきたことはよく知られている。物質的な生産関係と、もっと遠くに離れた上部構造の領域（芸術はこれに含まれる）とのあいだに作動する一連の仲介物、いわばトランスミッションを念頭に置いていたということだけは確実である。たとえばプレハーノフも次のように述べている。「上流階級によって作り上げられる芸術が、生産過程に対して直接的関係が何もないとすれば、このことは最終的には〔…〕経済的原因から説明することができる。唯物論的な歴史の説明は〔…〕こういった場合に対しても適用可能である。とはいえ、存在と意識とのあいだ、また、「労働」を基盤とする社会関係と芸術とのあいだにある、疑う余地のない因果論的な連関は、この場合、それほど簡単には姿を現すことはないということは、当然のことである。ここには〔…〕いくつかの中間段階が生じる。」（ゲオルギー・プレハーノフ「唯物論的歴史観の立場から見た一八世紀のフランス演劇とフランス絵画」、『ノイエ・ツァイト』第二九巻、シュトゥットガルト、一九一一年、第一号）。

ここでは、マルクスの古典的な歴史弁証法が、因果的従属関係を所与のものとみなしているということについては、明白である。これよりのちの実践ではもっと手ぬるいやり方がされるようになり、類比をもち出すことで満足することもしばしばあった。市民的な文学史・美術史を、同じくらい大掛かりな唯物論的文学史・美術史で置き換えようとする要求と、このことが関係していたということはありうることだ。こういった要求はこの時代の徴（しるし）の一つである。それはヴィルヘルム二世時代の精神に担われていたものだった。この要求はフックスにもそれなりの犠牲を求めるものとなった。さまざまなかたちで現れることになった著者フックスのお気に入りの思考の一つは、商業国家にリアリズム的な芸術のエポックをわりふっている。たとえば、一七世紀のオランダ、八世紀及び九世紀の中国はリアリズム芸術のエポックだということになる。中国の園芸に即してフックスはこの帝国の多くの特徴を説明しているが、この中国の園芸の分析から出発して、彼は唐の支配下で成立する新しい彫塑に向かっていく。漢様式のモニュメンタルな硬直状態はゆるみ、壺の制作によって腕を磨いた無名の巨匠たちの関心は、これ以降、人間と動物における動きへと向けられることになる。フックスは次のように述べている。「中国のそれら何世紀かのうちに、時代は偉大な休息から目覚めた〔…〕。というのも、商業は生命と運動がつねに高められていることを意味するからだ。そういったわけで、まず第一に生命と運動が唐時代の芸術のうちに必然的に入り込むことになった〔…〕。このメルクマールはまた、最初に目に飛び込んでくるものでもある。たとえば、漢時代の動物は、その外見全体がいまだに重くずっしりしているのに対して、〔…〕唐時代の動物は〔…〕すべてが生き生きとしており、四肢はいずれも動きのうちにある。」（『唐の彫塑』）こういった見方は単なる類比（アナロジー）（商業における動きと彫塑における動き）にもとづくものであり、それをまさに唯名論的であると呼んでも差し支えないだろう。ルネサンスにおける古典古代の受容を解き明かそうとする試みも同様に、アナロジーにとらわれている。「経済的な土台は、これら二つの時代において同一のものだった。ただ、ルネサンスにおいては経済的な土台が、発展のより高い段階にあったというだけである。二つの時代とも、商品取引という土台にもとづくものであった。」（『エロティック美術』）。最終的には商売そのものが、芸術という営みの主体として立ち現れる。次のように書かれている。「商業は、与えられた数値で計算しなければならない。そして、具体的で検証可能な数値のみを計算に入れなければならない。商業が世界と物を経済的に支配しようとするのであれば、世界と物に対してそのように立ち向かわなければならない。そういったわけで、物についての商売の芸術的な見方もまた、いかなる点でも現実的（リアル）なものとなる。」（『唐の彫塑』）。芸術のうちに「いかなる点でも現実的（リアル）な」描写を見出すことはできないということは、度外視することにしよう。根本的なこととしていっておかなければならないのは、王朝時代の中国の芸術と近世ネーデルラントの芸術の両方に厳密に同じように妥当すると主張される連関には、問題があると思われるということだ。実際、そのようなかたちでの連関は存在しない。ヴェネツィア共和国のことを考えれば十分だろう。ヴェネツィア共和国は、商業によって栄えた。しかしながら、パルマ・ヴェッキオ、ティツィアーノ、ヴェロネーゼの芸術が「いかなる点でも」リアリズム的であったとはいいがたい。そういった芸術においてわれわれの前に立ち現れてくる生活の側面は、代表的なものや壮麗なものだけである。他方で、職業生活は、そのすべての発展段階において現実性の感覚をかなりの程度要求する。唯物論者は、こういったことから様式のふるまい方を推論することなど決してできない。

32　カール・カウツキー「ダーウィニズムとマルクス主義」、『ノイエ・ツァイト』第一三巻（一八九五年）、第一号。

33　H・ラウフェンベルク「ドグマと階級闘争」、『ノイエ・ツァイト』第二七巻（一九〇九年）、第一号。自動性の概念はここではみじめに落ちぶれたものとなっている。その偉大な時代は、複数の市場の調整が始まった一八世紀のことだった。当時、この概念は、カントでは自発性というかたちをとるとともに、技術においては自動機械というかたちをとって凱歌をあげていた。

34 『諷刺画』第一巻。

35 『エロティック美術』第一巻。

36 A・マックス「知識人プロレタリアートの組織化の問題」、前掲書。

37 『諷刺画』第二巻。

38 メーリングは、『職工』〔ドイツ自然主義の劇作家ゲルハルト・ハウプトマンの一八九二年の戯曲。同年、ベルリンの警察によって上演禁止が言い渡される〕がひきおこした裁判について『ノイエ・ツァイト』で論評している。弁護者の弁論の一部は、それが一八九三年にもっていた現在性(アクチュアリティ)をふたたび手にしている。弁護士は次のように述べている。「先ほど引用した、革命的とも見える箇所に対しては、なだめ鎮める性格をもつ別の箇所が対置させられているということを主張しなければなりません。詩人はまた、決して暴動の側に立っているのではなく、むしろ少数の兵士たちの介入による秩序に勝利を与えているのです。」(フランツ・メーリング「あれかこれか」、『ノイエ・ツァイト』第一一巻(一八九三年)、第一号)。

39 オノレ・ド・バルザック『従兄ポンス』パリ、一九二五年。

40 エドゥアール・ドリュモン『英雄と道化師』パリ〔一九〇〇年〕。

41 ゲオルク・ゴットフリート・ゲルヴィーヌス『フリードリヒ・クリストフ・シュロッサー 追悼』ライプツィヒ、一八六一年。

42 帝国検察庁による「猥褻文書頒布」での告発が始まったとき、フックスの作品がとっていた路線〔市民的な道徳主義〕は彼にとって有利にはたらいた。フックスの道徳主義は、自然なことではあるが、ある専門家の所見のうちにとくに強調されて言い表されているのを見出すことができる。その所見は、すべて無罪判決でおわった刑事訴訟の一つが執り行われる過程で表明されたものである。それはフェードル・フォン・ツォーベルティッツ(Fedor von Zobeltitz, 1857–1934, ドイツの作家・ジャーナリスト)によるものでで、その最も重要な箇所には次のようにある。「フックスは、自分自身が道徳の説教師、教育者であると真摯に感じており、自分の仕事は人類の歴史に仕えるものとなって最高度の道徳性によって担われたものでなければならないという、この深く真摯な人生観、この心からの理解だけをもってしても、事業欲に駆られた投機という疑念に対して彼は擁護されるものである。このような疑念に対しては、フックスという人物を知り、彼の輝くような理想主義を知る人であれば、誰でも微笑まざるをえないだろう。」

43 この修正は、マックス・ホルクハイマーによって、「エゴイズムと自由解放運動」（『社会研究所紀要』第五巻、一九三六年）において開始された。急進論者アベル・ボナール〔Abel Bonnard, 1883–1968, フランスの作家・詩人・政治家〕は、シャトーブリアンによって「恐怖政治讃美派」と要約された市民の革命史家たちに対する告発をおこなっているが、その際にボナールが用いた一連の証拠資料は、ホルクハイマーの集めた証言と一致している。（アベル・ボナール『穏健派』、パリ〔一九三六年〕参照）

44 『画家ドーミエ』。

45 ノルベルト・グーターマン／アンリ・ルフェーブル『神秘化された意識』パリ、一九三六年。

46 『エロティック美術』第二巻、第一部。

47 『エロティック美術』第一巻。総裁政府期〔一七九五―一七九九年にかけてのフランス革命のほぼ最終段階〕の風俗史的な記述は、まさにモリタート〔「ロシア映画芸術の状況について」訳註（5）参照。モリタートはショッキングな一連の図版を示しながら大道芸として歌われていた物語の歌〕の特徴を備えている。「悪質で下劣な銅版画つきのマルキ・ド・サドの恐ろしい本が、あらゆるショーウィンドウで開かれて置いてあった。」そして「羞恥心を失った放蕩者の荒廃した幻想」が、バラス〔Paul Barras, 1755–1829、フランス革命期の政治家、総裁政府の五人の総裁のリーダー的存在〕の口からも語られている。（『諷刺画』第一巻）

48 『諷刺画』第一巻。

49 マックス・ホルクハイマー「エゴイズムと自由解放運動」、前掲書。

50 『エロティック美術』第二巻。フックスはここである意義深い事実を探り当てようとしている。フックスがオルギアのうちに見ている動物と人間のあいだの敷居を、直立歩行の表すもう一つの敷居と直接に関連づけるのは、あまりに性急であろうか。直立歩行とともに、オーガズムの際にパートナー同士が互いの目を見ることができるという、それまではまったく知られていなかった現象が自然史のうちに入り込むことになるのだ。それによってはじめてオルギアは可能になる。それは、まなざしが出会う刺激が増大することによってというわけではない。むしろ決定的であるのは、もう飽き飽きした、もうできないという表現が、今度はそれ自体エロティックな刺激要因になりうるということである。

51 『風俗の歴史』第三巻。この数ページ後には、こういった確かな判断はもはや見いだされなくなる。こういった判断を因習から勝ち得るためにはどれほどの力が必要であるかということの証である。そこではむしろこのように書かれている。「何千人もの人間が、女性あるいは男性のヌード写真を見て性的に興奮するという事実は、眼がもはや調和的全体をとらえているのではなく、刺激的な細部しか見ることができなくなっているということを示している。」（同書）ここで性的に興奮させるものが何かあるとすれば、それはむしろカメラの前に裸の身体が晒されているという想像であり、裸体を見ていることそのものではない。こういった写真の大半がねらっていたものは、おそらくこのような想像であろう。

52 『風俗の歴史』第三巻。

53 『風俗の歴史』補巻三。

54 イデオロギーが利害関係の直接的な所産であるように、フックスにとって芸術は直接的な官能性である。「芸術の本質とは、官能性である。芸術は官能性なのだ。さらにいえば、最も高められた形式の官能性ということになる。芸術とは、形式となった、可視的なものとなった官能性である。そして同時に、官能

性の最も高度で高貴な形式なのである。」(『エロティック美術』第一巻)

55　『諷刺画』第一巻。

56　『エロティック美術』第二巻。

57　『画家ドーミエ』。

58　これについては以下の考察を参照。「私の〔…〕観察によれば、芸術家のパレットのそのつどの主要な色調は、エロティックな特質が際立った絵画では、つねにとくにはっきりと表れており、そういった色調はそういった絵画では〔…〕最高度の輝く力をもっているように思われる。」(『エロティシズムの巨匠たち』)

59　『画家ドーミエ』。ここで語られている人物像の一つに、有名な「美術通」もある。いくつものバージョンで描かれている水彩画である。ある日、これまで知られていないこの絵の版がフックスのところに持ち込まれた。本物かどうかを見定めてもらうためである。フックスはこのモティーフの主要作品の質のよい複製を手に取り、きわめて啓発的な比較の作業にとりかかった。ほんのわずかなちがいさえ見過ごされることはなかった。そして、どのようなちがいについても、それが巨匠の手によるものか、あるいは無能な人間が作り出したものか説明できることが肝心であった。フックスは何度もドーミエの原作に立ち返った。しかし、彼がそれをおこなったときのやり方は、そのようなことは度外視してもかまわないといった様子を示しているようでもあった。彼のまなざしは、何年間も心のうちに思い描いていた絵の場合にのみそのようなことが可能であるように、原作にしっかりと馴染んでいたのだ。疑いもなく、この原作はフックスにとってはそのようなものになっていた。そのことによってのみ、フックスは輪郭のきわめて微細な不確かさや、陰影のなかの最も目につきにくい誤った色使いや、筆使いのごくわずかな逸脱を見つけ出すことができたのだ。それらによって、問題の絵はしかるべき位置に収まることになった。ちなみにそれは、贋作という位置ではなく、アマチュアによるものと思われる質のよい古い模写という位置であったのだが。

60 『鬼龍子』。

61 『唐の彫塑』。

62 『ドーミエ』第一巻。このような思考と、ヴィクトル・ユゴーによるカナの結婚のアレゴリー的解釈とを比較せよ。「パンの奇跡は、読者を何倍にも増やしていくことを意味している。キリストがこの象徴に思い至ったその日、彼は活版印刷の発明を予感していたのだ。」（ヴィクトル・ユゴー『ウィリアム・シェイクスピア』、ジョルジュ・バトル『煽動の大司教――ヴィクトル・ユゴー』パリ、一九三四年からの重引）〔ちなみに、ここではカナの婚礼でのぶどう酒の奇跡と、湖畔でパンと魚とを増やす奇跡とが混同されている。〕

63 『鬼龍子』。

64 『諷刺画』第一巻。例外は規則の存在を証明する〔ことわざ〕。機械的な複製方法は、テラコッタ像の制作で用いられていた。それらのうちには諷刺的な像も数多く見られる。

65 エーリヒ・クロソフスキー『オノレ・ドーミエ』ミュンヒェン、一九〇八年。

66 『鬼龍子』。

訳註

（1）エドゥアルト・フックス（Eduard Fuchs, 1870–1940）は、ドイツの著作家・芸術蒐集家。この論考全体を通じてフックスについて語られているので、ここではその理解の手助けとなることがらだけを示したい。小さな商人のもとに生まれ、すでに一六歳のときに、当時社会主義者鎮圧法のもとにあったドイツ社会主義労働党（現在のドイツ社会民主党の前身）に入党、積極的に社会主義運動に加わる。一八九〇年に、社会民主主義の機関紙『ミュンヒェン・ポスト』に職を得たのち、一八九二年、諷刺雑誌『南ドイツ郵便御者』の発行を任されて、その力を発揮する。この雑誌の編集には一九〇一年までかかわる。その後、社会民主党とは決別し、一九一八年にはスパルタクス団の創設メンバー、一九一九年にはドイツ共産党の設立メンバーとして加わっている。しかし、党内の派閥争いのなかで「右派」と位置づけられて対立し、一九二八年にはドイツ共産党から脱退。そこから分かれてできた「共産党反対派（KPO）」に所属する。一九三三年一月のナチス権力掌握以降、フランスに亡命。ベンヤミンとはその際に交友関係を結ぶ。この論考が書かれた一九三七年はそのような時期に当たる。この間、圧倒的な量の著作と諷刺画・芸術品の蒐集をおこなっていた。著作としては、最も有名な『風俗の歴史』全六巻（一九〇九―一九一二年）、『エロティック美術の歴史』全三巻（一九〇八―一九二六年）の他、諷刺画をとりあげたものが多い。これらをつらぬいているのは社会主義者としての姿勢である。一九三三年にフックスがフランスに亡命した際、大量の芸術品等が残されていたが、それらはナチスによって押収され売却等の処分をされた。ベンヤミンがフックスと知り合ったのは、彼の晩年の時期であり、このときはフックスの膨大な業績が成し遂げられた時点ということになる。

（2）この箇所および直後の箇所で言及されている、マルクスとエンゲルスの直近の理論的後継者たちについて概観する。プレハーノフ（Georgij Valentinovich Plekhanov, 1856–1918）は、ロシアのマルクス主義の出発点に位置づけられる。一八八二年には『共産党宣言』をロシア語に翻訳。カウツキー（Karl Kautsky, 1854–1938）は、プラハ生まれのチェコ系オーストリア人、マルクス主義の政治理論家。一八七五年にはオーストリア社会民主党に入党、一八八三年に『ノイエ・ツァイト（新時代）』を創刊。メーリング（Franz Mehring, 1846–1919）は、プロイセンのポメルン（現在ポーランド）出身のドイツのマルクス主義者・歴史家・文芸史家。ドイツ社会民主党に入党して機関誌『ノイエ・ツァイト』の編集にも携わる。社会民主党内部では左派、第一次世界大戦後のドイツ共産党の創設にかかわる。ヴィルヘルム・リープクネヒト（Wilhelm Liebknecht, 1826–1900）は、ドイツ社会民主労働者党（社会民主党の源流の一つ）の創立者の一人であり、ドイツ共産党創設（一九一八年）の翌年に惨殺されたカール・リープクネヒトの父親。アウグスト・ベーベル（August Bebel, 1840–1913）は、ヴィルヘルム・リープクネヒトとともに、一八六九年にアイゼナハ綱領（マルクス主義的）にもとづく社会民主労働者党を設立。二人は「ラサール派」に対立する立場をとっていたが、一八七五年のゴータ大会で、アイゼナハ派（ベーベルとヴィルヘルム・リープクネヒトら）とラサール派の両派は合同することとなり、ゴータ綱領を掲げてドイツ社会主義労働者党を打ち立てる（マルクスはゴータ綱領を批判）。ラサール派のもととなるフェルディナント・ラサール（Ferdinand Lassalle, 1825–1864）は、マルクスの同時代人（七歳年下）で同じくユダヤ人。大学時代の一八四〇年代半ばに社会主義者となる。一八四八年の革命に際してマルクスおよびエンゲルスと出会い、ある程度連携しつつ政治活動をおこなっていたが、マルクスは次第にラサールに対する距離をはっきりととるようになる。ラサールは一八六三年に全ドイツ労働者協会を設立するが、一年後に決闘によって三九歳で死去。そののち組織は方向性をめぐって混乱するが、シュヴァイツァーがこれを引き継ぐ。このラサール派は、この間、ベーベルとリープクネヒトを中心とするアイゼナハ派と抗争関係にあった。両派が一八七五年に結びついてドイツにおける社会主義運動がようやくまとまることになるが、一八九〇年に社会主義者鎮圧法の更新を主張するビスマルクが失脚し、この法律が消滅した後、ドイツ社会主義労働者党はドイツ社会民主党へと改名する。

（3）メーリングが社会民主党に入党するのは一八九一年。

（4）フックスが『ミュンヒェン・ポスト』紙の発行する社会主義的諷刺雑誌『南ドイツ郵便御者』にかかわりはじめ、ドイツで最初のカラー版雑誌の発行によって売上を圧倒的に伸ばした一八九二年のことを指すと思われる。

（5）司法長官フリードリヒ・フォン・ミュラーとの一八二三年六月一一日の対話。

（6）《歴史の概念について》のテーゼV参照。（『ベンヤミン・アンソロジー』山口裕之編訳、河出文庫、三

六三頁）

（7）この箇所は、《歴史の概念について》のテーゼXIV、XVIIと関連。

（8）この箇所は、《歴史の概念について》のテーゼXVIと関連。

（9）フランツ・メーリング「レッシング伝説」、初出は『ノイエ・ツァイト』（一八九一／一八九二年）、書籍としては一八九三年（第二版一九〇六年）。

（10）ハインリヒ・ハイネ（Heinrich Heine, 1797–1856）は、数多くの有名な詩集と評論を残した詩人・作家。ゲルヴィーヌス（Georg Gottfried Gervinus, 1805–1871）は、ドイツの歴史家・文学史家。主著『ドイツ人の詩的国民文学の歴史』全五巻、一八三五—一八四二年。いわゆる「ゲッティンゲン七教授」の中心人物の一人であり、ドイツにおけるリベラリズムの象徴的人物である。シュタール（Adolf Stahr, 1805–1876）は、ドイツの作家・文学史家。著書のうちに『G・E・レッシング。生涯と作品』全二巻、ベルリン、一八五九年がある。ダンツェル（Theodor Wilhelm Danzel, 1818–1850）は、ドイツの文学史家。著書に『ゴットホルト・エフライム・レッシング　生涯と作品』第一巻（一八五〇年）、第二巻（一八五三年）。エーリヒ・シュミット（Erich Schmidt, 1853–1913）は、ドイツの文学史家。著書のうちに『レッシング　彼の生涯と著書の歴史』第二版、一八九九年。

（11）ユリアン・ヒルシュ『名声の起源　歴史の方法論』一九一四年。

（12）リヒャルト・カルヴァー（Richard Calwer, 1868–1927）は、ドイツのジャーナリスト（ベンヤミンはCalverという綴りで書いている）。彼は一八九一年に社会民主党に入党する。『ミュンヒェン・ポスト』に勤めるようになるのは一八九二年。一九〇〇年代に党内の派閥抗争に巻き込まれて脱党するが、社会民主党内で精力的な活動をおこなっていた。

（13）『南ドイツ郵便御者』（Süddeutscher Postillon）は、一八八二年から一九一〇年まで発行されていた政治諷刺雑誌。一八九二年から一九〇一年まではフックスが編集長を務める。

(14)『諷刺画における一八四八年』ミュンヒェン、一八九八年、および『三月前期の舞踏牧歌　諷刺画におけるローラ・モンテス』ベルリン、一九〇四年を指す。

(15) ヴィルヘルム・ブロース（Wilhelm Blos, 1849–1927）は、ドイツのジャーナリスト・著作家・歴史家・政治家。ここでベンヤミンが念頭に置いているのは、おそらく『フランス革命　大衆向け記述――一七八九―一八〇四年のフランスのできごとと状況』（一八八八年）だと思われる。

(16) マクシミリアン・ハルデン（Maximilian Harden, 1861–1927）は、ドイツの批評家・ジャーナリスト。一八九二年に雑誌『未来（Die Zukunft）』を創刊、一九二二年までその編集をおこなう。

(17)『ノイエ・ツァイト（新時代）』は、ドイツ社会民主党系の理論的機関紙、カウツキーが一八八三年に創刊。一九二三年まで刊行された。

(18) シュルツェ゠デーリチュ（Hermann Schulze-Delitzsch, 1808–1883）は、ドイツの社会改革者・政治家。ドイツの協同組合活動の創始者の一人で、その組織化につとめた最も重要な人物。

(19) マクシム・デュ・カン（Maxime Du Camp, 1822–1894）は、フランスの作家・ジャーナリスト。若いときから数多くの旅行を重ね（フロベールとも）、写真にも取り憑かれていた。ベンヤミンが言及している蒸気機関車と重ねられたイメージは、彼の「機関車」と題された詩のことを念頭に置いたものか。

(20)『園亭（Die Gartenlaube — Illustriertes Familienblatt）』は、一八五三年に創刊され、一九四四年まで続いたドイツのグラフ雑誌。ドイツ中流階級の趣味や関心にあう記事や図版が掲載される大量販売の雑誌として成功していた。

(21) この箇所は、《歴史の概念について》のテーゼⅦと関連。

(22) カール・ランプレヒト（Karl Lamprecht, 1856–1915）は、ドイツの歴史家。ここで言及されているのは、『ドイツ史』一二巻と未完の二巻（一八九一―一九〇九年）。

(23) フランスの彫刻家オーギュスト・ロダン（François-Auguste-René Rodin, 1840–1917）とドイツの印象派の画家マックス・スレーフォークト（Max Slevogt, 1868–1932）。

（24）ヴィンケルマン（Johann Joachim Winckelmann, 1717–1768）は、ドイツの美術史家。古典古代美術にこそ美の模範を求める。レッシング、ゲーテ、シラーをはじめとして、古典主義の文学、新古典主義の建築に圧倒的な影響を及ぼす。

（25）Disiecta membra（Disjecta membra）というラテン語の術語。「飛び散った断片・四肢」の意味で、ホラティウスの言葉に由来する。写本研究等において散逸した書物・文献の一部を言い表したり、美術史において古代の陶器の破片なども指す。

（26）ハインリヒ・ヴェルフリン（Heinrich Wölfflin, 1864–1945）は、スイスの美術史家。とりわけ『美術史の基礎概念』（一九一五年）によって知られる。

（27）フックスの『エロティック美術の歴史』の第一巻は一九〇八年に出版されるが、その続巻となる第二巻、第三巻はそれぞれ、第一次大戦後の一九二三年、一九二六年に出版されている。第一巻には「現代史的問題」という副題がつけられているのに対して、第二巻、第三巻の副題はいずれも「個別的問題」とされている。

（28）ゲオルク（ゲーオア）・ブランデス（Georg Morris Cohen Brandes, 1842–1927）は、デンマークの批評家・コペンハーゲン大学教授。一八七〇年から一九〇〇年頃にかけて、ヨーロッパ文学史家として広く知られ影響力をもった。とりわけニーチェとの交流で重要な位置を占める。

（29）アドルフ・バスティアン（Adolf Bastian, 1826–1905）は、民族学者・医者。船医としてオーストラリア、ペルー、メキシコ、アフリカなどを旅する。そのようにして得た知識や経験から民族学の研究誌の創刊に寄与し、ベルリンの人類学・民族学の学会の創設にもかかわる。

（30）ギリシア神話の神プリアーポスは、デュオニュソスとアフロディーテの息子であり、図像としては、過度に強調された巨大な男根をもつ人物像として描かれる。そのような意味で、豊穣の神である。

（31）ドイツ帝国の宰相となったビスマルクが社会主義者鎮圧法の議会での可決に向けて動き、そして実際に可決させた一八七八年から、労働者保護に共感を示す皇帝との対立によって最終的に辞任に追い込まれる一八九〇年までを指す。

（32）エンリーコ・フェッリ（Enrico Ferri, 1856–1929）は、イタリアの刑法学者・犯罪学者、ボローニャ大学刑法学教授、社会主義者。チェーザレ・ロンブローゾのもとで学び、イタリア実証学派の一人として現代の刑法学を築いた。

（33）エドモン・ド・ゴンクール（Edmond de Goncourt, 1822–1896）とジュール・ド・ゴンクール（Jules de Goncourt, 1830–1870）の兄弟は、フランスの作家。作家、芸術家との幅広い交流をもち、有名な『日記』は一九世紀のフランス、ヨーロッパ文化・社会のきわめて具体的な様相を描き出すものとなっている。ロココ美術と日本の芸術にとりわけ強く惹かれ、芸術および書籍の蒐集家でもあった。

（34）エドゥアール・ドリュモン（Édouard Drumont, 1844–1917）は、フランスのジャーナリスト・作家・政治家。

（35）フリードリヒ・クリストフ・シュロッサー（Friedrich Christoph Schlosser, 1776–1861）は、ドイツの歴史家。普遍史的な見方を特徴とする。

（36）シュロッサーの代表的な著作『ドイツ民族のための世界史』（全一八巻＋索引、一八四四―一八五七年、死後継続され二〇巻となる）を指す。

（37）フランク・ヴェーデキント（Frank Wedekind, 1864–1918）は、ドイツの劇作家。とりわけ、『春のめざめ』、ルル二部作として知られる『地霊』『パンドラの箱』にも顕著に見られるように、市民的な性道徳の観念の欺瞞性に強烈な批判を向ける。

（38）オルギアは、もともとは古代ギリシアにおける陶酔的な高揚をともなう秘教的な儀式を指すが、そこから乱交的な性的放縦一般を指す言葉として用いられるようになった。

(39) カール・クラウス (Karl Kraus, 1874–1936) は、ウィーンの批評家。後に彼の個人雑誌となる『ファッケル(炬火)』の編集者。徹底的に考え抜かれた諷刺の言葉によって同時代の政治、文学、芸術などに対して仮借ない批判を向けた。ベンヤミンに対しても強い影響を与えており、一九三一年にエッセイ《カール・クラウス》が発表されている。

(40) マックス・フォン・ベーン (Max von Boehn, 1860–1932) は、ドイツの文化史家。ドイツを中心としたさまざまな時代の文化史の著作を多数発表している。そのなかには『モード』(全八巻、一九〇七–一九二五年)も含まれる。『ドイツ十八世紀の文化と社会』『ビーダーマイヤー時代――ドイツ十九世紀前半の文化と社会』『ロココの世界――十八世紀のフランス』『モードの生活文化史』(『モード』)などの邦訳もある。

(41) 第三巻に含まれる「ブルジョワ的服装」の章をさす。邦訳(角川文庫全九冊)では第八巻に含まれる。

(42) ドーミエ (Honoré-Victorin Daumier, 1808–1879) は、フランスの画家・諷刺版画家。フックスは、木版画とリトグラフをまとめた四巻本『オノレ・ドーミエ』(一九二七年)、および、『画家ドーミエ』(一九三〇年)を刊行している。

(43) ポール・ガヴァルニ (Paul Gavarni, 1804–1866) は、フランスのデッサン画家・版画家・諷刺画家。フックスはリトグラフ集の『ガヴァルニ』(一九二五年)を刊行している。

(44) Y字型あるいは一組のL字型の棒を緩やかに手でもって、その自然な動きによって地中の水脈や鉱脈を探し出す方法。ヨーロッパでは、迷信として退ける動きがありながらも、古くからこの方法が広まっていた。

(45) 一七世紀フランスの宮廷の人々を描いたラ・ブリュイエール (Jean de La Bruyère, 1645–1696) の著書『カラクテール(人さまざま)』のなかに、デモセド (Démocède) という名前の蒐集家が登場する(ベンヤミンは Damocède という綴りで表記している)。そのモデルになったのが、マロル (Michel de

Marolles, 1600–1681）である。マロルは、一七世紀パリの聖職者であるが、同時に版画の蒐集家としても知られていた。

（46）ケリュス伯爵（Anne-Claude-Philippe de Thubières, Comte de Caylus, 1692–1765）は、フランスの古美術蒐集家として知られる貴族。

（47）フィリップ・フォン・シュトッシュ男爵（Baron Philipp von Stosch, 1691–1757）は、ドイツの外交官・古美術蒐集家・古銭研究者・宝石研究者。

（48）ヴァルラフ（Ferdinand Franz Wallraf, 1748–1824）は、ドイツの植物学者・数学者・カトリックの司祭で、著名な芸術蒐集家でもあった。ボワスレ（Sulpiz Boiserée, 1783–1854）は、ドイツの芸術蒐集家・美術史家。彼のコレクションはミュンヒェンのアルテ・ピナコテークで見ることができる。

（49）ヴィンケルマン（訳註（24）参照）の言葉として広く知られる。

（50）ここで「鬼龍子」を表すために使われているドイツ語 Dachreiter（文字通りの意味は「屋根にまたがるもの」）は、ヨーロッパの建築物についていえば、もともと屋根の棟に載るかたちで作られている小さな塔などを指すことが多い。ここでは「中国の」という言葉が添えられることにより、伝統的な中国建築において隅棟のうえに（多くの場合複数）載せられている魔除けなどの意味をもつさまざまな形象を指している。アジアの伝統的な建築物にそれが伝播しているが、日本ではその形象の種類に応じて「鬼龍子」（龍・鳳凰・麒麟・獅子・狛犬・馬など）や鬼犾頭（きぎんとう）（鯱（シャチホコ））と呼ばれている。この箇所が引用されているフックスの著作『鬼龍子および類似の中国陶磁器——一五世紀から一八世紀』全体が、中国の「鬼龍子」等を包括的に論じたものとなっている。

叙事的演劇とは何か〔第二稿〕

Ⅰ　くつろいだ観客

「ソファの上で横になり小説を読むことほどすてきなことはない」と、前世紀〔一九世紀〕の物語作家の一人が述べている。このことが暗に示しているのは、読書を楽しんでいるこの人が、物語作品を前にしてどれほどゆったりとくつろぐことができるのかということだ。演劇作品の場にいあわせている人についてのイメージは、ほぼ反対のイメージになるのがつねである。全神経を集中させ、はりつめて、できごとの流れをたどる男のことを思い浮かべる。叙事的演劇という概念（文学的実践の理論家としてのブレヒトが作り上げた概念）がとりわけ示唆しているのは、この演劇は、くつろいだ観客、気持ちをゆるめて筋の流れを追う観客を望んでいるということだ。この観客はもちろん、つねに集団として現れることになるだろう。そのことによって、この観客は、テクストとともに一人でいる読者と区別される。そしてまたこの観客は、まさに集団であることによって、たいていの場合、すばやい立場表明をおこなうことが求められていると感じることだろう。しかし、この立場表明は十分に考えられたもの、そうすることでくつろいだもの、要するに、このことに関心を抱いてかかわる人たちのものでなければならない、とブレヒトは考えている。彼らが参与するようにと、二重のことがらが想定されている。第一に、できごとである。これらのことがらは、決定的な箇所で、観客自身の経験から検証できるようなものでなければならない。第二に、上演。上演は、その技巧的な器械装置に応じて、透明性をもって形成されなければならない。（この形成は、「素朴さ」とは完全に反対のものである。この形成は実際に、演出家の芸術理解と鋭い洞察力を前提としている。）叙事的演劇は、「理由なくして思考することのない」、関心を抱く人たちに向けられている。ブレヒトは、大衆を見失うことはない。大衆が思考を用いるのは限られているが、このことはおそらく先ほどの言い回しとも合致している。観客に専門家として、とはいえ決して単なる「教養」を通る道をたどることなく、演劇への関心をいだいてもらう努力のなかで、政治的な意志が実現してゆくのだ。

II　劇の筋

叙事的演劇は、「舞台から素材にかかわるセンセーショナルな要素を取り去る」ものでなければならない。それゆえ、叙事的演劇にとっては、新しい話の筋よりも古い話の筋のほうが、しばしば多くを成し遂げることになるだろう。ブレヒトは、叙事的演劇の描き出すできごとは、すでによく知られたものである必要があるのではないか、という問いを自らに掲げてきた。叙事的演劇と劇の筋との関係は、振付師(バレエマイスター)とその生徒との関係に等しい。叙事的演劇が第一にしなければならないことは、その生徒〔また劇の筋〕の関節を限界までほぐすことであろう。(実際、中国の演劇はそのように行われる。『中国の第四の壁』[1]のなかでブレヒトは、自分が中国演劇に多くを負っていると述べている。)演劇がよく知られているできごとの出現に目を配っているものであるとすると、「歴史的なできごとがまずは最も適しているだろう。[2]」できごとを、演技法やポスターや標題によって叙事的に引き伸ばすことは、それらのできごとからセンセーションという性格を一掃することにねらいを定めている。

そのようにして、ブレヒトは最新作でガリレイの生涯を対象としてとりあげている。ブレヒトはガリレイをとりわけ偉大な教師として描き出している。ガリレイは新しい物理学を教えるだけではなく、それを新しい方法で教える。実験は、彼の手にあって、科学を征服するものであるばかりか、教育学を征服するものとなる。この作品の主要な強調点は、ガリレイによる自説の撤回にあるのではない。むしろ、真に叙事的なできごとは、最後から二番目の場の説明に見てとれるもののうちに探し求めることができる。「一六三三―一六四二年。ガリレイは、宗教裁判による囚人として、死に至るまで科学上の研究を続ける。彼は、自分の主要著作をイタリアから密かに持ち出すことに成功する。[3]」

この演劇は、悲劇とはまったく異なる仕方で、時間の流れと結びついている。緊張は、結末に対してはりめぐらされているというよりも、個々のできごとに当てはまるものとなっているため、この演劇はきわめて幅広い時代にわたるものとなりうる。(これと同じことがかつての神秘劇でも生じていた。『オイディプス』や『野鴨』のドラマトゥルギーは、叙事的演劇のドラマトゥルギーの対極をなしている。)

Ⅲ 非悲劇的主人公

フランスの古典主義の舞台では、演じている人たちのあいだに貴族の席があり、貴族たちは幕が開いた舞台の上で肘掛け椅子にすわっていた。われわれにとってそれは場ちがいであるように思われる。演劇ではわれわれになじみの「劇的」という概念からすれば、関与していない第三者が冷めた目で観察する者となって、「思考する者」となって、舞台上のできごとの場に居合わせるようにするというのは、同じように場ちがいであると思われるだろう。いくぶん同じようなことが、ブレヒトの頭にさまざまなかたちで浮かんだのだった。さらに先に進んで、思考する者を、それどころか賢者を劇の主人公そのものとする試みがブレヒトによって企てられたのだといってもよいだろう。そしてまさにこの地点から、彼の演劇を叙事的演劇と定義することができる。この試みが最も強力に推し進められたのは、荷揚げ人夫ゲーリー・ゲイという人物においてであった。劇作品『男は男だ』の主人公ゲーリー・ゲイは、われわれの社会そのものであるさまざまな矛盾が現れ出ている場にほかならない。ブレヒトの考え方からすれば、賢者をそのような矛盾の弁証法が完全に現れ出る場と述べることは、おそらく大胆すぎるということにはならないだろう。ともかく、ゲーリー・ゲイは賢者である。ところで、すでにプラトンは、最も高度な人間である賢者の非演劇的要素を非常によく認識していた。[4]プラトンは対話篇のなかで賢者を、芝居の舞台の入口のところまで連れてきている。『パイドン』では、受難劇の入口のところまで連れてきていた。教父たちの著作に見られるように、中世のキリストは賢者をも代表する存在であったが、こういった中世のキリストはすぐれて非悲劇的主人公である。しかし、西洋の世俗劇でも、非悲劇的主人公を求める動きはやむことがなかった。しばしば理論家たちと意見が分裂しても、この演劇は悲劇性の真正の形態、つまりギリシア悲劇に対して、つねに新たなやりかたで自らを際立たせてきた。この重要な、しかしながらきちんと標識のつけられていない街道（ここでは一つの伝統をあらわす像として立っていることになるかもしれない）は、中世にはロスヴィータや神秘劇を通って続いていた。バロック時代には、グリューフィウスとカルデロンを通っている。さらに後には、この街道はレンツやグラッベに、そして最終的にはストリンドベリにはっきりと現れることになった。シェイクスピアの場面は、この街道の脇に記念碑となって立っている。そしてゲーテは『ファウスト』第二部でこの街道と交差している。これはヨーロッパの街道であるが、ドイツの街道でもある。もっともこれを街道といってよいとすればの話であって、密輪やこっそりと抜けるための細い小道の場合ではない。そのような小道をたどって、中世やバロックの演劇の遺産は、われわれのもとにたどり着いてきたというわけである。このような細い山道が今日、どれほど草ぼうぼうで荒れ果てているとしても、ブレヒトの演劇のうちにその姿を現している。

Ⅳ　中断

ブレヒトは、アリストテレスがその理論を定式化した狭い意味での劇的演劇に対して、自らの演劇を叙事的演劇として際立たせている。それゆえブレヒトは、リーマンが非ユークリッド幾何学を導入したように、叙事的演劇のドラマトゥルギーを非アリストテレス的ドラマトゥルギーとして導入する。こういったアナロジーは、ここで論点となっているのは問題の二つの舞台形式のあいだの競合関係ではない、ということをはっきりさせることになるかもしれない。リーマンにおいては平行線の公理が使われなくなった。ブレヒトの演劇においてなくなったもの、それはアリストテレス的なカタルシス、つまり主人公の感動的な運命への感情移入によって情動を排出することである。

叙事的演劇の上演は、観客がくつろいだ関心の状態にあることを想定しているが、こういったくつろいだ関心の特別な点はまさに、観衆の感情移入の能力に対して訴えかけることはほとんどないということにある。叙事的演劇の技とはむしろ、感情移入にかわって、驚きを呼び起こすことである。定式的な表現をすれば、観客は主人公のうちに感情移入するのではなく、むしろ主人公がそのなかで動いているさまざまな状況について の驚きを学ぶことが求められるということだ。

叙事的演劇は話の筋を展開させていくというよりも、状況を描き出さなければならない、とブレヒトはいう。しかし、ここでの描出とは、自然主義の理論家たちが考える意味での再現ではない。むしろそれはとりわけ、状況をまずは発見するということである。(同様に、状況を異化することといってもよいだろう。) この状況の発見 (異化) は、流れを中断することによって生み出される。最も単純な例として、家庭のひと騒ぎの情景をとりあげてみる。突然、知らない人が入ってくる、というものだ。母親はいままさにブロンズ像をつかんで、娘に向かって投げつけようとしている。父親はいままさに窓を開けて、保安警察を呼ぼうとしている。この瞬間、戸口に知らない男が現れる。一九〇〇年頃にそのように呼び習わしていたように、「タブロー」である。ここで起こっていることはつまり、知らない男がその状況と対峙しているということだ——ゆがんだ顔つき、開いた窓、荒れ果てた家具。しかし、市民の生活のもっとありふれた情景でも、先ほどの例とあまり変わらないように見てとるまなざしがある。

V　引用可能な身振り

「いかなる台詞のはたらきも、ひとまず待って、種明かし。待っていたのも、大衆が台詞を秤にのせるまでのこと。[5]」ブレヒトの作劇法にかかわる教育詩にはこのように書かれている。要するに、演じることがそこで中断されたということだ。ここで大きく踏み出して、中断という行為が、あらゆる造形の根本的な方法の一つであるということを思い起こしてみてもよいだろう。中断は芸術の領域をはるかに超えてゆく。一つだけ例を取り出すとすれば、引用の根底にあるのは中断である。あるテクストを引用するということは、その連関を中断するということを含んでいる。中断に依拠している叙事的演劇が、特殊な意味で引用可能な演劇であるということは、それゆえ十分に理解できることである。叙事的演劇のテクストの引用可能性には、なんら特別なものはないだろう。だが、演技の流れのなかでまさにその役割を果たしている身振りについては、事情は異なる。

「身振りを引用可能なものとすること[6]」は、叙事的演劇の最も本質的な仕事の一つである。植字工が言葉を隔字体で強調するように、俳優は自分の身振りを隔字体で演技できなければならない。こういった効果は、例えば、その場面で俳優が自分の身振りを自分自身で引用することによって達成することができる。『ハッピー・エンド』を例にとると、こんな場面をたどることになる。救世軍の女曹長の役で、ネーアーが水夫の酒場で歌を歌う。[7] その歌は、〔酒場のギャングたちを〕改宗させようと熱心に思ってのことなのだが、教会よりもそのような酒場にふさわしいものだ。その彼女が、この歌と、そしてそれを歌ったときの身振りとを、今度は救世軍の協議会を前にして引用しなければならないことになる。また『処置』[8] では、共産党員たちの報告だけではなく、彼らの演技によって、彼らが断固とした措置をとった同志の一連の身振りもまた、党法廷に持ち込まれる。叙事的な劇作品全般においては最もデリケートな芸術手段であるものが、教育劇という特別なケースでは、最も手近な目的の一つとなる。ちなみに、叙事的演劇はその定義からして、身振り的な演劇である。というのも、行為している者を中断させることが多ければ多いほど、それだけ多くの身振りを得ることになるからだ。

Ⅵ　教育劇

もともとの想定として、叙事的演劇はいずれの場合も、演じる者と観客どちらのためのものでもあると考えられている。教育劇は特殊なケースとして際立っている。それは、本質的なこととしては、機材が特別乏しいことによって、観客を俳優と、また俳優を観客と取り替えることが簡単であり、すぐにそのようなことを思いつくという事情のためである。観客は誰でも共演者になることができるだろう。また実際のところ、「教師」を演じるほうが、「ヒーロー」を演じるよりもたやすい。

雑誌に掲載された『リンドバーグたちの飛行』[9]の初稿では、飛行士はまだヒーローの役を演じていた。この初稿は、飛行士を称賛するものになるようにと想定されていたのだ。第二稿が成立したのは――このことは多くのことを示唆しているのだが――ブレヒト自身の修正による。どれほどの熱狂が、この飛行に続く日々のうちに、この二つの大陸を駆け抜けていったことか。しかし、その熱狂もセンセーションとなってむなしく消える。ブレヒトは、『リンドバーグたちの飛行』のなかで、「体験」から「経験」の色彩をなんとか手に入れるために、「体験」のスペクトルを分解することに力を注ぐ。それは、観衆の興奮からではなく、リンドバーグの仕事からのみ汲み取ることのできる経験、また「リンドバーグたち」に引き渡されるべき経験である。

『知恵の七柱』の著者であるT・E・ロレンスは、飛行隊に入ったとき、ロバート・グレイヴスに宛てて、この行動は現代の人間にとって、中世の人間にとっては修道院に入ることにあたるものだったと書いている。[10]この発言には、『リンドバーグたちの飛行』やその後の教育劇にも特有の弓の張力が再確認できる。聖職者の厳しさが、近代技術の教育に――ここでは飛行システムの教育に、のちには階級闘争の教育に――向けられているのである。この二点目の活用〔階級闘争の教育〕は、『母』において最も包括的なかたちで入念に作り込まれている。まさに社会劇を、感情移入にともなう効果、観客がこれほどまで慣れ親しんでいた効果から引き離しておくということは、大胆なことだった。ブレヒトにはそのことがわかっている。この作品のニューヨーク上演の際に当地の労働者劇団に宛てた書簡詩のなかで、彼はこのように述べている。「私たちに何人かの人が尋ねた。労働者はあなたたちの言っていることを理解するでしょうか。労働者は慣れ親しんだ麻薬などいらないといえるでしょうか。他人の憤激や、他の人たちの隆盛に、心のなかで与(くみ)することなど無用だと。二時間ばかりは気持ちを煽り立て、さらに疲れ果てて自分をその場に取り残すあのイリュージョン、おぼろげな記憶ともっとおぼろげな希望に満たされたあのイリュージョンのすべてをいらないと。」

Ⅶ　俳優

叙事的演劇は、映画フィルムの映像にも喩(たと)えられるだろうが、クックックッと突くように前に細かく動いて進んでゆく。その基本形式は、ショックという形式である。作品の個々のシチュエーション、それぞれくっきりと浮かび上がるシチュエーションは、ショックとともに互いに出会うことになる。ソング、文字の説明（Beschriftung）、身振りによる慣習表現が、あるシチュエーションを他のシチュエーションからはっきりと浮き上がらせる。そのようにしていくつかの間隔(インターバル)が生じ、それが観客のイリュージョンをむしろ損なうことになる。それは、感情移入しようと思っている観客の心を萎えさせる。こういった間隔は、観客のとる立場（登場人物の演技によるふるまいや、そのふるまいの演技のしかたに対する立場）のために設けられているのだ。演技のしかたについていえば、叙事的演劇における俳優の使命は、自分が冷静な頭を保っているということを、演じているときに証明するということにある。俳優にとっても、感情移入はほとんど使えるものではない。劇的演劇の「俳優」は、そのような演じ方に対して万事対応できるとは限らない。「劇を演じている」というイメージをてがかりとして、叙事的演劇におそらく最も屈託なく近づくことができるだろう。

ブレヒトはこういっている。「俳優はあることがらを提示しなければならない。俳優はもちろん、自分自身を提示しなければならない。そしてまた、自分自身を提示しなければならない。俳優はもちろん、自分自身を提示することによって、あることがらを提示する。そしてまた、あることがらを提示することによって、自分自身を提示する。このことは同時に生じるものではあるが、しかしこれら二つの課題のあいだの差異が消滅するほど同時に生じるものであってはならない。」いいかえれば、俳優は技法としてその役から抜け出る可能性を、自分にとっておかなければならないということだ。俳優は、場合によっては、（自分の役について）じっくりと考えている者をやってみせるのだといいはることも必要になる。そのような場合ということで、例えばティークが『長靴をはいた猫』でおこなっているようなロマン主義的イロニーを思い起こすというのは、当を得たこととはいえない。ロマン主義的イロニーには教える目標地点がない。それは根本的には、その作家が哲学的に事情に通じているということを証明しているにすぎない。その作家にとって、作品執筆の際にいつも思い浮かべているのは、世界は結局のところ劇場のようなものなのかもしれないということだ。

まさに叙事的演劇における演技のあり方によって、この領域で芸術的関心がどれほどまで政治的関心と同一のものであるかということが、とくに強いられることもなく認識されることになる。ブレヒトの連作劇『第三帝国の恐怖と貧困』を考えてみよう。簡単にみてとることができるだろうが、ＳＳ隊員や人民法廷の一員のまねをするという課題は、それを演じることになる亡命中のドイツ人俳優にとっては、たとえば善良な父親がモリエールのドン・ジュアンの役になりきるという課題とは、いくらか根本的に別のことを意味することになるだろう。前者の場合、感情移入を適切な方法とみなすことはかなり難しい。共に闘っている自分の同志たちを殺害する者への感情移入など、彼にとってはありえないことであろう。そのような場合には、演技のモード、距離をとるモードに対して、新たな権利と、そしておそらく特別な成功が認められてよいだろう。このモードが叙事的なモードといえるだろう。

Ⅷ　教壇での演劇

叙事的演劇にとって重要なことは、新しい戯曲の概念から考えるよりも、舞台という概念から考えるほうが、より簡単に定義することができる。叙事的演劇は、これまであまりにも注意を向けられてこなかった事態を顧慮する。それは、オーケストラピットを埋め立てるという言葉で言い表すことができる。死せる者を生ける者と分かつように、演じる者を観客から分かつ深淵、その沈黙は演劇においては崇高さを高め、その響きはオペラにおいては陶酔を高める深淵、舞台のあらゆる要素のうちでも神聖な起源の痕跡を最も拭い去りがたくとどめているこの深淵は、ますますその意味を失ってきた。舞台はいまでもなお一段高いところにある。しかし、それはかりしれないほどの深みからそそりたっているというわけではもはやない。舞台は教壇となったのだ。教育劇と叙事的演劇は、この教壇でなんとか合わせてやっていく試みである。

訳註

（1）ここではエリック・ワルター・ホワイトによる翻訳 The Fourth Wall of China のタイトルが掲げられている。ブレヒトは一九三五年に「中国の俳優術についての覚書」を書き、翌年「中国の俳優術における異化的効果」に書き直されたが、それがここで言及されたホワイトの翻訳として、Life and Letters Today, Vol. XV, No. 6, 1936 に掲載された。

（2）ブレヒト「『男は男だ』のための注解」。

（3）ブレヒト『ガリレイの生涯』第一四景の冒頭。ただし、ベンヤミンは初期の草稿から引用しているため、現在読むことのできる『ガリレイの生涯』のテクストとは異なる。

（4）これは、《叙事的演劇とは何か》の初稿の対応する内容の箇所（七八―七九頁）からもわかるように、ルカーチの『小説の理論』で言及されている言葉である。

（5）「ニューヨークの労働者劇場シアター・ユニオンへの書簡、戯曲《母》に関して」。

（6）ブレヒト『試み』I、一九三〇年。

（7）『ハッピー・エンド（Happy End）』は、『三文オペラ』が大きな成功を収めたすぐあとの一九二九年に作られたミュージカル喜劇。ブレヒトの詩、エリーザベト・ハウプトマンの台本、クルト・ヴァイルの音楽。主要登場人物の一人である救世軍のリリーの役を、一九二九年のベルリン初演の際には、ドイツ人女優カローラ・ネーアーが演じた。

(8)『処置（Die Maßnahme）』は、一九三〇年に制作・初演されたブレヒトの教育劇。

(9)『リンドバーグたちの飛行』（Der Lindberghflug〔初稿〕、Der Flug der Lindberghs〔第二稿〕）は、ブレヒトとエリーザベト・ハウプトマンのテクスト、クルト・ヴァイルとパウル・ヒンデミットの音楽による教育劇。初稿が一九二九年に発表された後、一九三〇年に第二稿が出される。さらに第二次世界大戦後になって、『大西洋横断飛行（Der Ozeanflug）』と題名を変更している。この作品では、上演に際して、この時代の新たな技術メディアをどのように効果的に使うかということが強く意識されていた。

(10)トーマス・エドワード・ロレンス（Thomas Edward Lawrence, 1888–1935）は、イギリスの考古学者・将校・外交官。オスマン帝国に対するアラブ人の反乱を軍事的に支援、のちに映画《アラビアのロレンス》（一九六二年）の主人公として描かれる。『知恵の七柱』は、一九一六年から一九一八年にかけて、英国の兵士としてアラブ人の反乱軍に加わったロレンスの体験を記録した大部の自伝的著作。ロバート・グレイヴス（Robert von Ranke Graves, 1895–1985）は、イギリスの詩人・歴史小説家。T・E・ロレンスと親交があり、彼の評伝である『アラビアのロレンス（Lawrence and the Arabs）』を一九三四年に発表している。

訳者解説

山口裕之

『ベンヤミン　メディア・芸術論集』と題された本書は、その標題の示すとおり、二〇世紀ドイツの思想家ヴァルター・ベンヤミンのメディアと芸術にかかわる論考を集めたものである。とはいえ、事はそれほど単純ではない。例えば、《技術的複製可能性の時代の芸術作品》のように、「映画」という技術メディアの特質、および「芸術」という概念と社会的機能の転換について論じているテクストであれば、ほぼ議論の余地なくこのようなタイトルのうちに収まるだろう。しかし、「メディア」といった場合に、「映画」や「ラジオ放送」や「新聞」といった、一般的に「メディア」と理解されているものだけが問題となってくるわけではない。ドイツでも『ヴァルター・ベンヤミン――メディア美学論集』というタイトルのアンソロジーが出版されているが（*Walter Benjamin. Medienästhetische Schriften.* Mit einem Nachwort von Detlev Schöttker. Suhrkamp, 2002.）、これは次のような七つのテーマによって構成されている。

Ⅰ　記憶と回想

II　言語、声、文字
III　書物と読む行為
IV　新聞と広告
V　絵画、画像、写真
VI　映画
VII　電話とラジオ放送

これらのタイトルは、「メディア美学」という言葉を掲げたとき、ベンヤミンの残したテクストのなかでのその射程を示すものとなっているが、ここには、書物・文字・声・言語とともに、記憶や回想といったキーワードも含まれている。そこでは、プルースト論やボードレール論、模倣の理論にかかわる二つの小論や《物語作者》なども収録されている。

本書でとりあげるテクストを選び出すとき、それらのテクストも当然ながら念頭にあった。言葉にかかわる問題を抜きにして、「メディア」について語ることはできない。しかし、ある程度迷った末、いわゆる言語論・文学の領域におもにかかわるものについては、原則としてこのアンソロジーには含めないという方針をとることにした。また、この『メディア・芸術論集』は、すでに刊行されている『ベンヤミン・アンソロジー』の続刊として位置づけられるものでもあり、『ベンヤミン・アンソロジー』に含まれているテクストは、もちろん今回の論集のうちにはとりいれていない。先ほどあげたドイツでの「メディア美学」にかかわるテクストのアンソロジーには、初期の言語論、《カール・クラウス》、二つの模倣の理論、《ボードレールにおけるいくつかのモティーフについて》、そして複製技術論（最終稿）が収録されているが、これらは『ベンヤミン・アンソロジー』のうちにすでに含まれている。

このようにメディアと芸術にかかわるテクストが、今回の論集のうちにきれいに収まっているわけでは決してないし、そもそも「メディア」というきわめて多岐にわたる概念を広くとらえるとき、結局はほぼベンヤミンのテクストを網羅することにもなりかねない。しかしそれでも、今回このように編まれたアンソロジーというかたちで、ここに収められたテクストを読んでいくとき、いくつかの重要な思想のラインや重要なキーワードが互いに響き合っているのを感じとることができるだろう。言語論や伝統的な文学の領域にかかわるテクストをこの論集には含めていないこともあり、結果的に、この『メディア・芸術論集』は、ベンヤミンのいわゆる「後期」のテクストを集めたものとなっている。つまり、一九二五年に完成した『ドイツ悲劇の根源』が教授資格論文として受理されなかったために、ベンヤミンがアカデミズムにおけるキャリアを断念したのちの執筆活動の時期であり、かつ、教養市民層の価値観に対する強烈な批判的意識がマルクス主義的な志向と結びついていった時期のテクストである。この時期のそのような意識がメディアの転換（それとともに芸術の機能の転換）という問題と結びついていったことは、ここでとりあげたテクストの基本的な基調となっている。例えば、「説明・

キャプション（Beschriftung）」やブレヒトに由来する「文書化（Literarisierung）」という少し特殊なタームも、少数の特権的な知識人の占有物のようになっていた「書物」における文字が、「画像」と結びついていくことにより、広く大衆を政治的に動かしてゆくメディア転換にかかわる概念として、複数のテクストのなかで響き合っている。

そのようななかで、「メディア」や「芸術」というキーワードからは表面上すぐさま見てとることはできないものの、このアンソロジーのテクスト選択にもかかわるきわめて重要な概念がある。それは「技術」というキーワードである。複製技術論ではそのことがきわめて顕著に現れているが、ベンヤミンにとって、技術性という物質的基盤は「下部構造」に置き換えられて、彼の思考の枠組み全体を形成するものとなっている。そういったわけで、このアンソロジーを貫く隠れた軸として想定されている「技術」という視点から、本来ならばメディアと芸術にかかわるアンソロジーのうちには含められないであろうテクストも、ここには収録されることになった。《経験と貧困》、《シュルレアリスム》といったテクストは、そのような視点から選ばれている（ちなみに、これらはドイツで出されたメディア美学のテクストのアンソロジーには入っていない）。

短いテクストからかなり長めのフックス論まで、全部で一五編のテクストをどのような構成によってまとめるのがふさわしいかを考えたのだが、結局、『ベンヤミン・アンソロジー』と同じように、テクストの成立年代順に並べてゆくことにした。テーマによって括ろうとしても、多くのテクストは複数のテーマにまたがるものであり、むしろここに集められたテクストを時系列で読んでいくとき浮かび上がっていくものに大きな意味があると思われたからである。

以下、それぞれのテクストについて、成立事情にも力点を置きながら、簡単に解説してゆきたい。

夢のキッチュ

《シュルレアリスム》(一九二九年)とともに、シュルレアリスムについて書かれたエッセイとして知られる。アンドレ・ブルトンの『シュルレアリスム宣言』が発表された翌年となる一九二五年のうちにおそらく構想され、一九二六年一月末には原稿ができあがっていたようだ。雑誌『ノイエ・ルントシャウ』で一九二七年一月に発表されたとき、タイトルは「シュルレアリスムについての短評」とされていたが、残されている草稿では「夢のキッチュ　シュルレアリスムについての短評」となっている。本書では、通例そうされているように、「夢のキッチュ」をタイトルとして掲げた。「キッチュ」という言葉は、もちろん一般的にはネガティヴな価値づけをおこなう言葉であるが、ベンヤミンは例のごとくそれを逆手に取り、「青い花」に体現されるような伝統的価値(とりわけ一九世紀的な教養市民層の価値観)に対峙される「凡庸なものの最後の仮面」と位置づけている。

このエッセイでは、ポール・エリュアール／マックス・エルンストの『反復』(一九二二年）、ブルトンの『シュルレアリスム宣言』（一九二四年）、アラゴンの『夢の波』（一九二四年）について言及されており、おそらく一九二五年後半の時点で、ベンヤミンはこれらシュルレアリスムの重要なテクストにリアルタイムで接していたということがわかる。

公認会計士

この短いエッセイは、一九二八年に刊行された『一方通行路』のなかの一編である。『一方通行路』のなかのさまざまなテクストは、一九二三年初頭から一九二六年九月のあいだに書かれたものとされるが、このエッセイについては詳細な成立時期は不明。

おそらくベルリンのある架空の一方通行路を歩きながら、そこで目に入るさまざまな建物やそこにつけられた看板、建物の一室、貼り紙等が、それぞれのエッセイの標題として掲げられている――それがこの『一方通行路』の設定である。エッセイの標題（あるいは『一方通行路』という全体の標題）は、そこで語られているベンヤミンの思考のアレゴリー像であり、標題そのものは語られている内容とは一見、結びついていないように見える。それらのアレゴリーが一方通行路のなかで積み上げられてゆくことにより、それぞれのアレゴリーのもう一つの意味としてのテクスト群が、モザイク的にベンヤミンの思考を構成してゆく。

「公認会計士」というエッセイは、そのような『一方通行路』のなかの一つの構成要素に過ぎないのだが、一読してわかるように、文字・書物から画像へのメディア転換をきわめて端的に力強く表明するテクストである。「公認会計士」というタイトルは、おそらくこの仮想的な「一方通行路」のなかで見かけた広告か表札の一つからきているのだろう。このタイトルそのものは、文字から画像へのメディア転換という思考をアレゴリー的に指し示していることになる。こういった思考が一九二〇年代の半ばに宣言されていたということは、メディア論の歴史のなかでも特筆すべき重要性をもつものであるといえるだろう。

書物というメディアにとっては、文字によって記された内容こそが重要なのであって、文字そのものはしばしば意識の外に置かれてきた。ここで言及されているマラルメの『骰子一擲』（一八九七年）は、その意味で、文字のもつ画像性が前面に押し出されることになったきわめて重要なテクストである。この方向性は一九一六年以降チューリヒで展開したダダの活動のなかで、文字と意味の分離（意味をもたない文字を画像として提示する）という極点にまで進んでゆく。ベンヤミンは、そのような意味でのメディア転換をリアルタイムで経験していたということになるだろう。

ロシア映画芸術の状況について

ベンヤミンは、一九二六年一二月六日から一九二七年二月一日にかけて、冬のモスクワに約二ヶ月の滞在をしている。リガ出身の革命家、アーシャ・ラツィスという女性に一九二四年に出会い、強い影響を受けるとともに、彼女に強く惹きつけられていたベンヤミンは、共産党入党も真剣に考えつつ、アーシャ・ラツィスがパートナーの演出家・演劇評論家ベルンハルト・ライヒと暮らすモスクワに出かけていったのだった。モスクワでの日々の様子は、エッセイ《モスクワ》とともに、『モスクワ日記』（邦訳『モスクワの冬』）のうちに赤裸々に描かれている。

この《ロシア映画芸術の状況について》と、その次に収録されている《オスカル・A・H・シュミッツへの返答》は、このロシア滞在の直接の成果といってよい。帰国直後の一九二七年三月一一日発行の『文学世界』誌上で、これら二つのエッセイが掲載されている。《ロシア映画芸術の状況について》では、たまたま滞在期間中に公開されたばかりのジガ・ヴェルトフの《世界の六分の一》についてや、映画による農村の教育や映画受容の状況など、この当時のソヴィエト連邦に実際に滞在した人間だからこそ書くことのできるアクチュアルな「状況」が描き出されている。《シュルレアリスム》のなかでも言及されているように、この当時、社会主義国家として生まれたばかりのロシアを旅行する西欧の知識人は一定数いたようで、その報告となる書物は一九二五年から二七年頃にかけて複数出版されている。ベンヤミンのこのテクストも、そのようなものの一つということになるだろう。

《世界の六分の一》は、ヴェルトフの映画のなかでは、現在おそらくあまり顧みられることのない作品だが（YouTubeでも全編を見ることができる）、ベンヤミンは冒頭のモンタージュにことのほか関心を示しており、その意味でここでの記述はかなり興味深いものである。

オスカル・A・H・シュミッツへの返答

ベンヤミンがモスクワに滞在していた期間、一九二七年一月二〇日と一月二四日の日記（『モスクワ日記』）には、雑誌『文学世界』から、作家・批評家のオスカル・A・H・シュミッツの発表した《戦艦ポチョムキン》への批判的な論評に対して反論を寄稿してほしいと依頼を受けていたこと、そのエッセイ執筆のために《戦艦ポチョムキン》を見たいと考え、一月二四日にプドフキンの《母》とともにこの映画を見たことが書かれている。一九二五年一二月にモスクワで公開された《戦艦ポチョムキン》は、一九二六年四月にはベルリンでも上映されて（ただし検閲によりカットされたもの）大きな反響を呼んでいたが、どうやらベンヤミンは一九二七年一月になって、モスクワでこの映画をはじめて観たようだ。

問題となるオスカル・A・H・シュミッツの論評《ポチョムキン映画と傾向芸術》は、ベンヤミンによる《オスカル・A・H・シュミッツへの返答》が発表されたのと同じ『文学世界』（一九二七年三月一一日発行）に掲載されている。このシュミッツの論評は、この映画を「芸術作品」として扱うジャーナリズムの論調に対して、「集団的」な仕事であるがゆえにこの映画の価値を否定し、芸術的に重要なのは「個人的なもの」だけであると断じている。そして、「傾向的」な作品は、登場人物に対して図式的で単純な性格づけを与えている（「サディスト」の上官など）と批判する。ベンヤミンの「返答」は、そういった批判を踏まえて書かれたものであるので、基本的にはシュミッツの論評（『ベンヤミン・コレクション5　思考のスペクトル』（ちくま学芸文庫）所収）を知ったうえで読むべきものではあろう。しかし、単独でとりあげたとしても、独立したポチョムキン論としてきわめて興味深く読むことができる。また、「十分の一秒のダイナマイト」について語る箇所は、ほぼそのままのかたちで複製技術論のうちに取り入れられており、複製技術論の源流の一つを一九二七年初頭に書かれたこのテクストのうちにもたどることができるだろう。「アメリカのドタバタ喜劇映画」を、「笑い」にかかわる特別な視点から肯定的に受け止める姿勢も、チャップリン論や複製技術論で一貫して見られるものである。

シュルレアリスム

ベンヤミンがシュルレアリスムに関心をもって取り組みはじめるのは一九二五年であり、その最初の成果が《夢のキッチュ》である。一九二九年二月一日刊行の『文学世界』で発表された《シュルレアリスム》では、一九二四年の『シュルレアリスム宣言』（ブルトン）や『夢の波』（アラゴン）に加えて、ブルトンの『現実僅少論序説』（一九二七年）および『ナジャ』（一九二八年）、アラゴンの『パリの農夫』（一九二六年）について言及している。この間、これらのシュルレアリスムにかかわる主要なテクストに、同時代の作家として触れていたということになる。

ベンヤミンとシュルレアリスムとのかかわりは、明示的には《夢のキッチュ》やこの《シュルレアリスム》といったエッセイから見てとれるが、それだけではなく同じ時代に取り組んでいた『一方通行路』のための作業や『パサージュ論』につながる初期の草稿もまた、シュルレアリスムをめぐる問題圏と密接につながっている。このことはエッセイ《シュルレアリスム》の特質ともかかわっている。例えば、初期のシュルレアリスムの運動体にとって決定的に重要であった「オートマティスム」は、《シュルレアリスム》のなかではふれられていない。ベンヤミンがこのエッセイのなかでとりわけ関心を向けているのは、まず「夢」をめぐっての連関である。この主題は、ちなみに複製技術論のなかでの精神分析についての言及につながっていく。

二点目は、都市のなかで出会う物たちへのまなざしだろう。このことは「アレゴリー」についての連関と結びついている。都市のなかのさまざまな物は、ふつうは見えるとおりの物として理解されている。しかし、突然、「隠し絵」のなかで別の絵が浮かび上がってくるように、別の意味がその「物」の背後に見えてくる。このような認識の転換をベンヤミンは「世俗的な悟り」と呼んでいる。このような突然の転換は、ベンヤミンがさまざまなメディアのうちに組み込まれる断片的なアレゴリー的形象のうちに期待していたものであったといえるだろう。

三点目にあげるべき主題は、シュルレアリスムの孕む革命的志向である。シュルレアリスムは、もちろん芸術、写真等を含む運動体であるが、エッセイ《シュルレアリスム》が焦点を当てているのは、ほぼ文学と政治の問題に限られる。それでもこのエッセイを『メディア・芸術論集』のうちに含めたのは、先にふれた「夢」を中心とする精神分析の連関や「アレゴリー」における認識の転換という問題とともに、技術を媒介とした集合的身体やそのなかをかけめぐる「神経刺激」がここで思い描かれているためである。こういったイメージは、本書に収録した複製技術論の第二稿へと引き継がれているということを、ここでとくに指摘しておきたい。

チャップリン回顧

複製技術論が肯定的に描き出している映画とは基本的にロシア映画であり、資本家階級に支配権を握られている西側の映画産業に対して、ベンヤミンは批判的なまなざしを向けているように読める。しかし、そのなかでも明示的に言及される例外が二つある。一つはミッキーマウスであり、もう一つがチャップリンである。

複製技術論ではチャップリンの映画のうち、《黄金狂時代》と《巴里の女性》について言及されているのだが、《黄金狂時代》については、ベンヤミンの考える「笑い」(一九世紀的な教養市民層の価値観を破壊的に解体するもの)というコンテクストから、その肯定的評価を受け止めることができる。それに対して、シリアスで暗い(そしてチャップリン自身が基本的に出演していない）《巴里の女性》のほうは、なぜことさらに言及されているのか理解に苦しむ。その答えを与えてくれるのが、この《チャップリン回顧》というエッセイである。

発表されたのは、一九二九年二月八日発行の『文学世界』誌上。このエッセイのなかでも言及されているように、フィリップ・スーポーが、一九二八年一一月にパリで発行されている文芸雑誌『ユーロープ』で発表した《チャーリー・チャップリン》を受けて書かれたものである。このベンヤミンのエッセイが発表されたとき、チャップリンはまだ三九歳。《黄金狂時代》が一九二五年に公開され、一九二八年の《サーカス》も大きな反響を呼んでいたが、もちろん「回顧」という言葉は、この時点ではあまりにもそぐわない。それを計算したうえでのタイトルということになるだろう。

叙事的演劇とは何か〔初稿〕

サブタイトルで「研究ノート・予備的研究（Studie）」という位置づけを与えられたこの論考は、おそらく一九三一年のはじめ頃に書かれたものと推定されている。『フランクフルト新聞』から声をかけられて執筆されたが、演劇批評家からの異議申し立てを受けて新聞は掲載を見送り、ベンヤミンの生前は結局発表される機会がなかった。

アーシャ・ラツィスによると、彼女の紹介でベンヤミンがブレヒトに出会ったのは一九二四年一一月のことのようだ。しかし、ベンヤミンが集中的にブレヒトとかかわるようになるのは、一九二九年になってからである。ベンヤミンのマルクス主義的志向の一端（とりわけプロレタリア大衆との実際的なかかわりという側面）は、まちがいなくブレヒトの影響によるものである。一連のブレヒトにかかわるテクストのうち、最初期の一九三〇年から三一年に書かれたテクストでは、ベンヤミンのブレヒトへの共感がとりわけ率直に表明されている。この《叙事的演劇とは何か》の初稿もそういったテクストの一つである。

ベンヤミンにとって、現在の生産関係のなかでのプロレタリアとの連帯の実際的なあり方が、ブレヒトとの関係のなかで展開されていった主題であった。この問題は直接的には《生産者としての執筆者》に引き継がれるとともに、《技術的複製可能性の時代の芸術作品》の土台を支えるものともなっている。

この論考は、直接的には一九三一年二月にベルリンで上演されたブレヒトの『男は男だ』（初演は一九二六年）に対する批評というかたちをある程度とりながらも、ブレヒトの演劇の特質とそれが目指すものを、「叙事的演劇」という概念によって説明してゆく。その過程で、「身振り」「中断」「文書化」といったタームが用いられてゆく。身振りを引用可能なものとすること、それによって物語の筋を中断してゆくという指摘は、ブレヒトの演劇の特質を指摘しているようでありながら、むしろ、ベンヤミンが一九二〇年代後半以降追い求めていたアレゴリー的思考（断片的なアレゴリー的形象の新たなモザイク像の再構成）につながってゆくものでもある。時間の流れのうちでとらえられるヘーゲルの弁証法に対して、身振りの中断というかたちで時間が静止した弁証法（「静止状態にある弁証法」）を提示するベンヤミンにとって決定的な思考の要素も、このブレヒト論のなかでことのほか目を引く。これらはみな、ベンヤミンにとっては映画の特質にかかわるものとして、潜在的に複製技術論にも流れ込んでゆく。その後ベンヤミンが何度か用いることになる「文書化（Literarisierung）」という少し特殊な概念も、ブレヒトの言葉としてここではじめて紹介されている。

ベンヤミンの批評について一般に当てはまることだが、ベンヤミンは対象そのものについて語りながらも、むしろ自分自身の関心や思考の連関のうちにその素材を組み替えてゆく。この場合でいえば、ベンヤミンがここで語っていることは、ブレヒトの演劇についての解説というかたちをとりながらも、最終的にはベンヤミン自身の思考について述べるものとなっているということに留意する必要がある。

写真小史

ベンヤミンのメディアに関する論考としては、複製技術論とともにとりわけよく知られている《写真小史》は、一九三一年九月一八日、九月二五日、一〇月二日発刊の『文学世界』で、三回に分けて発表された。

このエッセイはタイトルのとおり、ダゲールとニエプスにはじまる写真の歴史を、いくつかの局面を紹介しながら大づかみにたどっているように見える。デイヴィッド・オクタヴィアス・ヒルなど一九世紀半ばの初期の写真家に言及したあと、二〇世紀初頭のブロースフェルトとアジェをとりあげ、もう少しだけ若いアウグスト・ザンダーに移ってゆく。ベンヤミンがとりあげているブロースフェルトの『芸術の原型』(一九二八年)、アジェの『写真集』(一九三〇年)、そしてザンダーの『時代の顔』(一九二九年)は、(初期の写真を集めた二つの写真集の場合もそうだが)いずれもこの《写真小史》が書かれる少し前に出版されたものばかりである。そして、ダダやシュルレアリスムに少しばかりふれた後、一九二八年に刊行されたレンガー゠パッチュの写真集『世界は美しい』に痛烈な批判を浴びせるとともに、それに対置されるような「構成的写真」や「写真の事実性・確実性(オーセンティシティ)」、写真のもつあらたな社会的機能を指摘して結論としている。

こういった流れは、確かにある程度時系列的な叙述ではあるのだが、ベンヤミンの関心は事実的なことがらの積み重ねとしての歴史を語ることにはない。そもそもここで選び出されている対象は、「小さな歴史」を語るにしてもあまりにも偏っている。それは、このエッセイが、最初から最後まで、「オーラ」について語ることを叙述の軸としているからだ。その意味では、このエッセイは写真におけるオーラの歴史について語ったものといえるかもしれない。そういった点でまず目につくのは、複製技術論にほぼそのままのかたちで使われることになる、「オーラとはそもそも何か」ではじまる箇所である。複製技術論では、複製可能性の技術レベルがあがるにつれて、オーラは消滅してゆく。こういったオーラの位置づけは、この《写真小史》でも基本的に同じである。つまり、複製技術論での「オーラ」をめぐる思考がこのエッセイで明確に先取りされているとみることができるだろう。

しかし、この《写真小史》の場合、「オーラ」の位置づけはそれほどシンプルではない。一つは、「写真」という同じメディアのなかでの「オーラ」の移り変わりが問題になっているからだ。図式的な説明を試みるとすれば、以下のような叙述の流れがある。初期の写真にはオーラ的なものが残存していた。ブロースフェルトの植物写真やアジェによる都市の写真からは、オーラが払拭されている。しかし、その反面、アトリエでの家族の肖像写真や彩色された写真修整など、オーラがなんとか生き残ろうとする一種の抵抗もある。だが、最終的にはやはりオーラ的なものは追いやられることになり、写真は「事実性・確実性（オーセンティシテイ）」という特質にもとづく社会的機能をもつものとなる。この流れそのものは、写真という技術メディアによって「芸術」「画像」の機能転換が生じるというテーゼとともに、複製技術論に見られる「オーラの衰退」というテーゼと重なる。

しかし、《写真小史》には、もう一つ、オーラをめぐって別の独特な思考が見られる。それは、「きわめて精密な技術は、その産物に魔術的な価値を与えることもある」とベンヤミンが述べていることである。複製技術論の図式で考えるならば、技術が精密になるほどオーラは消滅する。しかし、ここでは反対に「技術」と「魔術」という「両極端が相通ずる」とされているのだ。こういった弁証法的思考のほうが、技術の上昇にともなう魔術性の払拭という直線的な図式よりも、ベンヤミンの思考にふさわしいといえるかもしれない。実際、複製技術論をそのような見方でとらえ直すということも可能だろう。

ベンヤミン自身が《写真小史》に添えた写真は全部で八点だが（キャプションに「オリジナル図版」と表示）、本書ではそれ以外にもテクストに関係する多数の写真を収録した。

演劇とラジオ放送

ベンヤミンには「放送劇モデル（Hörmodelle）」という名称で括られるいくつかの放送劇のテクストがある（これについては訳註（5）を参照）。こういった仕事にベンヤミンがかかわるようになったのは、彼の学校時代からの友人で、南西ドイツ放送局に勤めていたエルンスト・シェーンの厚意があったからであり、また、このエッセイで言及されているブレヒトのいくつかの教育劇がラジオドラマとして放送されていたことも大きく影響していた。それ以外にも放送にかかわるかなりの量の仕事をしており、ベンヤミンはそれらを含めて「生活のための仕事（Brotarbeit）」という否定的な言い方で呼ぶこともあった。しかし、一九三一年から一九三二年にかけて一連の放送劇の執筆と放送のあとに書かれたこの《演劇とラジオ放送》（一九三二年五月末）を読むと、この新しいメディアによる放送劇に対して、やはり特別な意義を見出していたということが強く感じられる。とくに重要なのは、ラジオ放送における技術性に強調点を置いていることである。ブレヒトの叙事的演劇についてベンヤミンが何度も指摘する「中断」という特質と、技術的な領域に属する「モンタージュ」をここで結びつけているのはとくに目を引く。また、複製技術論のなかで重要なキーワードとなっている「気晴らし(Zerstreuung)」という言葉もすでにここに表れている。

厳密な芸術学〔初稿〕

このテクストは、「年鑑(Jahrbuch)」として刊行された『芸術学研究』第一巻(一九三一年)の書評として、「厳密な芸術学」を志向するあらたな芸術学の動向について報告するかたちをとっている。この『芸術学研究』は、かなり大判(ほぼA4サイズ)のハードカバーで、厚みもそこそこある立派な本である。テクストのなかでベンヤミンもふれているように、冒頭に「厳密な芸術学のために」と題された、オーストリアの美術史家ハンス・ゼードルマイアー(Hans Sedlmayr, 1896-1984)の綱領的な論文が置かれ、そのあとに個別主題の三編の論文が収録されている。この書評的な文章が書かれたいきさつは、最後の論文の著者である美術史家カール・リンフェルト(Carl Linfert, 1900-1981)がベンヤミンにこの本を贈呈し、とりわけリンフェルトの仕事にベンヤミンがかなり共感を覚えたため、ということであるようだ。そのこともあって、全体のなかでリンフェルトの論文への言及の割合が多い。というよりも、このテクストのなかで書かれていることは、冒頭のゼードルマイアーの論文で述べられている「厳密な芸術学」

（ベンヤミンの標題はもちろんこれにもとづく）の位置づけと、リンフェルトの論文についての考察に限られている。ベンヤミンは、リンフェルトも一九二〇年代から寄稿者であった『フランクフルト新聞』に掲載してもらうためにこの文章（初稿）を書いたのだが、文芸欄担当者から一旦は拒絶される。一九三二年七月から一二月にかけてのことである。リンフェルトからこのテクストに対する批判の詳細な説明を受けて、ベンヤミンはこれを書き直し、最終的に一九三三年七月三〇日の『フランクフルト新聞』に掲載された。それが「第二稿」である（ちなみに「第二稿」は、『ベンヤミン・コレクション5』に収録されている）。

冒頭に置かれたゼードルマイアーの論文は、まず「二つの芸術学」を対比的に位置づけ、これまでの「第一」の芸術学に対して、このあらたに刊行された『芸術学研究』全体の方向づけとなる「第二」の芸術学、つまり「厳密な芸術学」がどのようなものであるかを論じている。ベンヤミンの記述はそれをふまえて展開されているが、そのなかでヴェルフリン、そしてとりわけリーグルについて言及している箇所は、これらの美術史家に対するベンヤミンの立ち位置をあらためて確認するうえでも興味深い。

リンフェルトの論文については、収録された建築ドローイングの図版について個別の言及もあるが（参考のために本書では図版を掲載した）、とりわけ興味を引くのは、建築を「見る」対象としてではなく、「構造を感じとる」ものとして位置づけていることだ。これについて言及している箇所は、複製技術論のなかで建築物（またそれとのアナロジーで映画）を視覚の対象としてでなく、むしろ「触覚的」なものと位置づけていることと深くかかわる。この箇所は、第二稿では削除されている。あえて「初稿」を収録することにしたのは、とりわけこの箇所のためである。

経験と貧困

ベンヤミンの短いエッセイのなかでも比較的よく知られるこのテクストは、プラハの週刊新聞『言葉のなかの世界（Die Welt im Wort）』（一九三三年一二月七日付）で発表された。

ベンヤミンがここで批判の対象としているかつての世代の「経験」という価値の下落と、それに代わる「野蛮人状態」という新しいポジティブな概念を宣言するこのエッセイが、「メディア・芸術論集」という括りのなかに含められていることに、戸惑いを感じるということがあるかもしれない。もちろんここには、ベンヤミンがあらたな芸術の方向としてとらえているパウル・クレー、ブレヒト、アドルフ・ロース、シェーアバルト、コルビュジエといった一連の名前が掲げられているということもある。しかし、それとともに、このエッセイには、複製技術論の第二稿でも言及されているミッキーマウスが、ポジティヴな概念としての「野蛮人状態」を体現する芸術家たちの延長線上に登場していることに注意を向けたい。映画のなかで活躍するミッキーマウスについて語られるとき、そこでは必ず「技術」のことが念頭にある。ミッキーマウスについて、「自然と技術…が、ここでは完全に一つのものとなっている」と指摘されていることは、複製技術論の第二稿にみられる思考にそのまま引き継がれている。

生産者としての執筆者

Der Autor als Produzentというタイトルをどのように日本語で表すかにかなり頭を悩ませてしまう。「生産者としての作家」「生産者としての〈作者〉」というこれまでの翻訳タイトルとは異なる日本語での標題を今回掲げることにした。問題は、Autorとは何かということだ。

テクストでは、おもに「詩人」という言葉で翻訳したDichterや、「作家」と訳したSchriftstellerという言葉とならんで、このAutorという言葉が用いられている。Dichterという言葉は、詩（Gedicht）を書く人という意味での狭義の「詩人」を意味するものでもあるのだが、ジャンルにかかわらず言語による芸術作品を書く人という広い意味で使われることも多い。このベンヤミンのエッセイでもそうである。その場合、いわば便宜的に、そして慣例的に「詩人」という翻訳語を使っているのだが、決して「詩」だけを書いているのではないということに留意する必要がある。ただし、このDichterという言葉を現代の作家について言い表すときに用いることはふつうない（「詩」というジャンルにかかわる詩人は、現在でもDichterと呼ばれる）。Dichterという言葉にはやはりある種の古めかしさがあり、一九世紀までの作家、あるいは一九世紀的感覚を保持している二〇世紀前半頃までの伝統的文学を生み出す作家について、この言葉が使われているように思われる。

それに対してSchriftstellerは、ニュートラルに「作家」を意味する。英語のwriterにあたるだろう。現代でも、彼は作家だというときにはSchriftstellerという言葉がきわめて一般的である。この場合、基本的にそれが職業であることが含意されている。このことは、このテクストのなかでAutorという言葉が用いられるときの意味と深くかかわってくる。Autor（英語のauthor）はもちろん職業作家も意味するが、広い意味でいえば、そこで問題となっているのは、誰がそのテクストを書いたか、ということだ。その意味での「著者」「執筆者」であって、その「執筆者」は書くことを職業としているとは限らない。

《生産者としての執筆者》というテクストの一つのポイントはそこにある。「現在の生産関係」（資本主義）のもとにあっては、「書く」という行為が一握りの知識人の支配下にあり、ごく少数の知識人が圧倒的多数の公衆に対して一方向的に語りかけるという構造が堅持されてきた。それに対してベンヤミンは、ソヴィエトの新聞のあり方を念頭に置きながら、プロレタリアートの誰もがいわば「半専門家」として（つまり書くことそのものが職業でなくても自分が専門とする仕事について熟知する人間として）発信できるという、「書くこと」の構造転換を思い描いている。Autorとは（テクストの箇所でその都度意味の揺れはあるとしても）基本的にそのような書き手である。

「書くこと」の構造転換には、もう一つ別の重要なポイントがある。このことも特権的な知識人による「知」の専有というそれまでの知の構造とかかわっている。それは、書くことのさまざまな形式の「融合」、さらには書くことと画像や音楽との「融合」という、いわばマルチメディア化のアイディアである。「書くこと」にかかわるもののうち、その一部である文学・哲学は、西欧近代の歴史のなかで特権的な領域を形成してきた。これが他の領域と「融合（溶解）」するということは、文学や哲学（そしてそれを扱うことのできる知識人）のうちに集約的に形成されてきた「知」が、はるかに広範な人々のうちに、別のかたちに変容を遂げて受容されるということだ。

ベンヤミンは、この「融合」がおこなわれる場を「新聞」のうちにみていた。《生産者としての執筆者》のなかで自己引用している《新聞》という文章にも書かれているように、新聞は一方ではまだ資本家の手に握られているために「書くということの混乱の舞台」となっているのだが、他方では「労働を言葉によって表現すること」が可能となる場でもある。その技術的な表れ方を、ベンヤミンは「生活の諸状況の文書化」という言葉で言い表している。ブレヒトに由来する「文書化（Literarisierung）」という言葉は、ここでは最終的には文字と画像（音も含む）の融合というイメージに流れ込んでゆく。全体としても、《生産者としての執筆者》は、とりわけ《叙事的演劇とは何か》〔初稿〕の直接の延長線上にある。

このテクストのタイトルには、「パリのファシズム研究所でのスピーチ　一九三四年四月二七日」という言葉が添えられている。しかし、少なくともこの日付に関しては、正しいものではないと考えられている。そして実際にこの講演がおこなわれたかどうかについても、このテクストについて言及するブレヒトやショーレム宛の書簡からみてもはっきりしない。いずれにせよ、ベンヤミンはこのテクストを講演原稿というかたちを保持したまま、アムステルダムに亡命中のクラウス・マンの編集する雑誌『集合（Die Sammlung）』に掲載してもらおうとしていたようだが、それは実現しなかった。このテクストは、《叙事的演劇とは何か》〔初稿〕もそうであるが、ベンヤミンの生前には発表されておらず、一九六六年になってロルフ・ティーデマン編集によるベンヤミンのブレヒト論集（Versuche über Brecht）ではじめて公表された。

技術的複製可能性の時代の芸術作品〔第二稿〕

一般に「複製技術論」と呼ばれることの多いこの論考の最終ヴァージョンは、通例「第三稿」と呼ばれているものだが、そちらは『ベンヤミン・アンソロジー』に収録しているので、本書では「第三稿」とならんできわめて重要なテクストとみなされている「第二稿」をとりあげることにした。

これらの稿の番号は、一九八九年にこの「第二稿」がベンヤミン全集第七巻のなかではじめて発表されて以降使われてきたものである。二〇一二年に新全集第一六巻として《技術的複製可能性の時代の芸術作品》の異なる稿がすべて一冊にまとめられることになったが、ここでは従来「初稿」「第二稿」「第三稿」と言われていたものとフランス語ヴァージョンとともに、最も初期の草稿もあらたに加えられている。その際、最初期の草稿が「初稿」とされ、従来の「初稿」と「第二稿」がそれぞれ第二、第三に、そしてフランス語版が「第四稿」、最終稿（従来の「第三稿」）が「第五稿」とされることになった。しかし、本書では混乱を避けるために、旧全集の稿の番号の通り、ここでとりあげているものを「第二稿」と呼ぶことにしたい。

ベンヤミンがこのさまざまなヴァージョンとして残されている複製技術論にとりくんでいたのは、全体としては一九三五年から一九三九年にかけてのことだった。とはいえ、当初ベンヤミンが完成版として考えていたテキスト（それがこの「第二稿」）についていえば、最初期の草稿が書かれていた一九三五年九月を最初の時点として、この「第二稿」にベンヤミンがとりくんでいた一二月から翌三六年二月にかけての比較的短い期間である。このあと着手されたクロソフスキーの翻訳によるフランス語版には、社会研究所の機関誌にこの原稿を掲載するにあたってホルクハイマーからの指摘によっていくつかの修整や削除が行われた。また同じ時期に「第二稿」のタイプ原稿を読んだアドルノから、長大な批判的コメントを含む手紙を受け取る（一九三六年三月一八日の書簡）。「第二稿」から最終稿となる「第三稿」への書き換えには、アドルノの指摘の痕跡が確かに見てとれる。

こういったテクスト成立の過程をみていくと、アドルノの批判的指摘が当を得たものであるとしても、ベンヤミン自身のもともとの思考がそのまま表れている「第二稿」が、最終稿とならんで、独自の重要性をもつものであるということはまちがいない。

二つのテクストを比較すると、ほとんどあるいはそれほど大きな修正のない箇所も多いのだが、決定的に書き換えられているいくつかの箇所が目につく。まず第二稿の第Ⅵ章の後半部分が、第三稿（第Ⅴ章）では完全に削除されている。ここは「第一の技術」と「第二の技術」について論じられている箇所である。またこの箇所につけられた原註4では、《シュルレアリスム》にみられる「集団」の「神経刺激」について、「第二の技術」との関係で言及されていることがとりわけ重要である。「テストの成果」について論じている第Ⅹ章も、最終稿では見えにくくなっている独特の思考が展開されている箇所だ。第Ⅺ章につけられた原註10は、「美しき仮象」について論じているところだが、ここもおそらくアドルノの指摘を受けて削除されている。もう一箇所だけあげると、きわめて重要な変更が行われているのは、第XVI章（第三稿の第XIII章）である。第三稿では、冒頭にあらたに一段落が書き加えられている。その次の段落（第二稿では冒頭）は二つの稿でほぼ一致している。ところが、第二稿のその次以降の段落は、第三稿ではすべて削除されている。この削除された箇所では、「集団的知覚」の体現者である「ミッキーマウス」についての言及がある。そういった形象が「集団」として映画を見る大衆に対してどのような力をもつかといった論議がすべて削除され、その結果、対応する第三稿の第XIII章の末尾は、「視覚における無意識」というテーマで締めくくられることになる。

二つの章は、ほぼ同じ段落を含みながらも、それぞれに付けられた別の段落によって、その方向性がかなり異なるものとなっているのだ。第二稿では、《シュルレアリスム》を受けて、集団における技術を媒介とした「神経刺激」という論議が提示されていたのだが、第三稿では「集団」という論点が表面上は見えなくなってしまっている。このように、最終稿で見えなくなっている議論のラインを追うためにも、第二稿を読むことがきわめて重要だということがあらためてわかる。

今回のこの第二稿の翻訳に際しては、第三稿との対照を逐一おこない、一致する箇所については『ベンヤミン・アンソロジー』の第三稿の翻訳を基本的に用いている。

エドゥアルト・フックス　蒐集家と歴史家

『風俗の歴史』や『エロティック芸術の歴史』などで知られるエドゥアルト・フックスは、かなり若い時点で社会主義運動にきわめて積極的にかかわり、彼の著作活動もその根本的な思想的土台にもとづいて展開されたものであった。そのようなフックスに対してマックス・ホルクハイマーは関心をいだいており、ホルクハイマーがベンヤミンに社会研究所の機関誌『社会研究』への寄稿を依頼したことが、この論考執筆のきっかけとなった。ベンヤミンが自分より二十歳以上年上のフックスにどの時点で出会ったのかははっきりしないが、ヒトラーの政権掌握（一九三三年一月）のあと二人ともパリに滞在しており、一九三三年一〇月までには会っていたようだ。フックスについての論考のことでホルクハイマーとはおそらく一九三四年のはじめ頃に話をし、その年の夏にはベンヤミンはフックスのいくつかの著作について研究を進めていた。その後、何度かの中断を経て、一九三七年一月から二月にかけてこのフックス論は執筆された。原稿は一九三七年二月二八日にニューヨークのホルクハイマーに送られ、その年の『社会研究』誌に掲載された。

このかなり長めの論考は、美術作品や諷刺画の蒐集家であるとともに、それらを研究の対象とする著作家であったフックスについて論じたものということで、「メディア」はともかくとして「芸術」という領域に深くかかわっているように見える。もちろんそのような側面もきわめて重要であるのだが、冒頭の章から歴史的唯物論・歴史的弁証法のコンテクストのうちにフックスを位置づけようというベンヤミンの意図が明確に打ち出されているのを感じとることができる。テクストそのものとしても、《歴史の概念について》へと直結してゆく思考がここでは展開されている。このような思考の土台こそが、ベンヤミンにおけるメディアと芸術を考える上で、まず決定的に重要な論点であるといえるだろう。それとともに、同時代の美術史との対決、エロティシズムと精神分析、蒐集家にとってのフランス、社会主義者の意識と市民的道徳主義という二面性、フックスがことのほか入れ込んだドーミエなど、縦横無尽にさまざまなテーマをかけめぐるこのフックス論は、芸術の領域にかかわるベンヤミンのテクストのなかでも読者をとりわけ強く惹きつける力をもつ。

叙事的演劇とは何か〔第二稿〕

一九三一年初頭に書かれた《叙事的演劇とは何か》〔初稿〕は、タイプ原稿のまま残され、ベンヤミンの生前に公表されることはなかったが、この「第二稿」は「初稿」をベースとしながらも八つのテーマを見出しとして掲げる構成に書き換えられ、全体として標題どおり「叙事的演劇とは何か」について簡潔に説明するものとなっている。その際に、『男は男だ』の直近の上演に対する批評という性格はすべて払拭され、全体に重点の置き換えや、初稿で強調されていた論点の削除などの大幅な整理がおこなわれている。

この「第二稿」は、チューリヒで発行されていた亡命文学者の雑誌『尺度と価値』（トーマス・マンも編集者の一人）に掲載するためにまとめられた。執筆時期はおそらく一九三九年四月中旬から六月初頭にかけてで、その年の七・八月号に掲載された。

＊　＊　＊

『ベンヤミン・アンソロジー』の続刊となるようなベンヤミンの二つ目の論集を考えてみませんかというご提案を、前回の論集でもご担当いただいた阿部晴政さんからいただいて、この『ベンヤミン　メディア・芸術論集』ができあがることになった。『ベンヤミン・アンソロジー』からちょうど一〇年目になるのだなと気がついた。『ベンヤミン・アンソロジー』は、一冊でベンヤミンの主要な短めのテクストを一挙に読むことができるというのがコンセプトだったので、続刊ができてしまうとそこがどうなるかという懸念も少しあった。しかし、メディアと芸術を軸にして、『ベンヤミン・アンソロジー』に収録されていないものをまとめて読むという企画は、実際にこのようにもう一つのアンソロジーを編んでみて、とてもいいアイディアだったと、いま作業をほぼ終えて、強く感じている。バラバラに読んでいたのでは気づかなかったことが、このように一連のテクストとして読むことによって浮かび上がってくる。翻訳をしながら、そのことに何度も気づかされた。

翻訳にあたって何人かの研究者の方々から貴重なご協力をいただくことになった。フランス語の箇所については、東京外国語大学の同僚であるフランス文学の荒原邦博さんからとてもありがたいご助言と協力をいただいた。とくに複製技術論第二稿冒頭のモットーは、これまで私にとっては謎めいたものだったのだが、今回このデュラス夫人の言葉が引用されているフルニエの『パリの街路の謎』（ウェブ上で電子テクストもオリジナル書籍の画像も閲覧できる！）をたどる作業におつきあいいただき、自分としてはこれまで謎と感じていたことがようやく解き明かされたような気持ちになっている。荒原さんには私の何度かの込み入った質問にていねいにお答えいただき、ほんとうに感謝している。また、ロシア語が出てくる箇所については、やはり同僚の沼野恭子さんからていねいなご教示をいただいた。言語圏・文化圏を越えた研究者の交流がごく自然にある勤め先の東京外国語大学は、こういった翻訳をおこなうにあたってほんとうにありがたい環境であると強く感じている。

『ベンヤミン・アンソロジー』に収録されている《技術的複製可能性の時代の芸術作品》〔第三稿〕について、この間、一橋大学の久保哲司さんから貴重なご指摘をいただいていた。今回の「第二稿」の翻訳ではそれが反映されている。このような研究者からの（とくに同じベンヤミン研究者からの）ご指摘やご教示は、ほんとうにありがたいものである。

この二つ目のアンソロジーのお話をいただいたとき、編集者の阿部晴政さんは河出書房新社ご在職の最後の時期だった。この間、河出書房新社をご退職となったのだが、引き続きサポートしていただくことになった。これまで何度もお世話になっている阿部さんには、この場をお借りして、いつもと変わらぬ心からの感謝をあらためて申し上げたい。

本書は訳し下ろしです。

Walter Benjamin

ベンヤミン
メディア・芸術論集（げいじゅつろんしゅう）

二〇二一年一一月一〇日　初版印刷
二〇二一年一一月二〇日　初版発行

著　者　W・ベンヤミン
訳　者　山口裕之（やまぐちひろゆき）
発行者　小野寺優
発行所　株式会社河出書房新社
〒一五一－〇〇五一
東京都渋谷区千駄ヶ谷二－三二－二
電話〇三－三四〇四－八六一一（編集）
〇三－三四〇四－一二〇一（営業）
https://www.kawade.co.jp/

ロゴ・表紙デザイン　粟津潔
本文フォーマット　佐々木暁
印刷・製本　中央精版印刷株式会社

落丁本・乱丁本はおとりかえいたします。
本書のコピー、スキャン、デジタル化等の無断複製は著作権法上での例外を除き禁じられています。本書を代行業者等の第三者に依頼してスキャンやデジタル化することは、いかなる場合も著作権法違反となります。

Printed in Japan ISBN978-4-309-46747-4

ベンヤミン・アンソロジー

ヴァルター・ベンヤミン　山口裕之〔編訳〕　46348-3

危機の時代にこそ読まれるべき思想家ベンヤミンの精髄を最新の研究をふまえて気鋭が全面的に新訳。重要なテクストを一冊に凝縮、その繊細にしてアクチュアルな思考の核心にせまる。

ツァラトゥストラかく語りき

フリードリヒ・ニーチェ　佐々木中〔訳〕　46412-1

あかるく澄み切った日本語による正確無比な翻訳で、いま、ツァラトゥストラが蘇る。もっとも信頼に足る原典からの文庫完全新訳。読みやすく、しかもこれ以上なく哲学的に厳密な、ニーチェ。

喜ばしき知恵

フリードリヒ・ニーチェ　村井則夫〔訳〕　46379-7

ニーチェの最も美しく、最も重要な著書が冷徹にして流麗な日本語によってよみがえる。「神は死んだ」と宣言しつつ永遠回帰の思想をはじめてあきらかにしたニーチェ哲学の中核をなす大いなる肯定の書。

偶像の黄昏

F・ニーチェ　村井則夫〔訳〕　46494-7

ニーチェの最後の著作が流麗で明晰な新訳でよみがえる。近代の偶像を破壊しながら、その思考を決算したニーチェ哲学の究極的な到達であると同時に自身によるニーチェ入門でもある名著。

イデオロギーの崇高な対象

スラヴォイ・ジジェク　鈴木晶〔訳〕　46413-8

現代思想界の奇才が英語で書いた最初の書物にして主著、待望の文庫化。難解で知られるラカン理論の可能性を根源から押し広げてみせ、全世界に衝撃を与えた。

ロベスピエール／毛沢東　革命とテロル

スラヴォイ・ジジェク　長原豊／松本潤一郎〔訳〕　46304-9

悪名たかきロベスピエールと毛沢東をあえて復活させて最も危険な思想家が〈現在〉に介入する。あらゆる言説を批判しつつ、政治／思想を反転させるジジェクのエッセンス。独自の編集による文庫オリジナル。

言説の領界

ミシェル・フーコー　慎改康之〔訳〕　46404-6

フーコーが一九七〇年におこなった講義録。『言語表現の秩序』を没後三十年を期して四十年ぶりに新訳。言説分析から権力分析への転換をつげてフーコーのみならず現代思想の歴史を変えた重要な書。

ピエール・リヴィエール　殺人・狂気・エクリチュール

M・フーコー編著　慎改康之／柵瀬宏平／千條真知子／八幡恵一〔訳〕46339-1

十九世紀フランスの小さな農村で一人の青年が母、妹、弟を殺害した。青年の手記と事件の考察からなる、フーコー権力論の記念碑的労作であると同時に希有の美しさにみちた名著の新訳。

知の考古学

ミシェル・フーコー　慎改康之〔訳〕　46377-3

あらゆる領域に巨大な影響を与えたフーコーの最も重要な著作を気鋭が42年ぶりに新訳。伝統的な「思想史」と訣別し、歴史の連続性と人間学的思考から解き放たれた「考古学」を開示した記念碑的名著。

フーコー

ジル・ドゥルーズ　宇野邦一〔訳〕　46294-3

ドゥルーズが盟友への敬愛をこめてまとめたフーコー論の決定版。「知」「権力」「主体化」を指標にフーコーの核心を読みときながら「外」「襞」などドゥルーズ自身の哲学のエッセンスを凝縮させた比類なき名著。

ニーチェと哲学

ジル・ドゥルーズ　江川隆男〔訳〕　46310-0

ニーチェ再評価の烽火となったドゥルーズ初期の代表作、画期的な新訳。ニーチェ哲学を体系的に再構築しつつ、「永遠回帰」を論じ、生成の「肯定の肯定」としてのニーチェ／ドゥルーズの核心をあきらかにする著。

記号と事件　1972−1990年の対話

ジル・ドゥルーズ　宮林寛〔訳〕　46288-2

『アンチ・オイディプス』『千のプラトー』『シネマ』などにふれつつ、哲学の核心、政治などについて自在に語ったドゥルーズの生涯唯一のインタヴュー集成。ドゥルーズ自身によるドゥルーズ入門。

アンチ・オイディプス 上・下 資本主義と分裂症

G・ドゥルーズ／F・ガタリ 宇野邦一〔訳〕 46280-6 46281-3

最初の訳から二十年目にして"新訳"で贈るドゥルーズ＝ガタリの歴史的名著。「器官なき身体」から、国家と資本主義をラディカルに批判しつつ、分裂分析へ向かう本書は、いまこそ読みなおされなければならない。

差異と反復 上・下

ジル・ドゥルーズ 財津理〔訳〕 46296-7 46297-4

自ら「はじめて哲学することを試みた」著と語るドゥルーズの最も重要な主著、全人文書ファン待望の文庫化。一義性の哲学によってプラトン以来の哲学を根底から覆し、永遠回帰へと開かれた不滅の名著。

意味の論理学 上・下

ジル・ドゥルーズ 小泉義之〔訳〕 46285-1 46286-8

『差異と反復』から『アンチ・オイディプス』への飛躍を画する哲学者ドゥルーズの主著、渇望の新訳。アリスとアルトーを伴う驚くべき思考の冒険とともにドゥルーズの核心的主題があかされる。

ディアローグ ドゥルーズの思想

G・ドゥルーズ／C・パルネ 江川隆男／増田靖彦〔訳〕 46366-7

『アンチ・オイディプス』『千のプラトー』の間に盟友パルネとともに書かれた七十年代ドゥルーズの思想を凝縮した名著。『千のプラトー』のエッセンスとともにリゾームなどの重要な概念をあきらかにする。

ドゥルーズ・コレクション Ⅰ 哲学

ジル・ドゥルーズ 宇野邦一〔監修〕 46409-1

ドゥルーズ没後20年を期してその思考集成『無人島』『狂人の二つの体制』から重要テクストをテーマ別に編んだアンソロジー刊行開始。1には思考の軌跡と哲学をめぐる論考・エッセイを収録。

ドゥルーズ・コレクション Ⅱ 権力／芸術

ジル・ドゥルーズ 宇野邦一〔監修〕 46410-7

『無人島』『狂人の二つの体制』からのテーマ別オリジナル・アンソロジー。フーコー、シャトレ論、政治的テクスト、芸術論などを集成。ドゥルーズを読み直すための一冊。

千のプラトー　上・中・下　資本主義と分裂症

G・ドゥルーズ／F・ガタリ　宇野邦一／小沢秋広／田中敏彦／豊崎光一／宮林寛／守中高明〔訳〕　46342-1 46343-8 46345-2

ドゥルーズ／ガタリの最大の挑戦にして、いまだ読み解かれることのない二十世紀最大の思想書、ついに文庫化。リゾーム、抽象機械、アレンジメントなど新たな概念によって宇宙と大地をつらぬきつつ生を解き放つ。

批評と臨床

ジル・ドゥルーズ　守中高明／谷昌親〔訳〕　46333-9

文学とは錯乱／健康の企てであり、その役割は来たるべき民衆＝人民を創造することなのだ。「神の裁き」から生を解き放つため極限の思考。ドゥルーズの思考の到達点を示す生前最後の著書にして不滅の名著。

哲学の教科書　ドゥルーズ初期

ジル・ドゥルーズ〔編著〕　加賀野井秀一〔訳注〕　46347-6

高校教師だったドゥルーズが編んだ教科書『本能と制度』と、処女作「キリストからブルジョワジーへ」。これら幻の名著を詳細な訳注によって解説し、ドゥルーズの原点を明らかにする。

哲学とは何か

G・ドゥルーズ／F・ガタリ　財津理〔訳〕　46375-9

ドゥルーズ＝ガタリ最後の共著。内在平面—概念的人物—哲学地理によって哲学を総括し、哲学—科学—芸術の連関を明らかにする。限りなき生成／創造へと思考を開く絶後の名著。

ザッヘル＝マゾッホ紹介

ジル・ドゥルーズ　堀千晶〔訳〕　46461-9

サドに隠れていたマゾッホを全く新たな視点で甦らせながら、マゾッホとサドの現代性をあきらかにしつつ「死の本能」を核心とするドゥルーズ前期哲学の骨格をつたえる重要な名著。気鋭が四十五年目に新訳。

服従の心理

スタンレー・ミルグラム　山形浩生〔訳〕　46369-8

権威が命令すれば、人は殺人さえ行うのか？　人間の隠された本性を科学的に実証し、世界を震撼させた通称〈アイヒマン実験〉——その衝撃の実験報告。心理学史上に輝く名著の新訳決定版。

神の裁きと訣別するため

アントナン・アルトー　宇野邦一／鈴木創士〔訳〕 46275-2

「器官なき身体」をうたうアルトー最後の、そして究極の叫びである表題作、自身の試練のすべてを賭けて「ゴッホは狂人ではなかった」と論じる三十五年目の新訳による「ヴァン・ゴッホ」。激烈な思考を凝縮した二篇。

タラウマラ

アントナン・アルトー　宇野邦一〔訳〕 46445-9

メキシコのタラウマラ族と出会い、ペヨトルの儀式に参加したアルトーがその衝撃を刻印したテクスト群を集成、「器官なき身体」への覚醒をよびさまし、世界への新たな闘いを告げる奇跡的な名著。

ヘリオガバルス

アントナン・アルトー　鈴木創士〔訳〕 46431-2

狂気のかぎりを尽くしてローマ少年皇帝の生を描きながら「歴史」の秘めた力としてのアナーキーを現出させる恐るべき名作を新訳。来たるべき巨星・アルトーの代表作。

演劇とその分身

アントナン・アルトー　鈴木創士〔訳〕 46700-9

「残酷演劇」を宣言して20世紀演劇を変え、いまだに震源となっている歴史的名著がついに新訳。身体のアナーキーからすべてを問い直し、あらゆる領域に巨大な影響を与えたアルトーの核心をしめす代表作。

有罪者

ジョルジュ・バタイユ　江澤健一郎〔訳〕 46457-2

夜の思想家バタイユの代表作である破格の書物が五〇年目に新訳で復活。鋭利な文体と最新研究をふまえた膨大な訳注でよみがえるおそるべき断章群が神なき神秘を到来させる。

ドキュマン

ジョルジュ・バタイユ　江澤健一郎〔訳〕 46403-9

バタイユが主宰した異様な雑誌「ドキュマン」掲載のテクストを集成、バタイユの可能性を凝縮した書『ドキュマン』を気鋭が四十年ぶりに新訳。差異と分裂、不定形の思想家としての新たなバタイユが蘇る。

シモーヌ・ヴェイユ　アンソロジー

シモーヌ・ヴェイユ　今村純子〔編訳〕　46474-9

最重要テクストを精選、鏤骨の新訳。その核心と全貌を凝縮した究極のアンソロジー。善と美、力、労働、神、不幸、非人格的なものをめぐる極限的にして苛烈な問いが生み出す美しくきびしい生と思考の結晶。

人間の測りまちがい　上・下　差別の科学史

S・J・グールド　鈴木善次／森脇靖子〔訳〕　46305-6　46306-3

人種、階級、性別などによる社会的差別を自然の反映とみなす「生物学的決定論」の論拠を、歴史的展望をふまえつつ全面的に批判したグールド渾身の力作。

哲学史講義　I

G・W・F・ヘーゲル　長谷川宏〔訳〕　46601-9

最大の哲学者、ヘーゲルによる哲学史の決定的名著がついに文庫化。大河のように律動、変遷する哲学のドラマ、全四巻改訳決定版。『I』では哲学史、東洋、古代ギリシアの哲学を収録。

哲学史講義　II

G・W・F・ヘーゲル　長谷川宏〔訳〕　46602-6

自然とはなにか、人間とはなにか、いかに生きるべきか――二千数百年におよぶ西洋哲学を一望する不朽の名著、名訳決定版第二巻。ソフィスト、ソクラテス、プラトン、アリストテレスらを収録。

哲学史講義　III

G・W・F・ヘーゲル　長谷川宏〔訳〕　46603-3

揺籠期を過ぎた西洋哲学は、ストア派、新プラトン派を経て中世へと進む。エピクロス、フィロン、トマス・アクィナス……。哲学者たちの苦闘の軌跡をたどる感動的名著・名訳の第三巻。

哲学史講義　IV

G・W・F・ヘーゲル　長谷川宏〔訳〕　46604-0

デカルト、スピノザ、ライプニッツ、そしてカント……など。近代の哲学者たちはいかに世界と格闘したのか。批判やユーモアとともに哲学のドラマをダイナミックに描き出すヘーゲル版哲学史、ついに完結。

定本 夜戦と永遠 上・下 フーコー・ラカン・ルジャンドル

佐々木中 41087-6 41088-3

『切りとれ、あの祈る手を』で思想・文学界を席巻した佐々木中の第一作にして主著。重厚な原点準拠に支えられ、強靭な論理が流麗な文体で舞う。恐れなき闘争の思想が、かくて蘇生を果たす。

仝

佐々木中 41351-8

『アナレクタ・シリーズ』の四冊から筆者が単独で行った講演のみ再編集文庫化し、新たに二〇一四年秋に行われた講演「失敗せる革命よ知と熱狂を撒け」を付した、文字通りのヴェリー・ベスト。

道徳は復讐である ニーチェのルサンチマンの哲学

永井均 40992-4

ニーチェが「道徳上の奴隷一揆」と呼んだルサンチマンとは何か？ それは道徳的に「復讐」を行う装置である。人気哲学者が、通俗的ニーチェ解釈を覆し、その真の価値を明らかにする！

過酷なるニーチェ

中島義道 41490-4

「明るいニヒリズム」の哲学者が「誰の役にもたたず、人々を絶望させ、あらゆる価値をなぎたおす」ニーチェに挑む。生の無意味さと人間の醜さの彼方に肯定を見出す真に過酷なニーチェ入門の決定版。

哲学の練習問題

西研 41184-2

哲学するとはどういうことか——。生きることを根っこから考えるためのＱ＆Ａ。難しい言葉を使わない、けれども本格的な哲学へ読者をいざなう。深く考えるヒントとなる哲学イラストも多数。

史上最強の哲学入門

飲茶 41413-3

最高の真理を求めた男たちの熱き闘い！ ソクラテス・デカルト・ニーチェ・サルトル…さらなる高みを目指し、知を闘わせてきた32人の哲学者たちの論が激突。まさに「史上最強」の哲学入門書！

著訳者名の後の数字はISBNコードです。頭に「978-4-309」を付け、お近くの書店にてご注文下さい。